BRIGITTE RIEBE
Die geheime Braut

AF214662

Über den Roman

Mehr als zehn Jahre sind vergangen, seit Martin Luther mit dem Anschlag der 95 Thesen dem Papst und der römischen Kirche den Kampf ansagte. Ganz in seine Studien vertieft lebt er inzwischen im Schwarzen Kloster zu Wittenberg, während seine Frau Katharina von Bora alle Hände voll zu tun hat, die immer größer werdende Familie über Wasser zu halten. Da erhält der Malerfürst Lukas Cranach der Ältere von einem geheimnisvollen Kunstsammler den Auftrag für das bis heute berühmte Bildnis der drei Grazien. Zwei der ausgewählten Frauen stehen nackt Modell – und werden kurz darauf grausam getötet. Als der Auftraggeber Luthers Frau Katharina als Dritte im Bunde fordert, befürchtet der Reformator einen Racheakt für seine weltverändernde Kritik. Muss seine Frau dafür mit ihrem Leben bezahlen? Ein Wettlauf mit der Zeit beginnt …

Über die Autorin

Brigitte Riebe ist promovierte Historikerin und arbeitete zunächst als Verlagslektorin. Sie hat zahlreiche erfolgreiche historische Romane geschrieben, in denen sie die Geschichte der vergangenen Jahrhunderte wieder lebendig werden lässt. In die *Braut von Assisi* erzählt sie vom Leben des heiligen Franziskus, in *Die Pestmagd* vom verheerenden Peststerben in Köln um 1540 und in der Fortsetzung *Die Versuchung der Pestmagd* von einer weiteren Seuche in Mainz. Die Autorin lebt mit ihrem Mann in München.

BRIGITTE RIEBE

DIE GEHEIME BRAUT

ROMAN

DIANA

MIX
Papier aus verantwor-
tungsvollen Quellen
FSC® C014496

Verlagsgruppe Random House FSC® N001967

2. Auflage
Taschenbucherstausgabe 02/2015
Copyright © 2013 sowie dieser Ausgabe © 2015
by Diana Verlag, München,
in der Verlagsgruppe Random House GmbH,
Neumarkter Str. 28, 81673 München
Redaktion: Dr. Herbert Neumaier
Umschlaggestaltung: t.mutzenbach design, München
Umschlagmotiv: © CollaborationJS / Arcangel Images
Umschlaginnenseiten: © bpk / RMN – Grand Palais /
Stéphane Maréchalle
Satz: Leingärtner, Nabburg
Druck und Bindung: GGP Media GmbH, Pößneck
Alle Rechte vorbehalten
Printed in Germany
ISBN 978-3-453-35698-6

www.diana-verlag.de

Für Susanna und Sibylle

Das Schönste, was wir erleben können, ist das Geheimnis-
volle. Es ist das Grundgefühl, das an der Wiege von
wahrer Kunst und Wissenschaft steht. Wer es nicht kennt
und sich nicht wundern, nicht mehr staunen kann,
der ist sozusagen tot und sein Auge erloschen.

ALBERT EINSTEIN

Bevor man mit dem Malen beginnt, muss man Herz,
Hand und Gedanken in der Pinselspitze haben.

CHI PO SHI

Erstes Buch

AGLAIA

Eins

Bloß keine Angst. Wie eine endlose Litanei kreisten diese Worte in ihrem Kopf, ein schmales Scheit, an das sie sich verzweifelt klammerte, einziger Halt in einem Meer voller Ungewissheit.

Bloß keine Angst!

Das hatte sie auch Bini immer wieder gepredigt, die mit weißen Lippen neben ihr hergehumpelt war, auch wenn sie tapfer behauptete, sie könne noch tagelang weiterlaufen.

Sie waren aus Leipzig geflohen, Hals über Kopf, lediglich angetrieben von diffuser Hoffnung: Alles würde, alles *musste* besser werden in Wittenberg, doch jetzt …

»Nichts ist mir mehr zuwider als dreistes Diebesgesindel. Vor allem, wenn es blonde Locken hat und einen Rock trägt.«

Die Finger, die Susannas Handgelenk umklammert hielten, waren kräftig und von Farbspritzern übersät. Der Blick des Mannes, der auf sie herabschaute, kalt.

Sie spürte, wie Röte ihr Gesicht überflutete. Hatte sie gerade noch durchgefroren die Nähe des offenen Feuers gesucht, so glühte sie auf einmal am ganzen Körper. Die dumpfen Gerüche der Taverne nach Bier und Fett empörten ihren leeren Magen.

Plötzlich war ihr speiübel.

Warum nur tat sich kein gnädiges Loch auf, in dem sie versinken konnte?

»Das bin ich nicht«, stieß sie hervor.

Wie feig ihre Antwort klang, wie kraftlos! Hätte sie doch nur noch singen können wie früher, sie wären niemals in diese verzweifelte Lage geraten.

»Ach nein?« Seine Stimme troff vor Hohn. »Und was zum Teufel hatte deine Hand dann gerade in meinem Wams verloren?«

Sie schluckte, blieb ihm die Antwort schuldig.

»Ach, du wolltest mich eigentlich gar nicht bestehlen, sondern lediglich ein wenig aufreizen?«, fuhr er fort. »Dass ich da nicht gleich darauf gekommen bin! Nun, dann solltest du aber ein wenig mehr auf dein Äußeres achten. Wir haben hier in Wittenberg äußerst knusprige Hübschlerinnen, die ihre Dienste anbieten – und das nicht zu knapp.«

Sein Griff wurde härter. Mit der Linken hielt er sie wie in einem eisernen Schraubstock.

Susanna entfuhr ein Schmerzenslaut.

»Lass sie los – du tust ihr ja weh!« Bini, die sich bis jetzt im Hintergrund gehalten hatte, schoss wie ein zerzauster Sperling auf den Tisch zu. Zwischen den massiven Holzbänken und Tischen sah sie winzig aus, mit ihren staubigen Röcken, den wild fuchtelnden Händen und den aufsässigen Haaren, die wie ein rotblonder Heiligenschein vom Kopf abstanden. »Ja, wir haben Bärenhunger«, rief sie. »Mein kranker Fuß bräuchte dringend ein heilsames Kraut. Und wo wir heute Nacht schlafen sollen, wissen wir auch noch nicht.«

Zu Susannas Überraschung gab er sie tatsächlich frei, lehnte sich zurück und brach in schallendes Gelächter aus.

Die Köpfe der Männer an den Nebentischen flogen zu ihnen herum, alle jung, die meisten von ihnen vermutlich Studenten.

Manche starrten sie nur an, andere lachten oder machten anzügliche Gesten. Binnen Kurzem würde die ganze schäbige Taverne wissen, dass sie soeben versucht hatte, diesem Mann an den Beutel zu gehen.

Öffentlich als Diebin bloßgestellt zu werden!

Susannas Scham hätte größer nicht sein können.

Wo waren die hellen Tage geblieben, aufgefädelt wie an einer endlosen Kette? Die Zweige der Birnbäume im Klostergarten, die ein Geflecht aus Licht und Schatten auf die jungen Beete geworfen hatten? Das Lied der Glocken, das sie viele Jahre beschützt und das Halt geboten hatte wie ein fest geknüpftes Netz?

Die Sehnsucht nach Sonnefeld schnürte ihr die Kehle zu.

Sie hatten nicht nur ihr Zuhause verloren, sondern auch alles andere dazu. Niemande waren sie nun, vogelfreies Pack, das von der Hand in den Mund leben und Tag für Tag um sein Leben bangen musste.

»Ihr arbeitet also zusammen, diese magere Kleine und du.« Der Mann schien sich nur langsam beruhigen zu können. Sein Blick war noch immer skeptisch, aber nicht mehr ganz so eisig. »Offenbar nicht erst seit gestern. Und durchaus erfolgreich, wie mir scheint.«

»Du hast ja nicht die geringste Ahnung«, wehrte Bini sich empört.

»Dann verrat mir doch, wie ihr es anstellt. Oder soll ich es dir sagen? Ich denke, es läuft so: Die eine macht drollige Scherze und wackelt dabei mit dem Hinterteil, während die andere den Männern an die Börse geht. Wie weit würdet ihr zwei es wohl treiben – sogar bis ins Stroh, nur um an ein paar Kupfermünzen zu kommen?«

»Wir sind ehrbare Frauen«, brachte Susanna mühsam hervor. »Bis vor Kurzem habe ich in Tavernen gesungen ...«

»Eine Musikantin bist du?« In seinen Augen glomm ein Funken von Interesse. »Nun, das könnte mich unter Umständen milder stimmen. Dann lass hören, was du zu bieten hast!«

Ein paar Burschen am Nebentisch applaudierten, was Susanna nur noch verlegener machte.

Stumm schüttelte sie den Kopf.

»Meine Stimme – ist gebrochen«, sagte sie schließlich. »Mein Gesang klingt nur noch wie rostiges Krächzen. Das würde dir gewiss nicht gefallen.«

Sie neigte den Kopf bittend zur Seite. »Lass uns gehen, ich flehe dich an! Dir ist doch kein Schaden entstanden. Und du wirst uns auch niemals wiedersehen, das gelobe ich hoch und heilig.«

»Ja, wir werden gehen«, sagte er. »Gemeinsam.« Sein Blick glitt zu Bini, die ihn mit offenem Mund anstarrte. »Und ihr werdet keinen Fluchtversuch machen. Oder soll ich die Büttel rufen lassen, damit ihr einsichtig werdet?«

Mit gesenktem Kopf folgten sie ihm nach draußen. Die Blicke der Studenten bohrten sich in ihren Rücken. Bini humpelte inzwischen so stark, dass sie fast so unsicher ging wie eine Greisin.

Ein kühler Wind hatte sich erhoben, der die Wärme des Frühlingstages rasch vertrieb. Von Westen her zogen dunkle Wolken auf, die wie auch schon an den vorangegangenen Abenden Regen verhießen. Doch was die Bauern begrüßen mochten, die ausreichend Wasser für die junge Saat brauchten, war für jemanden, der kein Dach über dem Kopf hatte, eine Herausforderung.

Er war vor dem Gasthaus stehen geblieben und deutete nach Süden. »Von dort kommt ihr, stimmt's?«

Susanna nickte vage.

»Und von wo genau?«, setzte er nach. »Aus Leipzig? Was hattet ihr dort zu schaffen?«

Die beiden Frauen tauschten einen raschen Blick. Sie hatten vereinbart, so wenig wie möglich über diesen Teil ihrer Vergangenheit zu verraten. Die bloße Erinnerung war schmerzlich genug.

»Ach, wir sind schon eine ganze Weile unterwegs«, murmelte Bini schließlich. »Mal hier, mal da ...«

Offenbar hatte er nicht vor, weiter zu bohren, was sie verblüffte.

»Im Elbtor, durch das ihr gekommen seid, ist auch der Kerker Wittenbergs«, fuhr er stattdessen fort. »Ein finsteres Verlies, voller Ratten und anderem Ungeziefer, das auf Diebesgesindel wie euch nur wartet. Es sei denn, ihr zieht es vor, am Pranger zu stehen oder gar einen Daumen zu verlieren ...«

»Hör sofort damit auf!«, fiel Bini ihm ins Wort. »Susanna und ich waren bis vor nicht allzu langer Zeit Bräute des Herrn, damit du es nur weißt! Und hätte man unser schönes Kloster nicht von einem Tag auf den anderen zugesperrt, so wären wir noch heute fromme Schwestern.«

»Ihr wart – Nonnen?« Die verdutzte Miene spiegelte seine Überraschung wider. »Ordensfrauen? Oder ist das nur eine neue freche Lüge?«

»Nein«, sagte Susanna, die erst jetzt spürte, wie unendlich müde sie war. Jeder einzelne Knochen tat ihr weh, und das Loch im Bauch fühlte sich so groß an wie ein Scheunentor. »Das ist die Wahrheit. Zisterzienserinnen waren wir, schon seit Jugendtagen. Aber unser Kloster gibt es nicht mehr. Und auch keine Familie, zu der wir zurückkehren könnten. So mussten Binea und ich eben zusehen, wie wir anderweitig zurechtkommen. Was beileibe nicht immer einfach war.« Ihre Lippen wurden schmal.

13

Seine Miene dagegen war plötzlich entschieden freundlicher geworden.

»Zwei Nonnen – ich fass es nicht! Dann braucht ihr erst einmal etwas Anständiges zu essen, gewiss nicht diesen Schweinefraß, den sie hier im *Schwan* auftischen. Ich werde euch ins *Brauhaus* bringen, das liegt direkt am Markt. Dort könnt ihr euch stärken.« Er wandte sich an Bini. »Wirst du es bis dorthin mit deinem lädierten Fuß auch schaffen? Gleich nebenan ist die Apotheke.«

»Meilenweit!«, versicherte sie, obwohl ihr stoßweiser Atem bei jeder Bewegung genau das Gegenteil verriet. »Aber wir haben kein Geld mehr. Nicht einen einzigen Pfennig – weder für Essen, und erst recht nicht für Verbände oder teure Salben.«

Er lachte erneut. Dieses Mal heller.

»Deine Offenheit gefällt mir«, sagte er, und in seiner Stimme schwang plötzlich Wärme. »Vielleicht habe ich ja sogar schon eine Idee, wo ihr später unterkommen könnt.«

Susanna musterte ihn beklommen.

Neben seinem linken Auge leuchtete ein violetter Fleck. Und deutete nicht auch der lange, kaum verschorfte Kratzer am Hals auf eine heftige körperliche Auseinandersetzung hin? An wen waren sie da geraten – an einen Maulhelden und Raufbold, vor dem sie Angst haben mussten?

»Wieso sollten wir ausgerechnet dir trauen?« Sie wich zurück. »Gerade eben wolltest du uns noch einsperren oder sogar verstümmeln lassen!«

»Habt ihr denn eine andere Wahl?«, fragte er zurück. »Außerdem mag ich Nonnen. Das hat mir schon meine Großmutter beigebracht, als ich noch ein kleiner Bub war. Anna hieß sie, lebte in Prag, und ich spreche beim Beten noch heute jeden Tag mit ihr. Worauf also wartet ihr?«

Sie trabten mit ihm, wortlos und in einigem Abstand, was ihn zu irritieren schien, denn er blieb immer wieder stehen, als befürchtete er, sie könnten es sich doch noch anders überlegen. Schließlich kam der Marktplatz in Sicht, gepflastert, von zwei- bis dreistöckigen Häusern umgeben, die alle in gutem Zustand schienen.

»Hier ist das *Brauhaus*.« Er war stehen geblieben. »Hinein mit euch!«

Der Gastraum war niedrig und gut besucht. Nur im hinteren Eck fand sich ein freier Tisch, an den er die beiden drängte. Ohne lange zu fragen, bestellte er Speisen und Getränke, dann begann er zu reden.

Bald schon kannten sie seinen Namen: Jan Seman aus Prag, Geselle beim berühmten Maler Lucas Cranach, der gleich nebenan eine große Werkstatt betrieb und sich vor Aufträgen kaum retten konnte. Das alles erzählte Jan wortreich, untermalt von zahlreichen Gesten, während Susanna und Bini schweigend ihren Hunger mit dem Dinkeleintopf stillten, in dem reichlich Schwarte schwamm. Zwei randvolle Teller hatte jede von ihnen bereits ausgelöffelt. Und auch von dem Brotlaib, den die rotwangige Wirtin auf den Tisch gestellt hatte, war kaum noch etwas übrig.

»Seit Monaten hab ich nicht mehr so gut gegessen!« Bini räkelte sich wohlig.

»Für fromme Schwestern zeigt ihr in der Tat erstaunlichen Appetit«, sagte Jan. »Und das hiesige Bier scheint euch ebenfalls zu schmecken. Soll ich noch einen Krug bringen lassen?«

Bini war schon drauf und dran zu nicken, doch Susannas besorgte Miene hinderte sie daran.

»Wieso tust du das?«, sprach sie Jan direkt an. »Du kennst uns nicht, und das Geld für das Essen müssen wir dir schuldig bleiben. Falls du dir allerdings einbilden solltest, wir würden dich auf andere Weise entlohnen …«

Sein Gesicht war auf einmal ganz nah.

»Sieh mich an!«, verlangte er. »Ich will, dass dir keines meiner Worte entgeht.«

Notgedrungen gehorchte sie.

»Ich muss mir keine Weiber kaufen«, sagte er, und sein singendes Deutsch hatte auf einen Schlag die warme Klangfarbe verloren. »Bislang sind sie alle noch immer freiwillig zu mir gekommen. Das solltest du dir merken!«

Seine Augen hatten die Farbe von dunklem Waldhonig. Die Nase war kräftig, aber nicht zu breit. Er schien noch keinen seiner Zähne verloren zu haben. Wenn er den Mund öffnete, schimmerten sie hell zwischen den vollen Lippen. Eine braune Strähne fiel ihm immer wieder in die hohe Stirn. Am anziehendsten aber war das Grübchen im Kinn, das ihm etwas Vorwitziges gab.

Susanna senkte den Blick.

Es gehörte sich nicht, Männer derart schamlos anzustarren, und sie nahm es ihm übel, dass er sie dazu gezwungen hatte. Sie wurde nicht recht schlau aus diesem Kerl, dessen Stimmungen so schnell zu wechseln schienen wie das Wetter an einem launischen Apriltag. Wieso nur war sie im *Schwan* ausgerechnet an ihn geraten?

»Wir brauchen keine Hilfe«, sagte sie trotzig. »Bisher sind wir auch allein ganz gut zurechtgekommen. Wir werden uns eine Scheune suchen und dort unser Nachtlager aufschlagen.«

»Ach ja? Dann wünsche ich dabei recht viel Vergnügen!«, entgegnete Jan grinsend. »Wittenberg wimmelt nur so von unbeweibten jungen Burschen. Für einen Besuch im Hurenhaus fehlt den meisten Studenten das Geld. Und die hiesigen Handwerksmeister halten ein scharfes Auge auf ihre ledigen

Töchter, das darfst du mir glauben. Deshalb ist den Kerlen auch jede Gelegenheit willkommen …«

»Was genau hättest du uns denn anzubieten?«, fiel Bini ihm rasch ins Wort.

»Das beste Haus der ganzen Stadt«, sagte Jan. »Solltet ihr allerdings wagen, dort auch nur ein einziges Krümelchen zu stibitzen, bekommt ihr es mit mir zu tun!«

❖

Die Frau, die ihnen im Torbogen entgegentrat, trug ein braunes Kleid, das ein hoher heller Kragen schmückte. Ihr rötliches Haar wurde von einem Netz zusammengehalten. In ihren Armen lag ein schlafender Säugling, während ein blondes Kleinkind an ihrem Rock zerrte.

»Hansi ist schon den ganzen Tag unruhig«, sagte sie, und in den schräg liegenden Augen erschien ein Lächeln. »Vorhin hat er so fest gegen die Wiege getreten, dass Elisabeth aufgewacht ist und wie am Spieß zu schreien begonnen hat. Seitdem trage ich sie lieber herum.«

»Ob er wohl eifersüchtig ist?« Jan beugte sich über das schlafende Mädchen. »Jetzt, wo dein kleiner Hans die mütterliche Liebe auf einmal teilen muss. Ist ihr Fieber denn inzwischen vorbei?«

»Du verstehst die Seele der Kinder wie kein anderer«, erwiderte die Frau. »Wahrscheinlich sind deshalb auch deine Rötelzeichnungen von ihnen so lebendig. Ich wünschte, du würdest bald neue machen. Unsere Kleinen verändern sich so schnell!« Sie wirkte auf einmal erschöpft. »Ja, Elisabeth wird gottlob langsam wieder gesund. Aber meine Angst bleibt. Sie erscheint mir wie ein zartes Blümchen, das schon der leiseste Windhauch zausen kann, während unser Johannes stark wie ein junger Baum ist.« Ihr Blick glitt zu den beiden Frauen, die schweigend zugehört hatten. »Wen bringst du mir da?«

»Hattest du nicht neulich gesagt, dass du dringend eine Magd brauchst, verehrte Lutherin? Ich weiß doch genau, wie bescheiden du immer bist. Deshalb bin ich auch gleich mit zweien auf einmal gekommen.«

Susanna und Bini wagten kaum noch zu atmen. Katharina von Bora – die Frau des Reformators!

In Sonnefeld hatten die Nonnen sich die Mäuler über sie zerrissen. Sie habe Luther verführt, sei eine Teufelshure und verdiene das Höllenfeuer, hatten die einen gegeifert, während andere neidisch alles verfolgten, was über sie zu ihnen drang. Kaltgelassen jedenfalls hatte keine der Schwestern das unerhörte Schicksal von Mönch und Nonne, die den Bund der Ehe geschlossen hatten. Alles Mögliche hatten sie sich unter dieser Katharina von Bora vorgestellt.

Doch jetzt stand eine anziehende junge Frau vor ihnen, mit starken Hüften und einem schlanken Hals. Sie roch ganz schwach säuerlich, das stieg Susanna als Erstes in die Nase. Genauso hatte die Tochter ihrer Leipziger Wirtin nach der Niederkunft gerochen. Was bedeutete, dass die Lutherin ihre Kleine noch stillte.

»Lieb gemeint, Jan Seman!« Katharina lächelte. »Aber in meinen Truhen herrscht leider wieder einmal Ebbe. Wir bräuchten dringend einen neuen Zaun, damit die Wildschweine nicht alles zertrampeln, das Dach ist undicht, und seit gestern leckt auch noch mein großer Wasserkessel, während Doktor Martinius unverdrossen über seinen Büchern hockt und von alledem nichts sieht und hört …«

Sie stieß einen Seufzer aus.

»Bin schon heilfroh, dass endlich Frühling ist und wenigstens in meinem Garten alles wieder sprießt und wächst. Wie sonst sollte ich die vielen hungrigen Mäuler an unserer Tafel satt bekommen?«

Hansi hatte sich losgemacht und lief zu Jan, der ihn hochhob und auf den Arm nahm. Die rundlichen Kinderbeinchen stießen ungeduldig gegen seinen Bauch.

»Fliegen!«, schrie der Kleine. »Hansi will fliegen!«

Jan warf ihn in die Luft, wieder und wieder, was der Kleine mit lautem Juchzen quittierte.

»Du wirst sie als Mägde nehmen, Kind, sei doch nicht dumm!« Energisch wurde Katharina von einer älteren Frau beiseitegeschoben. Über ihr knöchellanges Nachtgewand hatte sie ein dunkles Wolltuch geworfen. Ein dünner silberner Zopf baumelte über der linken Schulter.

»Muhme Lene – dass du niemals hören magst! Habe ich nicht ausdrücklich gesagt, du sollst im Bett bleiben und erst einmal dein Reißen auskurieren?«

»Ach was! Vom Herumliegen wird mein krummer Rücken auch nicht mehr gerade. Aber vier fleißige Hände könnten für uns alle äußerst nützlich sein.« Sie schob sich nah an Susanna und Bini heran und musterte sie ungeniert. »Eure Gesichter gefallen mir«, murmelte sie. »Mager, aber ehrlich. Sieht aus, als könntet ihr zupacken. Und das werdet ihr bei uns auch müssen. Jetzt will ich noch hören, woher ihr kommt und wie ihr heißt.«

»Es sind zwei ehemalige Nonnen«, antwortete Jan. »Mir haben sie gesagt …«

»Wir haben im Kloster Sonnefeld gelebt«, sagte Susanna schnell. »Ich bin Susanna, und das ist Binea, meine ehemalige Mitschwester. Und ja, wir würden sehr gerne für Euch arbeiten.«

»Nonnen? Das behaupten jetzt sehr viele. Und beileibe nicht alle sagen die Wahrheit.« Katharina reckte ihr Kinn und wirkte plötzlich unnahbar.

Bini schloss Daumen und Zeigefinger der linken Hand zu einem Kreis zusammen, eines der vielen stummen Zeichen, die sie im Kloster in den langen Schweigeperioden benutzt hatten.

Die traut uns nicht, bedeutete das. Sie fuhr mit der rechten Hand darüber. *Wir werden sie überzeugen müssen.*

Susanna hob den rechten Arm und berührte kurz ihre linke Hand an der Außenkante.

Schwierig! Wir werden uns nicht anbiedern. Nicht einmal hier.

Katharinas Blick war diesem stummen Dialog gefolgt. Ihr Mund hatte dabei seine Härte verloren.

»Ich kann euch nicht mehr als eine Kammer anbieten. Ja, ihr kommt aus einem Kloster, das weiß ich jetzt, sonst wären euch diese Zeichen nicht bekannt.« Ihre Stimme klang neutral. »Dazu freie Kost. Wenn die Herrn Studenten, die bei uns untergekommen sind, endlich ihre Börse zücken, möglicherweise auch ein paar Heller. Aber die Arbeit ist hart, beginnt früh und endet spät. Zeit zum Ausruhen gibt es kaum.«

»Daran sind wir gewöhnt«, sagte Susanna. »An harte Arbeit in einem christlichen Haus.«

Eine Antwort, die Katharinas Augen aufleuchten ließ.

»Wir könnten es miteinander versuchen«, sagte sie. »Einen Monat zunächst. Danach sehen wir weiter.«

Jan stellte Hansi zurück auf den Boden, der sofort zu weinen begann.

»Dann seid ihr also einig geworden«, sagte er. »Und ich kann zurück in die Werkstatt. Der Meister erwartet mich sicherlich bereits.«

»Fliegen! Fliegen!«, plärrte Hansi und streckte ihm trotzig die Ärmchen entgegen.

»Ganz bald wieder«, versprach ihm Jan, sah aber dabei Susanna eindringlich an. »Ich hoffe, ich bekomme nur Gutes über euch zu hören.«

Sie starrte zu Boden. Wenn er nur endlich weg wäre!

Seine bloße Anwesenheit schien ihre Haut zu verbrennen. Und wenn er schließlich doch noch sein freches Mundwerk auftat und preisgab, dass sie versucht hatte …

Jan schien dies nicht vorzuhaben, zumindest nicht heute. Er zog sich die Schaube halb über den Kopf, weil die ersten dicken Tropfen fielen, machte auf dem Absatz kehrt und ging schnell davon.

»Ich weiß, wie man sich fühlt, wenn man alles verloren hat«, drang Katharinas Stimme nach einer Weile an Susannas Ohr. »Vielleicht kann euch ja das ehemalige Schwarze Kloster zur neuen Heimat werden.«

»An uns soll es nicht liegen.« Bini machte einen unüberlegten Schritt nach vorn. Sofort wurde ihr Gesicht weiß und spitz vor Schmerz.

»Das mit deinem Fuß muss ich mir gleich einmal näher ansehen. Hab schon gesehen, wie unbeholfen du humpelst. Was ist es? Bloß wundgelaufen oder ein Fremdkörper, der sich ins Fleisch gebohrt hat?«

Binis Augen schienen auf einmal übergroß. Sie öffnete den Mund und schloss ihn wieder, ohne einen Laut von sich zu geben.

»Keine Angst, das wird schon wieder! Komm mit mir in die Küche, wo ich nebenan in der Speisekammer meine Kräuter aufbewahre. Dort wird sich sicherlich das Richtige für dich finden.« Katharina legte Susanna die kleine Elisabeth in den Arm. »Kennst du dich mit kleinen Kindern aus?«, fragte sie, ohne eine Antwort abzuwarten. »Nun, wenn nicht, dann wirst du es hier ganz schnell lernen. Schau nur, Hansi zupft schon verstohlen an deinem Rock!«

✤

Der Alte hatte übelste Laune, das erkannte Jan schon beim Eintreten. Den Kopf nach vorn gereckt, den massigen Hals eingezogen, starrte Lucas Cranach finster auf die Risszeichnung, die sein Geselle Ambrosius auf eine mit Kreidegrund bearbeitete Holztafel übertragen hatte.

»Ich weiß wirklich nicht, weshalb ich dich überhaupt noch weiter durchfüttere«, brummte Cranach. »Das würde sogar mein Sohn Hans besser hinbekommen – und der ist gerade mal im zweiten Lehrjahr.«

Der fünfzehnjährige Hans Cranach begann breit zu grinsen, während Ambrosius' eckige Schultern noch tiefer sackten. Der hartnäckige Husten, der den Gesellen den ganzen Winter über gequält hatte, war noch nicht gänzlich verschwunden und hatte nicht nur das Fleisch von seinen Knochen gefressen, sondern ihn zudem noch anfällig für allerlei weitere Leiden gemacht. Dabei war er einer der Besten, was Landschaften betraf, und das wusste der Alte nur zu genau. Trotzdem hatte er ausgerechnet Ambrosius damit beauftragt, das ungleiche Paar, einen betagten Mann und sein junges Weib, zu skizzieren.

Die Pest, die Wittenberg im vergangenen Jahr gebeutelt hatte, hatte auch die Besetzung der Werkstatt stark dezimiert. Zwei Gesellen und drei Lehrlinge waren an der Seuche gestorben. Jetzt gab es außer Jan und Ambrosius nur noch die Gesellen Simon und Paul, beide ungefähr in Jans Alter, sowie die zwei Cranach-Söhne Hans und Luc, die vom Vater ausgebildet wurden. Nachschub sollte irgendwann eintreffen, denn Cranachs Kunst war im ganzen Reich bekannt.

Die Frage war lediglich, wann.

Schon lange musste die Arbeit an den Bildern aufgeteilt werden, denn Cranach hatte mit seinen Hauserwerbungen und Wiederverkäufen, der Apotheke, den Druckaufträgen, in die er viel investiert hatte, und regelmäßigen Sitzungen im Stadtrat bereits jede Menge zu tun.

»Das lässt sich doch rasch wieder ausbügeln«, sagte Jan, den der Gescholtene rührte. »Ein paar Striche – und das gesamte Ensemble …«

»Ach, auch endlich zurück?« Cranach fuhr zu ihm herum. »Ich hatte beinahe befürchtet, dass der werte Herr Seman uns womöglich erst morgen früh wieder mit seiner Anwesenheit beehren würde.«

»Ihr hattet mir den Nachmittag freigegeben«, erwiderte Jan ruhig. »Und den Abend dazu. Schon vergessen?«

Die beiden starrten sich an. Nicht das erste Mal, dass sie aneinandergerieten. Schließlich machte Cranach eine ungeduldige Handbewegung.

»Egal. Jetzt bist du ja da. Ambrosius soll sich um die Lasur der Tafel für das neue Frauenporträt kümmern. Das zumindest wird er ja wohl zustande bringen! Und ihr Buben säubert die Pinsel – ordentlich, sonst könnt ihr was erleben.« Er griff nach seinem schwarzen Barett. »Komm, wir gehen!«

»Du willst noch einmal fort?« Die hohe Stimme von Barbara Cranach, die unbemerkt die Werkstatt betreten hatte, durchschnitt die angespannte Stille. »Aber das Essen ist so gut wie fertig. Und jeder Braten wird trocken und zäh, wenn man ihn zu lange auf dem Feuer lässt.«

Sie besitzt die Eigenschaft, sich unsichtbar zu machen, dachte Jan, kann kommen und gehen wie ein Geist. Selbst wenn man sie eine ganze Weile anschaut, weiß man doch hinterher nicht mehr genau, was man gesehen hat. Dabei ist ihr volles Gesicht mit den hellblauen Augen alles andere als unansehnlich, und im flachsblonden Haar schimmern noch keine Silberfäden. Fünf Kinder hat sie dem Alten geboren – und ist doch auf keinem einzigen seiner bisherigen Gemälde verewigt, als vergesse der Maler zwischendrin selbst, mit wem er eigentlich verheiratet ist.

»Hör auf, meine Frau so gierig anzustarren!«, sagte Cranach ungehalten. »Du weißt ganz genau, dass ich das nicht leiden kann. Deine stadtbekannten Possen als Weiberheld sind in diesen Mauern nichts wert, Seman! Was du in den Elb-Auen anstellst, soll mir egal sein. Aber bis du eine anständige Braut freien kannst, musst du noch deutlich an Fleiß und Ausdauer zulegen, sonst wird nichts daraus.«

Er zwinkerte Barbara zu.

»Und jetzt will ich sofort ein freundliches Gesicht sehen. Denn wäre dein Mann nicht so geschickt im Auftreiben neuer Aufträge, gäbe es weder dieses geräumige Haus noch die Küche, in der du nach Herzenslust befehlen kannst. Also hör auf zu lamentieren, gieß lieber ein bisschen Bier zum Braten, und heb uns zwei anständige Portionen auf, damit wir unseren Hunger später stillen können!«

Er griff nach einer Laterne, die er schon bereitgestellt hatte, und ging so schnell hinaus, dass Jan sich anstrengen musste, ihm zu folgen.

Schon nach wenigen Schritten war Jan klar, wohin es ging.

»Ihr wollt zum Schloss?«, fragte er halblaut. »Dann ist es also der Kurfürst, der …«

»Ist es nicht«, unterbrach ihn Cranach. »Seine Hoheit weilt in Meißen. Und dir rate ich, den vorlauten Schnabel heute Abend nicht allzu weit aufzureißen. Mein Auftraggeber wünscht äußerste Diskretion. Die wird er auch bekommen.«

»Wozu braucht Ihr dann mich?«

»Das wirst du schon noch rechtzeitig erfahren.« Inzwischen ging Cranach so schnell, dass Jan Seitenstechen bekam. Er verstummte für den Rest des Weges und konzentrierte sich darauf, gleichmäßig zu atmen.

Lucas Cranach steuerte nicht das Hauptportal des Schlosses an, sondern einen Seiteneingang, den man sehr leicht hätte übersehen können. Aber der Maler hatte die ersten Jahre seiner Zeit in Wittenberg in der Residenz gelebt und kannte sich daher bestens dort aus.

Er ließ den grünspanigen Klopfer gegen das Holz schlagen. Erst geschah nichts, dann öffnete sich die Tür, und sie wurden eingelassen.

Ein gebeugter Diener führte sie eine schmale Treppe hinauf. Die Holzstufen knarrten unter ihren Stiefeln. Dann waren sie in einem dunklen Gang angekommen.

Der Diener verbeugte sich und verschwand.

»Du verziehst dich jetzt auf der Stelle in das Gemach zur Linken.« Cranachs Stimme klang auf einmal heiser vor Anspannung. »An der Wand hängt eine große Leinwand. Diese wirst du eine halbe Handbreit nach rechts rücken – behutsam, versteht sich. Durch den Spalt kannst du nach nebenan schauen. Und alles mitanhören, was gesprochen wird.«

»Aber wozu …« Jan erhielt einen kräftigen Stoß, der ihn taumeln ließ.

»Tu einfach, was ich dir sage! Wenn du mich dreimal klopfen hörst, kannst du wieder herauskommen.« Cranach nahm ihm die Laterne aus der Hand und schob ihn durch die Tür.

Drinnen mussten sich Jans Augen erst einmal an die Dunkelheit gewöhnen. Ein Tisch mit vier hohen Stühlen, zwei schwere geschnitzte Truhen. An der Längsseite hing eine große Leinwand.

Er näherte sich, schob sie vorsichtig zur Seite.

Nicht einen Augenblick zu früh.

»Ihr seid spät, Meister Cranach.« Die Stimme des Mannes, die zu ihm drang, war tief und melodisch. »Dann scheint es also zu stimmen, was von Euch behauptet wird – dass Ihr satt und träge geworden seid?«

»Keineswegs, Herr …«

»Keine Namen!« Die tiefe Stimme war schärfer geworden. »Das hatten wir doch vereinbart.«

»Ganz, wie Ihr wünscht.« Cranach verbeugte sich leicht.

Das Gemach nebenan war spärlichst erleuchtet. Ein Kandelaber mit zwei brennenden Kerzen, das war alles, was es an Licht gab.

»Dann lasst uns rasch zum Eigentlichen kommen. Ich hasse es, unnötig Zeit zu verlieren. Ich wünsche mir ein Gemälde von Euch, Meister Cranach – ein spezielles Gemälde. Das Motiv dürfte Euch nicht unbekannt sein, vermutlich aber die besondere Ausführung, die ich mir vorgestellt habe.«

Der Mann hatte seine Position verändert. Er war schlank und mittelgroß, mit den ausgewogenen Proportionen eines Reiters.

Ein Soldat, dachte Jan unwillkürlich. Jede seiner Bewegungen verrät Geschmeidigkeit und Kraft.

»Die drei Grazien sollen es sein«, fuhr der Mann fort. »Aglaia, Thalia, Euphrosyne.« War das ein unterdrücktes Lachen? »Wenn Ihr unbedingt wollt, könnt Ihr sie mit durchsichtigen Schleiern ausstatten. Mehr allerdings sollten sie nicht am Leibe tragen.«

»Ein Nacktbild also«, sagte Lucas Cranach. »Dafür hättet Ihr Euch den ganzen Aufwand allerdings sparen können! Wie Ihr wisst, habe ich schon viele mythologische Motive gemalt …«

»Ich war noch nicht ganz zu Ende«, sagte der Mann. »Und schreibt mir nicht vor, was ich zu tun oder zu lassen habe, sonst werden unsere Wege sich rasch wieder trennen. Dieses Mal werdet Ihr keine der Vorlagen aus Eurer Werkstatt nehmen, wie Ihr sie so gern verwendet, verstanden? Ich verlange, dass Ihr mit lebenden Modellen arbeitet. An anderem bin ich nicht interessiert.« Er hatte hastig gesprochen, als läge ihm daran, die Angelegenheit rasch hinter sich zu bringen.

»Ich könnte im Frauenhaus anfragen.« Cranach klang wenig begeistert. »Ab und an ist schon mal eine bereit, sich für Geld nackt malen zu lassen.«

»Keine Huren!«, rief der Mann. »Von denen will ich keine auf diesem Gemälde haben. Nein, es sollen anständige Frauen sein, die den drei Grazien Gesicht und Körper leihen – frei von jeglicher Täuschung, wenn Ihr versteht, was ich meine.«

In der Erregung hatte er beim Reden seinen Kopf seitlich gedreht, und Jan konnte sehen, was die ungewissen Lichtverhältnisse bislang verborgen hatten. Die linke Gesichtshälfte des Mannes schimmerte schwärzlich. Er trug eine Halbmaske aus Metall, die ihn abstoßend, ja, fast diabolisch wirken ließ.

Unwillkürlich trat Jan einen Schritt zurück, um gleich danach die Stirn noch fester gegen die Wand zu pressen.

»Ihr wisst, dass das unmöglich ist.« Cranach sprach beschwichtigend wie zu einem aufsässigen Kind. »Keine anständige Frau würde sich unbekleidet einem Maler zeigen.«

»Dann macht es möglich! Es soll Euer Schaden nicht sein. Ganz im Gegenteil.« Der Mann hatte eine Börse hervorgezogen und wedelte damit vor Cranach hin und her, bevor er die Geldstücke auf den Tisch schüttete. »Und das für ein kleines Ölbild auf Holz – na, ist das vielleicht kein verlockendes Angebot?«

»Aber das sind ja hundertfünfzig Gulden«, murmelte Cranach erschrocken.

Jan stockte der Atem.

Die Summe war horrend. Maßlos. Und doch überaus verführerisch.

»Fünfzig als Anzahlung. Die könnt Ihr gleich mitnehmen, falls wir uns einig werden. Fünfzig, wenn zwei der Frauen fertig gemalt sind, und der Rest nach Fertigstellung. Allerdings muss ich noch weitere Bedingungen stellen. Ihr werdet mit der Figur der Aglaia beginnen.«

»Wenn Ihr denn unbedingt wollt …«

»Modell dafür wird Euch Margaretha Relin stehen, die junge Frau des Apothekers.«

»Wir stellt Ihr Euch das vor?«, fuhr Cranach auf. »Die beiden sind gerade mal zwei Jahre verheiratet!«

»Eure Angelegenheit, nicht meine«, sagte der Mann mit der Maske. »Gehört die Apotheke nicht Euch? Dann dürfte es doch nicht allzu schwer sein, Relin dazu zu bewegen.«

»Er ist mein Angestellter, nicht mein Sklave«, sagte der Maler dumpf. »Und was sein Weib betrifft, so …«

Eine behandschuhte Hand schob die schweren Münzen zurück in die Börse.

»Dann vergesst unser kleines Gespräch von eben sofort wieder! Es hat niemals stattgefunden«, sagte der Mann. »Einen schönen Abend noch, Meister Cranach!« Er wandte sich zum Gehen.

»Halt! So wartet doch!« Cranach hatte den fetten Köder geschluckt, das war Jan klar. »Ihr müsst mir schon ein wenig Zeit geben, mich an solch eine Vorstellung zu gewöhnen.«

»Zeit?« Das Lachen des Maskenmanns klang bitter. »Damit wären wir schon bei der nächsten meiner Bedingungen angelangt. Das Bild muss fertig sein bis zum Fest von Mariä Himmelfahrt. Schafft Ihr das?« Er hatte die Börse erneut geöffnet und zählte fünfzig harte Gulden auf den Tisch.

»Das ist ja ein Höllentempo, was Ihr von mir verlangt! Und

die anderen beiden nackten Frauen?«, rief Cranach. »Wer sollen die sein? Etwa Fürstinnen? Oder gar Königinnen? Was an Unvorstellbarem habt Ihr Euch weiter ausgedacht?«

»Gemach, gemach!«, rief der Maskenmann. »Ihr werdet es als Erster erfahren. Zur rechten Zeit.« Er streckte ihm die Hand entgegen. »So sind wir also miteinander im Geschäft, Meister Cranach?«

Jan sah, wie der Alte eine Weile zauderte, dann aber schlug er ein.

Jan trat von der Wand zurück, schob die Leinwand zurück an die richtige Stelle. Als wenig später die drei vereinbarten Klopftöne erklangen, verließ er rasch das Gemach.

Sie blieben beide stumm, den ganzen Weg die Treppe hinunter, und auch noch, als sie das Schloss durch den Nebeneingang wieder verlassen hatten. Ein paar Tropfen fielen, und der Wind hatte aufgefrischt. Jan konnte spüren, wie die Spannung wuchs, bis sie wie ein blankes Schwert zwischen ihnen schwebte.

Plötzlich hielt es er nicht länger aus.

»Ihr wisst, ich kann schweigen«, brach es aus ihm heraus. »Und selbst wenn es Euch inzwischen leidtun sollte, dass Ihr mich mitgenommen habt …«

»Tut es nicht. Ganz im Gegenteil.« Cranach war unvermittelt stehen geblieben. »Ganz Wittenberg tuschelt darüber, wie sehr du dir die Weiber gewogen zu machen verstehst. Jetzt wirst du Gelegenheit erhalten, deine Kunstfertigkeit auch für mich unter Beweis zu stellen.«

»Was wollt Ihr damit sagen?«, fragte Jan misstrauisch.

»Nun, ganz einfach: Du wirst es sein, der für unseren Kunden Margaretha Relin als nackte Aglaia malen wird.«

✤

Griet Hutinger war besser als die Frauenwirte, die er jemals erlebt hatte, strenger als Kunz Rieger, der für ihn zunächst das Freudenhaus am Markt von Leipzig geführt hatte, unvergleichlich ehrlicher als dessen Nachfolger Jörg Brandmann, dem er ständig auf die Finger hatte schauen müssen, weil er gestohlen hatte wie ein Rabe.

Und auch das Haus am Elstertor erwies sich schon nach Kurzem als Glücksgriff: weit genug von der Marienkirche entfernt, um nicht die Gemüter der ehrbaren Bürger zu erhitzen, aber doch bequem genug zu erreichen, wenn jemanden nach käuflicher Gesellschaft verlangte. Dabei hatte er anfangs mit der Anmietung des zweistöckigen Gebäudes gezögert, weil ihm die zwölf Kammern zu niedrig und eng und die beiden Stuben zu schäbig erschienen waren, um zu Weinkonsum und Glücksspiel einzuladen. Doch kaum hatte das neue Frauenhaus seine Pforten geöffnet, strömten schon die Freier herbei, mittlerweile so zahlreich, dass das alteingesessene Hurenhaus am nördlichen Holzmarkt um seine Existenz zu fürchten hatte.

Natürlich kam ihm entgegen, dass die Lehre Luthers die meisten der einstmals katholischen Feiertage hatte verschwinden lassen, an denen ein Besuch im Frauenhaus streng verboten gewesen war – einer der Gründe, warum er sich für Wittenberg entschieden hatte, doch bei Weitem nicht der einzige.

Er trat in eine Toreinfahrt, nahm den Umhang ab und wendete ihn. Das schlichte Grau, mit dem er bislang durch die Stadt gegangen war, machte prächtigem karmesinroten Tuch Platz, das als Innenfutter verborgen gewesen war. Als er nun auch die Maske angelegt hatte, kam er sich unbesiegbar vor.

Sein Plan würde gelingen.

An Tagen wie diesem zweifelte er nicht länger daran. Allen

würde er zeigen, mit wem sie zu rechnen hatten: einem stolzen, kühnen Mann, den nichts und niemand von seinem Vorhaben abhalten konnte.

Trotzdem sah er sich nach allen Seiten um, bevor er den Schlüssel hervorkramte und in das Schloss der rückwärtigen Tür steckte.

Geschmeidig sprang sie auf, wonach er den Gang entlanglief und schließlich die untere Stube betrat.

»Patron!« Griet sprang sofort auf. Außer ihr war niemand in dem niedrigen Raum, was bedeutete, dass alle Hübschlerinnen bei der Arbeit waren, ein Gedanke, der ihm gefiel. »Eigentlich hatte ich erst morgen mit Euch gerechnet …«

»Hast du die Abrechnung fertig?«

»Gewiss. Ich geh sie sofort holen.«

»Warte!« Er ließ sich auf die Bank fallen. »Was ist mit der kleinen Schwangeren?«

»Das Problem ist gottlob inzwischen aus der Welt«, sagte sie. »Erst wollte Els das Gebräu aus Immergrün, Lorbeer und Nelkensud nicht trinken. Da mussten wir leider ein wenig nachdrücklich werden.« Sie schob sich eine dunkle Locke hinter das Ohr. Griet war füllig und heißblütig, hatte schwere Brüste und wiegende Hüften, die ihr enges helles Kleid unterstrich. Der Typ Weib, der Männer rasch um den Verstand bringen konnte – und doch offenbar heilfroh, nicht mehr selbst die Beine breit machen zu müssen. »Ein, zwei Wochen vielleicht, dann ist sie wieder einsatzbereit. Im Grunde macht sie ihre Arbeit gar nicht schlecht. Els muss nur noch lernen, mehr aus sich herauszugehen. Das mögen die Männer nämlich.«

»Gut. Du kannst sie ja anlernen. Damit wäre uns allen geholfen. Und jetzt gib mir einen Becher Wein!«

Sie schenkte ihm ein, er trank, schluckte aber den Roten nicht hinunter, sondern spie ihn ihr angeekelt entgegen.

»Was ist das denn für ein widerlicher Fusel! Willst du unsere Freier mit aller Macht vergraulen?«

»Aber ich dachte …« Ihre Hände fuhren an ihr besudeltes Mieder, dann sanken sie wieder hinab. » Wir sollten sparsam wirtschaften …«

»Zum Denken hast du mich, verstanden?«, bellte er. Sie nickte rasch. »Du wirst bezahlt, damit du meine Anordnungen ausführst. Kapiert?«

Sie nickte abermals.

»Du kümmerst dich sofort um besseren Wein, denn wer mehr trinkt, kommt nicht nur schneller auf geile Gedanken, sondern auch in Spiellaune.« Dass alle Würfel im Frauenhaus präpariert waren, bedurfte keiner Erwähnung. »War teuer genug, eine Schankgenehmigung vom Rat der Stadt zu erhalten! Jetzt geht es darum, all das schöne Geld so schnell wie möglich wieder hereinzuholen.«

Die Genehmigung lief auf Griet, wie so manches andere auch. Ihm war es gelungen, sich gänzlich im Hintergrund zu halten. Niemand konnte seinen Namen mit dem neuen Frauenhaus in Verbindung bringen. Darauf hatte er peinlich geachtet.

»Ihr werdet zufrieden sein, Patron. Wir haben mehr als anständige Einnahmen.« Griet strich ihre Röcke glatt und wollte schnell an ihm vorbei.

Er packte ihre Hand, zwang sie, nah neben ihm stehen zu bleiben.

»Und wenn ich eines Tages dein Kunde sein wollte?«, fragte er heiser. »Was dann, schöne Griet?«

Sie drehte den Kopf zur Seite, weil sie seinen Geruch nicht ertragen konnte. Gleichzeitig wehte sie etwas Kaltes an, das ihr die Kehle eng werden ließ. Einmal nur hatte er eine der Frauen angerührt, sie aber dabei so übel zugerichtet, dass sie ungeachtet ihrer Blessuren heimlich aus Wittenberg geflohen war. Ein Student hatte später berichtet, sie sei in Jena bei einem Bader untergekommen. Dem Patron hatte sie kein Wort davon verraten – und genauso würde sie es auch weiterhin halten.

»Ich führe doch hier Eure Geschäfte«, sagte sie mit einem bemühten Lachen, das sie schwer genug ankam. »Wie könnte ich mich da mit Euch zum Vergnügen auf dem Lager wälzen?«

Er lachte ebenfalls, doch es klang auch gequält.

Und während Griet nach oben lief, um die dunkle Holztruhe mit den blanken Münzen zu holen, schlug ihr Herz so fest gegen die Brust, dass sie Angst bekam, es würde beim nächsten Atemzug herausspringen.

✤

Etwas Weiches streifte ihr Kinn, und als Susanna es wegwischen wollte, drang ein hohes Fiepen an ihr Ohr.

»Bissu wach?«

Das Kitzeln wurde stärker. Das Fiepen lauter.

Sie öffnete die Lider – und blickte direkt in Hansis wasserhelle Augen. Auf ihrer Brust saß ein rotweiß gestreiftes Kätzchen, kaum größer als eine Männerhand.

Es schien Hansi zu gefallen, dass sie nicht länger schlief, denn er griff nach ihrem Zopf und zog beherzt daran.

»Aua!« Susanna fuhr hoch, und die kleine Katze purzelte fiepend hinunter. »Willst du mir vielleicht die Haare einzeln vom Kopf reißen?«

Ein Gedanke, der ihm zu gefallen schien, denn er brach in lautes Juchzen aus.

»Isse wach!«, krähte er. »Susa isse wach!«

Wie rasch man sich an so ein kleines Wesen gewöhnen konnte!

Susanna packte Hansi, drückte ihn fest an sich und begann nun ihn zu kitzeln. Er wand sich und strampelte, lachte aber dabei aus vollem Hals.

»Hansi will fliegen!«, verlangte er, als sie ihn wieder losgelassen hatte.

»Freilich«, sagte Susanna und sprang auf. »Den ganzen Tag nur fliegen – das würde dir so passen. Aber dazu wirst du mir langsam zu schwer, junger Mann.«

Der Lärm hatte auch Bini geweckt, die schlaftrunken zu ihnen herüberblinzelte. Die Kammer, die Katharina von Bora ihnen zugewiesen hatte, bestand aus zwei ehemaligen Zellen, zwischen denen man die Wand herausgerissen hatte. Sie war gerade geräumig genug, um Platz für zwei Strohsäcke zu schaffen und die paar Habseligkeiten, die sie auf ihrer Flucht mitgenommen hatten.

»Ich bin noch so müde, dass ich heulen könnte«, murmelte Bini. »Dabei sind wir doch im Kloster noch viel früher aufgestanden!«

»Aber da hatten wir wenigstens feste Zeiten zum Beten und Meditieren. Hier dagegen schuften wir von morgens bis in die Nacht.«

Susanna schlüpfte in ihr Kleid und schloss das Mieder. Noch immer vermisste sie das Gefühl von Sicherheit und Geborgenheit, das ihr der strenge weiße Habit mit Schleier, Skapulier und Zingulum stets geschenkt hatte. In dem ausgeleierten blauen Stoff dagegen fühlte sie sich ungeschützt, männlichen Blicken wehrlos ausgeliefert. Dabei hätte ihr Gewand eine Wäsche längst dringend nötig gehabt. Doch das Ersatzkleid, das sie dann hätte tragen müssen, war noch fadenscheiniger.

Sie wollte Hansi den Rosenkranz aus der Hand nehmen, den er heimlich aus ihrem Bündel gezogen hatte, aber der

34

Kleine machte keinerlei Anstalten, ihn wieder loszulassen. Der Rosenkranz bestand aus einfachen Holzperlen, die Schwester Laureata eigens für Susanna geschnitzt hatte; die Schnur, auf der sie aufgezogen waren, war im Lauf der vielen Jahren brüchig geworden – und riss plötzlich.

Die Perlen kullerten auf den Boden, was Susanna Tränen in die Augen trieb, während Hansi abermals laut aufjauchzte.

»Das ist heilig – *heilig!* Verstehst du?«, rief sie. »Auch wenn deine Eltern das Ave Maria inzwischen verwerfen. Bini und ich beten noch immer zur Mutter Gottes, so wie wir es gelernt haben.«

Er sah sie so aufmerksam an, als verstünde er jedes Wort.

»Heilig«, wiederholte er schließlich mit großem Ernst. »Heilig …« Dann lief er hinaus. Die gestreifte Katze folgte ihm mit hoch erhobenem Schwanz.

Susanna bückte sich nach dem Kreuz des Rosenkranzes, hob es auf und drückte es an ihre Brust.

»Nach der Arbeit sammeln wir sie alle ein und ziehen sie neu auf«, sagte Bini tröstend, die inzwischen ebenfalls aufgestanden war und ihr Kleid überstreifte. »Einstweilen müssen wir eben ohne Perlen beten. Ist doch ohnehin alles in unseren Köpfen. Und in unseren Herzen erst recht.«

Sie begann am Stoff zu schnüffeln.

»Ich stinke wie ein Iltis«, sagte sie schließlich. »Und dir dürfte es nicht viel anders gehen. Daran sind all diese Tiere schuld, die es hier gibt: Hühner, Gänse, Tauben, Kaninchen, Zicklein, vor allem aber diese Sauen, die ständig im Dreck wühlen. Hast du schon gehört, dass sie demnächst auch noch eine Kuh anschaffen will? Dann werden wir eine richtige Arche Noah haben. Höchste Zeit, dass wir große Wäsche machen, Susanna! Katharina hat mir eine Stelle am Fluss gezeigt, wo die Frauen zum Schrubben hingehen. Am nächsten sonnigen Tag werde ich mich mit unseren Sachen dorthin auf den Weg machen.«

»Schaffst du das denn mit deinem Fuß?« Susanna klang skeptisch.

Bini begann zu strahlen.

»Katharinas Salbe aus Kamille und Arnika hat wahre Wunder gewirkt.« Sie hielt Susanna ihren Fuß hin. »Sieh nur, die Wunde hat sich schon fast geschlossen! Aber warum ziehst du denn auf einmal ein so finsteres Gesicht?«

»Ich schaue drein wie immer«, verteidigte sich Susanna. »Und von geschlossen kann bei Gott noch keine Rede sein!«

Der Fuß war im Nu wieder verschwunden.

»Ach, jetzt weiß ich es: Weil doch heute eigentlich dieser Jan zu uns ins Schwarze Kloster kommen wollte. Aber er ist leider verhindert. Sein Meister soll daran schuld sein. Das hab ich die Lutherin gestern zur Muhme sagen hören.«

»Und wenn schon! Nichts auf der Welt könnte mir gleichgültiger sein«, fuhr Susanna auf.

Bini stupste zart gegen die Wange der Freundin.

»Du warst schon immer eine grottenschlechte Lügnerin«, sagte sie grinsend. »Aber genau das mag ich so an dir.«

Zwei

Jede Frau besaß ihren ganz eigenen Duft, das hatte Jan im Lauf der Jahre nach und nach herausgefunden. Manche rochen wie eine sommerliche Blumenwiese, andere nach Heu oder exotischen Hölzern, wieder andere säuerlich wie eingelegtes Kraut. Der Duft war schwach, solange man noch ein ganzes Stück von ihnen entfernt war, intensivierte sich jedoch beim Näherkommen. Den höchsten Grad gewann er, sobald er sich mit den Säften der Liebe vermischte, aufstieg und sich wie ein Gewächs verbreitete, das die Zweige kühn nach allen Richtungen reckte.

Beim Anblick von Margaretha Relin musste Jan stets an eine Truhe denken, die bis obenhin mit frisch gewaschener Wäsche gefüllt war, so klar und sauber roch sie, anständig, fast unschuldig. Dabei saß ihr der Schalk in den großen grauen Augen, und die Hände, die ständig etwas an der bieder aufgesteckten Zopffrisur zu zupfen hatten, vollführten beim Reden einen koketten Tanz. Ihre Gelenke waren schmal, die Finger aber lang und kräftig, Hände einer Seifensiedertochter, die durchaus zupacken konnten.

Sie mochte ihn, das wusste er schon seit seinen ersten Besuchen in der Apotheke. Sie wärmte sich an seinem frechen

Lachen und den kleinen Scherzen, die er machte, während sie die bestellten Pigmente, Kräuter und Gewürze zusammensuchte und so sorgfältig verpackte, als würde er mit ihnen auf große Reise gehen wollen und sie nicht nur die paar Schritte nach nebenan in Cranachs Werkstatt tragen. Meist war sie freundlich und schien heiter, bisweilen aber konnte er sich des Eindrucks nicht erwehren, dass sie an Melancholie litt. Mehr als einmal war Jan schon drauf und dran gewesen, sie nach den Gründen zu fragen, doch dazu war es bislang nicht gekommen, denn er ahnte auch so, was sie bedrückte.

Einmal in all der Zeit hatte Margaretha sich verraten und ihm verschämt die teure Wiege aus Buchenholz gezeigt, die sie vom Zimmermann hatte schnitzen lassen. Dass diese Wiege noch immer leer war, darüber wurde in Wittenberg eifrig getuschelt. Da hatte er sich wohl verrechnet, der gestandene, bereits in die Jahre gekommene Apotheker Alwin Relin mit seinem gebeugten Rücken und dem silbernen Schopf, der geglaubt hatte, mit einem blutjungen Weib im Nu einen ganzen Stall gesunder Kinder zeugen zu können.

Nicht schnell genug hatte es ihm mit der Brautwerbung gehen können, kaum dass seine brave Gerusch unter der Erde war, die in all den Ehejahren niemals von ihm schwanger geworden war. Ein frisch renoviertes Haus hatte Relin flugs von Meister Cranach angemietet, um dort ungestört dem Honigmond mit Margaretha zu frönen. Das lag inzwischen beinahe drei Jahre zurück – und noch immer wartete er vergeblich auf den ersten Nachkommen.

Die Sorge wegen einer kinderlosen Zukunft hatte erste feine Linien in Margarethas glattes Mädchengesicht gestichelt, und die dunklen Augenschatten zeugten von schlaflosen Nächten. Beim Verpacken von Lapislazuli, Malachit, Zinnober und all den anderen Kostbarkeiten hielt sie den Kopf heute gesenkt und mied Jans Blick.

Er wusste plötzlich nicht mehr weiter.

Margaretha wirkte so abwesend, so sehr in sich gekehrt – wie in aller Welt sollte er da das unmögliche Anliegen zur Sprache bringen, das der Meister ihm aufgetragen hatte?

Jan räusperte sich, rang nach Worten und fand doch nicht die richtigen. Aber es musste gelingen! So vieles hing davon ab, dass er sich hier und heute als Herr der Situation erwies.

Er griff unter ihr Kinn und hob es sanft an.

»So traurig?«, fragte er leise. »Das kann ich bei einer so schönen Frau wie Euch kaum ertragen.«

»Ich und schön – dass ich nicht lache!«, gab sie gereizt zurück. »Mein Hals ist zu kurz, die Nase zu knollig, das Becken nicht breit genug. Und was das andere betrifft …« Sie stieß seine Hand weg. »Spart Eure Komplimente lieber für jene auf, die es verdienen!«

»Nur ein Blinder könnte bei Eurer Schönheit unberührt bleiben«, fuhr Jan unbeirrt fort. »Sagt, habt Ihr denn bei Euch zu Hause alle Spiegel zerschlagen?«

Jetzt musste sie wider Willen doch ein wenig lächeln.

»Wir hatten nur zwei, und der eine ist längst ruiniert. Den anderen hab ich in der Truhe versteckt. Ganz zuunterst, wenn Ihr es genau wissen wollt.«

»Und die Augen Eures Mannes? Was sagen die Euch?«

»Dass ich wertlos bin. Eine billige Dienstmagd, nichts weiter. Alwin hat einen Fehler begangen. Niemals hätte er mich heiraten sollen – die Tochter eines Seifensieders. Das sagen mir seine ›Augen‹.« Sie hievte die Töpfe schwer atmend auf die Theke. »Habt Ihr wieder den Leiterwagen dabei? Damit würdet Ihr Euch sicherlich leichter tun.«

Er ließ seinen Blick auf ihr ruhen.

»Es macht mir nichts aus, zweimal zu gehen, ganz im Gegenteil. Ich bin gern in Eurer Nähe. Und noch viel lieber sehe ich Euch an.« Jan begann zu schmunzeln. »Vor allem aber wünsche ich mir, dass für Euch das Gleiche gilt. Ihr müsst Euch lieben lernen, sonst kann es auch kein anderer tun.«

»Was für seltsame Reden Ihr doch immer führt!« Sie fuhr sich über das Gesicht, als wollte sie etwas wegwischen. Der Geruch nach frischer Wäsche wurde intensiver. »Kein Wunder, dass die Leute über Euch reden.«

»Lasst sie reden! Mich stört das nicht. Ich will Euch malen, Margaretha.«

»Mich?« Sie wich zurück. »Was sagt Ihr da? Ihr müsst den Verstand verloren haben!«

»Und wenn schon? Bitte, sagt ja!«

»Aber das ist ganz und gar unmöglich! Selbst wenn ich wollte: Niemals würde Alwin seine Zustimmung geben.« Ihre Hände nestelten fahrig an den rotblonden Flechten. Die Haube, die sie in letzter Zeit getragen hatte, hatte sie offenbar abgelegt. Weil sie sich nicht länger als verheiratete Frau fühlte? »Er wird ja schon eifersüchtig, wenn ich mit einem Kunden nur ein paar freundliche Worte wechsle. Dabei gehört das doch zum Geschäft, das hat mir mein Vater schon beigebracht, als ich noch ein Kind war. Und Alwin lässt mich auch so oft allein!«

»Und wenn er gar nichts davon erführe?«, setzte Jan nach. »Ich kann schweigen. Ihr auch?«

»Soll ich mich vielleicht heimlich aus der Offizin schleichen?« Sie klang ehrlich empört. »Oder aus unserem Haus, nachts, sobald Alwin friedlich neben mir schnarcht? Wie stellt Ihr Euch das denn vor? Ich bin eine ehrbare Frau. So etwas könnte ich nie tun.«

»Nächste Woche begleitet Euer Mann Meister Cranach für

vier Tage nach Meißen«, sagte Jan, nahm die ersten beiden Töpfe und machte ein paar Schritte zur Tür, bevor er sich wieder ihr zuwandte. »Vielleicht bleiben sie sogar noch länger, falls der Kurfürst neue Aufträge hat, womit durchaus zu rechnen ist. Eine so günstige Gelegenheit wird wohl so bald nicht wiederkommen. Wir sollten sie nutzen. Meint Ihr nicht auch?«

»Wie könnt Ihr es wagen …«

Er blieb stehen, schaute halb über die Schulter zu ihr zurück.

»Tut es nicht meinetwegen, sondern Euretwegen, Margaretha!«, sagte er bittend. »Um Euch an Eure Schönheit zu erinnern. Dann wird sie auch für andere Menschen wieder sichtbar, das verspreche ich Euch.«

Ihr Mund klappte auf, als wollte sie noch etwas hinzufügen, dann aber zuckte sie wortlos die Schultern und verschwand im Nebenraum.

✣

Susanna wurde jedes Mal klamm zumute, sobald sie Luther begegnete, obwohl der Reformator sie kaum zu bemerken schien. Stets in Eile, als riefe ihn bereits die nächste dringliche Angelegenheit, lief er durch die Räume, ohne nach links und rechts zu schauen, bevor er für viele Stunden täglich in seiner Schreibstube im obersten Stockwerk verschwand. War die Tür geschlossen – und das war sie meistens –, bedeutete das, dass er nicht gestört werden wollte. Jeder im Haus hatte sich daran zu halten.

Zwei allerdings missachteten das Zeichen, Katharina, die immer wieder mal beherzt hineinging, das Fenster weit öffnete, um den Studienmuff zu vertreiben, eine Erfrischung zu bringen und ihn vor allem daran zu erinnern, dass er inzwischen auch Frau und Kinder hatte. Und natürlich Hansi, der mit seinen dicken Beinchen neben ihr die Treppe nach oben kletterte und sich freudestrahlend auf den Vater stürzte.

Hatte Luther ihn auf dem Arm, wurden seine Gesichtszüge weich, und man konnte sehen, wie sehr er an dem Kleinen hing. Doch schon bald wurde seine Miene wieder ernst, und dann kehrte in die schmalen Augen unter den starken Jochbögen jener skeptische Blick zurück, der Susanna durch und durch ging.

Immer wieder kam die Angst mit dunklen Schwingen, hielt sie gepackt in eisernem Griff. Manchmal war diese Angst so mächtig, dass Susanna die Worte regelrecht in der Kehle stecken blieben.

Würde sie nach dem Verlust ihrer Singstimme vielleicht ganz und gar stumm werden?

Sie tat alles, was in ihrer Macht stand, um gegen diese Panik anzukämpfen. In Leipzig war sie dem Teufel in Menschengestalt begegnet. Was anderes hätte sie tun können, als um ihr Leben zu ringen?

Und doch lag die unausgesprochene Schuld wie ein nasser Sack auf ihren Schultern und drückte sie nieder, von Tag zu Tag ein wenig mehr. Luther konnte nichts wissen von der unsichtbaren Last, die sie mit sich herumschleppte. Oder war er als Einziger in der Lage, bis in die Tiefe ihrer Seele zu schauen?

Was hätte sie jetzt darum gegeben, sich in einen Beichtstuhl flüchten zu können und dort alles loszuwerden, was sie so sehr quälte. Aber in der Stadt des Reformators gab es schon seit Jahren kein katholisches Gotteshaus mehr, geschweige einen Priester, der ihr das Sakrament der Buße hätte gewähren können. Wittenberg zu verlassen, wagte sie nicht. Allerdings trug die Stadtkirche zu ihrer Überraschung den Namen der

Gottesmutter, und Maria dort um Hilfe anzurufen, konnte schließlich niemand verbieten.

Natürlich war Bini eingeweiht in das, was ihr zugestoßen war – doch das Schlimmste, das, was sie Nacht für Nacht schweißgebadet aufschrecken und nach Luft ringen ließ, hielt sie sogar vor ihr verborgen. Es machte sie froh mitanzusehen, wie rasch Binea sich im ehemaligen Schwarzen Kloster eingelebt hatte. Kaum war ihr Fuß verheilt, sauste sie durch die Räume, lachte und plapperte den ganzen Tag, selbst bei den schwersten Arbeiten. Wie hätte sie da diese Unbeschwertheit mit schrecklichen Bekenntnissen belasten können?

Susanna schrak aus ihren Überlegungen hoch, als Luther plötzlich vor ihr stand.

»Es wird ein Essen geben«, sagte er unvermittelt. »Mit Kollegen von der Leucorea. Schwarzerd zum Beispiel und noch einige dazu, ich schätze, nicht mehr als acht, aber so genau kann man das niemals vorher sagen, weil jeder von ihnen so seine Eigenheit hat. Morgen, zur Mittagszeit. Geh der Frau schon heute tüchtig zur Hand, damit sie sich dann mit uns an die Tafel setzen kann! Das schätzt sie so sehr.«

Susanna nickte rasch. Wieder wurde ihr die Kehle eng.

»Kümmere dich vor allem um die Kinder!«, fuhr er fort. »Meine Käthe wird schnell unruhig, wenn sie zu plärren beginnen.«

»Das kann ich gerne übernehmen«, brachte Susanna schließlich krächzend hervor und schämte sich im gleichen Augenblick dafür.

Er musste sie für eine Idiotin halten.

Oder für eine, die dem Reformator aus guten Gründen nicht in die Augen schauen konnte.

Da war er schon weitergelaufen, ohne sich länger um sie zu kümmern.

Susanna starrte ihm hinterher, bis ein aufmunternder Stoß Binis sie jäh in die Gegenwart zurückbrachte.

»Hast du schon gehört? Wir zwei gehen jetzt auf den Markt«, sagte sie fröhlich, öffnete ihre Hand und ließ die Münzen klirren, die Katharina ihr gegeben hatte. »Da bekommen wir endlich Gelegenheit, uns dieses Wittenberg bei Tag anzuschauen!«

Susanna starrte sie an wie eine Erscheinung.

»Was ist mit dir?«, fragte Bini besorgt. »Du bist ja ganz blass! Aber sieh nur: Muhme Lene hat mir zwei Kupferstücke zugesteckt – nur für uns!«

»Nichts«, sagte Susanna rasch. »Nur die alte Geschichte … Du weißt ja.«

»Und genau das hört jetzt endlich auf, verstanden?« Bini drückte ihr energisch einen Korb in die Hand und nahm sich den zweiten. »Wir sind hier. In Sicherheit. Niemand kann uns etwas antun.«

Wie gern hätte sie daran geglaubt!

Doch kaum hatten sie das Lutherhaus verlassen und waren auf der öffentlichen Straße angelangt, beschleunigte sich ihr Herzschlag unwillkürlich.

»Heute ist Viehmarkt«, plapperte Bini fröhlich neben ihr. »Vielleicht bekommen wir ein paar schöne Rösser zu Gesicht …«

»Und was sollen wir damit?«, fiel Susanna ihr ins Wort, weil sie die innere Spannung kaum noch ertrug. »Du kannst ebenso wenig reiten wie ich.«

»Doch nur zum Anschauen und Sich-daran-Freuen …« Bini sandte ihr einen scheuen Blick zu. »Dass du immer gleich so griesgrämig werden musst! So warst du früher im Kloster nie. Manchmal erkenne ich dich kaum wieder.«

Ich mich ja auch nicht, dachte Susanna und senkte beschämt den Kopf. Jetzt giftete sie schon die Gefährtin an, die immer zu ihr gestanden hatte!

»Es tut mir leid«, setzte sie an, doch Bini schien es schon wieder vergessen zu haben.

»Lass uns den schönen Tag doch nicht mit trüben Gedanken verderben!«, sagte sie und deutete auf ein stattliches Gebäude links vor ihnen. »Siehst du das? Das ist die hiesige Universität Leucorea. Was für ein prächtiges Bauwerk! Und einige der gelehrten Herren werden wir morgen höchstpersönlich zu Gesicht bekommen.«

Susanna nickte schweigend.

»Muss mir noch einmal ins Gedächtnis rufen, was wir eigentlich kaufen sollen«, sprudelte Bini weiter. »Seife. Würste … Dabei hätten wir die doch leicht selber brühen können, wenn wir nur das richtige Fleisch gehabt hätten. Honig. Mehl. Fische. Und bunte Bänder.« Sie begann zu schmunzeln. »Vielleicht ja sogar auch eines für dich oder mich …«

Und was sollen wir damit?, wollte Susanna schon raunzen, unterließ es aber, weil Bini so glücklich aussah.

Eigentlich hatte sie ja recht. Der Tag war warm, ein blauer Himmel spannte sich über ihnen, von leichten weißen Wolken durchzogen, die kein bisschen nach Regen aussahen. Der Frühling, inzwischen in voller Blüte, schien alle übermütig zu machen. Rechts von ihnen trieben ein paar Buben unter lautem Gelächter ein klapperndes Holzrad mit einem Stecken voran; vor ihnen kämpfte ein Bäuerlein mit seinem Schwein, das offenbar ganz und gar nicht zum Markt wollte und trotz des Strickes, den der Mann ihm um den Hals geschlungen hatte, quiekend zu entkommen suchte.

Nach und nach wurde Susanna ruhiger, spürte die Kraft der Sonne zwischen den Schulterblättern und begann sogar neugierig zu schnuppern, weil eine Vielzahl von Gerüchen auf einmal ihre Nase kitzelte.

Ob sie Jan zu Gesicht bekommen würde?

Auf einmal war der Gedanke da und ließ sich nicht mehr aus ihrem Kopf vertreiben.

Und wenn schon! Bestimmt hatte er sie längst vergessen, eine ehemalige Nonne mit langen Fingern, die inzwischen als Magd arbeitete und froh sein konnte, dass sie überhaupt ein halbwegs dichtes Dach über dem Kopf hatte …

Sie hielt inne. War er das nicht da vorn?

Ihr Herz schien für einen Moment still zu stehen, um danach härter gegen die Rippen zu schlagen.

Dieser braunhaarige Kerl, der einen Leiterwagen hinter sich zerrte, das musste er doch sein!

Unwillkürlich hob sie eine Hand, um ihm zuzuwinken, ließ sie doch wieder sinken, als sie sah, wie er stehen blieb, um freudig eine junge Frau zu begrüßen.

Bislang sind sie alle noch immer freiwillig zu mir gekommen.

Dieser Satz beherrschte plötzlich ihr ganzes Denken – und sie hasste sich und vor allem ihn dafür.

Darauf kannst du bei mir bis in alle Ewigkeit warten, Jan Seman, dachte Susanna und musste ausspucken, weil sich in ihrem Mund auf einmal so viel Bitteres angesammelt hatte.

Sie drehte sich zu Bini um und schrak zusammen, als sie plötzlich ein durchdringendes Quieken hörte, das vom Nordende des Marktes zu kommen schien.

✤

Da war sie – er konnte es kaum glauben, aber es gab keinerlei Zweifel. Wie nur war sie hierhergekommen, ausgerechnet in diese Stadt, in der sich seine kühnsten Träume erfüllen sollten?

Er wandte sich ab, berührte sein Gesicht und spürte eine glatt rasierte Wange. Dann fuhr seine Hand unter den Kragen und ertastete den verhassten Wulst.

Sein Mund verzog sich.

Sie konnte ihn nicht erkennen, dafür hatte er gesorgt. Und dennoch war ihm plötzlich zum Speien übel.

Er ging ein paar Schritte weiter, bis er halb von einem Stand verdeckt war, an dem süße Küchlein feilgeboten wurden, deren Geruch er kaum ertragen konnte, und starrte erneut finster zu ihr hinüber.

Sie war nicht allein, und auch die andere, die sie begleitete, war ihm alles andere als unbekannt.

Was taten sie hier?

Hatten sich diese beiden Drecksluder etwa auf seine Fährte gesetzt? Musste er nun all seine Ideen über den Haufen werfen und das köstliche Spiel abbrechen, bevor es richtig begonnen hatte?

Für ein paar Augenblicke war ihm, als würde ihm eine eisige Faust ins Gedärm fahren, dann aber zwang er sich zur Ruhe.

Sie waren Niemande – und wussten nichts über ihn.

Er jedoch hielt die Fäden in der Hand, hatte sich doppelt und dreifach abgesichert. Keine lebende Seele konnte ihm auf die Schliche kommen, bis er besaß, wonach es ihn mit jeder Faser verlangte.

Er würde seine Rache zelebrieren, gelassen und mit kalter Hand, genauso wie er es geplant hatte.

Noch einmal flog sein Blick zu ihr.

Sie war magerer als in seiner Erinnerung und auffallend bleich, als ob etwas an ihr zehre, was ihr etwas Schutzloses und zugleich Geheimnisvolles gab, das ihn sofort wieder erregte.

Er zwang sich, diese Anwandlung zu unterdrücken.

Sie hatte ihn einmal überlistet, das war mehr als genug. An den Folgen trug er noch heute.

Und es gab noch einen weiteren entscheidenden Unterschied zu ihrem letzten Zusammentreffen: Dieses Mal durfte er sie unter keinen Umständen mit dem Leben davonkommen lassen.

✤

Ein großes Geschrei war auf dem Markt entstanden, als ein wild gewordener Zuchteber aus seinem Verschlag ausgebrochen war. Kreuz und quer war er zwischen den Ständen umhergesaust und hatte die kreischende Menge in Angst und Schrecken versetzt. Inzwischen war das Tier wieder eingefangen, und zum Glück war niemandem etwas zugestoßen.

Susannas Herz schlug noch immer schnell. Sie wollte wenigstens ein paar kostbare Augenblicke mit der Heiligen Jungfrau reden und nutzte die Gelegenheit, um in das Kirchenschiff zu schlüpfen – und auszuatmen.

Den länglichen Bau empfand sie als streng und kahl. Muhme Lene hatte erst neulich von den wüsten Bilderstürmern erzählt, die vor wenigen Jahren hier erbarmungslos gehaust und alles beseitigt hatten, was sie an die verhasste katholische Vorgeschichte erinnerte.

Susannas Blicke flogen suchend umher.

Nirgendwo eine Marienstatue, zu deren Füßen sie sich hätte werfen können, um der Gottesmutter nah zu sein.

Dann musste es eben auch so gehen.

Sie kniete sich auf eine der Holzbänke und tastete nach ihrem Rosenkranz, den Bini neu aufgefädelt hatte. Ihn hier unter Luthers Predigtstuhl aus der eingenähten Tasche zu ziehen und durch die Finger gleiten zu lassen, wagte sie nicht.

Doch allein die Berührung der Holzperlen durch den abgewetzten Stoff schenkte ihr neue Kraft.

Warum nur hatte sie sich vorhin auf dem Markt auf einmal so elend gefühlt?

Sosehr sie sich auch den Kopf darüber zerbrach, es wollte ihr kein vernünftiger Grund dafür einfallen. Es musste diese Schuld sein, die sie überallhin verfolgte, wo sie auch ging.

Sie faltete die Hände, schloss die Augen und öffnete ihr Herz.

Ich weiß nicht mehr weiter, Mutter Maria, betete sie stumm. Früher war das anders. In Sonnefeld wusste ich stets genau, was ich zu tun oder zu lassen hatte, aber jetzt herrscht in mir nur noch ein einziger Wirrwarr. Ängstlich fühle ich mich, innerlich wie zerrissen. Verloren wie ein verlassenes Kind. Besudelt und beschmutzt. Kannst du mir nicht helfen, damit ich wieder den richtigen Weg finde?

Sie lauschte in sich hinein, aber es kam keine Antwort, ganz anders als im Kloster, wo sie stets das Gefühl gehabt hatte, innigst mit Maria verbunden zu sein.

Vielleicht hatte die schwere Sünde sie für immer von ihr getrennt.

Eine Vorstellung, die so furchtbar war, dass Susanna erschrocken die Augen aufriss.

Die Kirche war noch immer streng und leer, aber nicht mehr ganz so dunkel. Ein Sonnenstrahl hatte sich durch das Fenster gestohlen und tauchte Luthers Kanzel in warmes Licht.

Hatte nicht seine Frau Katharina gesagt, dass er die Gottesmutter zutiefst verehre?

Der Gedanke machte sie ruhiger.

Und plötzlich wurde auch ihr Kopf wieder klar.

Sie wird mich niemals verlassen, dachte Susanna. Was

immer auch geschieht. Maria ist unsere himmlische Fürsprecherin und kennt all unsere menschlichen Kümmernisse.

»Heilige Maria, Mutter Gottes«, flüsterte sie, »bitte für uns Sünder – und vergib mir!«

Dann stand sie auf, strich den Rock glatt und ging langsam hinaus. Bini würde sicher schon ungeduldig warten. Sie war schon draußen angelangt, als sie sich plötzlich noch einmal umdrehen musste.

Über dem hölzernen Portal wölbte sich ein zweireihiges Tympanon aus hellem Stein. Und inmitten anderer Heiligenfiguren, die dem Zorn der Bilderstürmer offenbar entgangen waren, fand sie das, wonach sie bislang vergeblich gesucht hatte: die thronende Gottesmutter mit dem Jesuskind.

✤

Jan straffte sich, bevor er die Werkstatt betrat. Schon längst hätte er sich zu diesem Schritt aufraffen sollen, doch heute gab es kein Zurück mehr.

Die beiden Cranach-Söhne Hans und Luc waren gerade dabei, Eichenbretter zu brauchbaren Bildtafeln zu verleimen, eine Aufgabe, der Luc mit Feuereifer nachging, während sein älterer Bruder sichtlich gelangweilt dabei wirkte.

Der Meister, der an einer Staffelei stand, ließ sie dabei nicht aus den Augen. Plötzlich schoss er zu seinen Sprösslingen.

»Muss man euch denn alles hundertfach sagen?«, rief er und riss Hans die Tafel aus der Hand. Unter seinem festen Griff löste sie sich prompt in mehrere Teile auf, die krachend zu Boden fielen. »Kernseite an Splintseite, sobald es drei und mehr Bretter sind! Und die Kernseiten immer nach außen, verstanden?«

Luc zog erschrocken den Kopf ein, während Hans aufsässig dreinschaute.

»Immer diese öden Hilfsarbeiten«, grummelte er. »Ich kann kein Holz mehr sehen. Wann lässt du uns endlich richtig malen?«

»Sobald ihr so weit seid – und das wird leider noch eine ganze Weile dauern, wenn ihr weiterhin so herumstümpert. Inzwischen muss die anstehende Arbeit von den Gesellen erledigt werden, denn mich erwartet wieder einmal der Kurfürst. Ich gehe davon aus«, wandte er sich an diese, »dass jeder von euch weiß, was er während meiner Abwesenheit zu tun und zu lassen hat.«

Ambrosius, der gerade den blonden Haaren einer jugendlichen Schönheit die letzten Glanzlichter aufsetzte, ließ seinen Pinsel sinken und nickte ehrerbietig. Die beiden anderen Gesellen, der stämmige Paul Steter und Simon Franck, der Rotkopf, mit dem Jan sich am besten verstand, schnitten heimlich Grimassen, während sie scheinbar ungerührt weitermalten.

Jetzt, dachte Jan. Jetzt!

»Auf ein Wort, Patron.« Heller Schweiß stand ihm auf der Stirn, so angespannt war er auf einmal, aber er würde nicht nachgeben, keinen einzigen Deut. »Lasst uns für einen Augenblick nach nebenan gehen!«

»Du warst bei ihr?«, überfiel ihn Cranach, kaum dass sie in der kleinen Abstellkammer angelangt waren, in der es betäubend nach Terpentin roch. »Und die Frau des Apothekers hat eingewilligt? Wann kannst du zu malen beginnen?«

»Nicht ganz so hastig!« Jan hob beschwörend die Hände. »Da gibt es zuvor noch so einiges zu bereden.«

»Du weißt ganz genau, wie knapp die Zeit ist.« Der Alte schob seinen massigen Schädel nach vorn. Seit dem letzten Winter begann das Braun seiner Haare immer mehr den Kampf gegen das Grau zu verlieren. Cranach wurde langsam alt, auch wenn er selbst das nicht wahrhaben wollte. »Soll das vielleicht heißen, dass du deine berühmte Anziehung auf Frauen verloren hast? Dann freilich kann ich die Anzahlung gleich wieder zurück ins Schloss tragen.«

»Ich mache es – auf meine Weise.« Jan klang plötzlich scharf. »Allerdings nur unter bestimmten Bedingungen. Wollt Ihr sie hören?«

Ein zögerndes Nicken.

»Ich bin es leid, die Kastanien für Euch aus dem Feuer zu holen, während Ihr auf Reisen seid, und mich zurückbellen zu lassen, kaum habt Ihr die Werkstatt wieder betreten. Das muss sich ändern.«

»Du stellst mir Forderungen?« Die buschigen Brauen hoben sich verblüfft.

»Ja, das tue ich. Macht mich zu Eurem Stellvertreter, ganz offiziell – und zwar, ob Ihr da seid oder nicht.«

»Wie könnte ich das?«, sagte Cranach aufgebracht. »Meine beiden Söhne …«

»Der eine ist fast noch ein Kind, der andere ein hitziger Jungspund, der noch lange eine feste Hand brauchen wird«, unterbrach ihn Jan. »Keine Angst, ich hab ohnehin nicht vor, mich bei Euch für den Rest meiner Tage einzunisten. Ich spreche von jetzt. Von heute.«

»Du willst wieder weg von Wittenberg?« In die dunklen Augen trat ein Hauch von Besorgnis. »Das solltest du gründlich bedenken. Nirgendwo sonst kannst du so viel lernen wie bei mir, und das weißt du genau!«

»Irgendwann geh ich weg – sicherlich. Ein Maler muss reisen, in der Welt herumkommen, vieles kennenlernen, um richtig gut zu werden. Und genau das habe ich vor.«

»Du bist schon jetzt der beste meiner Männer, was Figuren betrifft«, räumte Cranach widerwillig ein. »Körper liegen dir. Das hab ich dir immer wieder gesagt.«

»Darum soll ich ja wohl auch die drei Grazien malen – nackt, wohlgemerkt.« Die Konfrontation, vor der er sich zunächst gefürchtet hatte, begann Jan mehr und mehr Spaß zu machen, als er spürte, wie er langsam die Oberhand gewann. »Und damit kommen wir auch gleich zu meiner nächsten Forderung: Ich möchte am Honorar beteiligt werden. Hundertfünfzig Gulden hat er Euch geboten. Davon gehen zwanzig Prozent an mich.«

»Hast du jetzt auch dein letztes bisschen Verstand verloren?« Cranachs Gesicht färbte sich rot. »Du erhältst deinen vereinbarten Lohn, dazu freie Kost und Logis …«

»Zwanzig Prozent«, wiederholte Jan. »Oder ich rühre meinen Pinsel nicht mehr an, geschweige denn werde ich irgendeine Frau dazu überreden, Modell für ein Nacktbild zu stehen.«

Sie maßen einander schweigend, der Junge und der Alte, bis schließlich Cranachs rechter Mundwinkel zu zucken begann.

»Meinetwegen«, sagte er und streckte Jan die Hand entgegen. »Obwohl es der schlechteste Handel ist, den ich seit Langem geschlossen habe. Ich hätte dich niemals ins Schloss mitnehmen sollen. Dann könntest du jetzt auch nicht so unverschämt sein.«

»Da wäre dann allerdings noch meine dritte Forderung.« Jan hatte sich nicht gerührt, nur seine Augen strahlten.

»Wenn du es jetzt übertreibst, bekommst du gar nichts«, knurrte der Meister. »Mach mich nicht wütend! Du weißt, was dann passieren kann. Und falls du vorhast, dich vor den anderen damit zu brüsten …«

»Die Sache mit den Grazien bleibt unter uns, darauf habt Ihr mein Wort. Das andere aber – und das ist meine dritte Forderung – sollen und müssen sie erfahren. Das gilt übrigens auch für die Meisterin, die Ihr gleich rufen werdet. Wir gehen gemeinsam hinüber und verkünden es.« Jans Stimme war ruhig. »Und zwar jetzt gleich.«

Cranachs Blick, der ihn bei diesen Worten traf, würde er sein Leben lang nicht vergessen. Ärger lag darin, Überraschung, aber auch widerwillige Anerkennung, die Jan dazu brachte, sich so gut zu fühlen wie noch nie.

Jetzt erst ist mein Gesellenstück vollendet, dachte er, während er zur Tür ging und sie für Cranach öffnete. Und der Weg zur Meisterschaft liegt endlich offen und frei vor mir.

✤

Im ganzen Haus duftete es nach Gebratenem, doch die Gäste ließen noch immer auf sich warten. Luther hatte versprochen, seine Kollegen gleich nach den Vorlesungen ins Schwarze Kloster zu bringen, damit sie sich an seiner Tafel stärken konnten.

»Wer ihn so gut kennt wie ich, weiß, welch frommer Wunsch das ist«, sagte Katharina seufzend, während sie die kleine Elisabeth an der anderen Brust anlegte. »Sie werden anfangen zu diskutieren, dabei in Streit geraten wie nahezu jedes Mal und sich anschließend festreden. Inzwischen verdirbt uns hier die ganze Kocherei, für die wir stundenlang geschuftet haben. Wozu haben wir eigentlich die Studenten für heute aus dem Haus gejagt? Nur damit uns ihre Herren Lehrer ungestraft auf die Folter spannen können.«

Was durchaus der Wahrheit entsprach.

Schon gestern hatten sie die Fische in Salz eingelegt, die Hühner gerupft, Linsen und Bohnen verlesen und anschließend eingeweicht. Früh am Morgen war die Hausherrin dann durch den Garten gegangen, hatte Wildkräuter gezupft, die die Speisen verfeinern sollten, Sauerampfer, Löwenzahn, Bärlauch, alles »grüne Medizin«, wie sie mit vielsagendem Lächeln sagte.

Danach werkelten alle gemeinsam in der Küche, bis das Brot gebacken, die Fische gar und die Hühner fertig gebraten waren. Sogar Muhme Lene hatte tüchtig mit angepackt, trotz ihres krummen Rückens Teig geknetet, Kräuter geschnitten und die Mandelküchlein in Honig getränkt.

Susanna konnte den Blick kaum von dem friedlichen Bild wenden. Die Kleine saugte und gurgelte, während ihre Händchen mit dem neuen Seidenband spielten, das das mütterliche Mieder schmückte. Zu Ehren des angekündigten Besuchs hatte die Lutherin ihr gewohntes Gewand gegen ein feineres vertauscht, dessen helles Blau ihre Augen zum Leuchten brachte.

»Ich fürchte, sie ist gar nicht richtig hungrig«, sagte Katharina und schloss ihr Kleid. »Oder meine Milch droht allmählich zu versiegen. Was heißt, dass sie schon bald wieder wie am Spieß zu schreien beginnt. So schmächtig unsere Kleine sein mag, so stark ist ihr Wille. Das muss sie vom Vater haben.« Sie hielt sie Susanna entgegen. »Willst du sie heute ausnahmsweise aufstoßen lassen? Sonst verdirbt mir das Vergorene noch mein bestes Gewand.«

Die Kleine war warm und weich in Susannas Armen. Inzwischen hatte sie Elisabeth schon einige Male auf den Armen gewiegt, doch noch immer bedeutete der erste Augenblick eine kleine Überwindung. Dann freilich hätte sie sie am liebsten nie mehr losgelassen. Das Gefühl, einem winzigen lebendigen Wesen so nah zu sein, war schier überwältigend. Kein Vergleich mit jenen holzgeschnitzten Fatschenkindern, die manche Nonnen zur Christzeit an sich drückten, als wären sie das Jesuskind.

Elisabeth spuckte einen kräftigen Schwall über Susannas Busen, und Katharina lachte.

»Sieht ganz so aus, als müsste Binea heute allein servieren, meinst du nicht?«

»Mein anderes Kleid ist leider auch nicht mehr vorzeigbar«, räumte Susanna ein. »Jetzt können wir uns vor der Wäsche nicht länger drücken.«

»Dann bleibst du eben bei den Kindern«, sagte Katharina. »Und wenn wir dich trotzdem brauchen sollten, bindest du dir ein Tuch um.«

Nichts hätte Susanna im Augenblick lieber sein können.

Sie zog sich mit Hansi und Elisabeth in die Stube zurück, die neben dem elterlichen Schlafzimmer lag. Um im Winter Wärme aus dem Erdgeschoss zu erhalten, waren im Geviert in den Holzboden Spalten eingeschnitten. Während Susanna die Kleine in die Wiege legte und Hansi mit freundlichen Worten dazu bewegte, sich doch ebenfalls hinzulegen, hörte sie, wie die Gäste eintrafen.

Männerstimmen, hohe und tiefe, immer wieder unterbrochen von Luthers kräftigem Bariton, der alle anderen überdröhnte. Bislang hatte sie ihn noch nicht predigen hören, aber Muhme Lene wurde nicht müde, ihr zu versichern, welch ein Erlebnis das sei.

Nach einer Weile verrieten die gleichmäßigen Atemzüge, dass die Kinder schliefen. Jetzt tat es Susanna plötzlich doch leid, nach oben verbannt zu sein. Sie griff nach dem Wasserkrug, feuchtete einen Lappen an und begann an den Flecken herumzureiben, aber diese wurden nur noch schlimmer.

Irgendwann gab sie resigniert auf.

Die Stimmen wurden lauter, offenbar dem Bier geschuldet, das zum Essen gereicht wurde.

Susanna schob sich näher an die Spalten. Vielleicht gab es ja etwas Spannendes zu erfahren.

»Habt Ihr Euch inzwischen gut eingelebt bei uns, werter Pistor?«, hörte sie Katharina fragen.

»Ich schätze die Stadt und ihre Bürger. Nirgendwo sonst würde ich lieber leben«, lautete die Antwort.

»Na, das ist vielleicht doch ein wenig übertrieben, Collega!«, widersprach ein anderer. »Ich habe Jahre gebraucht, um hier heimisch zu werden. Und noch heute überkommt mich bisweilen der Zwang, in andere, erschlossenere Gefilde aufzubrechen.«

»Weil du ein ständig Unzufriedener bist und bleibst, mein geliebter Schwarzerd«, polterte Luther dazwischen. »Jemand, der sich nur schwer entscheiden kann – in allen Dingen. Sogar zu deiner Hochzeit musste man dich regelrecht drängen. Sonst gäbe es bis heute wohl keine Frau Melanchthon.«

»Aber ausgerechnet Leipzig aufzugeben, stelle ich mir nicht einfach vor«, redete der Angesprochene unbeirrt weiter. »Eine Universität mit solch bedeutender Geschichte …«

Unwillkürlich fuhr Susanna zurück.

Einer der Männer, die hier unten tafelten, kam offenbar aus Leipzig. Allein das Wort brachte sie schon in Bedrängnis.

Würde das denn nie mehr aufhören?

»Wittenberg ist die Zukunft, und die wird zweifelsohne groß sein«, sagte der, den sie Pistor genannt hatten. »In wenigen Jahren wird hier die Elite Europas versammelt sein. Schon heute drängen sich die Herren Studenten zu den Vorlesungen …«

»… und fallen des Abends über unsere unschuldigen Mädchen her«, redete ein anderer dazwischen. »Sogar zu Messerstechereien ist es schon gekommen. Meine Tochter lasse ich jedenfalls nicht mehr aus den Augen.«

»Ich fürchte allerdings, das wird Euch auf Dauer nicht gelingen, Collega Kranz«, sagte Luther. »Sorgt lieber dafür, dass

Eure Helene beizeiten einen ordentlichen Mann findet. In der Ehe sind die beiden Geschlechter nun mal am besten aufgehoben.«

Katharina lachte zustimmend.

»Das sagt einer, der jahrelang als Mönch gelebt hat«, bemerkte sie, »und ebenfalls recht zögerlich war, als es ans Heiraten gehen sollte. Wäre unser Freund Cranach nicht gewesen, wer weiß, ob wir hier so gemütlich beisammensäßen!«

»Das neue Hurenhaus jedenfalls ist keine Lösung für die Stadt«, meinte nun Melanchthon. »Obwohl es ausnehmend gut besucht sein soll, wie man sagt.«

»Ich mag nichts weiter davon hören«, fuhr Luther auf. »Was mich betrifft, so gehören diese Hübschlerinnen aus der Stadt getrieben – alle miteinander! Was dort an Schändlichem geschieht, hat nichts zu tun mit dem, wozu Gott den Menschen geschaffen hat – der Liebe zwischen Mann und Frau.«

Ein lautes Poltern ertönte.

»Jessas, Martin, jetzt hast du beim wilden Herumgestikulieren den ganzen Bratentopf vom Tisch gestoßen!«, schrie Katharina. »Bini, Susanna, so kommt und helft mir doch!«

Susanna griff nach einem Tuch und verhüllte, so gut es ging, die Flecken auf ihrem Kleid. Dann stürzte sie die Treppe hinunter, wo Bini schon auf den Knien lag, die Hühnerbeine vom Boden auflas und sie kurzerhand zurück in den Topf legte.

»Ich könnte sie abwaschen«, murmelte sie. »Ob sie dann freilich noch munden …«

»Ach was, wer wird sich an ein bisschen Dreck schon stören!«

Ein mittelgroßer Mann packte seine Gabel und stieß mitten hinein. Doch der gierige Bissen, den er sich geangelt hatte, schien ihm nicht recht zu bekommen, denn er spuckte ihn sofort wieder aus.

»Habt Ihr etwas Unrechtes erwischt, Professor Pistor?«, rief Katharina erschrocken. »Ich kann Euch gleich etwas anderes bringen lassen …«

»Bemüht Euch nicht!« Die grünliche Gesichtsfarbe stand im Gegensatz zu Pistors Worten.

Wie eine lebendige Leiche sieht er aus, dachte Susanna, die sich langsam wieder erhoben hatte.

Der Tod in Person.

Dann schaute sie an sich hinunter und erschrak. Das Tuch lag vor ihr auf dem Boden. Mitten auf ihrem Kleid prangten die hellen Flecken, als sei ihr soeben Milch aus den Brüsten gelaufen. Allen Blicken ausgeliefert fühlte sie sich, wie öffentlich an den Pranger gestellt. Am liebsten hätte sie die Hände vor der Brust gekreuzt, um sich zu schützen, oder wäre ganz schnell hinausgelaufen.

Stattdessen stand sie starr, mit gesenktem Kopf.

Pistor zupfte an seinem Kragen, als würde er plötzlich frieren.

»Mir muss da etwas in den Hals gekommen sein.« Er sprang auf. »Ich werde auf der Stelle den Bader aufsuchen, um nachsehen zu lassen, denn mit der Gesundheit ist nun mal nicht zu spaßen.« Er nickte knapp in die Runde. »Man sieht sich«, sagte er, schon halb an der Tür. »Und noch einmal Dank für die freundliche Aufnahme.«

Die anderen schauten sich fragend an, als er verschwunden war.

»Jetzt hast du ihn in die Flucht geschlagen, Martinus«, sagte Katharina schließlich. »Mit einem schmutzigen Hühnerbein. Keine schlechte Leistung!«

Keiner lachte.

»Ein seltsamer Kerl«, sagte Melanchthon. »Soll unbeweibt sein und ganz zurückgezogen unter Hunderten von Büchern leben. So heißt es jedenfalls.«

»Lass ihn ruhig kauzig sein oder meinethalben auch ein Sonderling – von Griechisch versteht er jede Menge«, sagte Luther. »Weit und breit wirst du kaum einen profunderen Kenner der Antike finden. Recht viel mehr weiß ich allerdings auch nicht über ihn.«

»Hast du ihn nicht nach Wittenberg geholt?«, fragte Melanchthon.

»Nein, das war Rektor Gunckel. Und dem wurde er offenbar von verschiedenen Fürsprechern wärmstens empfohlen.«

Empörtes Weinen ertönte von oben, in das Hansis schrilles Plärren einfiel.

»Ich sehe gleich nach ihnen«, sagte Susanna, heilfroh, sich endlich wieder unsichtbar machen zu können. »Dann könnt Ihr ungestört weiterspeisen.«

✤

Susannas Kleid würde nicht mehr ganz sauber werden, so große Mühe sich Bini auch damit gab. Wozu hatte sie es eigentlich einen ganzen Tag in Lauge eingeweicht und dann hierher an den Waschplatz geschleppt?

Der minderwertige Stoff verzieh nichts und schien fast stolz darauf, seine Flecken zu behalten.

Bini strich sich die nassen Haare aus der Stirn und hörte für einen Augenblick mit dem wütenden Schlagen auf. Jetzt erst spürte sie, wie ihr der Schweiß den Körper hinunterrann, und sie hätte sich am liebsten in die Fluten gestürzt, um sich abzukühlen.

Natürlich tat sie es nicht.

Sie konnte nicht schwimmen, und allein der Gedanke, bis über die Hüften in die Elbe oder irgendein anderes Gewässer zu tauchen, erschreckte sie heftig.

Mit ihrem eigenen Gewand sah es nicht viel besser aus, obwohl dies eine Spur robuster schien. Trotzdem bedeutete das nichts anderes, als dass es ihr binnen Kurzem am Körper kleben würde, jetzt, da die wärmeren Tage bevorstanden.

Mit einem Mal überfiel sie die Sehnsucht nach Sonnefeld so heftig, dass sie nach Atem ringen musste. Hinter den kühlen alten Mauern waren die Jahreszeiten gut auszuhalten gewesen. Ihr Habit hatte aus solidem Leinen oder gekämmter Wolle bestanden, kühl im Sommer, wärmend im Winter. Nichts, was einen eingeengt oder etwas zur Schau gestellt hätte, sondern Kleidung, die den Körper angemessen bedeckte und verhüllte.

In Susannas Gegenwart hatte sie gelernt, solche Gefühle zu unterdrücken, doch nun, nachdem sie allein war mit dem verdorbenen Wäschestück, ließ sie den Tränen freien Lauf.

Wie schwer es war, keine Nonne mehr zu sein – nicht beschützt, behütet, abgeschirmt von den Gefahren dieser Welt!

Der Storch, der ein Stück entfernt nach Fröschen suchte, hob den Schnabel und sah Bini kurz an, um sich gleich wieder der Nahrungssuche zu widmen. Für einen Augenblick beneidete sie ihn ob seiner gelassenen Sorglosigkeit.

Nicht mehr denken zu müssen.

Nicht ständig diese Anspannung in sich zu spüren.

Endlich zu wissen, wohin man gehörte.

Im Schwarzen Kloster waren sie und Susanna lediglich geduldet, darüber machte sie sich keine Illusionen. Einen Monat, hatte die Lutherin gesagt, und der würde bald vorüber sein.

Und dann?

Susanna konnte nicht mehr singen. Damit hatten sie ihre wichtigste Einnahmequelle verloren. Und seit sie keine Laute mehr hatte, war auch mit Musizieren in Tavernen kein Geld zu verdienen.

Wenn sie weiterzogen, blieb ihnen nur die Bettelei oder irgendwann vielleicht sogar die Arbeit im Hurenhaus …

Jetzt schlug sie noch heftiger auf das Wäschestück ein, als sei dieses schuld an ihren finsteren Gedanken.

Da hörte sie ein Schnauben und drehte sich um. Der Reiter war bereits abgestiegen. Die Sonne blendete sie so stark, dass sie zunächst so gut wie nichts erkennen konnte.

»Da könnte man ja direkt Angst bekommen, wenn man Euch so zusieht.« Seine Stimme war tief und warm. »Wen oder was wollt Ihr denn unbedingt erschlagen?«

Sie musste lachen.

»Ach, da käme mir schon so einiges in den Sinn«, sagte sie – und erschrak.

Was war mit seinem Gesicht?

Alles, was sie sah, war eine glänzende, dunkle Fläche.

Der Mann vollführte eine rasche Drehung. Jetzt bestand seine Wange aus Fleisch und war hell.

»Es kommt ganz auf den Blickwinkel an«, sagte er. »Das musste ich leider schon vor geraumer Weile lernen. Erst hat es mich rasend gemacht. Dann mutlos. Inzwischen habe ich gelernt, damit zu leben.« Er stieß ein dunkles, anziehendes Lachen aus. »Was sonst hätte ich tun sollen? Mich in den Fluss stürzen? Ich habe schreckliche Angst vor fließendem Wasser.«

»Da geht es Euch genauso wie mir«, sagte Bini.

»Und dann steht Ihr ausgerechnet hier am Ufer und drescht wie wild auf schmutzige Wäsche ein?«

Sie blieb eine Weile still.

»Manchmal hat man keine andere Wahl«, sagte sie dann.

»Und verdreckte Kleider sind auf Dauer auch keine gute Alternative.«

Er lachte wieder.

»Mir gefällt, wie Ihr redet«, sagte er. »So direkt und unbefangen. Verratet Ihr mir Euren Namen?«

»Wieso sollte ich? Ich weiß ja auch nicht, wer Ihr seid«, gab sie zurück.

»Kluge Antwort!« Seine Rechte begann den Pferdehals zu kraulen – ein Apfelschimmel, der sich die zärtliche Berührung offenbar nur allzu gern gefallen ließ.

Bini betrachtete das aufwändige Zaumzeug, den edlen Sattel.

»Was habt Ihr da eigentlich so kunstvoll hinaufgebunden?«, fragte sie.

»Gute Augen habt Ihr auch noch.« Wieder dieses Lachen, das unsichtbare Hände nach ihr auszustrecken schien. »Das gefällt mir. Sie heißt Laura. Und ist meine Laute.«

»Welch schöner Name. Schlagt Ihr sie oft?«

»Früher einmal. Inzwischen bin ich ziemlich aus der Übung gekommen.«

Bini nahm all ihren Mut zusammen. »Dann braucht Ihr sie vielleicht gar nicht mehr?«, fragte sie.

»Ihr wollt meine Laura haben?«

Bini nickte. »Nicht für mich, denn meine Finger würden ihr keinen einzigen Ton entlocken können, aber für eine Freundin, die … sehr traurig ist. Sie hat ihr Instrument verloren, und ein neues kann sie sich nicht leisten.«

Er hatte sich umgedreht und wandte ihr nun die metallene Seite seines Gesichts zu.

»Wollt Ihr mir Angst machen?«, sagte Bini leise. »Das braucht Ihr nicht. Ich fürchte mich nämlich nicht vor Euch.«

Er schien sich zu schämen, drehte ihr den Rücken zu.

»Das hat schon lange niemand mehr zu mir gesagt.« Seine Stimme klang belegt. »Seltsam, Ihr habt etwas an Euch, was mein Herz berührt.«

»Ihr könntet mich Eule nennen, wenn Ihr wollt«, schlug Bini vor, »und ich sage Rabe zu Euch. Einverstanden?«

»Wie kommt Ihr ausgerechnet auf diese Namen?«, fragte er nach einer langen Weile.

»Weil ich Vögel liebe. Sie sind dem Himmel so nah. Also, wollt Ihr?«

»Einverstanden. Aber nur unter einer Bedingung.«

»Ich höre.«

»Dass Ihr meine Laute annehmt – als Leihgabe.«

Sie konnte plötzlich kaum noch schlucken. »Das ist mehr, als ich zu hoffen wagte«, murmelte sie. »Seid Ihr wirklich sicher?«

»Bin ich. Mein Angebot entspringt allerdings dem reinsten Eigennutz.«

Sie sah ihn fragend an.

»Nun, jede Leihgabe muss eines Tages auch wieder zurückgegeben werden. Was nichts anderes bedeutet, als dass ich Euch wiedersehen werde. Seid Ihr damit einverstanden?«

Ja, wollte sie rufen. Ja!

Doch es kam kein einziger Ton aus ihrer Kehle.

»Dann sehen wir uns hier in einer Woche, zur gleichen Zeit – kleine Eule.« Er hatte die Laute vom Sattel gelöst und hielt sie ihr entgegen. »Und sag deiner Freundin, sie soll zärtlich mit ihr sein. Laura mag es, wenn man ihr Achtung und Liebe erweist. Dann klingt sie doppelt so schön.«

»Ich danke dir, lieber Rabe«, sagte Bini. »Was aber, wenn ich nicht kommen kann?«

Sein halber Mund verzog sich zu einem amüsierten Lächeln.

»Ich bin sicher, du wirst da sein«, sagte er leise. »Und mit mir kannst du ebenfalls rechnen.«

✦

Noch nie zuvor hatten sie sich ernsthaft gestritten, doch an diesem Abend kam es dazu. Bini hatte die Laute unter dem Wäschebündel versteckt, um sie ungesehen ins Haus zu schleusen, und sie später Susanna zusammen mit dem getrockneten Kleid auf den Strohsack gelegt.

»Alles ist leider nicht rausgegangen«, sagte sie bedauernd. »Über kurz oder lang brauchen wir beide neue Gewänder.«

»Danke für deine Mühe …« Susanna, die sich in ein altes Kleid von Katharina gezwängt hatte, stutzte plötzlich. »Was ist das denn?«

»Siehst du es nicht?«, erwiderte Bini. »Müsste dir eigentlich bekannt vorkommen.«

Susanna starrte auf die Laute.

»Woher hast du sie?«, sagte sie drohend. »Doch nicht etwa gestohlen? Du weißt, was uns dann droht. Dieser Jan Seman meint, was er sagt.«

»Ich stehle nicht«, sagte Bini. »Schon gar keine Laute.«

»Woher hast du sie dann?«, wiederholte Susanna.

Beinahe hätte Bini ihr alles erzählt. Von dem Fluss, dem Storch, dem Reiter mit der eisernen Maske, seinem Schimmel. Und der unerwarteten Leihgabe. Doch während sie sich noch die Worte zurechtlegte, merkte sie auf einmal, wie unglaubwürdig es klingen würde.

Sie zuckte die Achseln, suchte nach einer Ausrede.

»Gefunden«, sagte sie schließlich.

»Dass ich nicht lache! Ein so kostbares Instrument – gefunden? Heraus mit der Wahrheit, Bini!«, verlangte Susanna.

»Doch«, beharrte die Freundin. »Sie lag einfach da. Ganz nah am Fluss. Im hohen Gras. Da hab ich sie mitgenommen. Damit ihr nichts zustößt. Sollten die Vögel sie ruinieren?« Sie hielt sie ihr hin. »Willst du sie nicht einmal ausprobieren? Ich hab sie nur für dich mitgebracht.«

»Dieses Teufelsding rühre ich nicht an.« Susanna zog die Hände zurück, als habe sie Angst, sich an der Laute zu verbrennen. »Wie kommst du nur auf solch eine hirnverbrannte Idee? Ich bin enttäuscht von dir, Binea. Ich dachte, wir beide würden einander vorbehaltlos vertrauen. Aber scheinbar habe ich mich gründlich in dir getäuscht.«

Sie drehte ihr den Rücken zu, streckte sich auf dem schmalen Lager aus.

Bini starrte auf die Laute, dann strichen ihre Finger vorsichtig über den Körper des Instruments.

So glatt wie seine Wange aus Fleisch, dachte sie.

Ihre Finger berührten die Saiten.

Nicht ganz so hart wie Metall.

Zwei Seiten der gleichen Medaille. Lediglich auf den Blickpunkt kommt es an.

Sie legte die Laute an das Kopfende ihres Betts und breitete ein Tuch darüber. Eine Leihgabe, ging ihr durch den Kopf. Für die kleine Eule.

Nicht mehr und nicht weniger.

Gleich beim nächsten Treffen werde ich sie Rabe wieder zurückgeben.

DREI

Am zweiten Abend begann Margaretha sich zu entspannen. Jan fiel es auf, nachdem er den harten Silberstift weggelegt hatte und von da an mit dem weicheren Rötel weiterskizzierte, so wie er es auch bei den Zeichnungen der Luther-Kinder zu tun pflegte. Auf einmal flog der Stift geradezu über das Papier, als habe er nur auf seinen Einsatz gewartet, und Jans Handgelenk, das sich gestern vor dem Schlafengehen noch so starr angefühlt hatte, dass er schon Angst bekam, es könne sich womöglich wieder entzünden und wochenlang bei jeder Bewegung schmerzen, spürte er auf einmal nicht mehr.

Es machte Margaretha Spaß, vor ihm im Licht der Kerzen zu posieren. Sie hatte sie reichlich in dem Raum aufgestellt, damit genügend Licht vorhanden war, auch wenn sie es nicht zugeben wollte. Warum sonst hätte sie den Kopf in immer wieder neue Positionen gebracht, die Augen mal halb geschlossen, dann wieder geöffnet, die Brust herausgestreckt, als sei ihr auf einmal in den Sinn gekommen, dass sie ein junges Weib in der Blüte ihrer Jahre war?

Gestern waren seine Skizzen blass geblieben und hatten ihn unzufrieden nach Hause gehen lassen. Heute aber entstanden die Zeichnungen wie von selbst, und der warme Ton des Rötels verlieh Margarethas zarten Rundungen überraschende Tiefe. Mit dem Gesicht und der Haltung des Halses war er schon ganz zufrieden. Die Haare konnten später ganz nach Wunsch gestaltet werden, wenngleich ihm die aufgesteckten Schnecken, die sie so gern trug, gefielen, weil sie ihre kokette Unschuld unterstrichen. Nun aber war der Körper an der Reihe.

Und die junge Frau des Apothekers war noch immer züchtig von oben bis unten in ein helles Leinenkleid gehüllt.

»Die drei Grazien waren Töchter des Zeus«, sagte Jan, um die Stimmung aufzulockern. »Nur wer ihre Mutter war, darüber streiten sich bis heute die Gelehrten.«

Margaretha begann zu kichern.

Sie hatte bereits zwei Becher Wein getrunken und war gerade dabei, sich den dritten einzuschenken.

»Was für ein Unsinn!«, widersprach sie. »Wer die Frau ist, die ein Kind zur Welt bringt, weiß man doch immer ganz genau. Nur beim Vater können hie und da Zweifel aufkommen.«

»Vielleicht ist das bei Halbgöttinnen anders?«, erwiderte Jan.

Seinen eigenen Vater hatte er niemals erlebt, weil diesem ein herabstürzender Balken das Leben geraubt hatte, bevor der Sohn zur Welt kam. Jan hatte lernen müssen, sich von klein auf ohne väterliche Hilfe durchzuschlagen, und war schon früh zum Beschützer von Großmutter und Mutter geworden. Vielleicht war ihm deshalb seine Unabhängigkeit so wichtig – und die erschien ihm jetzt zum Greifen nah. Er spürte, wie seine Anspannung stieg.

»Von einem Gott abzustammen ist doch eigentlich keine so üble Vorstellung«, fügte er hinzu. »Oder was meinst du?«

Irgendwann im Lauf der gestrigen Sitzung war das steife »Ihr« zwischen ihnen gefallen, und das vertraulichere »Du« kam beiden inzwischen leicht über die Lippen.

»Darf man denn so etwas überhaupt denken?«, fragte sie. »Ohne Gott zu freveln und damit eine schwere Sünde zu begehen? Es gibt doch nur den einen dreifaltigen Gott, das lehrt uns die Bibel. Und Luther hat jetzt sogar alle Heiligen abgeschafft.«

»In der Antike haben die Menschen offensichtlich so gedacht. Für sie war der Olymp ein hoher Berg voller Götter. Von Heiligen wussten sie nichts – glaube ich wenigstens.«

»Bei unserem Gottvater, Jesus Christus und dem Heiligen Geist ist kein Platz für Frauen«, erwiderte Margaretha. »Die Menschen müssen damals ganz anders empfunden haben.«

»Haben sie wohl«, bekräftigte Jan. »Sonst hätten sie niemals ihre wunderbaren Kunstwerke erschaffen können.«

»Du warst schon einmal dort, in jenem fernen Land?« Auf einmal klang sie fast andächtig.

»Leider nicht. Alles, was ich darüber weiß, kenne ich lediglich von Zeichnungen oder Stichen. Aber ich habe vor, dorthin zu reisen. Es gibt so vieles, das ich noch sehen und erfahren möchte – bevor sich eines Tages der Sargdeckel über mir schließt.«

Sie begann sich mit dem Handrücken Luft zuzufächeln.

»Erzähl mir mehr von diesen Grazien«, bat sie. »Ich möchte erfahren, wer sie waren.«

»Bleib so!«, rief Jan. »Ja, ganz genau so. Kannst du das ein paar Augenblicke lang aushalten?«

Er zeichnete, so schnell er konnte. Inzwischen arbeitete er wie im Fieber, ein gutes Omen, wie er wusste. Alles, was er hier zu Papier brachte, würde später in die Studie und den Bildaufbau mit einfließen.

»Die Grazien waren drei Schwestern, eine schöner und anmutiger als die andere«, fuhr er fort, ohne den Stift abzusetzen. »Ihre Namen lauteten Thalia, was Blüte bedeutet, Euphrosyne, das sich in etwa mit Frohsinn übersetzen lässt, und Aglaia, der Glanz.«

»Und welche von den dreien soll ich darstellen?« Jetzt klang sie aufgeregt wie ein junges Mädchen vor dem ersten Kuss.

»Aglaia, die jüngste und anziehendste der Schwestern.«

Margaretha gab ein Glucksen von sich, das von ganz unten zu kommen schien, dann wurde sie plötzlich ernst.

»Du musst bald gehen«, sagte sie. »Es ist schon sehr spät. Und gib acht, wenn du das Haus verlässt. Niemand darf dich sehen!«

Er wusste, welches Risiko sie eingingen. Aber wo sonst hätte er ihr Bild in Ruhe zu Papier bringen können?

In die Werkstatt konnte er sie nicht schleusen, ohne dass jemand es bemerkt hätte, und seine enge Kammer im oberen Stockwerk des Cranach-Hauses hätte die scheue Margaretha niemals freiwillig betreten. Es war ohnehin ein Wunder, dass sie ihn nach langem Zögern in ihre Räume über der Apotheke eingelassen hatte – und das zu nachtschlafender Zeit.

»Darf ich mal sehen?« Auf einmal stand sie neben ihm, rosig, erhitzt, duftend wie ein Stoß sonnenfrischer Wäsche.

»Kein Maler zeigt gerne seine Vorarbeiten.« Er drehte die Blätter schnell um. »Erst wenn das ganze Bild fertig ist …«

»Aber du hast gesagt, ich soll mich von dir malen lassen, damit ich lerne, mich mehr zu lieben.« Sie stampfte mit dem Fuß auf. »Und wie soll das gehen, wenn ich nicht einmal die Zeichnungen ansehen darf?« Ihre Stimme kletterte immer höher. »Wo sind überhaupt deine Malsachen, Farben, Pinsel, Staffelei? Alles, was ich bisher zu sehen bekommen habe, sind diese albernen silbernen und roten Stifte!«

Er unterdrückte ein Lächeln und bemühte sich, nicht herablassend zu klingen.

»Bis ein Bild gemalt werden kann, gibt es Aberdutzende von Vorarbeiten. Untergrund, Komposition, Farben anrühren und vieles mehr – ich will dich nicht weiter mit all den Einzelheiten langweilen. Was hier gerade entsteht, ist erst der Anfang eines Anfangs. Eines sehr vielversprechenden Anfangs übrigens, wie ich finde.«

Margaretha hielt plötzlich doch zwei Blätter in der Hand, die sie schnell auf die richtige Seite gedreht hatte, und begann erfreut zu lächeln.

»So also siehst du mich?«, sagte sie. »Dann musst du dir aber auf der Stelle Augengläser schleifen lassen. Denn das bin ich niemals. Diese Frau ist doch viel zu schön!« Ihr Hals begann sich immer mehr zu röten, die Augen leuchteten.

»Verstehst du jetzt, was ich gemeint habe?« Seine Stimme war sanft. »Manchmal braucht es fremde Augen, um sich selbst zu erkennen.«

Er ging zum Tisch, nahm den Weinkrug und goss sich einen Becher ein, den er zügig leerte. Für das, was jetzt kam, konnte ein wenig Mut nicht schaden.

»Man sagt, dass die drei Grazien ohne Falsch oder Vorbehalt sind«, fuhr er fort. »Ganz und gar frei und wahrhaftig. Deshalb werden sie in der Regel auch nackt dargestellt.«

Margarethas Hand fuhr zum Mund.

»Das ist jetzt nicht dein Ernst«, sagte sie zweifelnd. »Du verlangst doch nicht, dass ich mich vor dir entblöße – einem fremden Mann?« Ihre Stimme begann zu zittern.

»Ich verlange gar nichts«, erwiderte Jan. »Aber es würde alles viel einfacher für mich machen, wenn ich dich ohne Kleider sehen könnte.«

»Damit hinterher die ganze Stadt mit Fingern auf mich

zeigt und mein Mann mich aus dem Haus wirft?« Jetzt schrie sie. »Ich dachte, Ihr wäret ein Freund, Jan Seman. Jemand, der es gut mit mir meint. Aber in Wahrheit seid Ihr nichts als ein widerwärtiger Lüstling. Und jetzt geht! Auf der Stelle!«

Er hatte es verdorben – alles.

Cranach würde toben und erst recht der geheimnisvolle Auftraggeber, der sich so spendabel für dieses Werk zeigen wollte. Jans Anteil an dem Honorar, mit dem er so viel vorgehabt hatte, war verloren, seine Stellung als Stellvertreter des Meisters gefährdet, kaum dass er sie errungen hatte.

Anderseits: Konnte der Mann mit der Maske eigentlich wissen, wie die Frau des Apothekers unter ihrem Kleid aussah?

Aber Jan hatte nun einmal versprochen, Margaretha Relin als hüllenlose Grazie zu malen – und daraus würde nun nichts werden.

Resigniert packte er seine Blätter und Stifte zusammen, während sie am Fenster stand und ihm den Rücken zuwandte.

Von hinten ist sie noch anziehender, musste er plötzlich denken. Die Schultern, das feste Gesäß, die Beine, sicherlich wohlgeformt, sobald sie aus dem steifen Leinen gestiegen ist – ja, genauso sollte ich sie malen!

»Ich wollte dich nicht kränken«, sagte er bittend. »Kann ich vielleicht nicht doch …«

»Hinaus!« Margaretha fuhr zu ihm herum. Auf ihren Wangen brannten rote Flecken. »Ich bin eine anständige Frau. Niemals würde ich meinen Mann hintergehen oder betrügen …«

»Das weiß ich doch«, sagte Jan. »Aber wir werden nun einmal nackt geboren, und unsere letzte Blöße umschließt nur ein Totenhemd. Gott hat uns einen Leib aus Fleisch und Blut geschenkt, in dem unsere Seele zu Hause ist. Wie könnte da etwas Falsches daran sein, ihn so abzubilden, wie der Schöpfer ihn nun einmal geschaffen hat?«

Sie starrte ihn an, aufgelöst, tränenblind, doch er konnte sehen, wie sehr seine Worte sie zum Nachdenken brachten.

»Schlaf darüber, Margaretha!«, sagte er. »Ich werde dich nicht bedrängen, das verspreche ich. Morgen Abend komme ich wieder. Ist die Tür offen, so heißt das, dass du mich erwartest, und wir könnten da fortfahren, wo wir heute aufgehört haben. Ist sie verschlossen, gehe ich ohne jedes weitere Wort.«

Sie gab einen Laut von sich, den er nicht zu deuten wusste.

Doch ein winziger Hoffnungsfunke begann in ihm zu glimmen.

✤

Seit die kleine Elisabeth krank war, gingen alle im Luther-Haus auf Zehenspitzen. Sogar die hier logierenden Studenten, sonst eher raue Kerle, die viel zu oft betrunken und lärmend nach Hause kamen, strengten sich an, Rücksicht zu nehmen. Zwei von ihnen lagen ohnehin, von Blutergüssen übersät, auf ihren Strohsäcken. Am Vorabend hatte es mitten auf dem Marktplatz eine wüste Schlägerei gegeben, weil die beiden einer Bierbrauertochter zu aufdringlich nachgestiegen waren. Der wütende Vater hatte ein paar Nachbarn zusammengetrommelt und der Forderung, sein unschuldiges Kind in Ruhe zu lassen, mit Fäusten Nachdruck verliehen.

Katharina, sonst stets aufmerksame Hausmutter mit einem offenen Ohr für alle, hatte heute keine Zeit, sich um die Blessuren der jungen Burschen zu kümmern. Sie hockte neben der Wiege, in der sich die Kleine unruhig herumwarf.

»Sie spuckt schon seit gestern Abend«, sagte die Lutherin zu Muhme Lene, die ebenfalls besorgt herbeigeeilt war, »und will kaum etwas trinken.« Sie berührte die Stirn der Kleinen.

»Fühl nur, wie heiß sie ist! Lieber Gott im Himmel, wenn das wieder das schreckliche Fieber ist, das sie schon einmal gequält hat, verliere ich noch den Verstand.«

»Langsam wird Elisabeth zu groß für die Brust«, sagte die Alte. »Wenn du ihr ein süßes Breilein kochst, bekommt sie sicherlich wieder neue Kraft.«

»Du weißt, was geschehen wird, wenn ich nicht mehr stille.« Katharina warf ihr einen raschen Blick zu. »Es ist beileibe nicht so, dass Martin und ich nicht noch mehr Kinder haben wollen – ganz im Gegenteil. Aber sie brauchen einen so sehr, bis sie laufen können, und wenn dann gleich das nächste da ist, bekommt das die ganze Aufmerksamkeit.«

»Für eine ehemalige Nonne kennst du dich in diesen Belangen inzwischen erstaunlich gut aus.« Muhme Lene lächelte. »Aber so war meine Käthe ja eigentlich schon immer: schnell im Kopf und heiß im Herzen.«

»Man liebt seine Kinder eben grenzenlos.« Katharina sah plötzlich ganz elend aus. »Man kann gar nicht anders. Und stirbt gleichzeitig Tag für Tag wieder aufs Neue vor Angst um sie. Sie sind wie ein Teil von dir – und viel mehr als das. Manchmal sehe ich Martins Züge in Johannes' Gesicht oder in dem der Kleinen. Und schon im nächsten Moment lassen sie mich wieder spüren, dass sie ganz eigenständige Wesen sind. Was mich wiederum so rührt, dass ich auf der Stelle losweinen könnte.«

»Du solltest dir Hilfe holen«, sagte die Muhme. »Schick eine der Mägde zum Cranach-Haus. Barbara ist Elisabeths Patin und hat selbst fünf Kinder zur Welt gebracht. Die kennt sich noch besser aus als du in Gottes Garten und weiß sicherlich Rat.«

»Soll ich nicht lieber selber schnell mit der Kleinen zu ihr laufen?«

»Wozu hast du jetzt die beiden? Lass dein krankes Kind in der Wiege! Da ist es am besten aufgehoben.«

Susanna war über den Auftrag wenig begeistert. Aber Bini war noch mit dem Füttern der zahlreichen Tiere und den danach anfallenden Vorbereitungen für das Mittagessen beschäftigt, also blieb der Freundin nichts anderes übrig, als loszulaufen.

Ohne die Vertraute an ihrer Seite fühlte sie sich nach dem Verlassen des Schwarzen Klosters noch schutzloser als sonst. Unwillkürlich ging sie schneller, besonders als ihr vor der Leucorea ein paar feixende Studenten hinterherpfiffen.

Sie zog den Kopf ein. Von jetzt an rannte sie regelrecht.

Vielleicht lag es ja an dem alten grünen Kleid, das die Lutherin ihr regelrecht aufgedrängt hatte, mit weitem Rock und eng anliegendem Mieder, das überraschend gut saß und eher züchtig war, für Susannas Geschmack aber noch immer zu weit ausgeschnitten. Sie hatte sich ein grobes Tuch umgebunden, um ihre Blöße zu bedecken, das freilich ständig verrutschte und daher keine große Hilfe war. Einmal mehr sehnte sie sich nach dem vertrauten Habit zurück, der sie auf gewisse Weise unsichtbar gemacht und der Welt entrückt hatte.

Heute war der Marktplatz leer; sie musste sich nicht zwischen Menschentrauben, Vieh und hölzernen Buden durchdrängen, um zu dem stattlichen Haus neben der Apotheke zu gelangen.

Susanna betätigte den Klopfer. Doch alles blieb ruhig. Niemand kam, um ihr zu öffnen.

Ob die Hausherrin ausgegangen war? Und die Mägde, die sie doch sicherlich hatte, wo mochten die wohl stecken?

Noch einmal versuchte sie ihr Glück.

Wiederum vergebens.

Ihr Blick fiel auf die ansehnliche Apotheke gleich nebendran. Hatte Katharina nicht irgendwann erwähnt, dass diese ebenfalls Cranach gehörte?

Susanna ging hinein, ohne lange nachzudenken.

Eine junge Frau in einem hellen Gewand stand hinter der Theke, mit ordentlich aufgesteckten rotblonden Flechten. Sie bemühte sich um ein Lächeln, das sie sichtlich Mühe kostete.

»Was kann ich für Euch tun?«, fragte sie. Sie wirkte übermüdet, als hätte sie zu wenig geschlafen. Feine Linien zeichneten sich um den Mund ab und bläuliche Schatten unter den Augen.

»Katharina von Bora schickt mich«, sagte Susanna. »Es geht um ihr krankes Kind. Ich suche die Cranachin, die ihr zu Hilfe kommen soll. Wisst Ihr vielleicht, wo ich sie finden kann? Im Haus ist sie offenbar nicht.«

»Habt Ihr es schon in der Werkstatt versucht? Ihr müsst nebenan nur durch die Hofeinfahrt gehen. Die Türen stehen gewiss offen. So halten sie es meist bei schönem Wetter.«

»Und Ihr meint, ich kann da einfach – reingehen?«, fragte Susanna leise.

Die junge Frau lächelte wissend.

»Die Maler sind durchaus an Besuch gewöhnt«, sagte sie. »Seid Ihr eine Verwandte der Lutherin?«

»Nein«, erwiderte Susanna nach winzigem Zögern. »Ich bin nur die Magd.«

Ihr Rücken wurde steif, als sie den Hof betreten hatte. Jetzt trennten sie nur noch wenige Schritte von der offenen Tür.

Sie hörte Jans Lachen, das fröhlich und ausgelassen klang. Eine hellere und eine tiefere Männerstimme fielen mit ein. Darüber quäkte ein Junge im Stimmbruch.

»Niemand sonst in Wittenberg brät die Quarkbällchen so

kross und gleichzeitig saftig wie Ihr, Meisterin«, sagte Jan. »Und heute sind sie Euch besser denn je gelungen. Mit dieser köstlichen Stärkung im Leib wird uns die Arbeit noch schneller von der Hand gehen.« Inzwischen hatte er Susanna entdeckt. »Ja, wen haben wir denn da? Suchst du etwa mich?«

Was bildete er sich ein?

Sie hätte niemals hierherkommen sollen – aber hatte sie denn eine Wahl gehabt?

»Die Lutherin schickt mich«, sagte sie rasch und vermied es, Jan anzuschauen. »Ich bin die neue Magd und suche Barbara Cranach.«

»Das bin ich.« Eine hochgewachsene blonde Frau kam langsam näher.

»Sie bittet Euch, ins Schwarze Kloster zu kommen«, fuhr Susanna fort. Warum hörte dieser unverschämte Kerl nicht auf, sie derart schamlos anzuglotzen? Sie spürte, wie ihr immer heißer wurde. Bestimmt glühte sie inzwischen wie eine Pfingstrose. »Elisabeth ist sehr krank. Katharina von Bora braucht dringend Eure Hilfe.«

»Das arme kleine Ding!«, rief die Cranachin. »Hat sie Blähungen? Oder Durchfall? Oder fiebert sie etwa schon wieder? Mein zartes Patenkind hat es wirklich nicht leicht!«

»Ich fürchte, von allem etwas«, sagte Susanna. »Es geht ihr jedenfalls gar nicht gut. Bitte lasst uns keine Zeit verlieren! Alle sind sehr besorgt.«

»Ich hole nur noch schnell meinen Arzneikorb«, sagte Barbara Cranach. »Warte hier!«

Jetzt war sie allein mit den Männern, von denen keiner auch nur so tat, als würde er arbeiten. Alle schauten sie an, ein Rotschopf, einer mit gebeugtem Rücken, der um einiges älter schien, und jener Untersetzte, der an einer Staffelei stand, auf der offenbar gerade eine Landschaft entstand. Zwei Halbwüchsige hatten ihre Holzplatten sinken lassen und starrten Susanna mit offenem Mund an.

Cranach selbst, auf den sie insgeheim schon neugierig gewesen war, war nirgendwo zu sehen.

»Habt ihr noch nie eine Frau zu Gesicht bekommen?«, unterbrach Jan die Stille. »Ich räume ja ein, es gibt nicht allzu viele, die so hübsch wie diese geraten sind. Aber die allererste in eurem Leben wird es ja wohl trotzdem kaum sein – also zurück an die Arbeit!«

Gesellen und Lehrlinge gehorchten erstaunlicherweise auf der Stelle.

Für ein paar Augenblicke war Susanna Jan fast dankbar, obwohl sein Kompliment sie gleichzeitig verlegen machte.

Das allerdings änderte sich rasch, als die junge Frau mit den rotblonden Schnecken plötzlich in der Türe stand.

»Ich wollte Euch noch etwas mitgeben«, sagte sie zu Susanna, doch ihre Blicke suchten nur einen Einzigen in der Werkstatt: Jan. »Für das kranke Kleine. Ich kann mir gut vorstellen, wie eine besorgte Mutter fühlen muss. In diesem Säckchen sind Holunderblüten gegen Fieber, in dem anderen Kümmel sowie …« Sie verstummte, starrte zu Boden, ohne Anstalten zu machen, ihre Schätze an Susanna weiterzugeben.

Jan, soeben noch Herr der Lage, wirkte plötzlich angespannt. Es war offensichtlich, dass es ihm ganz und gar nicht passte, dass die Frau aus der Apotheke hier aufgetaucht war.

Aber weshalb?

Weil ihn etwas mit ihr verband, das keiner wissen sollte?

Die Jahre im Kloster, wo es so viele Heimlichkeiten gegeben hatte, obwohl alle stets behaupteten, uneingeschränkt wahrhaftig zu sein, hatten Susannas Wahrnehmung geschärft. Bini behauptete sogar, sie könne das Gras wachsen hören, was sicherlich übertrieben war.

Doch ein Körnchen Wahrheit steckte durchaus darin.

Die anderen in der Werkstatt schienen nichts zu bemerken, doch Jan sah so unbehaglich aus, als habe man ihm befohlen, eine Kröte zu schlucken.

Die Rückkehr von Barbara Cranach wirkte wie befreiend.

»Ich hab jetzt alles beisammen.« An ihrem Arm baumelte ein großer Korb, der mit verschiedenen Näpfen, Fläschchen und Kräuterbüscheln bestückt war. »Lass uns gleich aufbrechen!«

Susanna folgte ihr. Im Vorbeigehen steckte ihr die Frau aus der Apotheke verstohlen ihre Beutelchen zu.

»Sagt der Lutherin, dass sie von Margaretha sind«, sagte sie leise. »Und dass sie trotz aller Kümmernisse niemals vergessen soll, wie sehr der gütige Gott sie gesegnet hat.«

❖

Er hatte ihr strengstens untersagt, jenes Zimmer unter dem Dach zu betreten, in das er sich manchmal zurückzog, um ungestört, aber doch anwesend zu sein. Und eigentlich war Griet überzeugt gewesen, gar keinen Schlüssel für diese besondere Tür zu haben.

Bis sie jenen überraschenden Fund im Keller machte.

Ein düsterer, muffiger Ort, den sie nur betrat, wenn es sich nicht vermeiden ließ. Sie lagerten ihre Weinfässer dort, zu denen sie meist eines der Mädchen zum Abzapfen schickte, und allerlei Gerümpel, das sich im Lauf der Zeit angesammelt hatte. Hier unten, wo das Licht selbst am hellen Tag nur durch schmale Ritzen einfiel, konnte man sich schnell verloren fühlen, ein Zustand, in den sie um nichts in der Welt wieder geraten wollte.

Irgendwann musste sie dennoch hinunter. Sie stellte fest,

dass der Wein schon wieder auszugehen drohte und dringend Nachschub bestellt werden sollte. Dann glitt ihr auch noch der gut gefüllte Krug aus der Hand und zerbrach in unzählige Scherben.

Überall klebrige Flüssigkeit – was für eine ausgemachte Sauerei!

Sie unterdrückte einen Fluch und beschloss, Isa zum Saubermachen hinunterzuschicken, die am wenigsten Freier hatte, obwohl sie den besten Charakter besaß. Als sie sich aufrichtete, entdeckte sie den verrosteten Schlüsselbund in einer staubigen Mauernische hoch über ihrem Kopf.

Sie wäre nicht Griet Hutinger gewesen, die sich seit Kindestagen nichts vormachen ließ, hätte sie sich nicht gereckt, um hinaufzulangen und den Bund an sich zu nehmen, um die Schlüssel nach und nach auszuprobieren. Systematisch ging sie dabei vor, stets darauf bedacht, dass ja niemand sie dabei beobachtete.

Dass es ein trefflicher Fund war, bemerkte sie rasch und konnte schon bald jeden Schlüssel einer bestimmten Tür zuordnen. Natürlich behielt sie dieses Wissen für sich. Die Mädchen begannen schnell zu plappern, wenn sie betrunken waren oder sich unglücklich fühlten. Dazu kamen die Wichtigtuerinnen, die es in diesem Gewerbe leider allzu oft gab. Und jene unvermeidlichen Neiderinnen, vor denen sie sich ganz besonders hüten musste.

Es war ungewöhnlich, dass eine Frau ein Freudenhaus führte, das ließen die Hübschlerinnen sie immer wieder spüren und versuchten, sich Rechte herauszunehmen, die Griet ihnen nicht einräumen konnte oder wollte. Alles wäre wesentlich einfacher gewesen, hätte der Patron sich seinen Huren auch nur ein einziges Mal gezeigt und ihr damit größeren Respekt verschafft. Doch davon wollte er nichts wissen.

»Ich hab dich ausgewählt, weil du es alleine schaffst«, war alles, was sie von ihm zu hören bekam. »Ich verlasse mich auf dich, meine Griet. Oder sollte ich mich etwa in dir getäuscht haben? Dann freilich brauchst du es nur zu sagen …«

Der Stahl, der in seiner Stimme aufblitzte, brachte sie auf der Stelle zum Schweigen. Das Haus am Elstertor, das sie seit einiger Zeit für ihn führte, war alles, was sie hatte. Verlor sie diese Stellung, müsste sie selbst wieder anschaffen gehen, eine Vorstellung, die sie peinigte. Die gierigen Hände auf ihrem Körper, der stoßweise Atem der geilen Männer, all jene Widerwärtigkeiten, die sie für ein paar Kupferstücke von ihr verlangen konnten – nie wieder wollte sie in diesen Sumpf zurück.

Jetzt also stand sie vor der Dachkammer, und ihr Herz schlug bis zum Hals.

Noch einmal lauschte Griet hinunter. Das Haus war still, die letzten Freier waren fort, die Mädchen schliefen. Morgen war Sonntag, da mussten sie schon ab dem Vormittag mit einem größeren Ansturm rechnen, obwohl der Besuch im Freudenhaus am Tag des Herrn eigentlich verboten war.

Luther, zu dessen Predigten sie manchmal ging, weil es ihr Spaß machte, sich wie eine anständige Frau in die letzte Kirchenbank zu knien, wetterte immer wieder darüber. Überhaupt schien der Reformator Huren regelrecht zu hassen. Rädern solle man sie und aus der Stadt treiben, das hatte sie ihn schon von der Kanzel wettern hören – aber wo sollten dann bloß die Männer Wittenbergs mit all ihren Wünschen, Sehnsüchten und Begehrlichkeiten hin?

Sie steckte den Schlüssel ins Schloss.

Er passte perfekt. Nichts anderes hatte sie erwartet.

Als sie ihn langsam umdrehte, klang es, als stieße jemand einen tiefen Seufzer aus.

Obwohl sie noch immer allein da oben stand, fühlte sie sich plötzlich beobachtet.

Waren die Augen des Patrons doch überall, wie er behauptete?

Stell dich nicht so an!, ermahnte sie sich. Er ist auch nur ein Mensch. Und kann nicht an zwei Orten gleichzeitig sein.

Dennoch hielt sich ein mulmiges Gefühl.

Sie schob die Schultern zurück, packte den Leuchter in ihrer Linken fester und schritt über die Schwelle.

Zu ihrer Überraschung war der längliche Raum leer bis auf einen schäbigen Hocker, zumindest glaubte sie das im ersten Augenblick. Als sie weiterging, stieß ihr Holzschuh gegen etwas, das umfiel und scheppernd zerbrach.

Der Schreck fuhr ihr in alle Glieder.

Jetzt würde der Patron unweigerlich mitbekommen, dass jemand sein strenges Verbot missachtet und heimlich eingedrungen war – und was dann?

Sie stellte den Leuchter auf dem Hocker ab und bückte sich rasch, um den entstandenen Schaden zu begutachten. Vor Erleichterung hätte sie beinahe aufgeschrien. Denn was da gerade zu Bruch gegangen war, war nichts anderes als einer jener Weinkrüge, die sie dutzendweise in der Küche hatte, und damit leicht ersetzbar.

Griet sammelte die Scherben behutsam ein und legte sie ebenfalls auf dem Hocker ab, bis sie plötzlich einen jähen Schmerz verspürte.

Sie war unvorsichtig gewesen und hatte sich geritzt. Ein langer Riss an ihrem Zeigefinger begann heftig zu bluten.

Kurz entschlossen steckte sie diesen in den Mund.

Bloß keine verräterischen Spuren hinterlassen!

Als das Bluten gar nicht aufhören wollte, riss sie einen

Streifen von ihrem Unterrock ab und wickelte ihn mehrfach um die Wunde.

Jetzt wollte sie nur noch raus, den Krug rasch ersetzen und dann in ihr Bett sinken, um alles zu vergessen.

Sie war gerade dabei, die Scherben vorsichtig in ihren Rock zu schichten, als ihr Blick auf die Wand über ihr fiel.

Sie kniff die Augen zusammen.

Träumte sie – oder war es wirklich wahr, was sie da sah?

Ein D stand da. Und es war mit Blut geschrieben, das erkannte sie, als sie näher kam.

Griet war keine Leuchte im Lesen, doch die Buchstaben kannte sie alle.

Sie fuhr herum.

Ein übergroßes blutiges M verunzierte die gegenüberliegende Wand.

Am hässlichsten gezeichnet aber waren die rauen Flächen neben dem schrägen Fenster. Gleich zweimal prangte dort ein riesiges K, und es sah aus, als würde das Blut noch herunterrinnen, so frisch wirkte es.

✣

»Das hättest du niemals tun dürfen«, sagte Susanna, als sie die Laute zurück in ihre Kammer brachte. »Was hast du dir nur dabei gedacht? Hast du gesehen, wie sie dich angeschaut hat? Katharina hat dir kein einziges Wort geglaubt.«

»Ich musste es tun«, widersprach Bini. »Wäre die kleine Elisabeth sonst zur Ruhe gekommen? Keines der Kräuter und keine der Tinkturen, mit denen sie das arme Würmchen den ganzen Tag traktiert haben, hat es geschafft – erst dein Spiel!«

Auf einmal hatten sie dringend nach Susanna gerufen. Bini war schon da gewesen, die Laute in der Hand, die sie ihr schweigend entgegengestreckt hatte. Es war keine Zeit geblieben, um das Instrument ausführlich zu stimmen.

»Spiel!«, hatte Katharina mit blassen Lippen gebeten. »Um des gütigen Gottes willen – spiel!«

Seltsam, die Saiten nach der langen Enthaltsamkeit wieder zu berühren! Bei den ersten Anschlägen waren Susannas Finger noch unsicher und steif. Dann aber hörte sie auf, sich innerlich zu wehren, und die sanfte, helle Melodie eines alten Marienliedes erfüllte das Krankenzimmer, bis die Augen der Kleinen schließlich zufielen und sie friedlich schlief.

Alle schienen sich plötzlich zu beruhigen: Barbara Cranach, deren Anweisungen immer knapper und schärfer geworden waren, weil keines von ihren Rezepten und Mittelchen richtig fruchten wollte, Muhme Lene, die auf einmal nicht mehr ganz so alt und erschöpft aussah, auch Luther, der immer wieder seine Schreibstube verlassen hatte, um nach der Tochter zu sehen, und sogar Hansi hörte mit seinem Wüten und Geplärre auf, weil keiner ihn richtig beachten wollte, und ließ sich ohne Widerworte ins Bett bringen.

In Katharinas Augen aber trat ein Glanz, der Susanna ganz verlegen machte.

»Wie gut du das kannst«, sagte sie. »Warum hast du uns das bislang vorenthalten?« Ihre Brauen zogen sich fragend zusammen. »Seltsam, ich hab das Instrument gar nicht bei dir gesehen, als ihr zu uns gekommen seid.«

»Konntet Ihr auch nicht«, sagte Bini schnell. »Weil ich es nämlich in meinem Bündel auf dem Rücken hatte.«

»Du kannst sie auch schlagen?«, fragte Katharina überrascht.

»Nur ein paar Akkorde. Aber Susanna hat versprochen, mich bald weiter darin zu unterweisen.«

An diesen Ausflüchten kaute Susanna noch immer.

»Du hast sie frech angelogen«, sagte sie vorwurfsvoll. »Direkt ins Gesicht. Wenn Katharina das herausbekommt …«

»Wird sie nicht. Denn sie hat jetzt anderes zu tun. Und in gewisser Weise stimmt es ja sogar«, verteidigte sich Bini. »Die Laute stammt von mir – und sie hat der Kleinen geholfen. Basta!«

»Jetzt werden sie verlangen, dass ich immer wieder darauf spiele«, sagte Susanna und warf dem Instrument einen unwilligen Blick zu. »Dabei wollte ich doch …«

»Dein Gesicht verändert sich, wenn du sie in Händen hältst«, unterbrach Bini sie. »Weißt du das eigentlich? Dann siehst du weich und fröhlich aus. Fast wie früher in Sonnefeld, wenn wir zusammen mit den anderen Schwestern gesungen und musiziert haben.«

Stille breitete sich in der Kammer aus.

Keine sah die andere an. Jede hing ihren eigenen Erinnerungen nach, Erinnerungen an ein Leben, das sie geliebt hatten und das unwiederbringlich vorbei war.

»Wir werden es auch außerhalb der Klostermauern schaffen«, sagte Bini plötzlich und berührte aufmunternd Susannas Schulter. »Nonnen sind wir zwar keine mehr, aber wir bleiben trotzdem fromme Frauen. Komm schon – lächle endlich wieder! Nur ein kleines bisschen.«

Susanna blieb ernst.

»Und jetzt sollen wir die Cranachin auch noch nach Hause begleiten«, sagte sie. »Mitten in der Nacht! Du weißt, was das für mich bedeutet.«

»Auf dem Hinweg sind wir ja zu dritt.« Bini strengte sich an, tröstend zu klingen. »Und zurück immerhin noch zu zweit. Ich schreie wie am Spieß, falls uns jemand zu nahe treten will. Und du nimmst für alle Fälle schon mal ein dickes Holzscheit mit.«

Sie gingen trotzdem schnell, auch Barbara Cranach, die sie in ihre Mitte genommen hatten. Die Nacht war kühl und verhangen; nur ab und zu blitzte der Sichelmond zwischen schnell ziehenden Wolken hervor.

»Ihr seid also ehemalige Nonnen wie Katharina?«, fragte die Cranachin auf einmal. »Eine ganze Reihe von ihnen hat früher einmal bei uns im Haus gelebt, bis sie wussten, wohin sie gehörten.«

»Wir kommen aus dem Kloster Sonnefeld«, sagte Susanna. »Dort haben wir Gott gedient, bis sie es zugesperrt haben.«

»Dann könnt ihr Katharina sicherlich besser verstehen als die meisten Menschen«, fuhr Barbara Cranach fort. »Es ist so vieles, was an ihr hängt: das große Anwesen, der Garten, die alte Tante, all die Studenten, die sie beköstigen muss, um an Geld zu kommen, ein genialer Mann, der allerdings immer nur schreiben will, die kleinen Kinder, die ständig krank werden … Ihr könnt mir glauben, ich weiß genau, wovon ich rede.« Erschöpft hielt sie inne. »Geht ihr zur Hand, wo immer ihr könnt! Meine Freundin, die euch ein Dach über dem Kopf gewährt hat, verdient es wie keine andere auf der Welt. Wollt ihr beide mir das hier und heute versprechen?«

Inzwischen hatten sie die menschenleere Collegiengasse hinter sich gebracht und den Marktplatz erreicht.

Die dunklen Wolken rissen wieder auf. Für ein paar Augenblicke prangten die hohen steinernen Fassaden im blassen Mondlicht.

»Gerne – aber nichts anderes machen wir von früh bis spät«, versicherte Bini eifrig. »Wir kümmern uns um die Tiere, misten aus, putzen, waschen, kochen – und was sonst noch zu tun sein mag. Die beiden Kleinen lieben wir von ganzem Herzen.« Sie stieß Susanna aufmunternd in die Seite. »Lass doch nicht nur mich reden! Sag auch etwas!«

Aber die Freundin stand nur stocksteif da und starrte stumm auf den Mann, der aus dem Cranach-Hof kam und mit einem Bündel unterm Arm geradewegs auf die Apotheke zusteuerte.

✤

Sie schreckte aus dem Schlaf hoch.

Waren da nicht Schritte auf der Treppe?

Griet fühlte sich wie benommen, ihr Gaumen war pelzig, und im Mund hatte sie einen üblen Geschmack, als habe sie etwas Unrechtes gegessen.

Wenn sie nicht schlecht geträumt hatte, dann konnte es nur eines bedeuten: Der Patron war gekommen, um sich zu überzeugen, dass alles nach seinen Anweisungen geschah.

Etwas Eisiges fuhr ihr in die Knochen. Sie fingerte nach Schlageisen, Feuerstein und Zunderlappen und brauchte dreimal so lang wie sonst, um die Lunte zu entzünden.

Erst als die Kerze brannte, wurde sie eine Spur ruhiger.

Was sollte sie tun – ihm entgegentreten, als sei nichts geschehen?

Die Angst plagte sie, das schlechte Gewissen könne ihr ins Gesicht geschrieben sein.

Im Zimmer bleiben und so tun, als habe sie nichts gehört?

Aber wozu hatte er sie als Hurenwirtin bestellt, wenn sie solch ein Feigling war, der bei Gefahr nicht sofort nach den Mädchen sah?

Sie fröstelte, griff nach einem Tuch und schlang es sich um die Schultern. Erst jetzt wagte sie, das Bett zu verlassen, die Tür einen Spaltbreit zu öffnen und nach draußen zu lauschen.

Alles still, dachte sie und gab sich dem angenehmen Gefühl der Erleichterung hin. War wohl bloß meine Einbildung.

Dann das Knacken, das ihr durch und durch ging.

Er ist doch da!

Griet konnte sich plötzlich kaum noch rühren. Der erste Freier kam ihr in den Sinn, der so grob mit ihr gewesen war, dass sie geglaubt hatte, niemals mehr einen Mann lieben zu können. Und dann war doch einer gekommen, der sie vom Gegenteil überzeugt hatte: der baumlange Rup mit seinen Kinderaugen, bei dem sie sich so sicher und geborgen gefühlt hatte. Freikaufen hatte er sie wollen, ein neues Leben mit ihr beginnen, sie heiraten – aber wer nahm schon eine Hure zur Frau?

Keiner, der seinen Verstand beisammenhatte.

Sie schob die Erinnerungen an Rup energisch zur Seite und packte den Prügel, den sie für alle Fälle neben ihrem Bett stehen hatte. Rups Spur hatte sie schon vor Langem verloren. Wer konnte sagen, wohin das Schicksal ihn getrieben hatte? Bestimmt hatte er eine Frau nebst einem Stall voller Kinder und seine verliebte Hübschlerin von damals längst vergessen.

Griet zwang sich, die Treppe nach oben zu betreten.

»Patron?«, flüsterte sie. Danach versuchte sie es noch einmal in normalem Tonfall. »Patron – seid Ihr das?«

Niemand antwortete.

Sie stieg höher, mit angehaltenem Atem.

Etwas knarrte und ächzte.

Normalerweise hätte sie jetzt Isa geweckt, um Unterstützung zu haben, und noch ein paar von den anderen dazu, aber etwas sagte ihr, dass sie das jetzt besser nicht tun sollte.

Noch auf der letzten Stufe wäre sie am liebsten umgekehrt, doch sie zwang sich, stehen zu bleiben und ins Dunkel zu spähen.

Griet riss erschrocken die Augen auf.

Die Tür, die sie vorhin so sorgfältig zugesperrt hatte, stand halb offen. Würde das Blut an den Wänden, das sie so verstört hatte, erneut zu fließen beginnen?

Sie drehte sich entsetzt um, presste die Lippen aufeinander und rannte nach unten in ihr Zimmer, dessen Tür sie mit bebenden Fingern zusperrte.

Den Schlüssel ließ sie stecken, die einzige Sicherheit, die sie hatte.

Es reichte bei Weitem nicht aus, sich fest in die Decke zu wickeln. Erst als Griet darin wie in einer dunklen Höhle verschwunden war, hörte ihr Zittern allmählich auf.

*

Heute brannten lediglich zwei Kerzen, aber Jan hütete sich, mehr Licht zu verlangen. Während er noch am Auspacken seiner Utensilien war, zog Margaretha sich ihren Ehering vom Finger und legte ihn mit einem seltsamen Lächeln beiseite. Ihr Haar hatte sie als dicke Flechte einmal um den Kopf geschlungen, und sie trug ein blaues Gewand, in dem sie beinahe versank, als hätte sie es von einer wesentlich Korpulenteren geliehen, oder als sei ihr daran gelegen, möglichst viel Stoff zwischen sich und ihn zu bringen.

Ganz und gar nicht das, wozu er gekommen war, doch sein Instinkt riet ihm, sie nicht zu drängen.

Den gestrigen Streit erwähnte sie mit keinem Wort, und auch Jan kam nicht mehr darauf zurück. Was sie dazu gebracht hatte, ihre Meinung zu ändern, wusste er nicht.

Aber die Tür war nicht versperrt gewesen, allein das zählte.

Er begann damit, Magarethas Kopf und Hals zu zeichnen, und merkte schnell, wie unkonzentriert er dabei war. Auch sie schien seine innere Unruhe zu bemerken, konnte plötzlich nicht mehr still stehen und wandte sich ihm abrupt zu.

»Falls ich dir diesen unerhörten Gefallen erweisen sollte«, sagte sie, »was bekomme ich dann im Gegenzug von dir?«

Sein Atem ging plötzlich rascher.

Würde sie sich wirklich entkleiden?

»Alles, was du willst«, erwiderte er. »Sofern es in meiner Macht steht.«

»Und du wirst das Bild wirklich heimlich malen? Ohne die neugierigen Blicke der anderen?«, fuhr sie fort. »Versprich mir das! Sonst kannst du gleich wieder gehen.«

»Das verspreche ich – bei meinem Leben.«

»Gut.« Margaretha klang nicht wirklich überzeugt, aber sie begann das Mieder aufzuschnüren. Das Kleid fiel zu Boden, lag gleich einem blassblauen Schaum zu ihren Füßen.

Darunter war sie splitternackt.

Jan wusste, dass sie es sich jeden Moment anders überlegen konnte, griff zum Stift und ließ ihn über das Blatt sausen. Wie im Fieber arbeitete er, zeichnete ihren Bauch, die kleinen Brüste mit den rosigen Spitzen, die mädchenhaften Hüften, die noch kein Kind getragen hatten. Die Schenkel. Die schmalen Füße. Ihm gefiel durchaus, was er eilig auf seine Blätter bannte, die bald schon einen kleinen Stapel ergaben, doch richtig befriedigend fand er es noch nicht.

»Kannst du dich vielleicht kurz umdrehen?«, bat er nach einer Weile.

»Bin ich dir von vorn etwa nicht schön genug?« Ihre Stimme war höher geworden, ein gefährliches Zeichen, wie Jan inzwischen gelernt hatte.

»Doch, das bist du«, versicherte er. »Aber das Bild, das mir vorschwebt, lebt nun einmal von Gegensätzen. Also sei so gut und dreh dich für mich um!«

Zögernd gehorchte sie.

Die leicht abfallenden Schultern, der lange Rücken, die festen Hinterbacken und diese wohlgeformten Beine! So und nicht anders musste seine Aglaia aussehen!

»Kannst du mir noch eine dicke goldene Kette malen?«, hörte er sie sagen. »Und den beiden anderen auch?«

»Wozu?«, fragte Jan überrascht.

»Nun, hast du nicht gesagt, dass wir Halbgöttinnen sind? Dann steht uns kostbares Geschmeide doch wohl zu. Und einen dünnen Schleier will ich auch um die Hüften haben. Damit nicht alles sofort zu sehen ist.«

»Ich denke, das ließe sich einrichten«, sagte Jan, der den Rötelstift nicht absetzte. »Ja, bleib so, auf dem rechten Fuß stehend, den linken leicht angehoben!«

Nach einer Weile begann sie zu zittern. Ein dünner Schweißfilm schimmerte inzwischen auf ihrem Körper.

»Hör auf!«, flüsterte Margaretha. »Ich kann nicht mehr. Es ist genug. Mehr als genug.«

Jan legte den Stift beiseite. Wie gern hätte er noch weiterskizziert, wenn es nach ihm gegangen wäre, bis zum Morgengrauen. Aber er hatte sich vorgenommen, ihre Wünsche zu respektieren.

»Ich danke dir«, sagte er leise. »Du hast mir eine große Freude bereitet, Margaretha. Schau doch nur – so und nicht anders sieht eine wunderschöne Grazie aus!«

Zu seiner Überraschung hatte sie für die Blätter, die er ihr hinhielt, nur einen eher abwesenden Blick. Auch das Kleid, das neben ihr am Boden lag, schien die junge Frau nicht weiter zu interessieren. Stattdessen hatte sie sich in ein geflicktes Leintuch gehüllt, das sie nachlässig über der Brust zusammenraffte.

»Der eine gibt, der andere nimmt«, sagte sie. Hatte sie heimlich getrunken? Ihre Stimme klang plötzlich rau. »So ist das ganze Leben. Habe ich recht? Und doch muss es immer einen Ausgleich geben, damit die Waage im Gleichklang bleibt, meinst du nicht auch?«

Er nickte.

»Dann ist es jetzt an dir zu geben, Jan Seman«, sagte sie bedeutungsvoll.

Was meinte sie damit?

Plötzlich spürte er, wie durstig er war.

Margaretha schien seine Gedanken zu erraten. Sie reichte ihm einen Becher.

»Trink!«, sagte sie. »Und dann lass uns keine kostbare Zeit mehr vergeuden!« Ihre Augen waren halb zu. Um ihren Mund lag ein entschlossener Zug, den er noch nie zuvor an ihr gesehen hatte.

»Ich denke, ich werde jetzt besser gehen«, sagte er. »Nicht dass uns der Meister und dein Mann noch hier erwischen ...«

Sie hatte ihn am Ärmel gepackt und hielt ihn fest.

»Das wirst du noch nicht«, sagte sie. »Nicht, bevor du mir geschenkt hast, wonach ich mich schon seit Jahren verzehre.«

Wovon redete sie?

Jan wurde immer unbehaglicher zumute.

Unvermutet gab sie ihn frei. Gleichzeitig sanken ihre Arme nach unten.

Das Leintuch sank zu Boden.

»Mein Kind«, flüsterte sie. »Schenk mir heute Nacht mein Kind, Jan Seman! Das bist du mir schuldig.«

Vier

Nach einigen Tagen tauchte Jan wieder im Schwarzen Kloster auf, entspannt und gut gelaunt, als wäre er niemals fort gewesen. Katharina ließ den Löffel sinken und die Suppe stehen, Hansi kam mit ausgebreiteten Ärmchen auf ihn zugestürmt, und Muhme Lene vergaß ihren kranken Rücken und bot ihm Holundersaft an, den er mit sichtlichem Vergnügen trank. Sogar Bini hatte es heute nicht ganz so eilig, zum Fluss zu laufen, wohin sie in letzter Zeit mit undeutlich gemurmelten Ausreden so gerne verschwand.

Susanna hatte sich mit dem riesigen Stapel Stopfarbeiten, die die Muhme ihr aufgehalst hatte, auf die alte Holzbank im Garten zurückgezogen. Nicht sonderlich geschickt, was Näharbeiten betraf, die im Kloster stets von Schwester Raffaela erledigt worden waren, quälte sie sich mit Nadel und Faden und stach sich dabei immer in den Zeigefinger, der schon ganz wund und heiß geworden war.

Jan kam mit Hansi und ließ sich neben ihr nieder. Als sei es das Selbstverständlichste der Welt, zog er ein paar leere Blätter heraus sowie seinen Rötelstift.

»Jetzt muss ich Hansi nur noch zum Stillhalten bringen«,

sagte er nach einer Weile. »Sonst entstehen leider lediglich fliegende Skizzen.«

Der Kleine spielte mit seinen Holzklötzchen inzwischen in den Beeten, was seiner Mutter sicherlich nicht gefallen hätte, doch solange er nicht an den Pflanzen riss, ließ Susanna ihn gewähren.

Sie rückte ein Stück zur Seite, weil sie die männliche Nähe kaum ertrug. Besonders weit kam sie dabei allerdings nicht, denn die Bank war schmal und kurz. Jans Geruch flog zu ihr: grüne Gräser, ein Hauch von frischem Schweiß und etwas Dunkles, Scharfes, das sie anzog und gleichzeitig noch misstrauischer machte, als sie ohnehin schon war.

Es ist heller Tag, mahnte sie sich selbst. Jeder hier kennt ihn. Ein einziger Laut von dir, und der Garten wäre voller Menschen, die dir zu Hilfe eilen würden.

»Der Alte ist wieder aus Meißen zurück«, sagte Jan nach einer Weile, während auf seinem Blatt die ersten Linien entstanden. Er musste gerade vom Malen kommen und sich nur nachlässig gesäubert haben, denn seine Hände waren noch mit Farbspritzern übersät. »Relin, der Apotheker, hat ihn auf der Reise zum Kurfürsten begleitet. Und dicke neue Aufträge hat er auch mitgebracht, mit denen er sich voller Stolz brüstet. Als ob uns die Arbeit in der Werkstatt nicht ohnehin schon auffressen würde!«

Er ließ den Stift sinken, blinzelte träge gegen die Sonne.

»Ein wenig mehr Schlaf täte uns allen sicherlich gut. Aber dazu ist ja schließlich noch immer Zeit, wenn wir einmal im Sarg liegen – das glaubt zumindest ein Lucas Cranach.«

Wieso erzählte er ihr das alles? Wenn Jan so fahrlässig mit seinen Nächten umging, wie Susanna vermutete, hatte er keinerlei Grund, sich zu beklagen. Oder war damit jetzt Schluss, nachdem der Apotheker wieder zurück in Wittenberg war?

»Die einen fallen Abend für Abend todmüde ins Stroh, so erschöpft sind sie vom Schuften, während andere offenbar noch immer genügend Kraft haben, um Unsinn zu treiben.« Sie erschrak, wie bitter ihre Stimme klang.

Hatte sie sich jetzt verraten?

Susanna stichelte umso emsiger weiter.

Jans Blick ruhte nachdenklich auf ihr.

»Was hab ich dir eigentlich getan«, fragte er, »dass du so giftig zu mir bist? Immerhin hab ich euch beiden ja zu einem neuen Zuhause verholfen, oder etwa nicht?«

Sie starrte auf ihre Flickarbeit.

»Ist es etwa noch immer jene Sache in der Taverne, die dich umtreibt …« Sie wollte ihn unterbrechen, doch er ließ sie nicht zu Wort kommen. »Die ich übrigens mit keinem Wort irgendjemandem gegenüber erwähnt habe. Ich weiß schon eine ganze Weile, dass Menschen Fehler machen. Und auch, dass sie daraus lernen können.«

Was hätte sie darauf entgegnen sollen?

Sie hatte diesem Jan Seman nichts vorzuschreiben. Wohin er ging, sobald der Mond am Himmel stand, war einzig und allein seine Angelegenheit – auch wenn es sie jetzt erst recht beschäftigte, was er wohl mitten in der Nacht im Apothekerhaus zu suchen hatte, während der Hausherr mit Cranach auf Reisen war.

Er drang nicht weiter in sie, sondern griff wieder nach seinem Rötelstift und zeichnete weiter.

Hansi schien von der Sonne und dem Toben müde geworden zu sein. Er rollte sich wie ein Welpe auf der Erde ein, steckte den Daumen in den Mund – und war eingeschlafen.

Jan hatte Susanna offenbar ganz vergessen, so vertieft war er in seine Skizzen, während sie lustlos weiterstopfte. Irgendwann gewann ihre Neugierde doch die Überhand.

Sie lugte nach links.

»Aber das ist ja gar nicht Hansi!«, rief sie. »Du hast heimlich mich gezeichnet.«

»Nun, ganz so heimlich auch wieder nicht«, entgegnete er grinsend. »Ein Maler muss mit dem arbeiten, was ihm vor die Augen kommt. Gefällt dir die Zeichnung, Susanna?«

Das Frauengesicht, das ihr entgegensah, war herzförmig, wirkte wach und gleichzeitig seltsam abwesend. Große Augen unter geschwungenen Brauen, die Nase kurz, die Lippen leicht geöffnet, als würde sie etwas erstaunen.

»Das soll ich sein?«, fragte sie ungläubig.

In Sonnefeld hatte es keinen Spiegel gegeben. Die Bräute des Herrn sollten innerlich tugendhaft und rein sein, allein darauf kam es an, nicht auf die äußere Schale. Seit sie das Kloster verlassen hatten und unterwegs waren, teilten Bini und Susanna sich eine halbblinde Scherbe, in der man mehr ahnen als erkennen konnte, weshalb sie diese auch so gut wie nie benutzten.

Jetzt begann Jan laut zu lachen.

»Weißt du, dass sie das alle sagen? Vielleicht weil jeder von uns ein ganz eigenes Bild von sich in sich trägt und sich fremd vorkommt, sobald andere Augen ihn widerspiegeln. Aber diese Augen sehen manchmal mehr – und ganz anderes. Etwas, das uns selbst vielleicht gar nicht bewusst ist.«

Widersprüchlichste Empfindungen stritten in Susanna. Wie konnte sie sich ihm so nah fühlen – und doch wissen, wie enttäuscht sie schon im nächsten Augenblick sein würde?

Sie schrak zusammen, als sie Katharinas Stimme hörte, die mit der kleinen Elisabeth auf dem Arm in den Garten gekommen war.

»Jetzt ist sie endlich wach geworden«, sagte sie zu Jan. »Und ganz munter scheint sie heute auch zu sein. Ich danke dem

Schöpfer, dass er sie uns nicht genommen hat. Und wie sehr würde ich mich über eine neue Zeichnung von den Kindern freuen.« Sie beugte sich über das Blatt, zog die rötlichen Brauen hoch. »Aber du hast ja, wie ich sehe, ein ganz neues Motiv gefunden!« Ihre Stimme klang plötzlich belegt.

Er verjagte ihre aufkeimende Verstimmung mit seinem frechsten Grinsen, während Susanna am liebsten im Boden versunken wäre.

»Du weißt doch, werte Lutherin, dass nichts und niemand vor meiner schnellen Kreide sicher ist«, sagte er spielerisch. »In der Werkstatt muss ich mich den Anordnungen des Meisters fügen, obwohl er mich inzwischen zu seinem Stellvertreter ernannt hat. Bin ich jedoch allein unterwegs, so tun meine Finger, was sie wollen. Das war schon immer so.«

Galt das wirklich Katharina, oder waren Jans Worte nicht eher an sie gerichtet?, fragte sich Susanna.

Bevor er sie noch weiter in Verlegenheit bringen konnte, raffte sie ihr Flickbündel zusammen und stand auf.

»Ich werde Bini bitten, später weiterzustopfen, wenn es Euch recht ist«, sagte sie. »Denn die hat dazu entschieden mehr Talent. Ihr wollt die Sachen ja schließlich wieder anziehen – und nicht nur als Lappen verwenden.«

»Meinetwegen«, erwiderte Katharina, aber war ihr Blick nicht deutlich kühler geworden? »Wo steckt Binea überhaupt? Hab sie schon eine ganze Weile nicht mehr gesehen.«

Susanna zog die Schultern hoch, obwohl sie keineswegs so ahnungslos war, wie sie tat. »Rabe« hatte sie die Freundin mehrmals im Schlaf murmeln hören. Sie danach zu fragen, hatte sie bisher unterlassen, aber Bini war auch tagsüber hippelig und geistesabwesend. Es war neu, dass es solche Geheimnisse zwischen ihnen gab, die eine Sperre errichteten.

Aber hatte nicht sie selbst damit angefangen?

»Dann machst du inzwischen in den Ställen weiter«, ordnete Katharina an. »Versorg die Tiere, bring den Dung zum Misthaufen, und vor dem Abendessen kommen wir dann alle zusammen, um gemeinsam zu beten.«

Beim Weggehen spürte Susanna Jans Blick zwischen ihren Schulterblättern. Auf gewisse Weise wärmte er sie, das fühlte sich angenehm an. Gleichzeitig jedoch ließ er sie noch unruhiger werden, als sie ohnehin schon war.

✤

Philipp Melanchthon war schnellen Schritts auf der Collegiengasse unterwegs, da hörte er jemanden seinen Namen rufen. Als er stehen blieb und sich umdrehte, schloss Titus Pistor zu ihm auf.

»Auch gerade auf dem Weg zum Markt?«, fragte er. »Da können wir ja zusammen gehen.«

Melanchthon verzog das Gesicht.

Was da vor ihm lag, war schon unangenehm genug. Und jetzt auch ausgerechnet noch Pistor, von dem er fachlich einiges hielt, der ihm aber als Person so gar nicht lag! Allerdings erfreute sich der Neuzugang an der Universität eines überraschend großen Zulaufs, obwohl er bei den Studenten als launisch und ungemein streng verschrien war. Seine Vorlesungen galten jedoch als kurzweilig und waren mit klugen Zitaten gespickt, und um seine gedruckte Grammatik des Griechischen, die klar gegliedert und äußerst übersichtlich war, rissen sich sogar schon Gymnasiasten.

»Muss dringend zur Apotheke«, murmelte Melanchthon widerwillig.

»Ihr seid krank? Was fehlt Euch denn?«, erkundigte sich Pistor.

»Nichts. Beziehungsweise nur das Übliche, mit dem man notgedrungen zu leben lernt. Aber mein Weib …« Er hielt inne.

Wie sehr sehnte er sich zurück nach den friedlichen Zeiten, da er noch mit seinem Gehilfen in einer echten Männerwirtschaft hatte hausen können. Luther hatte ihn zur Heirat mit Kathi gedrängt. Doch auch nach acht Jahren war er kein richtiger Ehemann für sie. Und die Vaterpflichten für zwei, wenn alles gut ging, bald drei Kinder, strengten ihn übermäßig an.

»Ihr solltet mehr auf Eure Gesundheit achten.« Pistor beäugte ihn von der Seite. »Ihr seid blass und viel zu mager. Euer linkes Lid zuckt, wenn Ihr Euch aufregt, ist Euch das schon aufgefallen? Ihr habt die dreißig gerade erst überschritten und schon einen runden Rücken. Wie steht es eigentlich mit den Nächten? Bekommt Ihr da auch regelmäßig Schlaf? Oder sehnt Ihr Euch schon seit Langem vergeblich nach satter, träger Müdigkeit, wie sie nur die Lust verschafft?«

Melanchthon murmelte Unverständliches.

»Jetzt schaut doch nicht gleich so pikiert drein! Der Leib verlangt nun einmal sein Recht«, fuhr Pistor fort. »Darüber wussten die Menschen der Antike sehr viel mehr und handelten entsprechend. Sie haben der Körperlichkeit in allen Künsten gehuldigt, anstatt sie zu verdammen, wie wir Christen es tun. Alles ist verboten und beschnitten: Begehren, Lust, Besitz – einfach alles!« Er schüttelte den Kopf. »Kein Wunder, dass heutzutage so vieles im Verborgenen blühen muss.«

»Da scheint Ihr aber Luthers bahnbrechende Ideen nicht zu kennen«, widersprach Melanchthon und ging noch schneller in der Hoffnung, ihn dadurch abzuschütteln. »Er hat der engen Frömmelei mutig den Schleier weggerissen, die Pforten der Klöster geöffnet, den Priestern den Weg aus dem Zölibat geöffnet. Mann und Frau sind für ihn Gottes Kinder, zur Liebe bestimmt …«

» … aber doch nur in der Ehe. Und nicht jedermann ist für die Ehe geboren, da würdet Ihr mir doch zustimmen, Collega?« Pistor hielt tapfer mit.

Sie waren am Marktplatz angelangt, und wenn Melanchthon gehofft hatte, nun allein sein zu können, so hatte er sich gründlich getäuscht.

Ungerührt betrat Pistor neben ihm die Apotheke, wo sie Relin empfing. Die düstere Miene des Apothekers hellte sich bei ihrem Anblick auf, aber es war unübersehbar, dass er an etwas zu kauen hatte.

»Die Herren …« Geschäftsmäßig flog sein Blick zwischen den beiden hin und her. Man konnte förmlich sehen, wie es hinter seiner faltenzerfurchten Stirn arbeitete. »Womit kann ich dienen?«

»Das ist mein Kollege, Professor Pistor«, sagte Melanchthon rasch. »Er unterrichtet Griechisch an der Leucorea, ist sehr gefragt und daher stets in Eile. Nehmt ihn also ruhig zuerst an die Reihe!«

»Keinesfalls!« Pistor hob abwehrend die Hände. »Ich habe mich Euch lediglich angeschlossen. Euch gebührt der Vortritt, verehrter Melanchthon.«

Nun musste er mit seinem Anliegen heraus, ob er wollte oder nicht.

»Mein Weib schickt mich«, murmelte er. »Es geht ihr gar nicht gut. Sie leidet an Übelkeit. Schon seit Monaten. Ihre Beine sind so dick wie Säulen. Keinen Schritt würde sie am liebsten mehr tun.«

»Die werte Gemahlin erwartet ein Kind?«, fragte Relin. »Verzeiht, dass ich es so offen anspreche, aber meine Frau hat mir davon erzählt. Und es ist nicht das erste, habe ich recht? Ihr wisst ja – Frauen haben immer etwas zu tuscheln. Wann ist es denn so weit?«

Melanchthon wurde immer unbehaglicher zumute.

»In drei Monaten«, sagte er. »Glaube ich.«

»Und die Übelkeit dauert noch immer an?«, fragte Relin. »Wogegen die Beine schon jetzt stark geschwollen sind? Dann freilich solltet Ihr dringend etwas dagegen unternehmen!«

Er ging zu seinen Regalen und begann, geschäftig einzelne Schubladen aufzuziehen, die er auf die Theke hievte.

»Echte Engelwurz«, murmelte er vor sich hin. »Als Aufguss zu verwenden. Dazu Berberitze – aber unbedingt vor dem Trinken abseihen! Und dann natürlich noch getrockneter Lavendel und Melisse … aber die ist doch sonst immer … Wo ist die denn abgeblieben? Muss ich mich denn um alles hier selbst kümmern?« Jetzt schrie er herrisch: »Mar-ga-retha? Wohin in Gottes Namen hast du wieder die Melisse ver-räumt?«

Schon stand die Gerufene neben ihm. Schmal, blass, ver-weint.

»Melisse ist da, wo sie immer ist«, sagte sie. »Gleich über dir!«

Ihr Kleid schien einer anderen zu gehören, so weit war es, aus grobem Leinen geschneidert und nicht mehr ganz sauber. Das rechte Auge verunstaltete ein kräftiges Veilchen, das die streng aus dem Gesicht genommenen Haare betonten. Auch am Hals hatte sie mehrere dunkle Flecken, als habe jemand ihr sehr wehgetan.

Wie eine junge Büßerin sah sie aus.

Eine Büßerin, bei der man befürchten musste, sie könne jeden Augenblick erneut in Tränen ausbrechen.

Melanchthon klappte den Mund auf und wieder zu, weil er sich hilflos fühlte. Alles, was sich zwischen Männern und Frauen abspielte, war ihm ohnehin suspekt. Außerdem hasste er es, sich in Angelegenheiten einzumischen, die ihn nichts angingen. Was hätte er jetzt darum gegeben, in Ruhe über seinen geliebten Büchern sitzen zu können!

Pistor dagegen musterte die junge Frau ungeniert.

»Wenn Ihr schon mal da seid«, sagte er, »wie wäre es dann mit einer Empfehlung gegen mein lästiges Steinleiden?« Seine spitze rote Zunge befeuchtete die aufgerissenen Lippen. »Der Bader, den ich neulich in einer anderen Angelegenheit aufsuchen musste, meinte, damit sei keineswegs zu spaßen.«

»Ist es auch nicht.« Relin schob seine Frau unsanft zur Seite. »Und nirgendwo sonst in Wittenberg kann Euch besser geholfen werden.« Jetzt rempelte er Margaretha regelrecht an. »In die Küche!«, befahl er schroff. »Hier bist du nur im Weg. Und ich will endlich wieder einmal etwas Anständiges auf dem Tisch haben.«

Sie aber blieb stehen.

»Manche schwören auf Petersilie«, sagte sie, und es klang wie etwas, das sie vor langer Zeit auswendig gelernt hatte. »Aber das hilft nur ganz zu Anfang. Ist das Leiden schon fortgeschrittener, könntet Ihr es mit …«

»Bist du endlich still?«, raunzte Relin sie an. »Deine Meinung ist hier nicht gefragt.«

»Aber diese Ansicht teile ich ganz und gar nicht!« Pistor schenkte Margaretha ein verbindliches Lächeln. »Fahrt bitte fort! Ich bin ganz Ohr.«

»Mariendistel.« Inzwischen sprach sie so leise, dass man sie kaum noch verstehen konnte, aber ihr Tonfall hatte durchaus etwas Aufsässiges. »Und zwar der Samen. Hilft gegen Fettleber, Blutspeiben und kann Steine im Körper lösen. Und dann wäre da natürlich noch die viel gepriesene …«

»Halt den Mund!« Relins Gesicht war vor Zorn dunkelrot angelaufen. »Noch ein Wort – und du wirst …«

»*Saxifraga ganulata*«, flüsterte sie, »auch Steinkraut genannt.

Hier vor allem die getrocknete Wurzel verwenden. Wirkt stein-lösend, reinigt Nieren und Blase, beendet Harntröpfeln.« Als sei ihr gerade erst bewusst geworden, was sie soeben in Gegenwart der Männer gesagt hatte, hielt sie sich erschrocken die Hand vor den Mund.

Melanchthon war bleich geworden, Pistors Augen dagegen strahlten.

»Dann nehme ich doch ein paar Unzen von dieser Steinkrautwurzel. Und zudem eine ordentliche Portion Mariendistelsamen. Man muss Vorräte schaffen zur rechten Zeit, meint Ihr nicht auch? Sonst kann man schnell einmal in sehr üble Zustände geraten.«

Relin rang nach Luft, weil er sich übergangen fühlte, während Margaretha verstummt war und auf ihre Füße starrte.

»Ich merke gerade, ich bin jetzt doch ein wenig in Eile«, fuhr Pistor fort. »Könnt Ihr mir das alles in einem handlichen Paket zusammenstellen? Bezahlen werde ich natürlich jetzt.« Er zückte seine Börse. »Und später hole ich dann meine Sachen ab.«

Relins verhärmte Züge wurden sichtlich gelöster, als er die Münzen einstrich.

»Ihr braucht Euch nicht erneut zu uns bemühen«, sagte er mit verbindlichem Lächeln, offenbar entzückt, gerade einen neuen Kunden gewonnen zu haben. »Schließlich ist unser schönes Wittenberg eine berühmte Universitätsstadt, und den Professoren der Leucorea hilfreich zur Seite zu stehen, ist seit Jahren unser ganz besonderes Anliegen«, versicherte er. »Sagt mir, wo Ihr wohnt – und die Arzneien werden Euch bequem nach Hause geliefert.«

✤

Bini war am Elbufer eingeschlafen, weil das Warten sie müde und traurig gemacht hatte, und die warme Sonne und das frühe Aufstehen hatten vermutlich ihr Übriges dazugetan.

Rabe war nicht wie versprochen gekommen.

Vielleicht würde er nie mehr kommen.

Seine Laute hatte sie im Schwarzen Kloster zurückgelassen, weil sie sonst vielleicht mit ihr gesehen worden wäre und das unweigerlich Katharina gegenüber eine Flut von Erklärungen nach sich gezogen hätte.

Wenn du mich jetzt im Stich lässt, ist aus deiner Leihgabe, wie sie das Instrument inzwischen für sich nannte, eben ein Geschenk geworden.

Die Wellen flüsterten in ihren Traum, trugen und wiegten sie, und auf einmal war das rasch fließende blaue Wasser kein Feind mehr, vor dem sie Angst haben musste, sondern etwas Vertrautes, das sie zu streicheln schien.

So lange hatte niemand mehr ihre Haut berührt!

Im Kloster war es nicht gern gesehen, wenn Nonnen sich körperlich zu nah kamen, denn der Leib galt als etwas Sündiges, das stets und überall vom Teufel verführt werden konnte. Und ihre Kindertage, als jemand sie gekost und geneckt hatte, lagen inzwischen so weit zurück, dass die Erinnerung daran ganz blass geworden war.

Bini streckte und räkelte sich genüsslich, als plötzlich ein Schatten über sie fiel.

»Du«, murmelte sie, als sie die Augen aufschlug und erkannte, wer sich da über sie beugte. »Du!«

Die Freude über seinen Anblick machte ihr Herz ganz weit.

»Ja, ich«, entgegnete er mit seiner warmen, tiefen Stimme. »Wen sonst hast du hier erwartet?«

»Du kommst spät, Rabe.« Sie setzte sich auf, versuchte die Haare zu ordnen und das Kleid glattzustreichen, ließ es dann aber sein. Eulen durften leicht zerrupft aussehen. Daran wollte sie sich halten. »Ich habe schon befürchtet, du würdest gar nicht mehr kommen. Wo ist dein Pferd?«

»Jolanta grast friedlich dort drüben.« Er ließ sich neben Bini auf die Uferböschung sinken, die helle Seite seines Gesichts ihr zugewandt. »Ja, ich bin spät, und ich entschuldige mich dafür. Eigentlich ist es mir schon lästig genug, einem Herrn dienen zu müssen. Nun aber sind gewisse … Umstände eingetreten, die mich zwingen, gleich zweien auf einmal gehorchen zu müssen.« Seine Stimme klang belegt. »Wie ich das hasse! Aber die Not hat mich dazu gebracht, einen Pakt zu schließen, und nun gibt es kein Zurück mehr.«

»Einen Pakt?«, wiederholte sie nachdenklich. »Das klingt ja beinahe, als sei der Teufel mit im Spiel.«

Seine Hände wurden unruhig, schlanke, kräftige Finger, die aussahen, als hätten sie noch nie hart gearbeitet.

»So falsch liegst du damit gar nicht. In gewisser Weise ist der Pakt sogar mit Blut unterzeichnet, so eingeengt fühle ich mich.«

»Das ist nicht gut, denn Raben darf man nicht einsperren«, sagte Bini. »Und wenn man es doch versucht, zieht man dabei stets den Kürzeren. Sie werden immer einen Ausweg finden, weil sie die klügsten Vögel auf Gottes schöner Erde sind.«

»Dann solltest du mir vielleicht besser einen neuen Namen geben«, sagte er mit müdem Lächeln. »Denn sonderlich schlau komme ich mir schon seit Langem nicht mehr vor.«

Er war heute noch sorgfältiger gekleidet als beim letzten Mal, trug unter einem grünen Wams ein reinliches weißes Hemd. Seine braunen Stiefel waren blank gewienert. Wer wohl die Hausarbeit für ihn verrichtete? Bini nahm sich vor, ihn danach zu fragen – aber gewiss nicht heute.

»Hat es andere Zeiten gegeben?«, fragte sie stattdessen.

»Ja, die hat es.« Auf einmal wurde er lebhafter. »Was wollte ich nicht alles bewegen! Die Sonne anhalten, die Sterne vom Himmel holen, der Welt zeigen, was für ein Kerl ich doch bin …« Seine Hand fuhr zum Gesicht, berührte die dunkle metallische Hälfte.

»Und dann kam das dazwischen?«, sagte Bini leise.

Er nickte.

»Nenn es Vorsehung«, sagte er, »oder Schicksal. Oder einfach nur riesengroßes Pech. Jedenfalls hat es aus mir einen anderen gemacht.« Er räusperte sich. »Wie geht es eigentlich meiner Laura? Konnte sie deiner Freundin Freude bereiten?«

Bini sprang auf.

»Ja, wenngleich ganz anders, als ich es mir vorgestellt hatte. Deine Laura hat ein krankes Kind geheilt, weißt du das?«, rief sie. »Meine Freundin hat auf ihr gespielt, als die kleine Elisabeth so sterbenselend daniederlag und keine Arznei ihr helfen wollte. Und ihre Mutter Katharina, ich meine, unsere …« Sie verstummte.

Was konnte, was durfte sie ihm verraten?

Susanna beschwor sie immer wieder, ungeheuer vorsichtig mit allen Auskünften zu sein. Und jetzt stand sie hier und schüttete Rabe ihr Herz aus.

»Du redest doch nicht etwa von der Lutherin?«, fragte er. »Denn Katharina von Bora hat meines Wissens eine kleine Tochter namens Elisabeth, die oft kränkelt.«

»Doch.« Jetzt war es schon heraus. »Von eben der! Katharina hat uns aufgenommen …«

»Uns?«

Wie hartnäckig er sein konnte!

Bini schüttelte den Kopf. »So geht das aber nicht, lieber Rabe«, rief sie. »Du fragst mich aus, während ich noch fast gar nichts über dich weiß. Das finde ich ungerecht.«

»Ist es nicht genug, dass wir beide jetzt hier zusammen sind?« Seine Hand wies auf den Fluss, dessen Wellen in der Sonne glitzerten. »Ich genieße deine Gegenwart, kleine Eule. Alles andere, was einen sonst quält oder bedrückt, alles Unschöne und Grausame, ist auf einmal so weit weg, dass es mir ganz unwirklich erscheint. Sogar dieses hässliche Ding auf meinem Gesicht kann ich neben dir für ein paar Momente vergessen.«

Bini ging es ja nicht anders. Wie leicht sie sich in seiner Gegenwart fühlte! Als ob sie wirklich fliegen könnte.

Er hatte seine Hand ausgestreckt. Zögernd legte sie die ihre hinein, und seine Finger umschlossen sie. Warm und fest war sein Griff. Sie fühlte sich beschützt wie seit Langem nicht mehr.

Hatte sie sich überhaupt schon einmal im Leben so geborgen gefühlt?

»Wir haben viel Zeit«, sagte er. »Das solltest du niemals vergessen. Rabe und Eule gehen ihrer Wege, weil die Welt sie ruft, aber sie werden sich wiedersehen. Das jedenfalls wünsche ich mir von ganzem Herzen.«

»Aber wie finde ich dich?«, rief Bini, der bei der Aussicht auf den nahenden Abschied plötzlich ganz bang wurde. »Wieder hier am Fluss? Was aber, wenn du nicht kommst? Weißt du, dass vergebliches Warten mich ganz krank macht? So war es schon, als ich noch ein Kind war.«

»Ein Kind«, wiederholte er. »Bist du das denn nicht noch immer? Ich kann spüren, wie hell und vollkommen dein Herz ist. Als ob noch keiner ihm etwas zuleide getan hätte. Bewahr dir das! Solange du nur kannst.«

Sie zog ihre Hand zurück. Etwas an dem, was er gesagt hatte, machte ihr Angst.

Jetzt wandte er sich ihr zu, und sie sah die beiden Seiten

seines Gesichts von vorn, die helle, menschliche und die dunkle aus Metall, die ihn so fremd machte.

»Ich werde da sein«, versicherte er. »Und falls es nicht möglich sein sollte, so finde ich dich, kleine Eule. Wo auch immer du sein magst.«

✤

Der Scharfrichter brachte ein junges Mädchen ins Frauenhaus, aus dem Griet nicht recht schlau wurde. Die Mutter war zahlreicher Vergehen beschuldigt worden und unter der Folter gestorben. Die Tochter war ebenfalls im Turm eingesperrt gewesen, doch auf Geheiß des Rates freigelassen worden.

»Besonders Ratsherr Cranach hat sich für sie eingesetzt«, murmelte der Scharfrichter. »Ein junges Leben, das gerettet werden soll. Nicht zum ersten Mal, dass er solch noble Anwandlungen bekommt, doch die Suppe auslöffeln dürfen dann immer andere. Wohin mit ihr? Ich dachte, ich bringe sie erst einmal zu dir. Sieh sie dir doch nur einmal an! Die kennt sich aus in eurem Gewerbe.«

Die Kleine war eine Schönheit mit rehbraunen Augen, roten Locken und langen Beinen, die das zerfetzte Kleid enthüllte. Doch ihre Brauen waren mit Ruß zu dunklen Balken geschminkt, und das billige Karmesin auf Lippen und Wangen verlieh ihr etwas Schäbiges.

Dennoch brachte ihr Anblick etwas in Griet zum Schmelzen.

So ähnlich hätte ihre Tochter aussehen können, wenn sie damals das Kind zur Welt gebracht hätte, das sie von Rup erwartet hatte. Doch als er fort war, war sie zur Engelmacherin geschlichen, um sich von der Frucht befreien zu lassen.

War das Mädchen in Wittenberg aufgetaucht, um sie daran zu erinnern?

»Wie heißt du?«, fragte sie.

»Marlein«, murmelte das Mädchen. »Bist du hier die Hurenwirtin?«

»Ja«, sagte Griet. »Das bin ich. Du hast dich schon für Geld an Männer verkauft?«

»Ab und zu.« Es klang, als würde sie von jemand anderem sprechen. »Und ich kenne mich gar nicht so schlecht darin aus. Ich kann mir Zöpfe flechten, dann wirke ich noch jünger. Das wollen manche. Und meine Brüste sind so klein wie unreife Äpfelchen. Aber wenn du mir statt dieser Fetzen ein ordentliches Kleid und anständige Schuhe gibst, sehe ich aus wie eine Erwachsene und kann sie alle um den Verstand bringen.«

»Du bist doch noch viel zu jung, um so etwas behaupten zu können!«

Marleins Augen blitzten.

»Was redest du da? Wir haben auf der Straße gelebt, Mutter und ich. Da wird man rasch erwachsen – oder man wacht am anderen Morgen nicht mehr auf. Ich möchte meine rechte Hand behalten, bis ich sterbe, kapiert? Lieber als Hure arbeiten, als beim Stehlen erwischt und bestraft zu werden. Nimmst du mich also hier auf? Ich bin siebzehn. Und schon lange keine Jungfrau mehr.«

Wie alt mochte sie wirklich sein? Fünfzehn? Vierzehn? Oder gar erst dreizehn?

Auf Marleins Haut schimmerte noch jener frühe Schmelz, der rasch verfliegt, wenn die ersten bösen Erlebnisse kommen, das wusste Griet aus eigener Erfahrung. Diese Marlein war ein ungeschliffenes Juwel, mit dem sich eine Menge Geld verdienen ließ.

Aber durfte sie das der Kleinen antun?

Sie wies Marlein das engste Zimmer zu, damit sie lernte, sich in der Hierarchie des Frauenhauses zurechtzufinden.

Von möglichen Freiern hielt Griet sie zunächst fern, obwohl das Mädchen sich darüber bitter beschwerte.

»Wie soll ich dir beweisen, was ich kann, wenn du mich nur untätig herumsitzen lässt?«

»Gemach, gemach!« Griet wusste, dass es lediglich ein Aufschub war.

Nacht für Nacht rechnete sie mit dem Auftauchen des Patrons. Dann wäre die Schonzeit für Marlein endgültig vorbei.

Als er dann wirklich vor Griet stand, früher als sonst und angetan mit dieser widerlichen Maske, die sie mehr als alles andere an ihm hasste, liefen ihr kalte Schauer über den Rücken.

»Hab gehört, es gibt interessante Neuigkeiten, schöne Griet«, sagte er lauernd. »Willst du mir nicht ausführlich berichten?«

Sie begann sich zu winden, suchte nach Worten, was ihn zu amüsieren schien.

»Wir haben also ein neues Küken im Stall«, unterbrach er sie schließlich. »Was ist nur los mit dir? Du bist doch sonst nicht so umständlich! Wo steckt sie denn?«

»In der kleinen Kammer, Patron. Aber sie schläft schon«, sagte Griet rasch. »Sie war so unruhig, da hab ich ihr Baldrian gegeben.«

Er wollte doch nicht etwa mit seiner Gewohnheit brechen und sich Marlein zeigen – oder gar noch Schlimmeres?

Doch genau das schien er vorzuhaben, denn er begann, die Treppe hinaufzusteigen.

Die Röcke gerafft, folgte sie ihm eilig.

»Ich kenn mich hier gut aus.« Seine Stimme war plötzlich kalt. »Kümmere dich lieber um die Abrechnung! Denn dazu kommen wir als Nächstes.«

Griet blieb ihm dennoch auf den Fersen.

»Sie ist sehr jung«, sagte sie, während ihr immer banger zumute wurde. »Fast noch ein Kind …«

»Umso besser. Das wird unser Angebot vervollständigen.«

Sie waren vor der kleinen Kammer angelangt. Er drückte die Klinke herunter, während Griet den Atem anhielt.

Marlein lag auf dem Rücken, die Augen geschlossen, den Mund leicht geöffnet. Die Decke war verrutscht, ebenso ihr dünnes Hemd. Alles war zu sehen: die kleinen Brüste, der Bauch, die sorgsam rasierte Scham, die Beine.

Nichts als glatte, rosige junge Haut.

Wie eine Opfergabe, bevor der Dolch niederfährt, musste Griet unweigerlich denken, und sie fröstelte noch stärker.

Wenn er sich jetzt auf sie stürzt …

Doch er tat nichts dergleichen, sondern blieb eine Weile regungslos stehen.

Als er die Türe wieder schloss und sich ihr zuwandte, hätte sie beinahe aufgeschrien, so gierig funkelten seine Augen.

»Schauen ist die heiligste aller Lüste«, sagte er sichtlich bewegt. »Denn damit besitzt man. Und wer besitzt, der herrscht – über alle.« Er räusperte sich, als sei ihm etwas in die Kehle gekommen. Danach klang seine Stimme wieder wie gewohnt. »Dann lass uns mal sehen, wie viel wir diese Woche eingenommen haben!«

Er trat zur Seite, damit Griet vor ihm die Treppe hinuntergehen konnte. Bei jedem anderen hätte man dies für Höflichkeit halten können. Doch sie spürte bei jedem Schritt, den sie tat, seinen Blick auf ihrem Gesäß.

✦

Jan richtete sich auf eine lange Nacht ein, nicht die erste, die er allein in der Werkstatt verbrachte. Er mochte es, hierher zum Arbeiten zurückzukommen, wenn die anderen satt vom Abendessen waren und ins Wirtshaus oder hinaus in die

Nacht strebten. Während er sich tagsüber den Anordnungen und Marotten des Alten fügen und zudem darauf achten musste, sich nicht zu sehr über die Gesellen zu stellen, wobei es auch noch zu berücksichtigen galt, dass die beiden Lehrlinge Cranachs leibliche Sprösslinge waren, die immer wieder auf Sonderrechte pochten, konnte er in diesen Stunden endlich so schalten und walten, wie er wollte.

Eine Reihe von Kerzen sorgte für gutes Licht, darin war Cranach nicht kleinlich, das musste man ihm lassen. Die Meisterin hatte ihm zur Stärkung einen Teller mit Brot und Schinken sowie einen Krug Wein bereitgestellt. War sie eingeweiht, woran er im Auftrag ihres Mannes malte – nackte Leiber für einen geheimnisvollen Auftraggeber, der teuer dafür bezahlte?

Wie die Cranachs das untereinander hielten, hatte er bis heute nicht herausgefunden. Manchmal traf ihn ein prüfender Blick aus Barbaras Augen, der ihn aufschreckte, dann wieder hielt sie sich so sehr im Hintergrund, dass er sie beinahe vergaß.

Jan trat ein Stück zurück.

Das Gemälde sollte klein und intim sein, so lautete der Auftrag. Etwas, das man im Notfall in ein Stück Rupfen wickeln und unauffällig an einen anderen Ort bringen konnte.

Umso auffallender sollte seine Aussage werden.

Deshalb hatte Jan den Meister auch davon überzeugt, die drei Grazien nicht vor eine üppige Landschaft zu stellen, wie dieser zunächst vorgeschlagen hatte.

»Die Körper sollen wirken, allein die Körper. Darauf kommt es an.«

Mit diesem Argument hatte Jan sich schließlich durchgesetzt und für das kleine Holzbild einen ruhigen dunkelbraunen Hintergrund gewählt, der fast in Schwärzliche ging.

Aglaia, die wie verlangt Margarethas Körper hatte, war schon recht weit gediehen. Nach seinen Skizzen hatte er sie von hinten dargestellt, auf dem rechten Fuß stehend, den linken leicht anhoben, was der Figur bei aller Körperlichkeit etwas Anmutiges gab. Der rechte Arm hing entspannt herunter, während der linke auf dem Schenkel ruhte. Ihr Gesicht mit der kecken kleinen Nase und den großen Augen hielt sie dem Betrachter zugewandt.

Jetzt fehlte nur noch die versprochene Goldkette …

Jan ließ den Pinsel sinken, als die Tür aufging.

»Seid Ihr hier, um mich zu kontrollieren?«, sagte er unwillig, als Cranach näher kam.

»Muss doch mal sehen, wie weit du bist.« Neugierig streckte der Meister seinen Schädel vor. »Ja, ich denke, so hat er es sich vorgestellt«, sagte er anerkennend. »Und das ist wirklich die nackte Apothekersfrau? So sieht sie unter ihrem Kleid aus?«

Jan nickte. »Ich halte meine Versprechen. Ich hoffe nur, Ihr auch!«

Wo steckte Margaretha eigentlich? Schon seit Tagen hatte er sie nicht mehr gesehen, wo sie doch sonst jede Gelegenheit nutzte, um in die Werkstatt zu kommen.

»Wie hast du sie nur herumbekommen?«, wollte Cranach wissen. »Das musst du mir verraten!«

»Meine Sache. Sonst noch etwas?«

Relin, dem er zufällig über den Weg gelaufen war, hatte heute seinen freundlichen Gruß kaum erwidert. Aber er konnte doch nichts von dem ahnen, was sich während seiner Abwesenheit abgespielt hatte – oder etwa doch?

»Das Bild wird bestehen, wenn du es auf diese Weise beendest«, sagte Cranach. »Sieht aus, als wäre es von mir.«

»Muss es ja auch, wenn Ihr zum Schluss die gefiederte

Schlange daruntersetzt«, sagte Jan mit leiser Schärfe. »Nur mit Eurer Signatur gilt es in der Welt als echter Cranach.«

»Und das wird es auch sein, wenn ich dem Gemälde zum Schluss den rechten Schliff gegeben habe.« Er lächelte zufrieden. »Nur der Pinsel des Meisters zählt.« Dann wurde er wieder ernst. »Ich brauche dich übrigens wieder im Schloss«, sagte er. »Also, halte dich bereit!«

»Wozu? Noch mehr Aufträge, von denen keiner etwas wissen darf?«, konterte Jan, der endlich wieder allein sein wollte.

»Keineswegs! Sibylle von Kleve, die junge Gattin des Kurfürstensohnes, wird dieser Tage in Wittenberg erwartet. Es ist mir eine Freude und große Ehre, sie nach ihrem Brautbild erneut malen zu dürfen. Man sagt, sie sei schwanger. Das verändert die Weiber, macht sie weich und manchmal sogar noch schöner. Und du wirst mich dabei mit einigen Porträtstudien unterstützen.«

Inzwischen war Jans Ungeduld so groß geworden, dass er dem Alten am liebsten einen Fußtritt versetzt hätte.

»Ganz, wie Ihr meint. Kann ich jetzt endlich weiterarbeiten?«, sagte er knapp.

»Aber natürlich!« Cranach bewegte sich träge zur Tür. »Bin übrigens gar nicht so unzufrieden mit meiner Entscheidung«, sagte er, ohne sich noch einmal umzudrehen. »Keiner hier hätte den Rang als Stellvertreter mehr verdient als du.«

✣

Alles, alles hatten sie versucht, doch Binis Fieber wollte nicht zurückgehen. Schon seit dem Vormittag warf sie sich unruhig hin und her. Inzwischen war sie schweißnass und verstrubbelt, teilweise abwesend, als weile sie in anderen Welten, dann wieder wach, und sie murmelte Unverständliches, das Katharina und Muhme Lene beunruhigte.

Susanna, die nur vom Krankenlager der Freundin wich, wenn es in diesem großen Haushalt nicht ohne sie ging, war zutiefst besorgt.

»Das hat sie manchmal schon im Kloster gehabt«, sagte sie, während sie einen neuen kühlen Lappen auf Binis glühende Stirn legte. »Immer, wenn sie etwas besonders aufgeregt hat.«

Doch was konnte es hier nur gewesen sein?

Sosehr Susanna auch ihr Hirn zermarterte, ihr wollte kein plausibler Grund einfallen, und Bini hatte nichts gesagt, was einen Anhaltspunkt ergeben hätte. Susanna starrte auf das gerötete, leicht verschwollene Gesicht der Kranken, die zu schielen schien, sobald sie die Augen aufmachte, so matt war sie inzwischen. Die winzigen Pünktchen auf Nase und Wangen, die sonst eher wie ein blasser Sternenschweif aussahen, waren dunkler geworden und hatten sich auf geheimnisvolle Weise vermehrt.

Wo mochte sie gesteckt haben?

Hatte Bini, die sich sonst stets in den Schatten flüchtete, weil ihr leicht schwindelig wurde, sich lange Zeit ungeschützt den Strahlen der heißen Frühlingssonne ausgesetzt?

Nichts davon machte Sinn.

Doch Bini glühte immer stärker.

»Ich weiß mir keinen Rat mehr«, räumte Katharina schließlich ein. Da war es schon lange dunkel. »Kalte Wickel helfen nicht, ebenso wenig wie Lindenblütentee oder mein vielfach bewährter Essigstrumpf. Wenn ich jetzt nicht endlich wenigstens ein paar Stunden Schlaf habe, bekomme ich morgen kein Bein mehr aus dem Bett.«

»Aber wir können sie doch hier nicht einfach so liegen lassen!«, sagte Susanna verzweifelt. »Bini ist der einzige Familienersatz, den ich noch habe. Wenn sie stirbt …« Sie biss sich auf die Lippen.

»Du musst zum Markt laufen«, sagte die Muhme auf einmal. Vor lauter Müdigkeit war ihr Gesicht noch winziger als sonst. »Und den Apotheker herausklopfen. Relin ist ein alter Fuchs, was Krankheiten betrifft. Und sein junges Weib inzwischen fast ebenso bewandert wie er. Das sagen sie wenigstens.«

»Jetzt? Mitten in der Nacht?« Susanna sah sie ungläubig an. »Allein?«

»Was sonst?« Muhme Lene schien ungerührt. »Mein Rücken trägt mich nicht mehr, Katharina muss bei den Kindern bleiben, und Luther …«

»Nein!«, rief Susanna. »Bloß nicht er!« Sie schlug sich die Hand vor den Mund. »Ich meine nur, der geschätzte Herr Reformator …«

»… schnarcht ohnehin längst friedlich vor sich hin.« Katharina streckte sich. »Wenn mein Martin einmal schläft, dann bekommt ihn nicht einmal die lauteste Feuerglocke wieder wach.« Sie gähnte herzhaft. »Also, worauf wartest du noch?«

Und so musste Susanna, die die Dunkelheit wie den bösesten Feind verabscheute, sich allein auf den Weg zum Markt begeben. Sie rannte nicht, das hatte sie sich vorgenommen, aber ging doch zügig, den Blick auf den holprigen Weg vor sich gerichtet, den die Ölfunzel nur notdürftig erhellte, die Ohren nach allen Seiten gespitzt.

An die Geräusche der Nacht musste sie sich erst gewöhnen. Seit sie nicht mehr im Kloster lebten, waren sie ihr halbwegs vertraut, und doch war es unterwegs immer wieder vorgekommen, dass sie bei einem Eulenschrei zusammenzuckte, während Bini sich auf die andere Seite gedreht und seelenruhig weitergeschlafen hatte.

Hier, in der Stadt, war alles anders.

Waren da nicht schwere Schritte hinter ihr?

Ein tiefes Seufzen, das aus einem halb geöffneten Fenster drang und zum Innehalten veranlasste?

Oder jenes merkwürdige Knarren ganz in der Nähe, als atme Holz aus?

Susanna war unwillkürlich immer schneller geworden. Irgendwann erreichte sie erhitzt den Marktplatz.

Heute beleuchtete kein Mondlicht die steinernen Fassaden. Die Häuserfront vor ihr war dunkel, einer uneinnehmbaren Festung gleich, die alles und jeden abwehrte.

Sie nahm ihren Mut zusammen, ging zum Apothekerhaus und ließ den kupfernen Klopfer fest gegen das Holz krachen.

Einmal, zweimal, dreimal.

Alles blieb ruhig.

Susanna wiederholte ihren Versuch.

Gleiches Ergebnis.

Allerdings bemerkte sie, dass sich über ihr ein Fenster öffnete und sogleich wieder schloss.

Weil man seine Ruhe haben wollte?

Oder weil man sie erkannt hatte und mit einer einfachen Magd nichts weiter zu tun haben wollte?

Was nur sollte sie anstellen, um Bini zu retten?

In wachsender Verzweiflung ging sie nach nebenan. Auch das Cranach-Haus war dunkel, und als sie klopfte, tat sich dort ebenso wenig wie zuvor in der Apotheke.

Aber da gab es ja noch immer die Werkstatt …

Susannas Füße trugen sie in den gepflasterten Hof, so zielsicher, als wäre sie dort zu Hause.

Licht drang durch die Türritze. Da war zumindest eine menschliche Seele, der sie sich mitteilen konnte!

Sie schluckte alle Bedenken hinunter und drückte auf die Klinke.

Inmitten eines wahren Lichtermeeres aufgestellter Kerzen erkannte sie Jan. Er tänzelte vor einer Staffelei hin und her, auf der ein Bild stand, so klein, dass sie ganz nah kommen musste, um zu erkennen, was es darstellte.

Dann jedoch stockte Susanna der Atem.

Sie kannte die Frau, die Jan gemalt hatte. Allerdings nicht so. Denn Margaretha Relin, die Apothekersgattin, war splitternackt dargestellt.

Jan erwachte wie aus tiefer Versenkung.

»Was tust du hier?«, fuhr er Susanna an. »Und wer hat dir erlaubt, mir nachzuspionieren?«

»Bild dir bloß nichts ein!«, sagte sie und merkte selbst, wie dünn ihre Verteidigung klang. »Ich suche die Cranachin. Für meine kranke Freundin.«

»Die Meisterin? Mitten in der Nacht? Und ausgerechnet hier? Etwas Besseres ist dir wohl nicht eingefallen! Warum kannst du nicht ein einziges Mal die Wahrheit sagen, Susanna? Das würde einer ehemaligen Nonne weitaus besser zu Gesicht stehen – falls du mich damit nicht auch schon belogen hast.«

Für eine Lügnerin hielt er sie also. Für eine Lügnerin und Diebin dazu.

Scham und Zorn schnürten ihr den Hals zu. Sie drehte sich um und wollte nur noch weg.

»Hast du jetzt gesehen, was du sehen wolltest?« Er hatte sie gepackt, ließ sie nicht mehr los. »Bist du endlich zufrieden?«

»Lass mich sofort los, du Unhold!« Sie trat gegen sein Schienbein. »Du tust mir weh!«

»Und wenn schon!« Sein Griff war wie aus Eisen. »Du wirst brav den Mund halten, verstanden? Oder besser noch: alles aus deinem Kopf streichen, was du hier gesehen hast. Sonst lernst du mich kennen. Schwörst du das?«

Sie nickte.

»Gut.« Jan ließ sie frei. »Es gibt gewisse Dinge zwischen Himmel und Erde, die nicht für jedermanns Augen bestimmt sind …«

»Aber das ist doch Margaretha«, flüsterte sie. »Margaretha Relin – ganz ohne Kleider!«

»Ist sie nicht.« Jans Tonfall war entschieden.

»Jetzt lügst du.«

»Was bildest du dir ein?«, fuhr er sie an. »Schleichst dich mitten in der Nacht in die Werkstatt, beäugst Bilder, die dich nichts angehen, und besitzt dann auch noch die Frechheit …«

Das war genug.

Susanna lief zur Tür, drückte sie auf und rannte hinaus in die Nacht.

Erst als der Marktplatz schon ein ganzes Stück hinter ihr lag, kam sie wieder zur Besinnung.

Wieso musste sie nur so leichtsinnig sein? Jetzt kam sie ohne Arznei für die kranke Bini zurück ins Schwarze Kloster.

Unschlüssig drehte sie sich einmal um die eigene Achse.

Sollte sie noch einmal zurücklaufen und so lange herumkrakeelen, bis sich eine Tür auftat und ihr doch noch geholfen wurde? Oder zur Heiligen Jungfrau beten und darauf setzen, dass Bini mit deren Hilfe wieder gesund würde?

Während sie noch am Grübeln war, roch sie den Atem des großen Flusses, all die Algen und den Schlick, den die nächtliche Elbe mit sich führte. Für einen Moment schloss sie die Lider, um nach innen zu horchen, die richtige Entscheidung zu fällen – als ihr jemand von hinten einen Strick um den Hals schlang und zuzog.

Hatte ihr da einer im Schatten der Hofeinfahrt aufgelauert?

Noch im letzten Moment konnte Susanna zwei Finger zwischen Strick und Haut schieben, doch dieser Jemand besaß überraschend große Kraft und zog immer fester.

Sie stöhnte und röchelte, trat um sich und versuchte, sich zu befreien, aber vergebens. Vor ihren Augen tanzten Sterne, in den Ohren erklang ein helles Rauschen, und die Luft wurde ihr knapp. Sie spürte, wie etwas Scharfes ihre Kehle hinaufschoss und sie zu ersticken drohte. Da ließ der Angreifer plötzlich von ihr ab und stürzte in die Dunkelheit davon.

Dieser Geruch – ein Leben lang würde sie sich daran erinnern!

Plötzlich glaubte Susanna, nicht mehr atmen zu können.

Würgend erbrach sie sich in die Gosse.

Dann ließen laute Schritte sie zusammenfahren. Kam der Mann etwa noch einmal zurück, um sein Verbrechen zu vollenden?

»Hab den elenden Hundsfott leider nicht mehr erwischt«, hörte sie Jan keuchen. »Schau mich an, Susanna: Hat er dir sehr wehgetan?«

FÜNF

Wie fauliger Dunst kroch die Kunde von dem Überfall auf Susanna in alle Ritzen, und schon bald kursierten die unterschiedlichsten Varianten in Wittenberg. Väter sorgten sich um ihre Töchter, Ehemänner ließen ihre Frauen kaum noch aus dem Haus. Ein ungesundes Klima von Furcht und gereizter Wachsamkeit verbreitete sich, das nach Entladung schrie. Vor allem die Studenten bekamen das zu spüren, die plötzlich in zahlreichen Gasthäusern nicht mehr gern gesehen waren und festgenommen wurden, sobald sie angetrunken zu randalieren begannen.

Susanna war seit jenem Abend noch schweigsamer und noch mehr in sich gekehrt. Die Drosselmale an ihrem Hals verblassten, doch die Todesangst, die sie durchlitten hatte, als der Strick sich um ihren Hals zog, überfiel sie immer wieder. Nachts lag sie wach und glaubte, überall unheilvolles Flüstern zu hören, als klebten Dämonen an den Wänden, bereit, sich im nächsten Augenblick auf sie zu stürzen. Sie hatte erneut begonnen, sich die Fingernägel bis ins Fleisch abzubeißen. Denn mit einem Schlag waren all jene Albträume zurück, die sie lange Zeit gequält hatten.

Sein widerlicher Atem auf ihrer Haut.

Eine Gabel, deren Spitzen blutbesudelt waren.

Die schwarze Fratze des Teufels, die sie beinahe in den Wahnsinn getrieben hätte.

Es kann nicht sein, sagte sie sich. Und doch war da jener Geruch, der sie erneut besetzt hielt.

Aber hatte sie ihn nicht mit eigenen Augen sterben sehen?

Gab es Untote, die ihre Gräber verließen, um Rache zu nehmen?

Bini war dank eines starken Gebräus aus Weidenrinde und Bitterklee, das Katharina ihr nach Barbara Cranachs genauen Anweisungen eingeflößt hatte, bis die Hitze aus ihrem Körper wich, inzwischen wieder gesundet. Sie fühlte sich schuldig daran, dass Susanna so niedergeschlagen war.

»Hätte ich nicht so plötzlich gefiebert, wärst du auch nicht jenem Unhold in die Hände gefallen«, sagte sie. »Ich habe dich ins Unheil geschickt. Das werde ich mir vorwerfen bis zum Ende meiner Tage. Und du hast ihn wirklich nicht gesehen?«

Susanna schüttelte den Kopf.

Bloß gerochen, dachte sie. Obwohl es eigentlich unmöglich ist. Aber das bleibt mein Geheimnis.

»Nie wieder musst du allein in die Nacht hinaus. Das verspreche ich dir bei allem, was mir heilig ist.« Mit einer bittenden Geste legte Bini der Freundin die Laute auf den Schoß. »Dein Spiel hat neulich erst die kranke Kleine gesund gemacht. Warum sollte es nicht auch bei dir selbst wirken? Ich wünsche mir so sehr, dass du wieder auf andere Gedanken kommst.«

Susanna begann, ein paar Akkorde anzuschlagen, dann legte sie das Instrument wieder weg.

»Ich kann nicht«, sagte sie. »Wenn ich spiele, muss ich an all das denken, was wir verloren haben.«

»Doch, du kannst!«, versicherte Bini. »Nur eine kleine Überwindung, dann geht es wie von selbst, wirst schon sehen.«

Widerstrebend griff Susanna wieder nach der Laute.

Die ersten Töne waren leise, dann wurden ihre Schläge
kühner. Nach ein paar heiteren Weisen, die Bini zum Lächeln brachten, stieg eine altvertraute Melodie in Susanna
empor.

»Mein Lieblingslied«, flüsterte Bini nach den ersten Takten.
»Bitte hör nicht auf! Das hab ich seit Sonnefeld nicht mehr
von dir gehört.«

Der Erste, der seinen neugierigen Blondschopf durch die
Tür streckte, um der Musik zu lauschen, war Hansi, gefolgt von
Muhme Lene, die zu weinen begann, als sie das Lied wieder-
erkannte.

Nach einer Weile erschien auch Katharina, die kleine Elisabeth auf dem Arm. Zuerst hörte sie ebenfalls nur zu, dann
fing sie an zu summen, und schließlich sang sie halblaut:

> »Da haben die Dornen Rosen getragen,
> Kyrie eleison.
> Als sie das Kindlein durch den Wald getragen,
> da haben die Dornen Rosen getragen.
> Jesus und Maria …«

Eine Träne lief ihr über die Wange. Elisabeths kleiner Zeigefinger patschte unbeholfen auf die feuchte Spur.

»Man vergisst es niemals, so ist es doch?« Katharina seufzte,
und alle Frauen in der einstigen Klosterzelle schlossen sich
diesem tiefen Seufzer an. »Die Glocken, den Weihrauch, das
Räuspern und Wispern, wenn man todmüde in der nächtlichen Kapelle kniet und sich gegenseitig stützt, um bloß nicht
einzuschlafen. Auch wenn mir die Zeit im Kloster inzwischen

so fern erscheint, dass ich manchmal glaube, ich sei eine andere Frau in einem anderen Leben gewesen …«

Hansi begann in die Hände zu klatschen, was die rührselige Stimmung abrupt verfliegen ließ. Als Katharina weiterredete, war sie nicht länger eine empfindsame ehemalige Nonne, sondern wieder die resolute Herrin des Luther-Hauses.

»Du bist vom Herrn gesegnet, Susanna«, sagte sie. »Ein solches Talent solltest du nicht brachliegen lassen. Ich könnte meinen Mann fragen, ob er dich nicht für den Gottesdienst gebrauchen kann.«

»Und wenn Ihr erst gehört hättet, wie sie früher gesungen hat!«, sagte Bini. »Sie konnte die Menschen mit ihrer Stimme …«

»Binea!« Susanna sagte nur dieses eine Wort, und Bini verstummte.

Hansi war inzwischen auf den Einfall gekommen, Strohhalme aus der Bettstatt zu zupfen und damit um sich zu werfen, was die Muhme unterband, indem sie seine Hände festhielt. Sofort setzte empörtes Geplärre ein.

»Ich bringe ihn nach unten«, sagte sie. »Er muss sich ordentlich draußen austoben, sonst haben wir bis zum Abend keine Ruhe.«

»Das kann ich doch machen.« Susanna erhob sich.

»Binea übernimmt das«, sagte Katharina und legte Bini Elisabeth in die Arme. »Und du warte noch einen Moment! Mir geht da schon länger etwas im Kopf herum.«

Erst nachdem sie allein waren, sah Katharina Susanna mit ernster Miene an. »Was war eigentlich mit Jan in jener Nacht?«, sagte sie. »Das wollte ich dich schon die ganze Zeit fragen.«

»Jan?«, sagte Susanna gedehnt. »Wieso Jan?«

»Er hat dich doch zurück ins Schwarze Kloster gebracht. Ist er zufällig dazugekommen, als du angegriffen worden bist?«

Susanna zog die Schultern hoch.

Eine Frage, die sie sich selbst unzählige Male gestellt hatte. War Jan ihr gefolgt? Oder wie sonst konnte er ausgerechnet am rechten Ort gewesen sein, um sie zu retten?

»Du weißt es nicht.« Katharina klang enttäuscht. »Oder willst du es mir bloß nicht sagen?«

»In der Apotheke hatte ich kein Glück. Und als nebenan im Cranach-Haus auf mein Klopfen hin ebenfalls alles still blieb, bin ich in die Werkstatt gegangen. Dort stand Jan und …« Sie biss sich auf die Lippen.

»Du warst bei ihm in der Werkstatt? Mitten in der Nacht?«

»Was sonst sollte ich tun?« Warum nur fühlte Susanna sich bei jedem Wort schuldig? Sie hatte nichts Verbotenes getan – nur etwas gesehen, das sie seither nicht mehr vergessen konnte. »Da war Licht. Das einzige weit und breit. Und ich dachte …«

»… dass meine Freundin Barbara um Mitternacht inmitten von Farben, Leinwänden und Staffeleien ihre Kräuter sortiert? Oder was sonst?«

Schweigend sahen sie sich an.

Ein Kräftemessen, um das beide Frauen wussten. Doch keine gab nach.

»Ich mag Jan, das weißt du«, sagte Katharina schließlich. »Seinen Humor, seine Begabung, die Leichtigkeit, mit der er durchs Leben geht. Aber der junge Maler hat noch eine andere Seite, die mir weit weniger gefällt. In ganz Wittenberg ist er als Weiberheld verschrien. Unzählige Herzen hat er schon gebrochen. Pass gut auf, Susanna, dass deines nicht auch dazugehört!«

✣

An diesem Abend war das ganze Schloss festlich erleuchtet. Sogar im Garten waren brennende Fackeln aufgesteckt, um den Besuchern den Weg zu weisen.

»Barbara bringt heute einen besonders guten Braten auf den Tisch«, sagte Cranach, während er und Jan auf das Portal zugingen. »Und das haben sich unsere Gesellen und Lehrlinge auch redlich verdient. Die letzten Tage waren für uns alle eine immense Anstrengung. Ich kann nur hoffen, Seine Hoheit wird zufrieden mit dem sein, was wir geleistet haben.«

Was hatte die Werkstatt vor dem Besuch des Kurprinzen und der Kurprinzessin nicht alles zu tun gehabt! Fahnen und Leuchter mussten neu bemalt, prächtige Schilde und Pferdedecken für das Turnier entworfen werden. Da keine Zeit mehr blieb, um einen kleinen Gartenpavillon von Grund auf zu renovieren, war in größter Eile eine Verkleidung aus vergoldeter Pappe angefertigt worden, die freilich den ersten kräftigen Regenguss kaum überstehen würde.

»Vielleicht sollte der Kurfürst seinem Sohn doch lieber eine eigene Hofhaltung gestatten, anstatt zu versuchen, ihn mit buntem Firlefanz zufriedenzustellen«, sagte Jan an Cranachs Seite. »Kurprinz Johann Friedrich soll, wie man allgemein hört, ein Mann sein, der weiß, was er will. Das wird auch sein Vater früher oder später einsehen müssen.«

Cranach funkelte ihn aufgebracht an.

»Was maßt du dir an! Wir sind Maler und stehen in Diensten des Hofes. Die Hoheiten befehlen – und wir tun alles, um ihre Wünsche zu erfüllen. Verstanden?«

Jan nickte schweigend, weil er keine Lust auf Streit hatte, und sie setzten ihren Weg fort, bis Cranach kurz vor dem Portal abermals stehen blieb und ihn prüfend musterte.

»Hast du nichts Besseres anzuziehen?«, fragte er mürrisch.

»Das ist meine beste Schaube«, erwiderte Jan gelassen, der genau wusste, wie gut das weiche Braun zu seiner Augenfarbe passte, auch wenn er die kurze Jacke schon länger trug. »Bezahlt mir mehr Lohn, dann hab ich auch Geld für teure Kleider!«

Doch Cranach war noch immer nicht zufrieden.

»Ich hätte dich länger unterweisen sollen«, sagte er. »Das Verhalten bei Hof ist nun mal eine delikate Angelegenheit. Ein falsches Wort zur falschen Zeit – und alles, was man in Jahrzehnten mühsam aufgebaut hat, kann auf einen Schlag verloren sein.« Er zupfte an seinem Rock aus schwarzem Tuch, der viel zu warm war für den lauen Frühlingsabend. »Überlass also das Reden mir. Du hältst die Augen auf und machst ein freundliches Gesicht, das ist mehr als genug.«

»Ich soll Kurprinzessin Sibylle also heute noch gar nicht zeichnen?« Jan klang enttäuscht. »Wozu schleppe ich dann Papier und Kreide mit?«

»Weil es niemals schaden kann, für alle Fälle gerüstet zu sein. Aber wir sind Leute, die wissen, was sich gehört, und fallen niemals mit der Tür ins Haus.« Cranach hörte sich selbstgefällig an. »Ich gebe den Ton vor. Du sprichst nur, wenn du gefragt wirst – und dann überlegst du dir jedes Wort, verstanden? Und verbeug dich ordentlich, wenn du auf die Hoheiten triffst, das darfst du nicht vergessen!«

Als Cranach und Jan den kleinen Festsaal betraten, stach unter allen Anwesenden der Kurprinz hervor, so hoch gewachsen und wohlbeleibt, dass man unwillkürlich an einen Bären denken musste. Er trug ein geschlitztes Wams aus grünem Samt, das sein fülliger Körper zu sprengen drohte, eine pludrige Hose, die ihn noch korpulenter wirken ließ, und breite Lederschuhe, nach der neuesten Mode gefältelt.

Die beiden Maler verbeugten sich.

»Cranach!«, sagte der Kurprinz lächelnd, nachdem sie sich wieder aufgerichtet hatten. »Welche Freude, Euch in Wittenberg begrüßen zu dürfen! Mein geliebtes Weib hat schon den ganzen Tag nach Euch gefragt, so aufgeregt ist sie, wieder Modell zu sitzen.«

Er drehte sich um und winkte zwei junge Frauen heran, die auf den ersten Blick wie Schwestern wirkten.

»Sibylle – der Meister ist da! Jetzt könnt Ihr alles mit ihm bereden.«

Jan blieb beinahe der Mund offen stehen.

Die eine der beiden, offensichtlich die blutjunge Kurprinzessin, denn unter ihrem golddurchwirkten Mieder wölbte sich der hochangesetzte Rock bereits verräterisch, war nach gängigen Idealen eine Schönheit. Die andere dagegen besaß ein apartes Dreiecksgesicht und die neugierigsten Augen, die er jemals an einem Weib gesehen hatte. Direkt in sein Herz schien sie zu blicken, und was sie da sah, gefiel ihr offenbar, oder es belustigte sie zumindest, denn die fein gezeichneten Lippen kräuselten sich zu einem amüsierten Lächeln.

»Dilgin von Thann, meine Hofdame«, stellte die Kurprinzessin vor. »Von all meinen Damen im Frauenzimmer ist sie mir mit Abstand die liebste.« Sie winkte einen Diener mit einem Tablett heran. »Trinkt einen Schluck, meine Herren! Danach redet es sich leichter.«

Cranach und Jan nippten nur am Wein, der dunkel und schwer war, sodass er leicht zu Kopf stieg.

»Wie lange werdet Ihr Wittenberg die Ehre Eurer Anwesenheit zuteilwerden lassen, Euer Hoheit?«, erkundigte sich Cranach.

Der Kurprinz runzelte die Stirn. Schon jetzt wich das Haar stark zurück, obwohl er erst in den Zwanzigern war.

»Wir hatten in etwa an einen Monat gedacht«, sagte er. »Bevor die Sommerhitze einsetzt und das Reisen beschwerlich macht, müssen wir zurück in Torgau sein. Aber es kommt natürlich …«, er begann zu hüsteln, »… vor allem auf das Befinden der Kurprinzessin an. Ihre Gesundheit ist im Augenblick unser heiligstes Anliegen.«

Sibylle schenkte ihm ein strahlendes Lächeln. Er beugte sich über ihre Hand und küsste sie zärtlich.

Sie lieben sich wirklich, dachte Jan erstaunt. Das Reh und der Bär, eine gestiftete Ehe – und dann so viel echte Zuneigung zwischen den beiden, die sich auf ihr erstes Kind freuen.

Dilgin von Thanns neugierigem Blick war der Beutel, der Jan von der Schulter baumelte, nicht entgangen.

»Was schleppt Ihr denn da alles mit Euch herum?«, fragte sie keck.

»Material«, sagte Jan. »Kreide, Papier … was man eben so braucht.«

»Dann seid Ihr also der Träger des Meisters?«, setzte sie nach.

»Ich bin sein Stellvertreter«, korrigierte Jan mit scharfem Unterton. »Eingeweiht in alle gegenwärtigen und geplanten Vorhaben.«

»Allerdings«, pflichtete Cranach bei. »Mein Geselle besitzt ein unbestechliches Auge und eine sichere Hand. Gerade was Zeichnungen betrifft, kann ihm kaum jemand etwas vormachen.«

»Meine Gemahlin soll allerdings in Öl gemalt werden«, warf der Kurprinz ein. »Und zwar von keinem anderen als Euch, Meister Cranach.«

»Selbstredend.« Cranach verbeugte sich abermals. »Meine geflügelte Schlange wird Euer Bild zieren. Doch als Kunstkenner, Euer Hoheit, wisst Ihr natürlich um die vielen Schritte, die solch einem Werk notgedrungen vorausgehen. Ich schlage vor, dass wir mit einer Reihe von Skizzen beginnen, aus denen Ihr dann das gewünschte Motiv auswählen könnt. Und dabei wird Seman mich tatkräftig unterstützen.«

Der Kurprinz nickte und zog Cranach zur Seite, während sie halblaut weiterredeten. Die Kurprinzessin schloss sich ihnen an.

»Seman heißt Ihr also.« Dilgin von Thann spielte mit ihren langen aschblonden Locken, die ein silberner Blütenreif aus der Stirn hielt. »Und wie lautet Euer Taufname?«

Eine Einladung, dachte Jan, der die Regeln des alten Spiels zwischen Frauen und Männern perfekt beherrschte, und fühlte sich geschmeichelt und überrumpelt zugleich. Oder macht es ihr nur Spaß, mit einem Niedergestellteren zu spielen?

»Wieso wollt Ihr das wissen?«, erwiderte er.

Beim Lachen entblößte sie eine Lücke zwischen den vorderen Schneidezähnen, was ihr etwas Kindliches gab.

»Weil ich allen Dingen auf den Grund gehe«, sagte sie. »So ist nun einmal meine Natur. Und gegen die eigene Natur lässt sich, wie Ihr vermutlich wisst, wenig ausrichten.«

Wie alt mochte sie sein?

Er gestand ihr eine Handvoll Jahre mehr zu als der sechzehnjährigen Kurprinzessin. Ihre Gesten und Bewegungen waren die einer erfahrenen Frau.

»Jan«, sagte er. »Jan Seman. Und ich stamme aus Prag, falls das Eure Neugierde weiter stillt.«

»Ein Böhme? Das passt zu Euch.« Sie nickte, als käme es dabei einzig und allein auf ihre Zustimmung an. »Würdet Ihr mich für einen Moment in den nächtlichen Garten begleiten, Jan Seman aus Prag?«

❖

Wo steckte nur dieser Seman?

Cranach konnte ihn nirgendwo entdecken. Dabei wollte er jetzt nur noch nach Hause, zu Barbara, die ihn freundlich empfangen, an ihre Brust drücken und bis zum Morgen mit keinerlei lästigen Fragen behelligen würde.

Lag erst einmal der festlich erleuchtete Saal hinter einem, war das Schloss dunkel und verwinkelt wie eh und je. Eine jähe Dankbarkeit schoss in Cranach empor, weil er nicht mehr hier mit der Familie sein Dasein fristen musste, sondern in eigenen behaglichen Räumen am Markt leben und arbeiten konnte.

»Seman?«, rief er halblaut. »Wo steckst du? Wir müssen nach Hause!«

Dieser Hundling würde sich doch nicht irgendwo hier mit einem Weib zu einem heimlichen Schäferstündchen zurückgezogen haben?

Cranachs Unwillen wuchs.

Jetzt klopfte er zunehmend heftig an die Türen längs des Flurs.

»Seman? Antworte endlich!«

In wachsender Verärgerung öffnete er die nächste Tür.

Drinnen war es dunkel. Aber er hörte gleichmäßige Atemzüge – und erschrak.

»Da seid Ihr endlich«, sagte die tiefe, wohlklingende Männerstimme, die ihm bereits vertraut war. »Oder wolltet Ihr Euch davonstehlen, ohne mich auf den neuesten Stand zu bringen?«

»Ihr wart nicht auf dem Fest?« Cranach hatte es kaum ausgesprochen, als er merkte, wie töricht diese Frage war.

»Wohl kaum.« Die Stimme klang belustigt. »Oder hätte ich der schwangeren Kurprinzessin den Schreck ihres Lebens einjagen sollen? Mein Platz ist und bleibt im Dunkel. Was allerdings nicht bedeutet, dass meine wachsamen Augen nicht auf Euch gerichtet wären.«

Was wollte er damit sagen?

Cranach wurde immer unbehaglicher zumute. Er verlagerte das Gewicht auf das andere Bein, was der Mann im Dunkeln wohl falsch bewertete.

»Bleibt gefälligst, wo Ihr seid!« Jetzt war die Stimme scharf geworden. »Ich kann es nun mal nicht ausstehen, wenn man mir zu nah auf den Leib rückt. Wir können uns auch so bestens unterhalten.«

»Ich rühre mich nicht von der Stelle«, sagte Cranach.

»Gut. Habt Ihr sie?«

»Ja«, erwiderte Cranach. »Die erste der drei Grazien ist fertig gemalt. Und sie trägt, wie von Euch gewünscht, Margaretha Relins Züge.«

»Aber hat sie auch ihren Körper? Das ist sehr wichtig!«

»Den auch.« Zwei Worte, die ihm alles andere als leicht fielen.

»Nackt dargestellt?«

»Ja, sie ist nackt, bis auf den zarten Schleier, den Ihr mir zugestanden hattet.«

»Dazu habt Ihr sie gebracht? Kompliment! War sicherlich nicht einfach.«

»Ich habe mich bemüht, den ersten Teil Eures Auftrags zu erfüllen«, sagte Cranach. »Und will es mit den beiden folgenden nicht anders halten. Doch der Zeitraum, den Ihr mir dafür eingeräumt habt, ist mehr als knapp bemessen. Um weiterarbeiten zu können, muss ich wissen, wer die zweite Grazie sein soll.«

»Nichts einfacher als das.« Die Stimme aus dem Dunkel klang wieder gelassen und melodisch. »Thalia, was sich mit ›Blüte‹ übersetzen lässt.«

»Gut«, sagte Cranach. »Dann werde ich also weitermachen …«

»Nicht ganz so eilig! Ihr müsst ja noch erfahren, wer dafür Modell stehen soll.« Der Mann ließ sich reichlich Zeit, bevor er fortfuhr. »Ihr kennt sie. Ich denke, Ihr seid ihr heute Abend begegnet. Man vergisst sie nicht, wenn man sie einmal gesehen hat.«

Cranachs Kehle wurde eng.

Hier, im Schloss? War der Auftraggeber wahnsinnig geworden?

Denn das konnte ja nur bedeuten, dass …

»Es handelt sich um Dilgin von Thann«, drang die Stimme aus dem Dunkel in Cranachs Grübelei. »Die Hofdame der Kurprinzessin.«

✤

»Was hast du mit der Kleinen vor?«

Der Patron schichtete die Münzen zu zwei ansehnlichen Haufen, die silbernen zur Rechten, die kupfernen zur Linken. Das Geschäft lief erfreulich gut und hatte in der letzten Woche noch einmal stark angezogen. Das Haus am Elstertor wurde in Wittenberg immer populärer. Seit der Überfall auf eine Magd die Runde gemacht hatte, strömten die Männer geradezu hierher, als zöge sie etwas magisch an.

»Sie geht mir im Haus zur Hand«, sagte Griet rasch, die nicht vergessen konnte, wie er die schlafende Marlein angestarrt hatte. »Inzwischen schon recht anstellig.«

»Damit vergeudest du allerdings mein Geld«, sagte er knurrend. »Sie taugt zu Besserem als Wischen und Fegen.«

Griet wusste, dass er recht hatte.

Es gab bereits eine Reihe von Freiern, die nach Marlein gefragt hatten. Bislang hatte sie alle hingehalten und auf irgendwann später vertröstet.

Weil sie hoffte, das Mädchen doch noch vor diesem Schicksal bewahren zu können?

»Du wirst den dreifachen Preis für sie ansetzen«, sagte der Patron. »Nein, besser den fünffachen. Nur wer bereit ist, das zu bezahlen, bekommt sie.«

»Aber sie ist doch fast noch ein Kind!«, rief Griet.

»Das ist es ja, was sie so wertvoll macht. Wir müssen unseren Schnitt machen, solange sie so jung ist. Die Kleine ist alles andere als unschuldig, aber sie kann unschuldig wirken. Das süßeste Gift für jedes Männerherz – und das tödlichste dazu.«

Wie unruhig er heute war!

Seine Hände fuhren auf dem Tisch hin und her, er konnte kaum still sitzen, nestelte an der Maske, an seinem Umhang, an den Hemdsärmeln. Erst als alle Münzen sicher in seinem Beutel gelandet waren, schien er eine Spur entspannter.

»Du wirst sie passend ausstaffieren«, sagte er. »Lass ihr zwei Kleider nähen. Sie soll wie ein Engel aussehen, so rein und weiß. Auf dem Markt kaufst du ihr bunte Bänder für die Haare. Lass sie barfuß gehen. Sie hat schöne Füße, die soll sie ruhig zeigen. Im Himmel gibt es meines Wissens keine Schuhe.« Ein kurzes, knurrendes Lachen, das Griet frösteln ließ. »Und bleib ruhig bei dem starken Baldriantrunk für die Nacht. Bis sie uns Geld einbringt, soll sie wenigstens mir zur Verfügung stehen.«

Was hatte er vor?

Als er sich ächzend erhob, sprang auch Griet auf.

»Ihr wollt zu Marlein?«, fragte sie. »Aber die …«

»Selbst wenn, dann ginge dich das nichts an.« Seine Stimme klang wie blankes Eis. »In diesem Haus gehört mir alles, oder hast du das schon vergessen? Falls ja, dann müsste ich dich jetzt daran erinnern. Und glaube mir, das würde dir nicht gefallen!«

Sie konnte plötzlich kaum noch schlucken.

Hatte er herausgefunden, dass sie jenes verbotene Zimmer betreten hatte?

Was stand ihr jetzt bevor?

Er streckte die Hand aus, packte eine Strähne, die sich aus ihrem Zopf gelöst hatte, und zog fest daran.

Es ziepte, es brannte, es tat so weh, dass ihr Tränen in die Augen schossen. Hilflos und ausgeliefert fühlte sie sich.

»Kluge Griet.« Er ließ sie so abrupt los, dass sie taumelte. »Weiße Kleider. Bunte Bänder. Bloße Füße. Ein Engel namens Marlein, der uns die Truhen füllen wird. Verstanden?«

Sie schlang die Arme um sich, als er endlich draußen war, damit sie sich gehalten und geschützt fühlte, so wie einst in Rups starken Armen.

Doch Rup war seit Langem aus ihrem Leben verschwunden.

Und anstatt glücklich mit ihm zu sein, hatte sie ihre Seele an den Teufel verkauft.

✤

Das konnte doch nicht Margaretha sein, dieses bleiche, verheulte Bündel Mensch, das zusammenzuckte, kaum dass sie ihn erkannte!

Unwillkürlich machte Jan einen Schritt auf sie zu, um sie anzusprechen, doch das Erscheinen Relins, der mit geschäftsmäßiger Miene aus dem Nebenraum trat, versiegelte jäh seine Lippen.

Margaretha duckte sich unter den Regalen und verschwand, allerdings nicht schnell genug.

»Was ist mit Eurer Frau?«, fragte Jan, der seinen Augen kaum trauen mochte. »Schlagt Ihr sie jetzt grün und blau?«

Relin stützte sich schwer auf der Theke auf.

»Ich wüsste nicht, was Euch das anginge«, sagte er mit bedrohlichem Unterton. »Doch um unnützes Gerede zu verhindern: Mein Weib leidet an Sehschwäche. Und ist zudem recht ungeschickt. Sie selbst hat sich so zugerichtet.« Er sah an Jan vorbei. »Womit kann ich Euch dienen?«

Schweigend nahm Jan die Materialien für die Werkstatt entgegen und lud sie draußen mit wachsendem Groll auf seinen Leiterwagen. Er war noch nicht fertig damit, als er innehielt und erneut hineinging.

Der Apotheker war gerade dabei, ein helles Pulver abzuwiegen. Jan kam so heftig angestürmt, dass eine kleine Wolke aufflog.

»Ich mag keine Lügner«, sagte Jan. »Und noch weniger Männer, die sich an Schwächeren vergreifen. Habt Ihr kein anderes Argument als Eure Fäuste?«

»Jetzt habt Ihr mein kostbares Leichenpulver verstreut«, schrie Relin. »Glaubt Ihr vielleicht, der Scharfrichter verschenkt es aus purer Herzensgüte? Jedes Gramm davon muss ich teuer bezahlen. Ich hab schon lange genug von Eurer frechen Visage. Ihr werdet meine Apotheke nicht mehr betreten, verstanden?«

»Eure Apotheke?«, schrie Jan zurück. »Dass ich nicht lache! Alles hier gehört Meister Cranach. Ihr steht doch lediglich in seinen Diensten. Ich werde ihm sagen, wie niederträchtig Ihr mit Eurer Frau umspringt. Und glaubt mir, Relin, das wird ihm ganz und gar nicht gefallen!«

Er stürmte hinaus auf den belebten Platz, auf dem der Wochenmarkt abgehalten wurde. Seine Hände zuckten. Am liebsten hätte er Relin den Hals umgedreht, so wütend war er.

Langsam kam er vor der Apotheke wieder zur Besinnung.

Trug er nicht selbst Schuld am Zerwürfnis der Eheleute?

Er hatte Margaretha gemalt, doch davon konnte Relin nichts wissen.

Oder etwa doch? Schlug er sie deswegen?

Und das andere? Margarethas inständige Bitte, mit der sie ihn zum Bleiben aufgefordert hatte?

Wenn der Apotheker jemals davon erführe …

Jan hatte für einen Moment die Augen geschlossen, als er plötzlich einen heftigen Stoß in die Seite erhielt. Er wollte schon zornig auffahren, als er erkannte, dass der Übeltäter blutjung war.

Und auffallend hübsch dazu.

»Schläfst du am helllichten Tag?«, fragte das Mädchen. »Da wüsste ich freilich Besseres.«

Auf den ersten Blick hätte man sie für eine Handwerkertochter halten können. Doch dazu war ihr rotes Haar zu auffallend frisiert und das Kleid, das sie trug, zu verschlissen.

»Schau doch nicht so blöd!«, fuhr sie fort. »Gib mir lieber ein paar Münzen!« Neugierig lugte sie in seinen Leiterwagen. »Was ist das alles für Zeug? Kann man das essen?«

»Bist du so hungrig?«, fragte Jan. »Womit bringst du dich durch – mit Betteln und Stehlen?«

Jetzt lachte sie laut, als handle es sich um einen guten Scherz.

»Und du?«, fragte sie zurück. »Es gibt solchen und solchen Hunger, und deine Augen sagen mir …«

»Marlein!«, hörte er eine aufgebrachte Frauenstimme rufen. »Da bist du ja! Kannst du nicht hören? Ich hab dir doch ausdrücklich verboten, über den Markt zu laufen!«

Jan kannte die Stimme, und er kannte die Frau – Griet, die schwarze Hurenwirtin vom Elstertor.

»Ja, ich gehöre zu ihr«, flüsterte das Mädchen. »Aber nicht mehr lange, wenn es nach mir geht. Du kannst kommen und mich kaufen, dann machst du mir das Leben leichter. Wirst du kommen? Es lohnt sich. Soll ich es dir beweisen?«

Bevor er etwas antworten konnte, hatte sie die Arme um ihn geschlungen und ihren mageren, heißen Körper an ihn gedrückt. Durch den dünnen Stoff spürte er die winzige Erhebung ihrer Brüste und den festen Hügel der Scham, was ihn erregte.

Sie schien genau zu wissen, was sie wollte.

Zielsicher landete ihr Mund auf seinen Lippen, und während er sie wegschob, bevor sie weitere Spielchen mit ihrer frechen Zunge treiben konnte, sah er in einiger Entfernung zwei Frauen wie angewurzelt vor einem der Marktstände stehen und herüberstarren: Binea und Susanna.

✤

Erst in der Kirche wurde Susannas Atem ruhiger.

Die Stille, das Knien, das Beten, all das half, um wieder bei sich selbst anzukommen. Dann jedoch stieg Zorn in ihr hoch.

Welche Macht besaß dieser Jan, um sie in solch einen Zustand zu versetzen?

Hilf mir, heilige Mutter Gottes!, flehte sie stumm. Schütze mich vor ihm! Lass nicht zu, dass er mich so verletzen kann!

Doch das Bild des mageren, zerlumpten Mädchens, mit dem er sich inniglich mitten auf dem Markt geküsst hatte, ohne sich um irgendjemanden zu scheren, wollte sich nicht vertreiben lassen.

Bislang sind sie alle noch immer freiwillig zu mir gekommen.

Susanna empfand Scham, dass dieser Satz ihr ausgerechnet in der Kirche wieder einfiel, aber sie konnte nichts dagegen tun.

Ja, sie beneidete das junge Geschöpf um seinen Mut. Und verabscheute es im gleichen Moment wegen der so dreist zur Schau gestellten Schamlosigkeit.

In ihrem Klosterleben hatte es solch zwiespältige Gefühle nicht gegeben, lediglich eine unbestimmte Sehnsucht, die in den Jahren des Heranwachsens entstanden und später stärker geworden war.

Sie hatte von Liebe und Nähe geträumt – bis jener furchtbare Abend in Leipzig alles in ihr ausgelöscht hatte.

Zumindest war Susanna überzeugt davon gewesen.

Aber seit sie in Wittenberg war, kam alles wieder in ihr hoch – das Schöne ebenso wie das Schreckliche.

Was sollte sie tun?

Heute leuchtete kein freundlicher Strahl auf, der das Kirchenschiff erhellt und ihr Mut gemacht hätte.

Susanna betete ein letztes Ave Maria und erhob sich langsam.

Sie war unter dem Schutzmantel der Himmelskönigin, daran zweifelte sie keinen Augenblick.

Doch den Wirrwarr in ihrem Herzen musste sie ganz allein lösen.

✢

Der kleine Saal in der Leucorea war neu getüncht und der Geruch nach frischer Farbe noch immer stechend.

»Hier stinkt's ja schlimmer als im Materiallager meines alten Freundes Cranach«, sagte Luther, kaum hatte er Platz genommen, naserümpfend. »Meinem empfindlichen Magen tut das gar nicht gut.«

»Was soll da ich erst sagen!« Melanchthon ließ sich erschöpft auf den Stuhl neben Luther fallen. »Die halbe Nacht hab ich nicht geschlafen, weil meine Kathi unruhig im Haus herumgewandelt ist, als hätte sie einen Bienenstock im Hintern. Ich bin so müde, dass mir schon im Sitzen die Augen zufallen.«

»Wenn die Herren freundlicherweise nicht ganz so empfindlich sein wollten!«, ließ Hunzinger, der Ordinarius für Mathematik, sich vernehmen. »Die Räume sind renoviert, weil unsere Studentenzahlen sich erfreulich entwickeln. Wittenberg kommt offenbar in Mode – in ganz Europa. Aber Gunckels Fallsucht schreitet unaufhaltsam voran. Und wenn der Fisch erst am Kopf zu stinken beginnt, ist alsbald auch der Rest nicht mehr zu retten. Wir brauchen einen neuen Rektor, besser heute als morgen.«

»Wir könnten Schöneberg nehmen«, schlug Melanchthon vor. »Wer die Untiefen der Scholastischen Theologie beherrscht, ist gewiss auch in der Lage, weise Entscheidungen für Lehrkörper und Studierende zu treffen.«

»Ich bin eher für Block, unseren Moralphilosophen«, sagte Hunzinger. »Schon sein Großvater hat sich sehr für die Leu corea eingesetzt …«

Luthers aufgeregtes Gefuchtel ließ ihn innehalten.

»Und wenn *du* es noch einmal machst, mein teurer Schwarzerd?«, sagte dieser, an Melanchthon gewandt. »Während deiner Amtszeit wusste ich unsere Fakultäten in den allerbesten Händen.«

»Keinesfalls!« Wie ein Blitz war der Angesprochene von seinem Stuhl aufgefahren. »Die Fertigstellung der hebräischen Grammatik verlangt meinen ganzen Einsatz. Soll der Druck vielleicht noch einmal verschoben werden? Unser Haus braucht ein neues Dach und wird zudem schon bald von neuem Kindergeschrei erfüllt sein – nein, Martin, das kannst du beim besten Willen nicht von mir verlangen!«

Schweigen breitete sich aus, das rasch lastend wurde.

»Warum dann eigentlich nicht Titus Pistor?« Diesen Vorschlag unterbreitete Winsheim, Professor für Experimentelle Anatomie. »Er kann scharfsinnig denken, er kann reden, und er kommt schließlich aus Leipzig, verfügt also über Erfahrungen an einer großen, renommierten Universität. Einen Altphilologen wie ihn könnte ich mir durchaus an der Spitze vorstellen.«

»Pistor?«, sagte Luther gedehnt. »Einen Fremden?«

»Meines Wissens seid auch Ihr kein gebürtiger Wittenberger. Oder sollte ich mich da täuschen?« Winsheims Ton war nicht ohne Schärfe. Lange hatte er die reformatorische Bewegung mit großer Skepsis betrachtet. Und noch immer gab es Gerüchte, dass er heimlich am alten Glauben festhalte. »Ich weiß, dass Ihr für alle besseren Ämter Eure Mitstreiter bevorzugt. Aber nicht jeder, der öffentlich gegen Marienverehrung und Heiligenbilder wettert, ist damit auch gleichzeitig ein guter Mensch.«

»Ich finde Winsheims Vorschlag gar nicht so übel.« Hunzingers großer weißer Kopf bewegte sich zustimmend. »Ein wenig frischer Wind wird uns allen guttun. Eine ansehnliche Portion Erfahrung dazu kann nicht schaden. Und zudem scheint mir Pistor auch die nötige Gelassenheit für solch ein Amt zu besitzen. Ja, ich denke, er könnte der Richtige sein. Und ich glaube, er würde die Wahl sogar annehmen.«

»Schon möglich. Aber dann sollten wir noch mehr Auskünfte über ihn einholen«, verlangte Melanchthon. »Wir wissen so gut wie nichts über ihn …«

Die Tür ging auf. Mit hochrotem Gesicht schoss Relin herein.

»Die geschätzten Herren Professoren mögen mein dreistes Eindringen verzeihen.« Seine Stirn war schweißnass, ebenso wie Hemd und Wams, die an seinem hageren Körper klebten. Er keuchte, rang bei jedem Wort nach Luft. »Aber der Rektor meinte, ich dürfe ausnahmsweise stören.«

»Was gibt es denn, Relin, dass Ihr so aufgeregt seid?«, fragte Luther.

»Ihr müsst mir helfen, bitte!« Jetzt stammelte der Apotheker nur noch, war kaum zu verstehen.

»So beruhigt Euch doch!« Luther wies auf einen freien Stuhl in der Runde, was Relin zu übersehen schien.

»Ich kann nicht mehr«, flüsterte er. »Wie sollte ich mich beruhigen? Überall war ich schon. Die ganze Stadt bin ich vergeblich abgelaufen. Und was habe ich erreicht? Nichts. Gar nichts. Die Leucorea ist meine allerletzte Hoffnung. Hier, bei all den klugen Menschen, da muss mir doch geholfen werden!«

»Ich verstehe kein Wort.« Die Stimme des Reformators verriet aufkeimende Ungeduld.

»Es geht um meine Frau«, sagte Relin japsend. »Margaretha. Mein Augenlicht. Die Freude meiner reifen Jahre. Mein liebes kleines Mädchen …«

»Was ist mit Eurer Frau?«, fragte Melanchthon, den bei diesen Worten unangenehme Erinnerungen überkamen. »Ist sie … krank?«

»Wenn es das nur wäre!« Relins Stimme überschlug sich beinahe. »Nein, viel schlimmer – Margaretha ist spurlos verschwunden! Als ob der Erdboden sich aufgetan und sie verschluckt hätte.«

✦

»Begleitest du mich in den *Schwarzen Bären*?« Simon Franck kam langsam näher. »Oder gibt es etwa schon wieder Geheimnisvolles mit dem Alten zu besprechen, das keiner von uns hören darf?« Er zog geräuschvoll die Nase hoch. »Du machst dich ganz schön rar, Jan. Als ob du etwas Besseres wärst, nur weil du jetzt sein Stellvertreter bist. Das gefällt mir nicht. Und den anderen Gesellen ebenso wenig. Sogar die Söhne werden langsam sauer.«

»Unsinn!«, widersprach Jan, der sehr wohl auf Cranach wartete und wollte, dass Simon die Werkstatt möglichst schnell verließ. »Wir haben keine Geheimnisse, sondern müssen lediglich die anstehenden Aufträge durchgehen, damit keiner der Kunden unzufrieden wird. Dazu reicht die Zeit tagsüber nicht. Das weißt du ganz genau.«

»Oder gibt es vielleicht eine geheime Braut, zu der es dich allabendlich zieht?« Simon war nicht so einfach abzuschütteln. Jetzt hatte er zu allem Unglück auch noch einen Rest Met in einem Krug entdeckt, den er genüsslich schlürfte. »Ich dachte ja eine ganze Weile, es sei die Apothekerin, mit der du eine heiße Liebschaft pflegst, so inniglich hat sie dich angehimmelt, sobald sie hier auftauchte – und das tat sie für meinen Geschmack reichlich oft. Aber damit ist es nun wohl vorbei.«

»Wie kommst du darauf?«, fragte Jan wachsam.

»Nun, Margaretha Relin ist spurlos verschwunden, und ihr Mann macht die ganze Stadt verrückt.«

»Sie soll verschwunden sein?«

»Behauptet wenigstens der Apotheker. Überall wird inzwischen nach ihr gesucht. Bislang allerdings vergebens.« Der Krug war leer. Simon versetzte Jan einen kleinen Stoß. »Also, kommst du jetzt endlich mit in den *Bären*? Wenn es etwas Neues gibt, hörst du es dort garantiert zuerst.«

»Später vielleicht.« Jan legte den Pinsel zur Seite. Dem Ratsherrnporträt fehlte nur noch der Firnis. »Trink einstweilen schon mal einen Humpen für mich mit! Das wird dir ja wohl nicht allzu schwerfallen.«

Simon zog einen Flunsch und ging.

Jan tat es leid, dass er ihn gekränkt hatte. Sie hatten sich gut verstanden, gleich von Anfang an. Eine Zeit lang hatte er sogar geglaubt, Simon und er könnten Freunde werden. Doch seit der Arbeit an den drei Grazien, von der niemand etwas erfahren durfte, hatte sich alles zwischen ihnen verändert.

Eine Lüge zieht unweigerlich die nächste nach sich, dachte Jan. Ein klebriges Netz, dem keiner entrinnen kann, sobald er darin gefangen ist. Nichts anderes gilt auch für Margaretha und mich.

Wo mag sie wohl sein?

Hält sie sich versteckt, um Relin Angst einzujagen?

Oder ist sie weggelaufen, weil sie seine Grausamkeiten nicht länger ertragen konnte?

Aber wohin? Wer könnte ihr Zuflucht bieten – womöglich ihr Vater?

Dann fiel ihm ein, dass der alte Seifensieder im vergangenen Jahr zu Grabe getragen worden war. Und die Mutter hatte Margaretha, wenn er sich recht erinnerte, schon als Kind verloren.

Seine Stimmung verdüsterte sich.

»Habt Ihr sie gefunden?«, rief er, als Cranach hereinkam.

»Margaretha?« Der Meister schüttelte den Kopf. »Wir hatten sogar die Büttel losgeschickt, um das Ufer abzusuchen. Doch die Dunkelheit hat sie zum Abbruch gezwungen.«

»Dann sollte man als Erstes den alten Apotheker gründlich in die Mangel nehmen«, verlangte Jan.

»Relin? Der ist doch ohnehin schon halb verrückt vor Sorge.« Cranach griff nach einem Hocker. »Wir haben jetzt erst einmal andere Dinge zu besprechen, Seman. Die Arbeit an den Grazien muss vorangehen.«

»Was könnte wichtiger sein als ein Menschenleben?«, rief Jan. »Vielleicht irrt Margaretha verzweifelt irgendwo da draußen herum. Ich habe gesehen, wie übel sie zugerichtet war. Und ich wette, das war niemand anders als ihr eigener Mann.«

»Relin?«, fragte Cranach zweifelnd. »Warum sollte er so etwas tun?«

Jan sah ihn vielsagend an.

»Du hast ihm doch nicht etwa von dem Gemälde erzählt«, sagte Cranach, »auf dem seine nackte Frau zu sehen ist?«

»Natürlich nicht«, fuhr Jan auf. »Aber vielleicht sie selbst? Aus Scham oder später Reue? Margaretha war nicht gerade glücklich über meinen Vorschlag. Ich musste sie überreden. Nur so war sie überhaupt bereit dazu.«

»Hast du sie denn nicht inständig beschworen, dass sie kein Wort darüber verlieren darf – niemandem gegenüber?«

»Mehrmals sogar. Und wenn sie es trotzdem getan hat?«

»Wer kann schon in das Herz der Frauen schauen?«, sagte Cranach nachdenklich. »Und doch wirst du es abermals versuchen müssen, Jan. Das Modell für die zweite Grazie steht fest. Eine schöne, noble Dame.«

»Wer?«

»Dilgin von Thann. Du bist ihr auf dem Fest im Schloss begegnet.«

Jan starrte ihn an wie eine Erscheinung. »Ich soll die Hofdame der Kurprinzessin als nackte Grazie malen?«

»So und nicht anders lautet der Wunsch des Auftraggebers.«

»Dann sagt ihm gefälligst, dass er nicht ganz bei Trost ist!«, schrie Jan. »Niemand auf der ganzen Welt wird diese Frau dazu bringen.«

»Wie kannst du dir da so sicher sein? Du hast es ja noch nicht versucht.«

✣

Schließlich saß er doch bei den anderen Gesellen im *Bären* und trank, weil er nur noch Vergessen suchte. Ambrosius und Paul schienen sich über sein unerwartetes Erscheinen aufrichtig zu freuen und prosteten ihm immer wieder zu, während Simon wortkarg und zurückhaltend blieb.

Jan spürte die Wirkung des Biers bereits in Kopf und Gliedern, aber das war ihm gerade recht.

Kein heimliches Malen bei Kerzenschein.

Kein Überreden einer Frau zu Freizügigkeiten, die sie nicht gewähren wollte.

Keine Versprechungen des Alten, die sich über kurz oder lang doch als unerfüllbar herausstellen würden.

Nichts von alldem wollte er heute noch sehen oder hören.

Er spürte die harte Holzbank unter sich und roch den süßlichen Bieratem der anderen Männer, die wie er immer betrunkener wurden.

Alles auslöschen – selbst wenn morgen der Schädel brummen und die Hand beim Zeichnen unsicher sein würde!

»Vielleicht gehe ich bald weg.« War das wirklich seine eigene Stimme, so schwer und undeutlich? »Hab die Nase gründlich voll von diesem Nest. Ein guter Maler muss die ganze Welt kennen. Und wo war ich denn bislang schon?«

»Dann geh ich mit«, sagte Simon zu Jans Überraschung. »Wären wir zwei nicht ein gutes Duo? Die Werkstätten würden sich um uns reißen, und schon bald hätten wir die Taschen voller Geld. Na, was meinst du?«

»Gute Idee«, nuschelte Jan. »Genau das sollten wir machen …«

Wie sturzbetrunken er war, merkte er draußen beim Wasserabschlagen. Simon, der schwankend ein Stück abseits stand, schien es nicht anders zu gehen. Doch im Gegensatz zu Jan, der nur noch ins Bett wollte, war er voller Unternehmungslust.

»Die Nacht ist noch jung«, sagte er mit schwerer Zunge. »Jetzt sind die Weiber an der Reihe.«

»Keine Weiber.« Jan winkte ab. »Bloß keine Weiber – verschon mich damit!«

»Das sagst du doch bloß, weil sie dir ohnehin scharenweise nachlaufen. Aber was ist mit mir? Bin ich vielleicht kein feiner Kerl?« Er stützte sich schwer auf ihn.

»Bist du«, bekräftigte Jan. »Und dieser feine Kerl muss jetzt dringend nach Hause.«

Doch Simon dachte nicht daran, ihm zu gehorchen, sondern torkelte in Richtung Elbe.

»Hab gehört, hier soll es nachts die besten Huren geben«, murmelte er, als sie am Ufer angekommen waren. »Manche sagen auch, bei Vollmond würden brünstige Nixen aus der Elbe steigen, um Menschenmänner glücklich zu machen.« Er schaute zum Himmel und begann zu kichern. »Vollmond, siehst du? Darauf warte ich jetzt.«

Simon ließ sich auf die Böschung plumpsen.

Jan versuchte, ihn nach oben zu ziehen, was ihm nicht gelang, denn der andere war in seinem Suff schwer und steif wie ein Brett.

»Du wirst noch in den Fluss fallen und ertrinken«, sagte Jan. »Komm endlich! Hier ist kein einziges Weib weit und breit, weder mit noch ohne Fischschwanz.«

»Das behauptest du nur, weil du wieder einmal alle für dich haben willst.«

»Unsinn. Diese Nixen sollen nicht ungefährlich sein. Hast du noch nie gehört, dass sie ihre Liebsten auf den tiefsten Grund ziehen können?«

Simon schlug nach Jan.

»Darauf fall ich nicht rein. Geh ruhig! Ich erzähl dir dann morgen, wie viele ich gehabt habe …«

Er begann zu schnarchen.

Jan kniff die Augen zusammen und versuchte, sich zu konzentrieren, was ihm äußerst schwerfiel. Simon lag ein ganzes Stück vom Wasser entfernt, das konnte er gerade noch feststellen.

Ihm würde schon nichts passieren.

Aber er musste endlich ins Bett, sonst würde er morgen nicht einen geraden Strich zeichnen können.

Er drehte sich um und wankte zum Cranach-Haus.

✤

Etwas packte ihn, rüttelte ihn, wollte ihn nicht mehr loslassen.

Eines dieser Nixenweiber, das Jagd auf Menschen machte?

Der Atem, der ihm entgegenströmte, roch schal, als ob sie sich seit Jahrhunderten in Schlick und Moder gesuhlt hätte.

»Wach auf, Jan! Du musst aufwachen!«

Seine Lider waren zugeklebt. Es erschien ihm eine halbe Ewigkeit, bis er sie einen winzigen Spalt aufbekam, doch das Rütteln hörte nicht auf.

Fahles Morgenlicht schien in seine Kammer.

Neben der Bettstatt kniete Simon, das Feuerhaar zerrupft, das Gesicht verfallen.

»Es ist genau so, wie du gesagt hast«, flüsterte er. »Nur viel, viel schlimmer!«

Nie zuvor hatte Jan ihn so verzweifelt gesehen.

Er versuchte sich aufzusetzen und biss sich dabei auf die Lippen, weil sein Schädel so dröhnte.

»Was ist geschehen?«, fragte Jan.

»Ich bin irgendwann aufgewacht, da wurde es langsam hell. Und du warst verschwunden …«

»Du warst nicht mehr ansprechbar. Da bin ich schließlich gegangen.«

Simon schien ihn gar nicht zu hören.

»Ich bin zum Fluss, um mich zu waschen und wieder einen klaren Kopf zu kriegen. Zuerst hab ich nur das Haar gesehen. Wie rötliche Schlingpflanzen hat es sich im Wasser bewegt. Immer nur hin und her.«

»Welches Haar?«

»Ihr Haar.« Simon starrte ihn an. »Denn dort lag sie …«

»Welche sie?«, fragte Jan bang, obwohl er die Antwort bereits ahnte.

»Margaretha Relin«, sagte Simon. »Mausetot. Mit einem dicken Strick um den Hals.«

ZWEITES BUCH

THALIA

Sechs

Büttel hatten Margarethas Leichnam in die Leucorea gebracht und dort in dem länglichen Saal aufgebahrt, in dem Ott Winsheim für gewöhnlich seine Anatomievorlesungen abhielt. Während es sonst lärmend dabei zuging, wenn die Leichen Hingerichteter vor großem Publikum seziert wurden, war es heute auffallend ruhig.

Neben Cranach, der am Kopfende stand, war nahezu der gesamte Lehrkörper anwesend, den man wegen des grausigen Fundes in aller Früh jäh aus dem Schlaf getrommelt hatte. Lediglich Rektor Gunckel fehlte. Ein akuter Anfall von Fallsucht fesselte ihn ans Bett, was einige der anwesenden Professoren mit hochgezogenen Brauen kommentierten. Scharfrichter Schiffer, den man dazugebeten hatte, ergänzte die Runde. Bleich und erschüttert standen die Männer um die provisorische Bahre und tauschten sich im Flüsterton mit dem nächsten Nachbarn aus.

»Ihr seid bereit?« Professor Winsheim zog das Leintuch weg, das die Leiche bedeckt hatte.

Wie klein sie aussah, wie schutzlos – und wie jung!

Das weiße Kleid war steif und grünlich vor Schlick, die Haut an Armen und Beinen kaum weniger hell als der dünne

153

Stoff, der der Länge nach aufgeschnitten war und die Brüste sowie die Scham nicht mehr ganz bedeckte. In den rotblonden Locken des Haupthaares hatten sich bräunliche Pflanzenreste verfangen und ließen die Tote wie eine gestrandete Nixe aussehen, die sich aus Versehen ans Land verirrt hatte.

Das Wasser, in dem sie kopfüber gelegen hatte, während der restliche Körper am Ufer ruhte, hatte Margarethas Gesicht nicht viel anhaben können, wenngleich es bläulich verfärbt war und um einiges voller wirkte als gewohnt. Sonst war alles noch so, wie man sie gekannt hatte: die kecke Nase, die üppigen Lippen, das spitze Kinn – bis auf das linke Auge, das dunkel unterlaufen war. Allerdings war das freundliche Lächeln, das so typisch für die junge Frau des Apothekers gewesen war, für immer aus den leblosen Zügen gewichen.

Um ihren Hals die Abdrücke eines Seils, die sich tief in die zarte Haut gegraben hatten. Darunter mehrere leicht verblasste Flecken.

»Mit Eurem Einverständnis habe ich mit der Untersuchung bereits begonnen«, sagte Winsheim. »Deshalb ist auch das Kleid zerschnitten, denn wie sonst hätte ich mir Gewissheit über potenzielle Verletzungen am Körper verschaffen können? Viel habe ich allerdings nicht gefunden. Ein paar Druckstellen an den Armen, als sei sie mit Gewalt festgehalten worden. Dazu sieben abgebrochene und zwei eingerissene Fingernägel. Vermutlich hat sie versucht, sich zu wehren.«

Ein Raunen ging durch die Männerrunde.

Bis auf den Scharfrichter schien den Herren der Anblick dieser unvollständig bekleideten Frauenleiche schwer zuzusetzen.

»Margaretha Relin muss an Land gestorben sein. Jedenfalls gibt es keinerlei Reste von Schaumpilz vor Mund oder Nase, wie man es sonst oft bei Ertrunkenen findet. Außerdem kann sie nicht allzu lange im Wasser gelegen haben, denn sonst wäre die Gesichtshaut deutlich verschrumpelter.«

Mit einem Zeigestab wies er auf die geschlossenen Augen.

»Beim Öffnen *post mortem* konnte ich Einblutungen in den Bindehäuten feststellen, sowie im Weiß des Augapfels und in der Mundschleimhaut.«

Sein Blick glitt zu den Kollegen.

»Wünscht Ihr, das alles noch einmal *in situ* vorgeführt zu bekommen?«

»Untersteht Euch!«, rief Luther, der grünlich um die Nase war. »Die Würde dieses Christenkindes, das so tragisch sein junges Leben verloren hat, muss unter allen Umständen gewahrt bleiben.« Hilfe suchend drehte er sich zu Melanchthon um, der ihm bekräftigend zunickte. »So bedeckt sie jetzt endlich, wie Sitte und Anstand es gebieten! Soll sie denn vor unseren Augen zum zweiten Mal geschändet und erniedrigt werden?«

»Dann fahre ich also fort in meinen Ausführungen.« Winsheim zog das Laken bis in Brusthöhe. »Die Blaufärbung der Gesichtshaut ist auffällig. Auch ist diese aufgedunsen …«

»Liegt doch auf der Hand, was diese junge Frau zu Tode gebracht hat.« Scharfrichter Schiffer konnte nicht mehr ruhig bleiben. »Eine schönere Drosselmarke hab ich lange nicht mehr gesehen. Wer die Frau stranguliert hat, der versteht sein Geschäft und hat sich dazu das passende Werkzeug besorgt. Könnte fast einer aus meiner Zunft gewesen sein.«

»Ist es das?« Titus Pistor, der bislang schweigend zugehört hatte, griff nach dem Strick, der neben der Leiche auf einem Tischchen lag, und hielt ihn hoch. »Hat dieses Seil sie getötet?«

»Wie könnt Ihr das nur in die Hand nehmen!« Melanchthon schüttelte sich angeekelt. »Ein unschuldiger Mensch ist damit ums Leben gekommen. Legt es sofort wieder hin!«

»Es dürfte sich um einen Kälberstrick handeln, wie man ihn üblicherweise zum Viehtreiben benützt.« Pistor behielt die Ruhe, während er das dicke Hanfseil eingehend musterte. »Davon sind vermutlich unzählige in Wittenberg und Umgebung in Gebrauch. Damit kommen wir nicht weiter.« Er folgte der Aufforderung und legte den Strick zurück.

»Leider!«, dröhnte Cranachs Bass in die Runde. »Aber wir müssen etwas unternehmen, denn der Teufel bedroht den Frieden unserer Gemeinde. Er ist hier. Mitten unter uns!«

»Greift Ihr da nicht etwas zu hoch?«, wandte Hunzinger ein, der als Mathematiker für seine Liebe zu klaren, kühlen Fakten bekannt war. »Wir haben diesen grausamen Mord zu beklagen, das ist richtig und überaus bedauernswert, aber handelt es sich nicht viel eher um die verwerfliche Tat eines Fremden, der sich längst wieder davongestohlen hat?«

»Und was ist mit dem feigen Überfall auf unsere Magd, die erst kürzlich ebenfalls mit einem Seil gewürgt wurde und fast erstickt wäre?«, sagte Luther. »Meine liebe Käthe hat mir leider erst viel zu spät die hässlichen Einzelheiten berichtet. Was nimmt sie nicht alles auf sich, um mich nicht bei meinen Studien zu stören!«

»Eure Magd hat überlebt?«, fragte Pistor.

»Zum Glück«, sagte Luther. »Doch der Schreck sitzt ihr und uns noch immer in den Knochen. Mein Freund Cranach hat recht: Wer auch immer das verbrochen hat, ist ein Teufel in Menschengestalt – und wir müssen ihn so rasch wie möglich dingfest machen, damit er kein weiteres Unheil anrichten kann!«

»Wer hat sie eigentlich gefunden?«, erkundigte sich Theologe Schöneberg.

»Simon, einer meiner Gesellen«, sagte Cranach. »Er hat seinen Rausch am Elbufer ausgeschlafen. Als er wach wurde, hat er die Leiche entdeckt.«

»Kommt er als Täter infrage?«, wollte Hunzinger wissen.

»Simon Franck? Nie im Leben! Der reißt schon mal gern das Maul auf und säuft, wenn er Gelegenheit dazu bekommt, aber er könnte keiner Fliege etwas zuleide tun«, sagte Cranach. »Außerdem hab ich ihn bereits nach allen Regeln der Kunst ausgefragt. Simon weiß nicht mehr, als er gesagt hat, da bin ich mir sicher.«

»Und die anderen aus Eurer Werkstatt?«, hakte Pistor nach. »Vielleicht war er ja beim Saufen nicht allein.«

»Das gilt für alle meine Leute.« Cranach klang unbehaglich, wahrte aber Haltung. »Jeder von ihnen ist anständig und rechtschaffen. Ja, die Gesellen waren gestern Abend gemeinsam im *Bären*. Das haben sie mir berichtet. Danach hat Jan Simon zum Elbufer begleitet, ist aber ohne ihn nach Hause gegangen. Jan Seman ist mein Stellvertreter. Der beste Maler von allen. Für ihn würde ich sogar die Hand ins Feuer legen.«

»Dann gebt nur acht, dass Ihr sie Euch nicht verbrennt«, warf Moralphilosoph Block ein, auf dessen Wangen rote Flecken leuchteten. »Wer kennt schon seinen Nächsten?«

»Gemach, gemach!« Luther erhob die Hände wie so oft bei seinen Predigten. »Es kann nicht angehen, dass wir uns jetzt gegenseitig angreifen und damit schwächen. Wir müssen zusammenstehen, stark wie die Löwen bleiben und klug wie die Füchse. Nur so können wir das Böse besiegen.«

»Was ist eigentlich mit dem Ehemann?« Melanchthon war anzusehen, wie schwer ihm diese Frage über die Lippen ging.

»Relin?«, fragte Cranach. »Der kratzt heulend draußen an

der Tür, weil er endlich zu seinem toten Weib will. Lange können wir ihn nicht mehr hinhalten. Weshalb fragt Ihr?«

Melanchthon begann sich zu winden, dann aber schien er einen Entschluss zu treffen.

»Nun, neulich in der Apotheke war dieser Relin sehr … unfreundlich zu seiner Frau«, brachte er schließlich hervor. »Und sie wiederum wirkte äußerst mitgenommen, wenn Ihr versteht, was ich meine. Man sieht es ja noch immer. – Nun sagt doch auch endlich etwas, Collega Pistor! Ihr wart ja schließlich dabei.«

»Die Apothekerin hatte in der Tat ein prächtiges Veilchen«, bestätigte Pistor. »Und blaue Flecken am Hals, als habe jemand ihr Gewalt angetan. Auch die sind noch zu erkennen. Ich war so frei, sie direkt darauf anzusprechen, als sie mir freundlicherweise meine bestellte Medizin ins Haus brachte. Da ist sie vor Verlegenheit fast gestorben, behauptete, sie habe sich lediglich gestoßen – und ist schließlich wie der Blitz davongerannt.«

»Ich werde ihn mir vornehmen«, sagte Cranach entschlossen. »Darauf könnt Ihr Euch verlassen. Der Rat wird einen Ermittler in dieser scheußlichen Angelegenheit ernennen, und ich habe mich als Besitzer der Apotheke dafür zur Verfügung gestellt. Damit sind die anderen Ratsherren mehr als zufrieden. Der Beschluss ist nur noch reine Formsache. Und ich gelobe bei meiner Seligkeit, weder zu rasten noch zu ruhen, bis wir den Schuldigen gefunden und seiner Strafe zugeführt haben!«

»Doch eines ist jetzt am wichtigsten.« Das war die Stimme des großen Predigers, der die Herzen der Menschen öffnen und Kirchenschiffe bis zum letzten Platz füllen konnte. »Faltet die Hände und lasst uns Gott anrufen!«

Keiner, der seiner Aufforderung nicht gefolgt wäre. Sogar

der Scharfrichter gehorchte, trat danach allerdings einige Schritte zurück, als wäre ihm bewusst geworden, dass er nicht in diesen Kreis gehörte.

»Ewiger Gott und Vater«, betete Luther mit lauter Stimme. »Du allein bist mächtig und gnädig. Gib unserer Entschlafenen die ewige Ruhe! Lass ihr Dein Licht leuchten und vereine Margaretha Relin mit denen, die Du vollendet hast! Uns alle lass dereinst in Dein Angesicht schauen und Deine himmlische Herrlichkeit erlangen!«

Eine kurze Pause. Die Köpfe senkten sich andächtig.

Danach ertönten wie aus einem Mund die tröstlichen Worte des Vaterunsers.

✣

Jan hatte erst ein paar Striche zu Papier gebracht, als die Kurprinzessin von ihrem Sessel aufsprang und unruhig auf und ab zu gehen begann. Der Raum war hell ausgemalt und mit einem Tisch, einigen Sesseln und zwei Truhen eher sparsam möbliert. Die Längswand schmückte ein kostbarer Teppich mit eingewebten Goldfäden, der ein Ritterturnier zeigte, und die beiden Ständer, in denen dicke Kerzen steckten, waren aus schwerem Silber.

»Ist es wahr, was alle erzählen?«, fragte Sibylle von Kleve. »Dass man eine Frauenleiche aus der Elbe gefischt hat – mit einem Strick um den Hals?«

Dilgin von Thann ließ ihren Stickrahmen sinken, an dem sie lustlos gestichelt hatte, und spitzte die Ohren.

Jan nickte unbehaglich.

»Wollt Ihr Euch nicht lieber wieder setzen, Hoheit?«, bat er. »Dann könnte ich mit dem Zeichnen fortfahren.«

Die Kurprinzessin schien ihn gar nicht zu hören.

»Sie muss noch sehr jung gewesen sein«, sagte sie. »Kaum

älter als ich. Das habe ich aus der Küche. Dort kennen sie heute kein anderes Thema. Sogar die Suppe war gründlich versalzen, so aufgeregt sind sie alle.«

»Ja, Margaretha Relin musste früh sterben«, sagte Jan. »Viel zu früh.«

»Ihr habt sie gekannt?« Dilgin von Thanns unergründlicher Blick war fragend auf ihn gerichtet.

»Alle haben sie gekannt«, erwiderte er ausweichend. »Sie war die Frau des Apothekers. Halb Wittenberg kauft dort ein, zumindest die, die es sich leisten können. Das Haus gehört Lucas Cranach.«

Dilgin legte den Kopf ein wenig schief.

»Dieser Cranach muss, wie man hört, ein äußerst wohlhabender Mann sein«, sagte sie. »Ist es wahr, dass er mehrere Häuser besitzt?«

Worauf wollte sie hinaus?

Ihre Gegenwart irritierte Jan, weil er ständig an das denken musste, was der Meister von ihm erwartete. Er hatte versucht, ihm klarzumachen, dass er sich diese Idee aus dem Kopf schlagen müsse. Niemals könne die Hofdame der Kurprinzessin als nackte Thalia dargestellt werden.

Aber Cranach war unnachgiebig geblieben.

»Meister Cranach führt eine große Werkstatt.« Jan wog jedes Wort sorgfältig ab. »Er beschäftigt eine Reihe von Gesellen und Lehrlingen und gilt als überaus fleißig. Habe ich Eure Frage damit beantwortet?«

»Nicht ganz.« Dilgins spitze Zunge fuhr blitzschnell über die schmalen Lippen. »Diese Werkstatt liegt doch unmittelbar neben der Apotheke?«

»Das ist richtig.«

»Dann müsst Ihr die tote junge Frau gut gekannt haben«, fuhr sie fort. »Hat sie ein glückliches Leben geführt?«

Was für eine Frage!

Jan hatte plötzlich Margarethas flehentlich entschlossenen Gesichtsausdruck vor Augen, als sie ihn festgehalten hatte, damit ihr sehnlichster Wunsch sich endlich erfüllte.

Es tat ihm leid, dass alles so gekommen war. Entsetzlich leid sogar.

Stünde es in seiner Macht, er würde es auf der Stelle rückgängig machen – doch das war unmöglich.

»Wer kann schon in das Herz einer Frau schauen?«, zitierte er den Alten, um nichts Verfängliches preiszugeben. »Darf ich Euch noch einmal untertänigst zurück zum Sessel bitten, Hoheit?«

Zu seiner Überraschung gehorchte die Kurprinzessin.

Jan kannte das Brautporträt, das Cranach von ihr gemalt hatte: das helle herzförmige Gesicht, konzentriert, als lausche sie nach innen; die hohe Stirn; die dunklen, weit auseinanderstehenden Augen; die geschlossenen Lippen; das mittig gescheitelte, lang herabwallende Haar, das ein zarter Blumenkranz schmückte.

Abwartend und unschuldig wirkte sie auf dem Gemälde, ein Mädchen, gerade an der Schwelle zum Frausein.

Er ließ seinen Blick über sie gleiten.

Ja, Ehe und Schwangerschaft hatten Sibylle von Sachsen, wie sie inzwischen hieß, in der Tat verändert. Aus der Knospe war eine junge Rose geworden, die Züge weicher, die Lippen voller. Sogar die Augen blickten nicht länger ängstlich drein, sondern schienen frivole Geheimnisse zu kennen, die sie nicht verraten wollten. Es war eine Freude, diese junge Frau in ihrer Blüte zu zeichnen – und entsprechend beschwingt flog Jans Rötelkreide über das Papier, trotz all der trüben Gedanken, die sich nicht abstellen ließen.

»Mein Gemahl hat mir ein neues Gewand schneidern las-

161

sen«, sagte die Kurprinzessin nach einer Weile. »Aus grünem Samt, besetzt mit breiten kupferfarbenen Seidenborten. Darin möchte er mich auf dem neuen Gemälde sehen. Soll ich es Euch zeigen?«

»Wenn es Euer Wunsch ist – sehr gerne. Aber wir bleiben heute ohnehin nur bei Skizzen«, wandte Jan ein. »Sie sind die Grundlage für das, was dann später kommt.«

»Was mir bereits bekannt ist«, erwiderte sie ebenso freundlich wie bestimmt. »Aber Eurer Fantasie wird es doch bestimmt nicht schaden, eher im Gegenteil.« Mit spitzen Fingern pflückte sie ein Stück Mandelkonfekt aus einem silbernen Schälchen, dann ein zweites und noch ein drittes gleich hinterher. »Den lieben langen Tag könnte ich zurzeit naschen.« Auf einmal sah sie verschmitzt aus wie ein Kind, das etwas Verbotenes tut. »Dann aber bräuchte ich vermutlich bald ein Zelt anstatt eines neuen Kleides.«

»Euer Hoheit könnten anmutiger nicht sein«, sagte Jan. »Das und nichts anderes fängt mein Rötel voller Hochachtung ein.«

Das Kompliment schien Sibylle von Sachsen zu gefallen, während Dilgin aus dem Fenster starrte, als ginge die ganze Angelegenheit sie nichts an.

»Wieso ist Cranach eigentlich nicht selbst gekommen?«, fragte die Kurprinzessin plötzlich. »Er wird das Bild doch malen, wie versprochen?«

»Selbstredend! Zu seinem tiefsten Bedauern war der Meister heute unabkömmlich«, sagte Jan rasch. »Eine dringende Ratssitzung, die sich nicht verschieben ließ. Deshalb hat er mich geschickt. Ich hoffe, Ihr seid nicht zu enttäuscht, Euer Hoheit.« Er deutete eine Verbeugung an.

Die Kurprinzessin schielte auf sein Blatt.

»Ich denke, Ihr macht Eure Sache gar nicht so übel«, sagte

sie. »Dilgin? Das neue Kleid! Wenn Ihr so freundlich wärt, es für mich zu holen?«

Dilgin legte den Stickrahmen weg und erhob sich, als habe sie nur darauf gewartet.

»Soll ich die Schatulle auch mitbringen? Dann könntet Ihr gleich das passende Geschmeide dazu anlegen!« Ihre Stimme war ruhig.

»Welch famose Idee!« Sibylle von Sachsen klatschte in die Hände. »So passt alles perfekt zusammen.«

»Dann bräuchte ich allerdings Eure Unterstützung«, sagte Dilgin, an Jan gewandt. »Die Schatulle ist schwer, und das neue Gewand darf nicht zerknittert werden. Kommt Ihr?«

Er folgte ihr auf den schmalen Gang, während sie leichtfüßig voranschritt.

Eine Flucht von Türen, alle geschlossen.

Irgendwann begann er zu grübeln. Welche von ihnen hatte ihn zu dem Loch in der Wand geführt, durch das er in ein dunkles Nebenzimmer gestarrt und den geheimnisvollen Auftraggeber belauscht hatte?

Jan war sich alles andere als sicher. Im Hellen sah es so anders aus.

Dilgin blieb unvermutet stehen. Auf einmal war ihr Fuchsgesicht ganz nah.

»Jetzt müsste ich Euch eigentlich die Augen verbinden«, sagte sie leise. »Mögt Ihr das?«

»Kommt ganz darauf an«, sagte er. »Beim Zeichnen macht es sich weniger gut, denke ich.«

Sie lachte kehlig.

»Der Kurprinz schäumt rasch vor Eifersucht«, sagte sie. »Und dann erkennt man ihn kaum wieder, so unberechenbar kann er werden. Ich dachte, das solltet Ihr wissen. Denn ab hier beginnen Sibylles geheiligte Gemächer, ihr Frauenzimmer, in das kein Unbefugter eindringen darf, erst recht kein fremder Mann. Ihr seht also – nichts! Verstanden?«

Plötzlich war sie hinter einer Tür verschwunden.

Jan wartete geduldig, dann klopfte er an, doch nichts geschah.

Nach einer Weile drückte er die Klinke nach unten – und blieb auf der Schwelle stehen.

Dilgin lag rücklings auf einem schmalen Ruhebett, die Augen geschlossen, als würde sie schlafen, die Hände im Schoß gefaltet. Neben ihr auf dem Boden stand eine Metallschatulle. Ein grünes Samtkleid mit schweren Borten hing halb über einer Stuhllehne, als hätte sie es in größter Eile darübergeworfen.

Langsam ging er auf sie zu.

»Mir war gerade eben so furchtbar schwindelig«, flüsterte sie, ohne die Lider zu öffnen. »Ganz schwarz wurde mir mit einem Mal vor Augen. Eine höllische Übelkeit, die einem das Blut in den Adern stocken lässt. Wisst Ihr kein gutes Mittel dagegen?«

Sie hatte das Mieder gelockert. Bei jedem Atemzug hob und senkte sich ihre Brust unter der dünnen blauen Seide. Das Kleid war nach oben gerutscht und entblößte die schlanken Knöchel. Dilgins überraschend große Füße steckten in blauen Seidenpantöffelchen und reizten Jan wider Willen zu einem Lächeln.

Wie unverblümt sie war – und wie erfrischend durchtrieben!

»Seid Ihr vielleicht auch schwanger?«, fragte er. »Dann freilich solltet Ihr Euch vorsehen!«

Sie fuhr hoch, wie von einer Nadel gestochen.

»Damit spaßt man nicht«, sagte sie streng. »Erst recht nicht hier, wo sogar die Wände Ohren haben. Mein Verlobter würde

Euch auf der Stelle sein Schwert spüren lassen, könnte er Euch so daherreden hören.«

»Ihr seid verlobt?«

»Natürlich bin ich das, was denkt Ihr denn! Der Kurprinz mag um seine geliebte Sibylle nun mal keine ledigen Mädchen oder Frauen. Sie verderben den Charakter, behauptet er. Nur wer gebunden ist, besitze die notwendige Reife, um seiner Herzenskönigin zu dienen.« Ihre Augen ließen ihn nicht mehr los.

»Dann seid Ihr also eine reife Frau?«, fragte Jan.

Sie ließ ihre Hände flattern, eine Geste, die alles und nichts bedeuten konnte.

»Sibylle hasst es zu warten«, sagte sie schließlich. »Irgendjemand hat ihr eingeredet, dass man das als Kurprinzessin nicht mehr muss. Uns bleibt also nicht viel Zeit. Und die sollten wir nutzen.«

Jan schaute sie fragend an.

Da packte Dilgin seinen Arm und zog ihn ungestüm zu sich herunter.

»So küss mich doch endlich, du Dummkopf!«

✤

Vergeblich kämpfte Susanna gegen die Angst an, während sie Butter schlug. Ihr rechter Arm begann zu schmerzen, so drosch sie auf die Sahne ein, die langsam dicker wurde. Ein paar Tränen flossen in das Salz, das sie anschließend sorgfältig einrührte, um die Butter länger haltbar zu machen.

Wie hatte sie jemals auch nur einen bösen Gedanken gegen die junge Apothekerin hegen können?

Jetzt lag Margaretha Relin, wie Luther ihnen nach seiner Rückkehr von der Leucorea mit wachsbleichem Gesicht berichtet hatte, kalt und tot im Seziersaal, um nach der eingehenden Untersuchung für die morgige Beerdigung hergerichtet zu werden.

Er hatte sich entschieden, die Totenpredigt für die Ermordete zu halten, und war seitdem in seiner Studierkammer verschanzt. Trotz der geschlossenen Tür, die jeden Besucher abhalten sollte, ging Katharina zu ihm hinein und kam erst nach einer ganzen Weile mit ernster Miene wieder zurück.

»Der Teufel ist unterwegs in Wittenberg«, sagte sie, was Susannas Angst nur noch weiter steigerte. »Erst du – und jetzt Margaretha. Der Rat hat sich die Aufgabe gestellt, ihn zur Strecke zu bringen, allen voran Cranach. Aber lässt sich das Böse in der Welt jemals wirklich besiegen?«

Sollte sie sich ihr anvertrauen?

Susanna öffnete den Mund, schloss ihn aber wieder, ohne ein Wort zu sagen.

Was würde die Lutherin dann von ihr denken?

Könnte sie, in erfüllter Ehe dem großen Reformator verbunden, wirklich nachvollziehen, was einer jungen Frau an Schrecklichem zugestoßen war, nachdem die Klosterpforten sich für immer geschlossen hatten?

Mit bangem Herzen rührte Susanna inzwischen in der Käsesuppe, die über dem Feuer langsam gar wurde und wegen des traurigen Anlasses als Fastenspeise vorgesehen war. Katharina hatte sie angewiesen, Lauchgemüse dazu zu reichen sowie einen großen Topf Gerstenmus und mehrere Schock gebratener Eier. Eine Zusammenstellung, welche unweigerlich den Unwillen der Studenten hervorrufen würde, die jedes Mal zu murren begannen, wenn es weder Fleisch noch Fisch zu essen gab.

✤

Die Stimmung am Tisch war bedrückt.

Nicht einmal Hansis übliche Faxen vermochten die stumme Runde aufzulockern. Muhme Lene wand sich auf der Bank, weil der kranke Rücken ihr erneut übel zusetzte. Elisabeth litt schon wieder an Bauchkrämpfen und war nach der Verabreichung verschiedenster Kräuterteemischungen mit Müh und Not gerade eingeschlafen. Jetzt kam endlich auch Bini hereingeschlichen, die Lider schwer vor Müdigkeit.

Luther, der anfangs schweigsam gelöffelt hatte, schob plötzlich seinen Teller zurück.

»Ich kenne ihn sehr wohl«, sagte er. »Besser als manch anderer, das will ich euch sagen! Auf der Wartburg hat der Teufel hinter meinem Ofen geklappert, an der Decke Nüsse geknackt und mehr als einmal Fässer die Treppe hinuntergerollt. Mein Tintenfass hab ich nach ihm geworfen, aber was hat es genützt? Er hat mich weiterhin heimgesucht, so oft, bis ich irgendwann aufgehört habe, es zu zählen.«

Inzwischen aß niemand mehr.

»Er kann die Gestalt wechseln wie andere ihr Hemd«, fuhr Luther fort. »Jetzt schleicht er nachts in Wittenberg herum und würgt und mordet – und doch dürfen wir uns von ihm nicht bezwingen lassen!«

Sogar Hansi hörte auf zu kauen und starrte den Vater mit großen Augen an.

»Furcht tut nichts Gutes«, fuhr Luther fort. »Darum muss man frei und mutig in allen Dingen sein und fest stehen. Dann kann selbst Beelzebub uns nichts anhaben.«

Susanna konnte auf einmal kaum noch schlucken.

Sprach er zu ihr, weil seine Augen bis auf den Grund ihrer Seele schauen konnten, wie sie schon seit Längerem befürchtete?

Am liebsten wäre sie aufgesprungen und in ihre Kammer

gelaufen, um sich unter der Decke zu verkriechen. Doch sie blieb sitzen und wartete ab, was der Reformator noch sagen würde.

»Sind wir dem Teufel nicht notgedrungen unterlegen?«, fragte einer der vorwitzigeren Studenten, dessen Teller schon blitzblank war, so gierig hatte er sein Essen hinuntergeschlungen. »Ist er nicht um vieles schlauer und stärker, als wir Menschen es jemals sein können?«

»Du vermagst nicht zu verhindern, dass ein Vogelschwarm über deinen Kopf hinwegfliegt.«

Luther leerte seinen Bierkrug in einem Zug und rülpste herzhaft.

»Aber du kannst sehr wohl verhindern, dass er sich in deinem Haar festsetzt. Lass die Angst niemals ganz Besitz von dir ergreifen! Denn das Schlimmste, was dir jemals widerfahren kann, ist die Angst vor der Angst.«

Seine Worte fuhren in Susanna wie ein glühender Pfeil, und plötzlich verstand sie, was der Reformator meinte.

Das war es, was sie seit Langem lähmte und krank machte: Angst vor der Angst.

Damals hatte sie sich diesem Teufel in Menschengestalt widersetzt und ihn dabei getötet – das hatte sie jedenfalls bis vor Kurzem angenommen. Doch wie durch ein böses Wunder war er offenbar am Leben geblieben.

Folglich war sie auch keine Mörderin!

Ein Gedanke, so ungeheuerlich, dass ihr schlagartig schwindelig wurde vor Erleichterung. Gleichzeitig rutschte die Last der Schuld von ihren Schultern, ein dunkles, übel riechendes Bündel, das sie klein gemacht und nach unten gedrückt hatte.

Warum nur hatte sie nicht früher klar gesehen?

Jener Unbekannte mit dem Strick war alles andere als ein aus dem Grab auferstandener Geist, wie sie erschrocken nach dem Überfall gemutmaßt hatte, sondern ein Verbrecher aus Fleisch und Blut, der sich so unangreifbar fühlte, dass er ungerührt weitere Untaten beging.

Susanna spürte klare, helle Wut in sich aufsteigen.

Doch dazu durfte es nicht kommen. Eine Tote war mehr als genug. Sie würde sich nicht länger verkriechen, das beschloss Susanna in diesem Augenblick, und wenn sie sich dabei tausendmal in Gefahr brachte.

Was aber konnte sie tun?

Hinaus auf die Gassen gehen und nach ihm suchen?

Oder lieber auf der Stelle mit Luther reden?

Aber dann müsste sie ihm ja auch eingestehen, was ihr in Leipzig zugestoßen war …

Für einen Moment kehrte die altbekannte Beklemmung zurück. Ihre Handflächen waren wieder schweißnass, die Füße trotz des warmen Wetters gefühllos und klamm.

Das Schlimmste ist die Angst vor der Angst, betete sie sich vor. Hast du es nicht gerade aus seinem Mund gehört – und bis in die letzte Faser begriffen?

Sie räusperte sich, um noch etwas Zeit zu gewinnen.

Doch der Reformator war bereits aufgestanden und nach oben in Richtung Studierzimmer verschwunden.

✢

»Ich hasse diesen hässlichen Fetzen!« Marleins Stimme drohte sich zu überschlagen. »Was hast du da nur für mich nähen lassen! Das ist doch kein Kleid. Das ist ein Totenhemd.«

Griet war nahe daran, ihr recht zu geben.

Der weiße Stoff hing formlos an dem Mädchen herunter. Mit den offenen Locken, in die Marlein nach Griets Anweisung bunte Bänder geflochten hatte, sah sie aus wie eine hübsch zurechtgemachte Leiche.

»Probier doch mal das zweite!«, sagte Griet. »Vielleicht sitzt es ja besser.«

»Das werde ich nicht!« Marlein versetzte dem Kleid einen wütenden Fußtritt. »Ich habe keine Ahnung, was genau du mit mir vorhast, aber ich kann dir sagen, weshalb ich hier bin: um Männern Freude zu bereiten – und gewiss nicht, indem ich mich ihnen im Leichenhemd präsentiere.«

Sie riss sich das Gewand vom Leib und stand nackt vor der Hurenwirtin.

Welch atemberaubender Anblick!

Nichts als glatte milchweiße Haut, hie und da von Inseln dunklerer Sommersprossen gesprenkelt, die wie Schmuckbänder wirkten. Das Kindliche und gleichzeitig ungemein Verführerische dieses Körpers traf Griet wie ein Schlag.

Der Patron durfte dieses junge Wesen nicht in den Abgrund zerren! Sie musste alles versuchen, um Marlein zu retten.

»Bedeck dich wieder!«, sagte sie und warf ihr ein altes Kleid zu, das Marlein rasch überzog. »Ich kann verstehen, dass du das weiße Zeug nicht tragen magst. Aber dann kannst du auch nicht bei uns bleiben. So leid es mir tut.«

»Weshalb?« Der Trotz war aus Marleins Zügen verschwunden. Jetzt wirkte sie plötzlich besorgt. »Weil du jetzt böse auf mich bist?«

Was sollte sie ihr darauf antworten?

Dass ihre Herrschaft im Frauenhaus nur vordergründig war, weil jemand anders die Zügel hielt, von dem sie lediglich wusste, wie unberechenbar er sein konnte?

Gestern zum Beispiel hatte der Patron sie rücksichtslos aus dem Schlaf gerissen, durchnässt und außer Atem, als wäre er gerannt. Woher er in diesem Zustand mitten in der Nacht kam, wollte sie lieber nicht wissen, und natürlich hatte er auch keinerlei Anstalten gemacht, es ihr zu verraten.

Wo mochte sein Haus sein?

Und bewohnte er es allein, wie sie mutmaßte?

Er hatte ungeduldig nach Wein verlangt und nach ihrer Gesellschaft, obwohl sie nach dem langen Abend so müde gewesen war, dass ihr die Augen immer wieder zuzufallen drohten. Erst als er Marlein erwähnte, war sie plötzlich hellwach geworden.

»Und unser Engel?«, lautete seine Frage. »Ist sie inzwischen auf einem guten Weg?«

Gestern noch hatte sie beruhigend genickt – doch was würde der Patron sagen, wenn er erführe, was sich soeben zugetragen hatte?

»Du darfst mich nicht rauswerfen.« Jetzt klang Marlein bittend. »Ich will nicht wie diese andere in der Elbe landen – als Leiche, mit einem Strick um den Hals!«

Woher hatte sie das?

Irgendeine der Frauen musste ihr davon erzählt haben. Unter den Hübschlerinnen machte die Nachricht vom Mord an Margaretha Relin offenbar bereits die Runde. Die Angst ging um in Wittenberg und hatte auch das Haus am Elstertor erreicht.

»Ich werfe dich keineswegs hinaus. Ich denke nur, du könntest vielleicht eine andere Arbeit finden«, sagte Griet. »Eine, die ehrbarer ist. Und dich trotzdem ernährt. Willst du es nicht wenigstens versuchen?«

»Und das sagst ausgerechnet du?« Marlein bückte sich nach den weißen Kleidern, hob sie auf und versuchte, sie halbwegs wieder glatt zu streichen. »Und was soll ich deiner Ansicht nach tun – mich als Lumpenmagd verdingen? Böden wischen? Wäsche flicken? Suppe kochen? Du weißt sehr gut, wie mühsam das alles ist und wie wenig es einbringt. Nein, ich bin nur einmal jung – und zwar jetzt. Wenn ich diese Fetzen also unbedingt anziehen soll, dann werde ich es eben tun. Freier bekomme ich auch in ihnen, wirst schon sehen. Und zwar zur Genüge!« Sie drehte ihr das Hinterteil zu, als sei die Angelegenheit damit für sie beendet.

Griet ging zurück in ihr Zimmer.

Unter ihrem Bett hielt sie in einer Kiste den Schlüsselbund versteckt, den sie im Keller gefunden hatte. Etwas zwang sie, ihn unter all den Bändern und Stoffresten herauszuziehen. Natürlich wäre es klug gewesen, ihn auf der Stelle nach unten zu tragen und genau dort wieder abzulegen, wo sie ihn entdeckt hatte.

Aber irgendetwas, was sie nicht benennen konnte, hinderte sie daran.

Und so vergrub sie die Schlüssel wieder unter all dem billigen Tand und schob die Kiste mit einem tiefen Seufzer unter die Bettstatt.

✳

Das Portal der Stadtkirche knarzte, als eine Gestalt in dunklem Umhang es aufstieß und eintrat, den Kopf von einer tief ins Gesicht gezogenen Kapuze verhüllt.

Jetzt kam es auf jeden Augenblick an.

War es zu früh – und die Männer, die während der Nacht die Totenwache gehalten hatten, noch anwesend?

Oder schon zu spät – und die Messe würde gleich beginnen?

Doch noch schwiegen die Glocken, was der Mann für ein gutes Zeichen hielt. Und in St. Marien war keine Menschenseele zu sehen.

Zügig schritt die Gestalt auf den schlichten Buchensarg zu, der zwischen den hölzernen Bänken stand, von vier großen weißen Kerzen flankiert, die in ihren schmiedeeisernen Leuchtern nahezu heruntergebrannt waren.

Der Deckel war geschlossen, womit zu rechnen gewesen war.

Für diesen besonderen Abschied jedoch musste der Sarg geöffnet werden.

Wenn die Arme doch nur ein wenig länger gewesen wären!

Er mühte sich ab, bis er den Sargdeckel einigermaßen zu greifen bekam, und schob ihn zur Seite. Dann jedoch rutschte dieser ihm aus den Händen und fiel scheppernd auf den Boden.

Er ging in Deckung, zur Flucht bereit.

Doch der Lärm, so laut er auch war, hatte niemanden herbeigerufen.

Sie hatten die Tote in ein grobes Hemd gehüllt, was der Mann im dunklen Umhang zutiefst bedauerte. Wozu hatte er sich die ganze Mühe mit dem Totenkleid gemacht?

Margarethas Gesicht war leicht bläulich und etwas aufgedunsen. Leiser Ekel stieg in ihm empor, den er rasch unterdrückte.

Was scherte ihn schon dieser jämmerliche Zustand?

Was hier lag, war nichts als eine leere Hülle. Für ihn würde Margaretha bis in alle Ewigkeit lebendig sein. Zum Glück gab es ja das Andenken, das sie in aller Schönheit zeigte – seinen kostbaren Besitz, den keiner ihm mehr nehmen konnte.

Er zog eine kleine Schere hervor und hielt sie prüfend an den Kopf der Toten.

Wie viel sich gönnen?

Die Begierde wuchs angesichts ihrer üppigen Lockenpracht, doch dann entschloss er sich zur Bescheidenheit, setzte die Schere an und schnitt über dem linken Ohr eine Strähne ab, die er sich zunächst an die Nase hielt, um daran zu schnuppern, bevor er sie in einem kleinen Beutel verstaute.

Ein letzter Blick auf die Tote, den konnte und wollte er sich nicht nehmen lassen.

War das nicht das Geräusch von Schritten aus der Sakristei, die sich näherten?

Folglich blieb keine Zeit mehr, den Sarg wieder wie geplant zu schließen.

Und wenn schon!

Während er auf das Portal zueilte, um rechtzeitig zu verschwinden, drängte sich ein Lachen in seine Kehle. Er hatte ohnehin eine unverwechselbare Handschrift hinterlassen – und war bereit, es bald wieder zu tun.

Trotzdem würde niemand in Wittenberg die Spuren verfolgen können. Dafür hatte die Gestalt im dunklen Umhang gesorgt.

✳

Als Luther die Kanzel bestieg, wurde es so still in St. Marien, dass das Husten des alten Eustach, der seit Ostern Blut spuckte und keine Messe mehr versäumte, besonders laut wirkte.

Das Kirchenschiff war überfüllt.

Die ganze Stadt war gekommen, um den Reformator zu hören. Sogar die schwangere Kurprinzessin war überraschend mit kleinem Gefolge erschienen, um ihr Mitgefühl mit der Toten auszudrücken.

Ganz vorn in der Männerreihe saß der Apotheker, die Wangen eingefallen, die Augen halb geschlossen, hinter ihm Cranach und die Professoren der Leucorea. Jan und die anderen Gesellen hatten mit rückwärtigen Plätzen vorliebnehmen müssen, zusammen mit vielen anderen, die sich neben und vor ihnen auf den harten Bänken drängten.

Luther begann mit freundlichen Worten über Margaretha Relin, beschrieb ihr bescheidenes Leben, ihren Liebreiz, ihre Freundlichkeit.

Dann jedoch wurde seine Stimme schneidend.

»›Siehe, ich lege euch den Weg des Lebens vor und den Weg des Todes‹, so steht es bei Jeremia geschrieben. Und wer dieses junge Leben hinterrücks gemeuchelt hat, der hat den Weg des Todes eingeschlagen.«

Einige Frauen begannen laut zu weinen, während die Männer finstere Gesichter zogen.

»Ein Teufel weilt in unserer Mitte«, fuhr Luther fort. »Und seine Attacke hat nicht nur ein kostbares Leben mutwillig beendet, sondern sie gilt uns allen. Sie vergiftet unser Miteinander, sie zerstört das Vertrauen, das wir dem Nächsten gegenüber hegen. Sie macht uns zu Gegnern, die sich argwöhnisch beäugen. Lasst uns diesen unwürdigen Zustand so schnell wie möglich beenden, Brüder und Schwestern! Denn der Lohn der Sünde ist der Tod, die Gnadengabe Gottes aber ewiges Leben in Christus Jesus, unserem Herrn …«

Susanna rückte enger zu Bini. Muhme Lene hatte angeboten, sich um die Kleinen zu kümmern, damit die beiden mit Katharina an der Totenmesse teilnehmen konnten.

Das erste Mal, dass Susanna Luther ganz in seinem Element erlebte.

Das war nicht länger der geistesabwesende Gelehrte, als den sie ihn bislang im Schwarzen Kloster wahrgenommen hatte. Dieser Mann auf der Kanzel brannte, als bestünde er nicht länger aus Fleisch und Blut, sondern aus flüssigem Feuer. Er hatte dem Papst die Stirn geboten, sich mit dem Kaiser überworfen und den Mut besessen, die Missstände innerhalb der Kirche nicht nur zu benennen, sondern sie mit eisernem Besen wegzufegen. Jetzt hielt er ganz Wittenberg einen

Spiegel vor, und was er die Menschen darin zu sehen lehrte, ließ manchen erblassen.

Katharina hing an seinen Lippen, als sauge sie jedes einzelne Wort in sich auf. Verehrung und Hingabe las Susanna in ihren Zügen, vor allem aber unbändigen Stolz, das Weib dieses Mannes zu sein.

Wie tief die beiden miteinander verbunden waren!

Und war Katharina nicht auch einst Nonne gewesen wie sie selbst?

Wieder spürte Susanna jene Sehnsucht in sich aufsteigen, die sie bislang immer niedergekämpft hatte.

Aber durfte sie solche Gedanken und Gefühle überhaupt haben, wo die Ermordete noch nicht einmal unter der Erde war?

Als die Orgel einsetzte, glitt ihr Blick zu Jan, den sie ganz hinten in der Männerreihe entdeckt hatte. Für einen Moment ruhte sein Blick auf ihr, und sie hätte beinahe gelächelt, ehe sie sich plötzlich besann, wo sie eigentlich war.

Bini drückte ihre Hand.

»Hast du ihn gefunden?«, flüsterte sie. »Er schaut immer zu uns her. Schon die ganze Zeit.«

Das Portal wurde geöffnet, der Sarg hinausgetragen. Eine lange Reihe von Männern und Frauen schloss sich ihm an.

Beim Hinausgehen dachte Susanna, Jan sei bereits fort, und im Nu erschien ihr der Morgen weniger sonnig und klar.

Dann jedoch entdeckte sie ihn.

Er war auf dem Kirchhof ins Gespräch mit zwei vornehmen Frauen vertieft, die so kostbare Gewänder trugen, dass ihr das eigene Kleid auf der Stelle noch schäbiger und ärmlicher vorkam. Die eine war unübersehbar schwanger, ein schönes blutjunges Geschöpf, das sich an die andere lehnte, als habe der kurze Weg ins Freie es bereits über alle Maßen erschöpft.

176

Was Jan wohl mit ihnen zu tun haben mochte?

»Das muss die Kurprinzessin sein«, murmelte Bini neben ihr. »Ich habe gehört, dass sie bald ein Kind bekommt und derzeit mit ihrem Gatten in Wittenberg weilt.«

Und die andere?

Deren Augen schienen Jan geradezu zu verschlingen, so ungeniert waren sie auf ihn gerichtet.

»Eine Hofdame, denke ich«, wisperte Bini, als hätte sie Susannas Gedanken lesen können. »Und jetzt komm endlich! Katharina hat sich schon zweimal nach uns umgesehen. Zur Beerdigung können wir ohnehin nicht bleiben, wir dürfen die Muhme nicht so lange allein lassen. Gehen wir nach Hause! Dort wartet reichlich Arbeit auf uns.«

Dazu freilich mussten sie ausgerechnet an Jan vorbei.

Susanna atmete tief aus, hob den Kopf und schob die Schultern zurück. Jetzt, dachte sie. Nur ein Nicken, ein Zwinkern, ein winziger Gruß, den allein ich verstehe. Zeig mir, dass ich es dir wert bin – und wenn ein halber Hofstaat vor dir herumscharwenzelt!

Doch anstatt ihr diesen Wunsch zu erfüllen, versank Jan in eine tiefe Verbeugung vor der Kurprinzessin.

SIEBEN

Alwin Relin starrte Cranach an, der sich drohend vor ihm aufgebaut hatte, als stände der Leibhaftige ihm gegenüber.

»Das kann nicht Euer Ernst sein«, sagte der Apotheker stockend. »Mein Weib liegt kaum unter der Erde – und Ihr kommt hierher und wagt, mir solche Fragen zu stellen?«

»Ich kann nicht anders«, sagte Cranach.

Dem desolaten Zustand des Hauses war anzumerken, dass eine weibliche Hand fehlte. Aus der Küche stank es angebrannt; auch die Offizin roch muffig und streng. Auf dem Boden lagen reichlich verstreute Krümel und Pflanzenreste, als hielte Relin es nicht länger für nötig, sich um Ordnung und Sauberkeit zu kümmern. Sogar der Rezepturtisch war fleckig und unaufgeräumt. Zwei gebrauchte Mörser standen herum sowie die Waage, in deren linker Schale noch Spuren eines bläulichen Pulvers zu sehen waren. Dazu ein umgekippter Krug, aus dem Relin sich offenbar großzügig bedient hatte, wie sein verwaschenes Sprechen verriet.

Plötzlich meinte Cranach sich zu erinnern, wie bitterlich sich Margaretha vor nicht allzu langer Zeit bei Barbara beklagt hatte, weil ihr Mann zu geizig sei, um eine Magd einzustellen. Er hatte die Mitgift seiner jungen Frau eingesackt und diese bis zur Erschöpfung arbeiten lassen, ohne für die geringste Entlastung zu sorgen. Kein Wunder, dass sie ihm kein Kind geschenkt hatte. Auch Tiere, denen man niemals Ruhe gönnt, werden selten trächtig.

»Ihr könnt nicht anders – was soll das heißen?«, fragte der Apotheker. »Erklärt Euch!«

»Der Rat hat mich zum Ermittler ernannt. Und hättet Ihr Eure Frau zu Lebzeiten besser behandelt, dann stünde ich heute nicht hier. Also noch einmal: Habt Ihr Margaretha geschlagen?«

»Natürlich nicht. Niemals! Was fällt Euch ein?« Relins Miene spiegelte blanke Empörung wider.

»Es gibt Zeugen, die das Gegenteil sagen.« Cranach wurde langsam ungeduldig. Schon seit dem frühen Morgen auf den Beinen, verließ ihn mehr und mehr die Lust, sich Lügen anzuhören. »Die Wahrheit, Relin! Sie allein kann Euch retten.«

Als Cranach die Apotheke erworben hatte, war seine Wahl zunächst auf einen anderen Kandidaten gefallen, der sie führen sollte, einen wesentlich jüngeren Mann aus Halle, gebildet und welterfahren, zu dem Barbara ihm damals geraten hatte. Relins inständiges Flehen, er brauche die Apotheke für sein neues Liebesglück mit Margaretha, hatte Cranach schließlich im letzten Augenblick umgestimmt. Doch Relin war offenbar nicht gerade pfleglich mit dem großzügig überlassenen Haus umgegangen. Das helle Sonnenlicht offenbarte unbarmherzig Spuren von Nachlässigkeit und Verfall, wohin man auch schaute.

Konnte er sich in dem Apotheker so gründlich getäuscht haben?

Lucas Cranach hasste Misserfolge. Und erst recht diejenigen, die sie verursachten.

Sein Blick wurde schärfer.

»Wer behauptet so etwas?«, sagte Relin mit verzerrtem Mund.

»Rechtschaffene Männer. Professoren, an deren Glaubwürdigkeit es nichts zu zweifeln gibt. Sie haben Margarethas Blessuren zu deren Lebzeiten mit eigenen Augen gesehen. Und selbst als ihr Leichnam vor uns aufgebahrt in der Leucorea lag, waren noch deutliche Spuren zu erkennen. Habt Ihr sie so zugerichtet? Und seid später sogar noch weiter gegangen? Weil Ihr im Streit die Beherrschung verloren habt und einfach nicht mehr aufhören konntet, selbst wenn Ihr gewollt hättet? Was hat Euch so weit getrieben? Wut? Eifersucht? Oder war es Rache?«

»Es reicht!« Der Apotheker bäumte sich auf. »Ich verbitte mir dererlei Unterstellungen. Ich habe ihr nichts angetan. Und was diese rechtschaffenen Herren betrifft: Dann waren sie wohl stets dabei, wenn Margaretha sich gestoßen hat oder hingefallen ist? ›Gib acht auf der Treppe!‹, hab ich sie immer wieder beschworen. ›Pass endlich besser auf dich auf!‹ Aber hat das jemals auch nur das Geringste genützt? Tollpatschig war sie und dickköpfig dazu.«

Schwer atmend griff Relin nach einem Becher und leerte ihn schlürfend.

»Ich glaube Euch kein Wort«, sagte Cranach. »Margaretha sah übel aus. Und sie hatte Angst, das haben mir verschiedene Zeugen übereinstimmend bestätigt.«

»Aber doch nicht vor mir!«

»Vor wem sonst?«, bohrte Cranach nach. »Gab es Feinde, die Margaretha hätte fürchten müssen? Und wenn ja – welche? Namen, Relin, Namen!«

Der Apotheker zuckte stumm die Achseln.

»Jetzt gehen Euch die Antworten aus«, sagte Cranach, der

sich immer mehr in seinem schrecklichen Verdacht bestärkt fühlte. Stand er dem Mörder Margarethas gegenüber? Dann würde der für seine schreckliche Tat büßen müssen. »Ich will Euch auch sagen, weshalb: Euer Weib war stets freundlich und liebenswürdig – zu jedem. Ohne sie wäre Euer Geschäft sehr viel schlechter gelaufen. Wen in Wittenberg hätte Margaretha sich schon zum Feind machen sollen? Nein, der Einzige …«

»… mit dem es Streit gab, war jener Maler, der immer hier herumgeschlichen ist«, fiel Relin ihm ins Wort. »Der mit dem frechsten Mundwerk, den Ihr zu uns geschickt habt, um die Pigmente und Salze abzuholen, als hätten das Eure kräftigen Söhne nicht ebenso gut erledigen können. Ich musste ihn schließlich sogar rauswerfen, weil er mir gegenüber unverschämt geworden ist.«

»Ihr sprecht von Jan Seman?«

Relin nickte. »Ganz genau. Ein Ausbund an Hochmut und Dreistigkeit. Und ein Weiberheld der allerübelsten Sorte, das weiß die ganze Stadt. Wie er meine Margaretha angeglotzt hat! Als ob sie ihm gehören würde. Ihr scheint es peinlich gewesen zu sein, denn sie ist rausgelaufen, als ich ihn des Hauses verwies.«

Cranachs Lid begann zu zucken.

»Jan und Margaretha haben die Apotheke gemeinsam verlassen?«, fragte er.

»Seid Ihr taub? Nichts anderes habe ich doch gerade gesagt.«

»Und danach wollt Ihr Euer Weib nicht mehr gesehen haben?«

»Nein«, sagte Relin stöhnend. »Erst als Wasserleiche. War es das jetzt? Ich bin nämlich am Ende. Lasst mich endlich in Frieden!«

»Das kann ich Euch so nicht versprechen. Eure Angaben müssen zuerst sorgfältig überprüft werden.«

»Aber Ihr werdet so einem dahergelaufenen Hundsfott doch nicht mehr Glauben schenken als mir!«, schrie Relin aufgebracht. »Ich bin ein ehrbarer Bürger Wittenbergs – und er ist nichts als ein räudiger Pinselklecksers von irgendwoher.«

Cranachs Gesicht verschloss sich jäh.

»Das sollte natürlich nicht gegen Euch gehen. Oder gegen Eure Zunft.« Relin bemerkte den Fehler, den er begangen hatte, und griff an sein Herz, als habe er Angst, es könnte zerspringen. »Jeder in der Stadt weiß, welch großer und bedeutender Maler Ihr seid. Und wir alle sind überglücklich, einen Künstler wie Euch in unserer Mitte zu …«

»Bemüht Euch nicht!«, unterbrach ihn Cranach. »Mit Schmeicheleien kommt man bei mir nicht weit, das solltet Ihr eigentlich wissen. Alles, was ich will, ist die Wahrheit und den Mörder entlarven, und ich komme wieder, bis ich beides gefunden habe, das garantiere ich Euch!«

Relin sank aschgrau auf einen Schemel.

»So gönnt mir wenigstens ein paar Stunden Ruhe«, murmelte er. »Ich will um mein totes Weib trauern.«

✤

Hatte Katharina sie abgepasst?

Jedenfalls schlich die Lutherin so lange in der Küche herum, bis Bini mit den beiden Kindern im Garten war.

Halb im Gehen, hatte sie Susanna noch einen jener seltsamen Blicke zugeworfen, zu denen es in letzter Zeit immer häufiger kam. Bini schien vor Unruhe innerlich zu vibrieren, als ob etwas sie riefe, doch auf alle Nachfragen Susannas hin leugnete sie diesen Zustand hartnäckig.

»Was du dir immer einbildest! Ich genieße es nur, manchmal allein zu sein. Dann spricht die Elbe mit mir. Und ich höre den Stimmen der Vögel zu.«

»Du – ausgerechnet am Fluss? Früher hätte man dich nicht einmal in die Nähe eines fließenden Wassers bekommen, so groß war deine Furcht. Sogar vor dem Gang zum Brunnen hast du dich im Kloster nach Möglichkeit gedrückt ...«

»Haben wir uns nicht beide seit Sonnefeld verändert?«, hatte Binis Antwort gelautet.

»Ich habe mich mit meinem Mann besprochen«, drang nun Katharinas Stimme in Susannas Gedanken. »Ihr beide könnt bei uns im Schwarzen Kloster bleiben, wenn ihr wollt. Mit der Arbeit geht es gut voran, und die Kinder mögen euch. Ich bin sogar in der Lage, euch ein paar Kreuzer zu geben, denn meine Studenten haben endlich für Kost und Logis bezahlt. Allerdings ...«

Susanna wurde hellhörig.

Was mochte als Nächstes kommen?

»... verlangen wir, dass ihr uns keine Schande bereitet. Mägde, die tändeln oder gar herumhuren, passen nicht ins Luther-Haus.«

Scheinbar unbeteiligt rupfte Susanna weiterhin das Huhn, das heute in den Suppentopf sollte. Vier andere lagen bereits mit nackter Haut in dem Kübel vor ihr. In Sonnefeld war das stets die Arbeit der Küchenschwestern gewesen, doch inzwischen hatte sie das leise Grauen überwunden, das die ersten Versuche begleitete.

»Ich wüsste nicht, womit wir eine solche Mahnung verdient hätten«, sagte sie schließlich. »Das gilt sowohl für Binea als auch für mich.«

Katharina berührte leicht Susannas Schulter, dann zog sie die Hand wieder zurück.

»Nicht, dass du mich missverstehst«, sagte sie. »Niemand verlangt, dass ihr bis zum letzten Atemzug jungfräulich und keusch bleiben sollt. Aber gerade für ehemalige Nonnen ist es wichtig, auch außerhalb des Klosters ein ordentliches, geregeltes Leben zu führen, sonst entsteht schnell böses Gerede. Das Beste wäre, ihr würdet bald heiraten.«

Sie trat zum Herd und gab Schweineschmalz in eine Pfanne.

»Falls also ein rechtschaffener Mann um Binea oder dich anhält, wären Martin und ich die Letzten, die diesem Glück im Weg stehen würden.«

»Was wollt Ihr mir wirklich sagen?«, fragte Susanna, inzwischen ganz auf der Hut.

Gut, dass sie bislang den Mund gehalten hatte!

Niemals durfte sie Katharina von Bora anvertrauen, was damals in Leipzig geschehen war, ohne Gefahr zu laufen, von ihr abgestempelt und als liederlich verurteilt zu werden. Und auch Luther gegenüber musste sie weiterhin schweigen, das beschloss sie in diesem Augenblick. Sie würde alles wie bislang allein mit sich selbst ausmachen.

Katharina legte die klein geschnittene Geflügelleber in das zischende Schmalz.

»Ich hab deinen Blick auf dem Kirchhof gesehen«, sagte sie. »Als Jan mit der Kurprinzessin und ihrer Hofdame gesprochen hat. Schlag ihn dir aus dem Kopf! Er ist nicht der Mann, der dich glücklich machen wird.«

»Das höre ich nun bereits zum zweiten Mal. Woher glaubt Ihr eigentlich zu wissen, was in meinem Kopf vor sich geht?« Susanna erschrak über ihre direkten Worte, aber nun waren sie schon heraus.

»Weil ich unerwiderte Liebe kenne«, sagte Katharina, »und weiß, wie sie brennen und wüten kann.«

Dann war es also wahr, was die Muhme neulich angedeutet

hatte? Dass es vor Luther einen anderen gegeben hatte, der Katharina zurückgewiesen und unglücklich gemacht hat?

Die Leberstückchen in der großen Pfanne wurden langsam goldbraun.

»Ich hab nicht vor, mich ihm an den Hals zu werfen«, sagte Susanna. »Und auch keinem anderen Mann. Dafür gibt es triftige Gründe.« Mehr würde sie nicht dazu sagen. »Soll ich die Suppe ansetzen?«

Katharina nickte zunächst zerstreut, dann aber schüttelte sie den Kopf.

»Die Muhme wird es sich nicht nehmen lassen«, sagte sie. »Obwohl ihre Rückenschmerzen sie so übel plagen wie seit Monaten nicht mehr. Lauf du zu Barbara Cranach und bitte sie um ihr Beinwellöl. Sie soll dir alles mitgeben, was sie davon angesetzt hat. Danach gehst du zum Lebzelter gleich hinter dem Marktplatz und kaufst ein halbes Dutzend von den mittleren Kerzen.« Aus ihrer Rocktasche zog sie ein paar Münzen und gab sie Susanna. »Lenes alte Augen tränen bei Bienenwachs weniger als bei unseren Talglichtern. Ich will versuchen, ihr die letzte Zeit so angenehm wie möglich zu machen. Das hat sie verdient.«

Plötzlich schien sie zu zögern.

»Ich weiß, du gehst nicht gern allein. Doch jetzt ist helllichter Tag und …«

»Ich kann mich gleich auf den Weg machen«, sagte Susanna rasch. »Dann bin ich zum Servieren wieder zurück.«

»Du wirst Barbara vermutlich im Haus antreffen«, setzte Katharina hinterher. »Sollte sie jedoch in der Werkstatt sein, so rate ich dir dringend …«

»Macht Euch keine Sorgen um mich!«, sagte Susanna. »Ich frage die Cranachin nach dem Öl. Mehr wird gewiss nicht geschehen.«

Äußerlich ruhig, innerlich jedoch trotz aller neuen Vorsätze angespannt, ging sie los. Es tat gut, den großen Korb umklammert zu halten, der ihr einen gewissen Halt schenkte. Vor der Leucorea stand heute nur ein kleines Häuflein Studenten herum, die sich aber bei Susannas Anblick Pfiffe und Anzüglichkeiten sparten, vermutlich weil gerade Melanchthon mit zwei anderen Professoren eintraf, die sie ehrerbietig begrüßten.

Susanna musste blinzeln, weil die grelle Sonne sie blendete. Die Luft roch nach Sommer, der Himmel war blau. Heute sehnte sie sich zum ersten Mal nicht mehr nach dem schützenden Habit, das den ganzen Körper verhüllte, sondern genoss die Bewegungsfreiheit des weiten Rocks, der um ihre Beine schwang.

Inzwischen waren ihre Schritte größer geworden.

Ich schaffe es, dachte sie. Ich kann meine Angst besiegen. Seine Macht über mich schwindet.

Irgendwann werde ich ganz frei sein.

✤

Wie unterschiedlich die beiden Cranach-Söhne doch waren!

Während Hans Barbaras lange, schmale Gestalt hatte, war der jüngere Luc so kantig und untersetzt wie der Alte. Dafür besaß er die Geduld und helle Liebenswürdigkeit seiner Mutter, im Gegensatz zu Hans, der ein Sturkopf wie der Vater war und sofort aufbrauste, wenn er seinen Willen nicht durchsetzen konnte.

Weil die gegensätzlichen Brüder unglücklich gewesen waren, stets nur Zuarbeiten in der Werkstatt leisten zu dürfen, hatte Jan sie zum Zeichnen hingeführt, das beide mittlerweile mit Feuereifer betrieben. Leblose Gegenstände wie Pinsel, einen Schemel oder verschrumpelte Äpfel meisterten sie schon ganz gut, wobei der Strich des Jüngeren sicherer und klarer war, was Hans gar nicht gefallen wollte.

Er stieß sein Blatt ungeduldig zur Seite.

»Hab dieses tote Kroppzeug gründlich satt«, maulte er. »Kann ich nicht endlich ein anständiges Motiv bekommen?«

»Versuch es mit Ambrosius«, sagte Jan, ohne von seiner Arbeit aufzuschauen. »Der hat den besten Kopf weit und breit. Daran kannst du dir erst einmal die Zähne ausbeißen.«

»Und wie fange ich das an?«, erkundigte sich der praktisch veranlagte Luc, der mitmachen wollte.

»Schau dir seinen Kopf zuerst ganz genau an! Was ist am charakteristischsten? Damit beginnst du als Einzelstudie!«

»Die Nase, die Nase«, rief Hans. »Ambrosius' Riesenzinken – den nehm ich mir auf der Stelle vor.«

Ambrosius, ungefragt zum Modell erkoren, schüttelte erst den Kopf, zeigte dann aber doch bereitwillig seine Nase im Profil, damit die Jungen ein passendes Motiv bekamen.

Jan gab sich Mühe, dem steinernen Löwenkopf mehr Tiefe zu verleihen, den der Alte auf die linke Seite des Bildes platziert hatte, an dem er gerade malte. »Der Mund der Wahrheit«, so lautete der Titel des Gemäldes, und die junge Ehebrecherin in der Bildmitte streckte mit ängstlicher Miene ihre ringgeschmückte Hand in das Maul der Bestie. Hatte sie gelogen, so musste sie befürchten, die Hand zu verlieren. Deshalb hatte sie auch zu einer List gegriffen: Ihr Liebhaber begleitete sie im Narrenkostüm und umarmte sie schalkhaft von hinten genau in diesem entscheidenden Moment. So konnte sie ungestraft schwören, kein Mann außer ihrem eigenen und jenem Narren habe sie jemals berührt.

Trug sie nicht plötzlich Dilgins verführerische Züge?

Was würde die Hofdame tun, wenn ihr adeliger Verlobter unvermutet im Schloss auftauchte und auf Rechenschaft drang?

Der pikanten Szene im Frauenzimmer der Kurprinzessin war eine zweite gefolgt, wobei Dilgin jedoch darauf geachtet hatte, es nicht zu weit zu treiben, aber doch immerhin weit genug, um Jan halb um den Verstand zu bringen. Sie neckte und reizte, forderte ihn heraus, um ihn im nächsten Augenblick wieder zurückzustoßen. Der junge Maler, der sich als profunder Kenner des uralten Spiels zwischen Frau und Mann gewähnt hatte, schien an seine Meisterin geraten zu sein.

Jetzt kam es ihm auf einmal so vor, als sähe die Ehebrecherin ihn so aufgelöst an wie jüngst Susanna auf dem Kirchhof. Jans Herz schlug stets schneller, sobald er ihr begegnete, und doch kam es zwischen ihnen binnen Kurzem immer wieder zum Zwist.

Die ehemalige Nonne hatte etwas an sich, das ihn zutiefst berührte: spröde Verletzlichkeit, gepaart mit Mut und Widerspruchsgeist. Außerdem war sie sich der eigenen Schönheit nicht bewusst, was sie in seinen Augen nur noch anziehender machte, weil ihr jeder Anflug affektierter Eitelkeit fehlte, die ihn bei Frauen rasch abstieß. Alles an Susanna war wahrhaftig und echt – auch jene tiefe Wunde, die sie offenbar mit sich herumtrug und niemandem offenbaren wollte.

Jans Pinselführung war auf einmal nicht mehr ganz sicher.

Er legte sein Werkzeug zur Seite, um nicht durch eine heftige Gefühlswallung zu verderben, was er in stundenlanger Arbeit geschaffen hatte, und ging hinüber zu den Lehrlingen.

Lucs Interpretation von Ambrosius' Nase war beeindruckend. Er hatte die Proportionen vergrößert, sich aber sonst genau an die Vorlage gehalten, während der Versuch von Hans eher unsicher ausgefallen war.

»Ich hab gezeichnet, was ich gesehen habe«, verteidigte er sein wenig spektakuläres Blatt. »Während der da drüben wie immer maßlos übertrieben hat.«

»Für den Anfang ist es doch gar nicht schlecht«, sagte Jan. »Und das gilt für euch beide. Soll ich euch zeigen, wie ihr es noch besser machen könnt?«

Die Kreide in seiner Hand schien die Linien bereits zu kennen. Ein paar Striche – und nicht nur die Nase, sondern das ganze Profil des Gesellen war auf das Papier gebannt.

»Man muss also im Fluss der Bewegung bleiben«, sagte Luc. »Das habe ich gerade gelernt.«

»Aber wie stellt man das an?«, fragte Hans stöhnend. »Meine Hand kriegt dabei ja einen Krampf …«

»Was soll das hier werden – Schulunterricht?« Cranachs Bass unterbrach das Lamento seines Ältesten. »Ich dachte, ihr haltet euch an das, was ich euch an Arbeiten vorgebe, während ich meinen Ämtern nachgehe.«

Das war direkt an Jan gerichtet.

»Was sonst?«, entgegnete dieser ruhig. »Aber dazu gehört doch wohl auch die Ausbildung Eurer Söhne, die eines Tages die Werkstatt weiterführen sollen.«

Cranach funkelte ihn aufgebracht an. An die Widerreden seines Stellvertreters hatte er sich noch immer nicht gewöhnt.

»Ich muss dich sprechen«, sagte er. »Komm mit nach drüben!«

Natürlich folgten ihnen wieder die neugierigen Blicke von Simon und Ambrosius, bis die Tür zum Nebenraum sich hinter ihnen geschlossen hatte. Der alte Tratsch würde also erneut beginnen, da war Jan sich ziemlich sicher, und er seufzte innerlich über die Mühe, die es kosten würde, bis die beiden sich wieder beruhigt hätten.

»Der Rat hat mich mit der Suche nach Margarethas Mörder beauftragt«, begann der Meister ohne Umschweife. »Wenn du etwas dazu beizutragen hast, dann rede jetzt!«

Was meinte er?

Jan spürte auf einmal einen harten Kloß im Hals. »Ich habe Euch alles dazu gesagt, was ich weiß«, sagte er.

»Sicher?«, hakte Cranach nach. »Denk lieber noch einmal gründlich nach!«

Jan blieb stumm.

Er würde die Tote nicht verraten – und wenn der Alte ihm einen Strick um den Hals legte. Was Margaretha von ihm gefordert hatte, ging nur sie beide etwas an.

»Dann will ich deinem Gedächtnis ein wenig auf die Sprünge helfen«, sagte Cranach. »Wann hast du Margaretha Relin zum letzten Mal gesehen?«

»Als ich die neue Lieferung für Euch holen sollte.« Die Antwort kam prompt. »Ich hatte die Apotheke gerade betreten, da ist sie wie von Dämonen gejagt hinausgestürmt.«

»Ihr seid nicht gemeinsam gegangen?«

»Nein«, sagte Jan. »Wer behauptet das – Relin?« Seine Stimme wurde lauter. »Hat er Euch auch erzählt, in welch erbärmlichem Zustand sie war? Ängstlich, voller Scham und Misstrauen. Wie ein geprügelter Hund, der sich vorsorglich vor den nächsten Schlägen duckt. Wer so mit seinem Weib umgeht, der verdient Strafe.«

»Und hast du sie danach noch mal gesehen?«, fragte Cranach mit unbewegter Miene.

»Nur noch als Tote. Aber Ihr wart ja selbst dabei, als die Leiche am Elbufer geborgen wurde.«

»Das ist die Wahrheit? Schau mir in die Augen, Seman, während du antwortest!«

»Das ist die Wahrheit«, erwiderte Jan. »Ich kann auf die Heilige Schrift schwören, falls Euch das ruhiger macht.«

»Ich könnte es nicht ertragen, sollte ich mich derart in dir getäuscht haben«, sagte der Meister nach einer unheilvollen Pause. »Schließlich habe ich dir als meinem Stellvertreter große Verantwortung für die Werkstatt übertragen. Sollte sich nun herausstellen, dass du ein …«

»Ich liebe Frauen«, sagte Jan. »Ich töte sie nicht.«

Stille breitete sich aus.

»Ich setze meine Suche nach dem feigen Mörder fort«, sagte Cranach schließlich. »So lange, bis ich fündig geworden bin, und wenn ich jeden Mann in Wittenberg einzeln verhören muss.«

»Wie soll es inzwischen mit dem Porträt der Kurprinzessin weitergehen?«, fragte Jan. »Im Schloss fragen sie nach Euch. Vor allem der Kurprinz will wissen, wann er Euch endlich wieder zu sehen bekommt.«

»Ich werde ihm einen Boten schicken«, sagte Cranach, »und meine Lage erklären. Bis ich Ergebnisse über den Tod von Margaretha Relin habe, müssen sie dort mit dir vorliebnehmen. Hast du schon genügend Skizzen beisammen?«

»Skizzen und ausführliche Zeichnungen«, bekräftigte Jan. »Doch der Kurprinz ändert immer wieder seine Meinung, das macht es nicht gerade einfacher. Im Grunde seines Herzens wünscht er sich ein Duplikat des Brautbildes. Aber Sibylle von Sachsen ist nicht mehr das unschuldige Mädchen, das Ihr damals porträtiert habt, sondern inzwischen zur Frau herangereift, die bald sein Kind zur Welt bringen wird. Das übersieht er dabei.«

»Was soll's? Wenn Seine Hoheit unbedingt ein zweites Brautbild wünschen, dann werden Seine Hoheit auch ein zweites Brautbild erhalten – selbst wenn die Kurprinzessin Drillinge unter dem Herzen trägt«, sagte Cranach. »So ist nun mal unser Geschäft. Sie bestellen und bezahlen. Wir führen aus.« Er zögerte. »Und jene andere dringliche Angelegenheit …«

Jan zuckte die Schultern.

»Du hast sie noch nicht gefragt?«

Ich weiß, wie ihr Mund schmeckt, dachte Jan, und habe ihre kleinen Brüste in meiner Hand gespürt. In meinen Träumen ist Dilgin nackt und schamlos, treibt mich zur Raserei, bis ich morgens enttäuscht und allein in meinem zerwühlten Bett erwache.

»Ich warte noch immer auf die richtige Gelegenheit«, antwortete Jan vorsichtig. »Im Wittenberger Schloss haben die Wände Ohren. Das hat sie selbst zu mir gesagt.«

»Warte bloß nicht mehr zu lange! Du weißt, die Zeit läuft uns davon«, sagte Cranach. »Wenn wir nicht bald vorankommen, könnte ich mich gezwungen sehen, den Auftrag zurückzugeben.«

»Wäre das nicht ohnehin die beste aller Lösungen?«, entfuhr es Jan. Was nützte ihm schon ein Anteil, der mit Margarethas Blut bezahlt war? Seitdem man ihre Leiche an der Elbe gefunden hatte, war ihm jede Freude an dem Bild vergangen. »Gebt das Geld zurück, und lasst uns die ganze Sache vergessen!«

Der Meister schüttelte den kantigen Kopf.

»Dazu ist es in all meinen Jahren als Maler noch nie gekommen«, sagte er. »Und das wird es auch jetzt nicht. Ein Lucas Cranach gibt nicht auf. Niemals!«

✤

Bini sah ihn am Ufer sitzen, das Gesicht auf den Fluss gerichtet. Der Wind spielte in seinen hellbraunen Haaren, die leicht gewellt bis über die Ohren fielen, und in ihr erwachte die Sehnsucht, die Hände in ihnen zu vergraben.

Wie es sich anfühlen würde, an seiner Schulter zu lehnen?

Wie seine Lippen schmeckten?

Plötzlich dachte sie an die kalte Seite seines Gesichts und fiel vom fröhlichen Laufen zurück ins maßvollere Gehen.

Jolanta kam ihr entgegen und ließ zu, dass Bini sie strei-chelte. Sie gab ihr die beiden Äpfel zu fressen, die sie aus dem Luther-Haus mitgenommen hatte.

»Du hast uns beide gezähmt, kleine Eule«, sagte er, als sie bei ihm angekommen war. »Wie schön, dich zu sehen! Niemals habe ich dich mehr vermisst als heute.«

Sie ließ sich neben ihm auf die Böschung gleiten.

»Ich muss bald wieder zurück«, sagte sie. »Ich hab mich nur für ein paar Augenblicke davonstehlen können, aber irgendetwas hat mir gesagt, dass du da sein würdest.«

»Beinahe hätte ich nicht kommen können.« Seine Stimme hatte auf einmal einen seltsamen Unterton. »Schreckliche Dinge sind in Wittenberg geschehen. Du hast davon gehört?«

»Du meinst die tote Frau?«, fragte Bini. »Alle reden davon, und wir waren auch bei ihrer Totenmesse. Aber was hat das mit dir zu tun?«

Er gab einen Laut von sich, der bis in ihr Innerstes drang, rostig, gebrochen.

»Ich wünschte – nichts«, sagte er nach einer Weile. »Ja, das wünschte ich mir in der Tat wie kaum etwas anderes.«

»Wie du das sagst, macht mir Angst, Rabe.« Entschlossen wandte sie sich ihm zu, um beides zugleich zu sehen: die helle und die dunkle Seite seines Gesichts, die untrennbar zu ihm gehörten.

»Das kann ich gut verstehen.« Es schien ihm schwerzufallen, ihrem forschenden Blick standzuhalten. »Mir selbst wird ganz bang zumute, wenn ich an Margaretha Relin denke.«

»Du hast sie gekannt?«, fragte Bini.

Er legte den Kopf ein wenig zur Seite.

»Gut?«

»Sie hätte nicht sterben dürfen. Schon gar nicht auf diese Weise.«

Bini rutschte ein Stück von ihm weg. Er folgte ihr prompt, als könnte er nicht einmal diese kleine Entfernung ertragen.

»Es hat doch etwas mit dir zu tun«, sagte sie. »Wenn das so ist, dann sehen wir uns heute zum letzten Mal. Das musst du wissen.«

»Das kannst du mir nicht antun!« Er schlang seine Arme um sie und zog sie eng an sich. Sie spürte seine Wärme, hörte das laute Schlagen seines Herzens, roch frischen Schweiß, das Pferd, den Mann. Als seine Lippen ihren Hals berührten, wurde ihr so schwindelig, dass alles um sie sich zu drehen begann.

»Hör auf!«, flüsterte Bini. »Hör sofort damit auf!«

Doch der Mann, den sie Rabe nannte, schien nicht daran zu denken.

Etwas Heißes stieg in ihr empor, erschreckend und wunderbar zugleich, etwas, das sie zu ihm drängte, obwohl sie im gleichen Moment Angst bekam, sich in seinen Armen zu verlieren.

Dann ließ er abrupt von ihr ab.

Wie kalt ihr auf einmal wurde, wie einsam sie sich fühlte!

»Das dürfen wir nicht«, hörte sie ihn murmeln. »Ich bin deiner nicht würdig, kleine Eule. Nicht nach allem, was geschehen ist. Du hast einen anderen Mann verdient, keinen wie mich, der das Sonnenlicht scheut und dich nur an verborgenen Orten trifft. Keinen, der alles verloren hat und ein gefährliches Spiel treiben muss, um sein bisschen Leben zu retten. Nein, du brauchst jemanden, der mit dir mitten über den Marktplatz reitet und der ganzen Welt zeigt, welch strahlende Braut er nach Hause führt. Vergiss mich am besten ganz schnell!«

»Als ob ich das noch könnte«, sagte Bini, »und das weißt du ganz genau. Früher war ich eine Braut Christi. Jetzt bin ich die Braut des Raben.«

Er lächelte, sah auf einmal jung und glücklich aus. Sogar die harte Maskenseite wirkte weniger abschreckend.

»Du hast nicht die geringste Ahnung, auf wen du dich da einlässt«, sagte er. »Ich bin ein Rabe mit gebrochenen Flügeln und einem Herzen, so schwarz und schwer wie das Metall auf meinem Gesicht, so viele Lügen sind darin begraben.«

»Flügel kann man schienen«, erwiderte sie ernst. »Und das Fliegen wieder erlernen, sobald sie geheilt sind. Allerdings braucht es dazu viel Geduld. Was das schwarze Herz betrifft …«

»Ja?« Er hing an ihren Lippen.

»… so wird es heller und leichter, sobald du die Lügen hinausfegst und stattdessen die Wahrheit hineinlässt. Das habe ich im Kloster gelernt.« Sie streckte die Hand aus, strich ihm mutig eine Strähne hinter das Ohr, und es war plötzlich so selbstverständlich, als habe sie es schon viele Male zuvor getan. »Also noch einmal, mein Rabe, der schon bald von Kopf bis Fuß wie poliertes Silber glänzen wird: Was hast du mit dem Tod von Margaretha Relin zu tun?«

✤

Der Duft von Wachs und die Wärme des Schmelzofens durchdrangen den kleinen Raum und überlagerten den Geruch nach Honig und Zimt, den die ausgestellten Lebkuchen verströmten.

Susanna spürte, wie hungrig sie war.

Das Mus, das sie nach dem täglichen Morgengebet schnell ausgelöffelt hatte, war längst verdaut, und im Haus der Cranachin hatte es verführerisch nach Gesottenem geduftet, das bei Katharinas sparsamer Haushaltsführung nur äußerst selten auf den Tisch kam.

Keine Spur von Jan, auch nicht in der Werkstatt, an deren halb offener Tür sie wider besseres Wissen doch noch vorbeigegangen war. Einen der anderen Maler nach ihm zu fragen, hatte sie nicht gewagt – und was hätte sie auch schon sagen sollen?

Dass es schmerzte, wenn Jan ungeniert anderen Frauen schöntat, sie aber kaum ertragen konnte, ihm nah zu sein?

Vermutlich hätten die Gesellen sie für überspannt gehalten oder, noch schlimmer, für eine weitere seiner unzähligen liebestollen Verehrerinnen, die ihn verfolgten.

»Was willst du?« Eine Frau mit grämlicher Miene starrte sie an.

»Wachskerzen«, sagte Susanna. »Ein halbes Dutzend. Von den mittleren dort drüben.« Sie deutete auf ein Bündel.

»Das geht nicht.«

»Und weshalb?«

»Die gehen alle an das Schloss.« Die Frau schnalzte mit der Zunge, aber es klang nicht gerade bedauernd. »Eine große Lieferung, die nur noch abgeholt werden muss. Du kannst übermorgen wiederkommen. Dann habe ich wieder Nachschub.«

»Ich brauche die Kerzen aber gleich. Die Lutherin schickt mich«, setzte Susanna hinzu, in der Hoffnung, damit mehr zu erreichen.

Ein Name, der die andere noch verbitterter dreinschauen ließ als zuvor.

»Komm mir bloß nicht mit dem Reformator! Bevor er sein gottloses Wüten gegen die Heiligen und die Reliquien begonnen hat, waren unsere Kirchen voll von Kerzen – und wir haben gut gelebt. Jetzt gibt es ständig Ärger mit der Bäckerzunft, weil sie neidisch auf uns Lebzelter sind. Nein, übermorgen. Das ist mein letztes Wort.«

»Dann muss ich leider passen. Es sei denn ...«

Die Ladentür ging auf, ein Mädchen wirbelte herein, die roten Locken von einem breiten Band aus der Stirn gehalten. Ihr Kleid war lumpig und zerschlissen, doch sie trug es mit der Würde einer Prinzessin. An der Schulter baumelte ein verwaschenes gelbes Band.

»Ich brauch was Süßes«, rief sie mit einer hellen, fordernden Stimme. »Und billig muss es auch sein, denn ich hab nur einen einzigen Kreuzer.«

Unwillkürlich trat Susanna einen Schritt zur Seite.

Das war doch die, die Jan mitten auf dem Markt so dreist geküsst hatte!

Jetzt, aus der Nähe, sah sie erst, wie jung die Kleine war – und wie makellos. Die Haut wie Schlagsahne, die Wangen seidig, die Brüste unter dem abgewetzten Mieder kleine, feste Äpfelchen.

War das etwa sein heimliches Liebchen?

Gegen dieses verführerische Geschöpf musste jede andere Frau grau und alt wirken.

Das Mädchen richtete die rehbraunen Augen herausfordernd auf Susanna.

»Was glotzt du mich so an?«, sagte sie. »Hast noch nie eine schöne Hur gesehen?« Ihr Lachen klang keck. »Dann solltest deinen Liebsten vielleicht recht bald einmal zum Haus am Elstertor begleiten. Dort könnten wir dann zusammen viel Spaß haben.«

Sprach sie von Jan?

Aber das würde ja bedeuten, dass sie von den zwiespältigen Gefühlen wusste, die in Susanna kämpften.

»Ich möchte jetzt meine Kerzen«, sagte Susanna steif. »Und wenn die mittleren aus sind, dann nehme ich eben ein Dutzend von den kleinen.«

»Moment – zuerst meinen Lebkuchen!«, beharrte das Mädchen. »Meine Aufpasserin da draußen scharrt bestimmt schon vor Ungeduld mit den Füßen. Wir müssen schnell wieder zurück zur Arbeit, sonst wird der Patron sauer, hat Griet gesagt. Gesehen hab ich ihn zwar noch kein einziges Mal, bloß gerochen.« Sie zog die Nase kraus. »Und das stinkt, als ob Beelzebub höchstpersönlich einen Furz gelassen hätte – wie Schwefel und Rattenpisse.« Ein hohes, keckerndes Lachen.

Alles in Susanna zog sich zusammen.

Wenn sie selbst beschreiben müsste, wie ihr Peiniger gerochen hatte, sie hätte keinen treffenderen Vergleich wählen können.

»Du bist vom – Frauenhaus?«, kam es ihr nicht gerade leicht über die Lippen.

»Hab ich doch gesagt! Siehst du das denn nicht?« Sie zupfte an dem gelben Stoff. »Das ist das Hurenband, das wir alle tragen müssen. Aber ich mach mir nichts daraus. Ich weiß, was ich kann. Und wie die Männer vor mir kriechen.« Genüsslich biss sie ein großes Stück Lebkuchen ab und begann zu schmatzen. »Ich bin die Marlein. Und du?«

»Susanna.«

»Also, Susanna, dann halt deinen Liebsten mal ganz gut fest!« Sie war schon fast wieder draußen. »Denn wenn er erst einmal Marleins süße Früchte gekostet hat, ist er vielleicht für immer verloren.«

Die Türe hinter sich zu schließen, kam ihr nicht in den Sinn.

Susanna beobachtete, wie Marlein vor dem Laden zu einer schwarzhaarigen Frau trat, die gestenreich und offenkundig aufgebracht auf sie einredete, bevor die beiden um die nächste Ecke verschwunden waren.

Die Lebzelterin starrte ihnen grimmig hinterher.

»Heilige dürfen wir nicht mehr haben und auch keine

schönen Reliquien mehr, zu denen die Menschen andächtig gebetet haben. Dafür gibt es inzwischen schon zwei dieser Sündenstätten in unserer guten Stadt. Und die Huren, die dort zugange sind, werden immer dreister. Früher hätten sie sich nicht am helllichten Tag mit frechen Reden in unsere Läden getraut – aber was sollen wir machen? Wir müssen schließlich überleben!«

Ja, überleben, dachte Susanna, als sie sich mit den Kerzen im Korb auf den Rückweg machte. Leben will ich!

Ihre Gedanken überschlugen sich, so aufgeregt war sie auf einmal.

Es gab also einen unsichtbaren Patron, der wie ihr Peiniger roch. Das war mehr als alles, was sie bislang gewusst hatte.

Marlein hatte ihr einen Weg aufgezeigt, den sie weiter beschreiten würde. Aber wie in aller Welt sollte eine ehemalige Nonne es anstellen, unbemerkt in ein Hurenhaus zu gelangen?

✤

Pistor blieb ruhig, als Melanchthon zu reden begann, und alle anderen im kleinen Saal lehnten sich auf ihren Stühlen zurück, denn sie wussten, dass es dauern konnte, bis er zum Eigentlichen kam.

»Ich bin mir der Ehre dieses Angebots durchaus bewusst«, sagte Pistor, als Melanchthon endlich geendet hatte. »Und danke für das Vertrauen, dass die Herrn Collega mir entgegenbringen. Doch eigentlich liegt mein Schwerpunkt ganz und gar auf der Wissenschaft, geschätzte Herren. Ich bin ein Sammler und Forscher. Besitz bedeutet mir nichts – bis auf ganz wenige Ausnahmen. Und was einem nichts bedeutet, das kann man auch nicht gut verwalten. Da gibt es andere, die dazu eindeutig mehr Talent zeigen.«

»Das lässt sich alles erlernen«, rief Hunzinger. »Wir würden Euch ja beistehen!«

»Da spricht ganz der Mathematiker.« Pistor lächelte leicht, was selten bei ihm vorkam, denn meist war sein Gesicht ernst. »Doch Menschen sind nun mal keine Zahlenreihen, die man nach Belieben addieren oder subtrahieren kann. Niemand kann seine Natur abstreifen. Wir bleiben, was wir sind.«

»Welch interessanter Aspekt!«, sagte Moralphilosoph Block. »Dann würdet Ihr folglich der Vernunft oder Einsicht einen minderen Rang zuweisen wollen?« Er strich über seinen beachtlichen Bauch, den er hegte und nährte, als wollte er seinem zutiefst verehrten Vorbild Thomas von Aquin auch in dieser Hinsicht nacheifern. »Ich hätte freilich gedacht, dass einer wie Ihr, der seinen Aristoteles auswendig weiß …«

»Wir brauchen einen Rektor«, fiel Luther ihm ins Wort. »Ein fähiger Kopf, der der Leucorea vorsteht und sie in diesen schwierigen Zeiten durch unruhiges Gewässer lenkt. Allein darauf kommt es jetzt an. Ja, die Studentenzahlen steigen, und das ist durchaus erfreulich – auch und gerade für die Stadt Wittenberg. Doch es führt auch zu neuen, bislang nicht bekannten Problemen.«

»Ihr sprecht von der Toten?«, fragte Pistor.

»Ganz genau. Und dass Ihr dies sofort erschließt, zeigt mir, wie prächtig Ihr für das Amt des Rektors geeignet wäret. Mein Freund Cranach hat als Ermittler des Rates mit seinen Befragungen bereits begonnen. Doch bis wir den Täter dingfest gemacht haben, liegt Angst wie klebriger Mehltau über Wittenberg.«

»Viele denken, es sei einer unserer Studenten gewesen«, sagte Anatomieprofessor Winsheim. »*Pars pro toto* – verdächtigen sie einen, verdächtigen sie alle. Für die jungen Menschen, die sich hier in unsere Obhut begeben haben, wird eine schwierige Zeit anbrechen. Zwei von ihnen sind schon heute verzweifelt zu mir gekommen, weil sie von einem Tag auf den anderen ihre Schlafstelle verloren haben.«

»Was für ein Unsinn!« Melanchthon bäumte sich auf. Noch immer so nachlässig gekleidet wie in Junggesellentagen, trug er trotz der Sommerwärme ein abgeschabtes Wams, das bei jeder Bewegung um seinen knochigen Körper schlotterte. »Was soll der ganze Aufwand? Für mich steht der Schuldige längst fest. Es ist niemand anders als dieser Relin. Jetzt sagt doch auch endlich einmal was, Collega Pistor! Teilt Ihr denn nicht meine Ansicht?«

»»Diese zwei Willen wohnen in meiner Brust‹«, erwiderte Pistor. »»Der eine alt, der andere neu, der eine der Diener des Fleisches, der andere des Geistes. Und sie rissen meine Seele entzwei.‹« Wieder dieses unergründliche Lächeln. »Ihr werdet Euren Augustinus kennen.« Das war an Block gerichtet. »Und mir zugestehen, dass ich den Stab über niemanden brechen mag, solange seine Schuld nicht eindeutig bewiesen ist.« Das galt Melanchthon.

»Aber was sollen wir denn tun?«, fragte Schöneberg, der die Scholastische Theologie vertrat.

Luther, ungewohnt hilflos, zuckte die Achseln.

»Wenn ich den verehrten Kollegen einen Vorschlag unterbreiten dürfte?«, sagte Pistor. »Kommt in fünf Tagen in mein Haus gleich hinter St. Marien. Ihr erkennt es unschwer an dem blauen Hahn auf dem Giebel. Ich werde dort einen kleinen Imbiss vorbereiten, Euch meine Bücher zeigen und Gelegenheit geben, im vertraulichen Gespräch mehr über mich zu erfahren. Erst danach solltet Ihr Eure Entscheidung treffen – und ich die meine.«

»Wann erwartet Ihr uns?«, erkundigte sich Block, der unbeweibt und stets hungrig war.

»Beim Abendläuten. Dann ist es noch hell, und niemand muss befürchten, unterwegs irgendwelchem Gesindel in die Hände zu fallen.«

Alle nickten wie ein Mann. Nicht einmal Luther hatte etwas dagegen einzuwenden.

»Dann bis in fünf Tagen in meiner einsamen Kemenate.« Pistor deutete eine Verneigung an. »Ich werde alles daransetzen, Euren Erwartungen gerecht zu werden.«

✤

Griet spürte seine Unruhe, die heute Abend schlimmer war als je zuvor. Nicht einen Augenblick blieben die Hände ruhig, sondern zuckten auf dem Umhang herum wie böse weiße Spinnen.

Nichts konnte sie ihm recht machen.

Die Abrechnungen seien falsch, behauptete der Patron, obwohl sie die Zahlenreihen zur Sicherheit gleich dreimal hintereinander addiert hatte und stets zum gleichen Ergebnis gelangt war. Sie verschwende Wein, war der nächste Vorwurf, ebenfalls aus der Luft gegriffen. Und sie habe die Dirnen nicht mehr im Griff.

Das wog am schwersten.

Denn er hatte damit ins Schwarze getroffen.

Etwas schwelte unter den Frauen und vergiftete das Klima im ganzen Haus. Isa, die nie lange den Mund halten konnte, brachte es schließlich auf den Punkt.

»Die Kleine muss weg«, verlangte sie. »Eine Schmarotzerin wie sie brauchen wir nicht. Jede von uns macht die Beine breit und gibt ihren Teil ab. Sie aber wird ausstaffiert wie eine Prinzessin und kann Maulaffen feilhalten, anstatt wie wir hart für ihren Lohn zu arbeiten. Davon haben wir alle genug.«

Isa war nicht zu beschwichtigen gewesen, ebenso wenig wie die anderen, die keiften und maulten und nicht aufhören wollten, sich zu beschweren. Woher der Patron davon Wind bekommen hatte, war Griet unerklärlich, kam er doch nur spätnachts angeschlichen, wenn alle Frauen längst schliefen.

Jetzt saß er vor ihr – und machte ihr Angst.

Die dunkle Maske war verrutscht und verdeckte noch mehr von seiner bleichen Haut als sonst. Wie ein Schattenwesen kam er ihr vor, ein Nachtmahr, der sich im Dunkeln auf die Brust des Schlafenden senkt und dort festsaugt.

»Wirst du damit fertig, schöne Griet?«, hörte sie ihn sagen. »Oder müssen unsere Wege sich an dieser Stelle trennen – was ich zutiefst bedauern würde?«

Sie glaubte ihm kein Wort und wünschte sich, Rup stände vor der Tür und würde ihn seine starken Fäuste spüren lassen. Doch da war niemand, der sie beschützen konnte – sie und Marlein, die einen Stock über ihr friedlich schlief.

Jetzt bedauerte sie ihren Streit vor der Lebzelterei und die Drohungen, die sie gegen die Kleine ausgestoßen hatte.

»Wenn du nicht endlich gehorchst, werde ich dich in den Keller sperren und von Ratten auffressen lassen.« Klang sie nicht fast schon so wie der Patron?

»Ich tu doch alles, was du willst!« Marlein hatte sich an ihren Arm geklammert. »Aber nur keine Ratten – bitte nicht! Schick endlich ein paar Kerle zu mir, denen ich das Paradies zeigen kann. Mehr verlange ich ja gar nicht.«

Der Patron erhob sich abrupt. Jetzt waren die weißen Spinnen endlich ruhig.

»Ihr wollt schon gehen?«, fragte Griet vorsichtig.

»Keineswegs.« Sie glaubte, ihn unter dem Metall grinsen zu sehen. »Es gibt noch so vieles, was vorbereitet sein will, bis ich …«

Eine Bewegung, als wollte er sich die Maske herunter-
reißen, doch als sie wieder hinzusehen wagte, war alles wie
zuvor.

»Ich werde eine Zeit lang nicht kommen können«, sagte er.
»Geschäfte, schöne Griet, wichtige Geschäfte.«

»Ihr verlasst die Stadt?«

»Wüsste nicht, was dich das anginge«, sagte er scharf. »Bis
zu meiner Rückkehr bist du mir für alles verantwortlich. Und
keine Unregelmäßigkeiten, sonst wirst du es bitter bereuen.«

Sie nickte.

»Und jetzt verschwinde in dein Zimmer.« Der Befehl war
eindeutig.

Was hatte er vor?

Sich in die Dachkammer zu schleichen? Oder zu Marlein?

Griet stand so langsam von dem Schemel auf, als wäre sie
festgeklebt. Männer wie er, die Frauen verkauften, besaßen
oft großen Ekel vor allem Weiblichen.

»Die Kleine macht sich«, sagte sie beiläufig. »Das weiße
Kleid, die bunten Bänder, die bloßen Füße: Kein Engel könnte
anziehender sein und verderbter. Schade nur, dass sie ausgerechnet heute so leiden muss.«

»Was soll das heißen?« Der Patron war aufgestanden. »Ist
sie krank? Hast du nicht gut auf sie aufgepasst?«

»Das Geblüth«, sagte sie leise. »Die ersten Jahre ist es oft am
allerschlimmsten. Ich musste ihr schon Himbeertee einflö-
ßen, so elend ist sie.«

Sie meinte, ein leises Schnauben zu hören, als er hinaus-
ging, doch sicher war sie sich nicht.

Dann freilich hörte sie die Hintertür ins Schloss fallen, die
er immer benutzte.

Ein Aufschub, dachte Griet fröstelnd, als hätte etwas Eisiges
sie gestreift. Lediglich ein weiterer Aufschub – und danach?

ACHT

Der Kurprinz ließ zur Jagd blasen, doch dieses Mal nicht in Wald und Feld, sondern für seinen frisch renovierten Ballsaal. Ein rauschendes Fest sollte im Schloss zu Wittenberg gefeiert werden, und Cranachs Werkstatt ächzte unter den Unmengen von Pappmaschee und Stoffen, die es innerhalb kürzester Zeit zu bemalen galt. So vieles war zu tun, dass der Meister kurzerhand einen weiteren Gesellen eingestellt hatte, einen klapperdürren Kerl mit strohblondem Haar und Händen, so groß wie Bratpfannen, die sich allerdings als äußerst geschickt erwiesen. Moritz Eiser lautete sein Name, und er stammte aus Meißen, wo er bei verschiedenen Hofmalern beschäftigt gewesen war.

Jan gefiel der Neue, der Humor zu haben schien, nicht lange herumdruckste, wenn ihm etwas nicht passte, und zulangen konnte wie zwei. Schon nach einem Tag übertrug er ihm diffizilere Partien, ließ ihn verschwiegene Pavillons und kleine Tempel mit reich dekorierten Säulen malen, die das dunkle Grün unterbrachen und die Illusion einer antiken Landschaft erwecken sollten.

»Dieser ganze Aufwand für einen einzigen Abend!«, sagte Ambrosius stöhnend. »Und danach werfen sie alles weg, während unsere anderen wichtigen Aufträge einstweilen ruhen müssen. Warum gehen sie nicht einfach hinaus in die Natur, die all das kostenlos bietet?«

»Weil sie Angst vor Stechfliegen und Mücken haben«, erwiderte Moritz mit frechem Grinsen. »Und Schlamm und brackiges Wasser im Nu ihre kostbaren Gewänder verderben könnten. Und weil es sich im Schutz von gemalten Kulissen auf Samtkissen eben sehr viel bequemer poussieren lässt als auf harten Flechten oder rauen Baumstümpfen. Außerdem wollen sie bei ihrem amourösen Treiben keinesfalls einem wie dir oder mir begegnen. Deshalb bleiben sie lieber unter sich.«

Er stieß Jan aufmunternd in die Seite.

»Das müsstest du doch am besten wissen, wo du im Schloss ein und aus gehst!«

Jan murmelte Unverständliches, scheinbar ganz vertieft in die Darstellung eines Reigens leicht bekleideter Nymphen, die um einen kleinen Weiher tanzten. Der zweiten von links hatte er aus einem Impuls heraus Susannas Gesicht gegeben, was er nun mit mäßigem Erfolg zu korrigieren versuchte, weil es ihm plötzlich unpassend erschien, die ehemalige Nonne so locker gekleidet darzustellen. Das zarte Geschöpf unter seinem Pinsel wurde Dilgin immer ähnlicher.

Inzwischen war die Atmosphäre zwischen ihm und ihr derart aufgeladen, dass seine Stimme zu kippen drohte, sobald die Hofdame das Gemach betrat, in dem er Sibylle von Sachsen porträtierte. Annähernd hundert Zeichnungen waren inzwischen entstanden, und noch immer war der Kurprinz nicht zufrieden, ja, er schien allmählich sogar die Geduld zu verlieren.

»Mir ist durchaus bekannt, welch wichtige Mission den Meister vom Schloss fernhält«, hatte er erst gestern bemängelt.

»Und ich wünsche mir ebenso wie die ehrbaren Bürger Wittenbergs, dass der Mörder der Apothekergattin schnellstens dingfest gemacht wird. Doch was mein Gemälde betrifft, so habe ich einen echten Lucas Cranach bestellt. Und den will ich auch in meinem Schloss hängen haben – richtet ihm das gefälligst aus!«

Was Jan postwendend erledigt hatte.

Doch Cranach winkte bloß müde ab.

»Hast du eine Ahnung, wie viele Wittenberger ich inzwischen verhört habe? Nicht wenige von ihnen wollen Margaretha nach ihrem Verlassen der Apotheke noch lebend gesehen haben – dann jedoch bricht jede Spur ab, und sie scheint plötzlich wie von Zauberhand verschwunden zu sein.« Er stützte den schweren Kopf in die Hände. »Wie kann so etwas angehen? Sosehr ich auch hin und her überlege, so fehlt mir in der Chronologie der Ereignisse mehr als ein ganzer Tag. Wo war Margaretha, bis man sie tot am Fluss gefunden hat?«

»Und wenn der Mörder sie gefangen genommen hatte?«, sagte Jan.

»Was redest du da?«, fuhr Cranach ihn an. »Das ist doch Unsinn! Oder weißt du doch mehr, als du bisher zugegeben hast?« Sein Blick wurde scharf, als zuckte der alte Argwohn erneut in ihm auf.

»Ich habe lediglich gründlich nachgedacht. Was, wenn er sie an einem verschwiegenen Ort eingesperrt hat, zu dem er allein den Zugang besitzt? Dann hätte er sie dort töten und anschließend im Schutz der Nacht die Leiche zur Elbe schleppen können. Ich gehe davon aus, dass es ein Mann gewesen sein muss. Denn einer Frau dürften die Kräfte dazu fehlen.«

»Du hast noch immer Relin im Verdacht?«

»Ihr nicht?«, lautete Jans Antwort. »Seine übertriebene Eifersucht ist stadtbekannt.«

»Hatte er denn Grund dazu?«

»Ihr wolltet doch um jeden Preis die nackten Grazien. Und ich sollte sie Euch beschaffen.«

»Das eine hat mit dem anderen nichts zu tun«, sagte Cranach bestimmt. »Relin weiß nichts von unserem Vorhaben, da bin ich mir sicher, sonst hätte er sich im Verhör verraten. Außer dem Auftraggeber wird keine Menschenseele jemals das Bild zu Gesicht bekommen. Er lässt es einzig und allein für sich malen. Und ist damit weder der Erste noch der Letzte, der sich solch einen speziellen Wunsch erfüllt. Es gibt genügend wohlhabende Herren, die die Wände ihrer Kabinette mit Nacktbildern füllen. Früher haben wir Heilige und Märtyrer dargestellt, um unser Brot zu kaufen und unser Haus zu beheizen. Heute sind neben Reformationsbildern, Porträts und Landschaften auch Venus, Amor oder die Grazien gefragt. Die Zeiten ändern sich – und mit ihnen die Motive.«

Cranach bestand also weiterhin auf Dilgin von Thann als nackter Thalia.

Doch wie sollte Jan an dieses lebende Modell gelangen?

Er fuhr sich mit der Hand über die Augen. Jetzt war nicht die Zeit, um in Tagträumereien zu verfallen. Die Kulissen mussten schnellstens fertig werden. Alles andere würde sich später zeigen …

Moritz sprang plötzlich zur Tür und riss sie eilfertig auf.

Im Hof war eine prächtige Kutsche vorgefahren, von braunen Pferden gezogen, deren Fell so sorgfältig gestriegelt war, dass es wie poliert wirkte.

»Ganz, ganz vorsichtig, Euer Hoheit!«, hörte Jan eine nur allzu bekannte Stimme sagen. »Und bitte bloß nicht stolpern oder gar stürzen! Euer Gatte wird mich federn und teeren lassen, sollte er von diesem heimlichen Ausflug Wind bekommen.«

»Johann Friedrich muss ja nichts von unserem kleinen Geheimnis erfahren«, sagte die Kurprinzessin, während sie sich aus der Kutsche helfen ließ. »Und selbst wenn: Was könnte mein geliebter Mann schon dagegen einzuwenden haben, dass ich mich mit eigenen Augen von den Fortschritten bei der Vorbereitung unseres Fests überzeuge?«

Nach ein paar Schritten stand sie inmitten von Stoffballen, Papprollen, Leinwänden. Alle, die sich in der Werkstatt befanden, hatten aufgehört zu arbeiten und schauten zu ihr.

Auf Jans energische Gesten hin verneigten sie sich ungelenk.

»So lasst doch dieses lästige Katzbuckeln!«, rief Sibylle von Sachsen. »Erhebt Euch, ich bitte Euch!«

Die Maler richteten sich auf.

»Und starrt mich nicht an wie ein seltenes Tier!« Verlegen begann sie an ihrem kurzen blauen Seidenumhang zu nesteln, als könnte er die Schwangerschaft verbergen. »Erspart uns all diese steifen Förmlichkeiten! Ich sterbe nämlich vor Neugierde. Wie niederträchtig von Euch, mich dermaßen zappeln zu lassen. Wollt Ihr mich nicht endlich aus diesem unerträglichen Zustand erlösen?«

»Aber gewiss doch, Euer Hoheit«, sagte Jan, der sich endlich wieder rühren konnte, nachdem Dilgins silberhelle Augen ihn zunächst wie im Bann festgehalten hatten. »All das hier« – er breitete die Arme weit aus – »ist für Euer höfisches Fest bestimmt. Wälder, Auen, Tümpel, Säulen, Nixen, Nymphen …«

»Letztere interessieren mich am allermeisten«, sagte Dilgin. »Denn auf Wunsch der Kurprinzessin wird mein Festgewand ganz ähnlich aussehen.«

Sibylle begann zu kichern.

»Ich könnte derzeit wohl kaum in ein paar dünnen Fetzen

auftreten«, sagte sie. »Doch bei Dilgin wird es sicherlich eine wahre Augenweide sein.«

Hans und Luc liefen rot an, während Simons Blick etwas Stures bekam. Moritz dagegen begann fachmännisch zu nicken.

»Eine Nymphe, wie sie im Buch steht!«, sagte er schwärmerisch. »Zierlich von Gestalt, das Haar lang und golden, die Augen blitzend – man müsste Euch auf der Stelle malen dürfen, holdes Fräulein!«

Dilgin lächelte sichtlich geschmeichelt.

»Dafür gäbe es allerdings so einige andere Anwärter«, sagte sie. »Aber daraus wird nichts werden. Denn mein Verlobter …« Die Pause, die sie folgen ließ, war lang und bedeutungsschwer. »… teilt nur äußerst ungern, dafür ist er bekannt. Ebenso wie für seinen flinken Stahl, den er meisterhaft beherrscht.« Sie zupfte an ihrem Rock. »Also lasst uns lieber gemalte Schätze bewundern, anstatt aus Versehen gefährliche Gefilde zu betreten!«

Sibylle von Sachsen ging zu dem aufgespannten Vorhang, an dem sie jedes Detail einzeln zu bestaunen schien, während Dilgin sich unauffällig in Jans Nähe schlängelte.

»Ich vermisse Euch«, flüsterte sie. »Und fühle mich gleichzeitig ratlos. Wie könnt Ihr nur ohne meine Küsse überleben?«

»Hört auf, mit mir zu spielen!«, zischte Jan zurück. »Ich mag nämlich meinen Kopf. Und wünsche mir, dass er noch eine ganze Weile an Ort und Stelle bleibt.«

Sie stieß ein kurzes Lachen aus.

»Nichts anderes will ich doch auch«, sagte sie leise. »Aber wie steht es mit den anderen Körperteilen?«

Wie zufällig streifte ihre Hand seinen Rücken.

Jan zuckte zusammen, als habe er einen Schlag erhalten. Er

konnte nur hoffen, dass die alte, farbenbeschmierte Hose seine Erektion verbarg.

»Paradies und Hölle liegen stets nah beisammen«, sagte Dilgin, während sie sich mit einem letzten schmelzenden Blick wegdrehte. »Wusstet Ihr das noch nicht? Es ist allein an dir, für welche Pforte du dich entscheidest, Jan Seman aus Prag.«

»Ihr habt wunderbare Arbeit geleistet«, rief die Kurprinzessin mit heller Stimme in die Runde. »Mein Gatte wird begeistert sein. Ach, wäre der Abend unseres Jagdfestes nur schon angebrochen! Ich kann es kaum erwarten.«

Sie schaute zu Jan.

»Erweist Ihr mir noch einen ganz besonderen Gefallen?«

»Jeden, Euer Hoheit, der in meinen bescheidenen Möglichkeiten liegt«, sagte er mit einer angedeuteten Verneigung. »Bitte sprecht ganz offen!«

»Dann malt mich als Göttin Artemis auf die Kulissen«, verlangte sie. »Mit Pfeil und Bogen, von Hunden umkläfft, die Röcke geschürzt …« Sibylle schob die Unterlippe vor wie ein kleines Mädchen. »Gerade, weil es jetzt nicht möglich ist. Versprecht Ihr mir das?«

»Aus der Tiefe meines Herzens. Ihr werdet die anmutigste Jagdgöttin sein, die jemals die Wälder Wittenbergs unsicher gemacht hat«, erwiderte Jan galant.

»Dann müsst Ihr aber an diesem festlichen Abend unser Gast sein«, sagte die Kurprinzessin. »Versprecht mir, dass Ihr kommen werdet!«

»Ich?«, fragte Jan. »Unter all den Hofleuten? Das kann nicht Euer Ernst sein, Hoheit!« Er schüttelte den Kopf. »Ich hätte ja nicht einmal ein geeignetes Kostüm.«

»Macht Euch darüber keine Sorgen! Ihr könnt Euch aus unserem Fundus bedienen. Da wird sich bestimmt das Passende finden.«

»Und ich weiß auch schon, was er tragen wird«, rief Dilgin, während Sibylle in zustimmendes Gelächter ausbrach. »Wir statten ihn als Jäger aus. Nichts anderes könnte ihm besser zu Gesicht stehen!«

✤

Sollte sie Bini doch einweihen?

Immer wieder war Susanna kurz davor, es zu tun.

Doch die Tage im Luther-Haus waren so turbulent, dass kaum Zeit für ein ungestörtes Gespräch blieb, und wenn sie abends endlich auf ihren Strohsäcken lagen, hing jede eigenen Gedanken nach. Die Kleinen beanspruchten viel Zeit; Muhme Lene musste versorgt und, wenn es schlimm kam, sogar treppauf, treppab im Haus herumgetragen werden. Zudem hatte Katharina neue Studenten aufgenommen, die im Obergeschoss die einstigen Zellen bewohnten und die lange Tafel im ehemaligen Refektorium vergrößerten. Was nichts anderes bedeutete, als dass weitere hungrige Mäuler bei allen Mahlzeiten verköstigt werden mussten.

Schon seit Längerem hatte es Klagen über den dünnen Getreidebrei zum Frühstück gegeben, der die jungen Männer nicht lange sättigte. Susanna schlug vor, dazu Brote mit Butter oder Schweineschmalz zu reichen, ein Vorschlag, den die sparsame Katharina nur zögernd akzeptierte.

»Wir bräuchten unsere eigene Schweinezucht«, sagte Katharina, während Bini die Brote auf einem Holzbrett schichtete. »Dann wären wir auch mit Fleisch nicht länger so knapp.«

»Ein Eber in den Ställen des Luther-Hauses?«, wandte Susanna ein. »Solch ein Tier ist nicht gerade ungefährlich. Wir müssten die Gatter verstärken und die Türen sichern. Und natürlich immer ein ganz besonderes Auge auf unseren neugierigen Hansi haben, der alles und jedes inspizieren will.«

Wieder einer jener besonderen Blicke von Katharina.

»Man könnte sich einen Eber zur Zucht ausleihen«, schlug sie vor. »Das würde Geld sparen. Und ihn wieder zurückgeben, sobald die Sau gedeckt …« Sie verstummte, als hätte sie zu viel gesagt.

»Ihr braucht mich nicht zu schonen!«, sagte Susanna erklärend. »Auf unserem Gut gab es viele Tiere, und die Ställe waren jene Orte, an denen wir Kinder uns am liebsten aufgehalten haben. Auch wenn ich schon als Mädchen ins Kloster gekommen bin, so habe ich doch mit eigenen Augen gesehen, wie Tiere sich fortpflanzen.«

»Du hast bisher noch nie etwas über deine Familie erzählt«, sagte Katharina, während sie Elisabeth in ihren Armen hin und her wiegte. Die Kleine wollte nicht richtig zunehmen, war blass und mager, wohingegen ihr Bruder in ihrem Alter längst rosig und drall gewesen war.

»Sie sind schon lange nicht mehr am Leben. Vater, Mutter, zwei Brüder – alle binnen Tagen von einer Seuche dahingerafft. Das Gut führt nun ein entfernter Verwandter, der nichts von einer ehemaligen Nonne wissen möchte, die Ansprüche anmelden könnte. So sind wir hier bei Euch gelandet.«

»Und du, Binea?«, wollte Katharina wissen. »Wie steht es um deine Familie?«

Bini senkte den Kopf.

»Fragt lieber nicht!«, sagte sie. »Es tut noch immer zu weh.«

»Dann behalt dein Geheimnis für dich!« Katharina klang enttäuscht. »Auch wenn es die Seele entlasten kann, sich anderen mitzuteilen, die es gut mit einem meinen.«

Geheimnis – dieses Wort durchfuhr Susanna wie glühender Stahl.

Die Schuld, die sie mit sich herumgeschleppt hatte, plagte sie nicht länger, denn sie war sich inzwischen sicher, dass sie etwas unternehmen musste, da ihr Peiniger nicht nur lebte, sondern neue, noch schrecklichere Verbrechen begangen hatte und womöglich weitere vorhatte.

Wie nur sollte sie ihm das Handwerk legen?

Ihre einzige Spur führte zum Haus am Elstertor.

Schon seit Tagen zerbrach sie sich den Kopf, wie sie dort hineingelangen sollte, doch noch immer war ihr keine brauchbare Lösung eingefallen.

Susannas Blick glitt zu Bini, die sich gerade mit dem Schlagen von Funken abquälte, weil der Feuerschwamm nicht trocken genug war. Wieder einmal beneidete sie die Gefährtin um ihr ausgeglichenes Gemüt. Wie eine Sonne machte Binea jeden Raum heller, sobald sie ihn betrat. Kein Wunder, dass Hansi ständig an ihren Röcken hing und sogar die kleine Elisabeth zu weinen aufhörte, sobald Bini sie aus der Wiege nahm.

Doch seit Tagen war sie ungewohnt wortkarg und bedrückt, als ob etwas ihre Seele beschwerte. Welch heimlicher Kummer quälte Bini?

Susannas vorsichtigen Fragen war sie geschickt ausgewichen. Sie wollte nicht darüber sprechen – oder konnte es nicht.

Nein, Susanna würde sie nicht auch noch mit ihren inneren Kämpfen belasten, jedenfalls nicht, solange sie nicht mehr herausgefunden hatte.

»Ich könnte neues Feuerzeug besorgen«, hörte Susanna sich zu ihrer eigenen Überraschung vorschlagen. »Heute ist Markttag. Da sind viele Händler in der Stadt.«

»Meinetwegen«, erwiderte Katharina, die ebenfalls erstaunt wirkte. »Aber dann bring auch gleich noch einen neuen Steinmörser mit. Unseren alten hat Hansi gestern beim Herumtoben zerbrochen.« Sie zog die Börse heraus. »Du gehst nicht zufällig zur Cranachin?«, fragte sie beiläufig.

»Nein.« Susanna nahm die Münzen entgegen und steckte sie in ihre Rocktasche. »Sollte ich?«

Katharinas beredtes Schweigen noch immer im Ohr, machte sie sich mit ihrem Korb auf den Weg, der ihr inzwischen vertraut war.

Die Leucorea, die Collegiengasse, die stolzen Bürgerhäuser rund um den quirligen Marktplatz – begann sie etwa, in Wittenberg heimisch zu werden?

Als Susanna am Markt angelangt war, wurde sie unruhig. Das bunte Treiben befand sich auf dem Höhepunkt; viele der roh gezimmerten Verkaufstische waren von Kauflustigen umringt. Es roch nach Kuchen, Met und Kot, nach Geschäftigkeit und Schweiß.

Unwillkürlich lugte Susanna hinüber zum Cranach-Haus, doch alle Fenster waren zu, und sogar die Einfahrt zum Hof war geschlossen.

Sie straffte sich, drückte den Rücken leicht durch und ging zu dem Stand, an dem Kochgeschirr und Näpfe angeboten wurden. Der neue Mörser war schnell gekauft. Anschließend machte sie sich auf die Suche nach Feuerzeug. Erst am Ende des Platzes entdeckte sie das Gewünschte und näherte sich rasch.

Doch sie war nicht allein.

Eine üppige Frau mit einem Zopf, so schwarz und glänzend wie Rabengefieder, war vor ihr am Feilschen.

»Das kann doch nicht dein Ernst sein!«, rief sie. »Deine schäbigen Zunderlappen sind keinen Kreuzer wert. Und der Feuerstein, den du mir da verkaufen willst, ist mürb und splittrig. Diesen Mist kannst du anderen andrehen, aber nicht mir!«

»Dann lass es eben bleiben«, schnappte die Händlerin zurück, die rotwangig war und mit ihren ausladenden Hüften kaum hinter den Tisch passte. »Esst meinethalben weiterhin kalte Suppe, wenn du so geizig bist.«

Marleins Begleiterin! Die Aufpasserin aus dem Hurenhaus, auch wenn sie heute so geschickt gekleidet war, dass das vergilbte gelbe Band, das sie am Ausschnitt trug, sich kaum vom hellen Leinenkleid abhob.

Wie war noch einmal der Name gewesen?

Griet. Marlein hatte von einer Griet gesprochen.

Susannas Mund wurde plötzlich trocken, so aufgeregt war sie.

»Ich brauche Feuerstein und Zunderlappen.« Sie räusperte sich. »Aber es darf nicht viel kosten.«

»Dann bist du an der falschen Stelle«, sagte Griet. »Denn hier regiert der Wucher.«

»Halt sofort dein freches Maul!«, rief die Händlerin. »Ich weiß genau, dass du eine aus dem Haus am Elstertor bist, auch wenn du alles darangesetzt hast, um dein Schandzeichen zu verdecken. Unsere ganze Stadt verderbt ihr, macht unsere Männer bockig, zieht ihnen das Geld aus der Tasche und stürzt damit viele Familien ins Unglück. Mir graust vor dir, damit du es nur weißt! Und ich verachte dich. Verdammte Teufelshuren seid ihr, alle miteinander, die in den Schlund der Hölle gehören!« Sie spuckte aus. »Von mir kriegst du nichts, selbst wenn du mir den dreifachen Preis bieten würdest.«

Susanna schielte zur Seite. Griet biss sich auf die Lippen, blieb aber stumm.

Eine Gelegenheit, die sich so bald nicht wieder bieten würde.

»Meine Herrin braucht Vorrat«, sagte Susanna und hoffte, dass das Geld reichen würde. Aber sie musste es einfach versuchen. »Ich nehme vier Feuersteine und acht Zunderlappen.«

Ohne zu handeln, zählte sie ihre Münzen auf den Tisch, die die Händlerin rasch einstrich. Dann wandte Susanna sich an Griet.

»Ich denke, wir haben denselben Weg«, sagte sie. »Dann könnten wir ihn ja auch gemeinsam gehen.«

Griet folgte ihr zunächst schweigend, bis sie plötzlich stehen blieb.

»Ich kann dir die Hälfte des Feuerzeugs abgeben«, sagte Susanna. »Ich hab extra das Doppelte gekauft, weil die Alte sich so aufgeführt hat. Aber bezahlen musst du es mir. Meine Herrschaft dreht nämlich jeden Kreuzer um.«

Griet schien zu zögern, schließlich nickte sie und klaubte ein paar Münzen aus der Tasche.

»Wer bist du?«, sagte sie.

»Susanna. Und du?«

»Ich heiße Griet. Und woher ich komme, hast du ja gehört.«

Sie setzten ihren Weg fort.

Nach einer Weile hielt Griet abermals inne.

»Du siehst mich die ganze Zeit so seltsam an«, sagte sie. »Weil dir Huren unheimlich oder gar widerlich sind? Sei froh, dass es sie gibt. Sonst würden die Kerle dich und deinesgleichen noch mehr bedrängen, als sie es ohnehin schon tun. Aber ich kann dich beruhigen. Ich arbeite nicht mehr in diesem Gewerbe. Ich führe lediglich das Haus.«

Besser hätte es ja gar nicht kommen können!

Dann musste Griet den unsichtbaren Patron kennen, von dem Marlein gesprochen hatte.

Susanna nahm all ihren Mut zusammen.

»Meine Herrschaft ist sehr streng«, sagte sie, »und mein Leben hart. Oftmals weine ich mich in den Schlaf.« Das Lügen fiel ihr schwer. Sie würde sich später bei der Himmelsmutter entschuldigen. »Vielleicht könnte ich bei euch …«

»Schlägt man dich?«, fragte Griet unverblümt. »Oder wirst du auf andere Weise misshandelt?«

»Nein, das nicht, aber mir bleibt oft die Luft weg. Dieses ständige Mahnen und Beten …« Mit jedem Wort hatte Susanna das Gefühl, Katharina und Luther zu verraten. Doch jetzt gab es kein Zurück mehr. »Ich träume von einem anderen Leben. Einem mit mehr Freude und Glanz. Tanzen will ich und lachen. Nicht immer eingesperrt sein. Kannst du mir nicht helfen?«

»Du willst bei uns im Hurenhaus arbeiten?«, sagte Griet erstaunt und musterte Susanna von oben bis unten. »Tanzen und lachen? Freude haben? Nicht eingesperrt sein? Du bist kein Küken mehr. Du musst wissen, was das bedeutet.«

Susanna nickte.

»Mach den Mund auf!«, befahl Griet.

Susanna gehorchte.

»Du hast gute Zähne.« Ungeniert griff sie in Susannas Flechten. »Und dichtes Haar. Das mögen viele Männer. Dein Gesicht ist gefällig, keine große Nase, die stören oder abstoßen würde.«

Ihr Blick glitt tiefer.

»Allerdings sind deine Brüste klein, und du kommst mir äußerst schüchtern vor. Wenn du deinen Körper verkaufst, darfst du nicht zurückhaltend sein. Sonst machen die Freier mit dir, was sie wollen. Das ist die erste Regel, die du dir merken solltest.«

Griet deutete auf Susannas verwaschenes Kleid.

»Etwas Neues zum Anziehen bräuchtest du auch. In solch einem Fetzen wird dich keiner ansehen.« Ihr Tonfall wurde geschäftsmäßig. »Wie viele Männer hast du schon gehabt? Komm schon, raus damit! Fünf? Zehn? Oder mehr?«

Was sollte Susanna darauf antworten?

Hilf mir, Maria, heiligste Mutter Gottes!, betete Susanna stumm. Bis zu jenem schrecklichen Tag, der mich ins Unglück gestürzt hat, war ich einzig und allein die keusche Braut Deines Sohnes. Lass mich jetzt nicht im Stich!

Sie zuckte die Schultern.

»So viele, dass du dich nicht mehr erinnern kannst?«, fragte Griet. »Das klingt allerdings vielversprechend.«

Susanna schluckte verlegen.

Griet begann zu lächeln. »Dann weißt du ja, was in Gottes schöner Schöpfung so alles vorkommen kann. Einigen Freiern geht es um Lust, wieder andere wollen Macht spüren oder zu spüren bekommen. Du kannst nie sicher sein, was dich erwartet, das ist das Gefährliche daran. Ich werde mit dem Patron sprechen, sobald er wieder zurück ist …«

»Warte!«, rief Susanna. Wenn ihr Peiniger sie wiedererkannte, war sie verloren. Aber wie sollte sie ihn zu Gesicht bekommen, ohne von ihm gesehen zu werden? Ihr Herz schlug hart gegen die Rippen. »Ich wollte nur einmal fragen …«

»Jetzt bekommst du Angst.« Das Lächeln verschwand. »Das sehe ich in deinen Augen. Und vielleicht ist es auch ganz richtig so. Denn es gibt keinen Weg zurück, das musst du wissen. Jede Frau, die die Schwelle des Freudenhauses überschreitet, ist gezeichnet. Einmal Hure – immer Hure. Und glaube mir, ich weiß, wovon ich rede!«

»Ich hab keine Angst«, stotterte Susanna. »Es ist nur so, dass ich noch nicht …« Sie verstummte.

Worauf hatte sie sich nur eingelassen?

»Beruhige dich!« Griets Tonfall hatte auf einmal etwas Mütterliches. »Denk nach, schlaf ein paar Nächte darüber! Und wenn du dann noch immer dieses Leben möchtest, so komm zu mir. Du weißt ja, wo du mich findest.«

Sie nickte ihr zu und verschwand in Richtung Elstertor.

Mit bangem Herzen schaute Susanna ihr hinterher.

✤

Als die Uhr von St. Marien siebenmal schlug, hatten sich alle vor Pistors Haus versammelt. Als Letzter war Melanchthon eingetroffen, das Haupthaar wie immer leicht zerzaust, die dunkelgrüne Schaube zerknittert, als habe er sie gerade erst aus den Tiefen einer Truhe hervorgezerrt. Kaum hatte Luther den Klopfer gegen die massive Eichentür schlagen lassen, ging diese auf.

Eine dunkel gekleidete Frau stand vor ihnen, das Gesicht so bleich, dass es fast wächsern wirkte.

»Collega Pistor hat uns eingeladen«, sagte Luther. »Und hier sind wir!«

Sie trat zurück, um den Weg freizugeben. Kein Wort. Nicht die Spur eines Lächelns.

Die Männer blieben stehen und tauschten untereinander unbehagliche Blicke.

»Falls wir ungelegen kommen, müsst Ihr es uns nur wissen lassen«, sagte Block nach einem unsicheren Räuspern. »Dann könnten wir auf der Stelle …«

»Willkommen in meiner bescheidenen Kemenate!« Pistor kam ihnen entgegen, die Arme zu einem angedeuteten Gruß erhoben.

»Wir dachten, wir hätten uns womöglich im Tag geirrt«, sagte Luther beherzt, während er als Erster hineinging. Die anderen folgten ihm. »Denn Eure …«

»Moira besorgt für mich das Haus«, sagte Pistor. »Ein schreckliches Unglück hat ihr die Stimme geraubt – und den Namen dazu. So hab ich meine treue Dienerin Moira genannt, das scheint ihr zu gefallen.« Ein knappes Lächeln. »Kommt doch bitte! Im Refektorium ist bereits gedeckt. Aber vielleicht möchtet Ihr Euch zuerst in den anderen Räumen umsehen?«

»Ihr nennt Euer Esszimmer Refektorium?« Melanchthon

verzog die Lippen. »Befinden wir uns hier denn etwa in einem Kloster?«

»Manchmal denke ich das beinahe«, erwiderte Pistor. »Aber seht selbst!«

Er stieß die erste Tür auf, dahinter die zweite, eine dritte.

Alle Wände waren mit Regalen verkleidet, in denen Buchrücken an Buchrücken stand.

Hunzinger und Schöneberg traten an das erste Regal, Winsheim und Luther eilten zum nächsten, während Melanchthon den Mund kaum noch zubekam.

»Aber das sind ja wahre Schätze, die Ihr gesammelt habt!«, rief er. »Unbezahlbare Kostbarkeiten, von denen andere nur träumen können. Hier – Titus Livius, Cornelius Nepos, Tacitus, Fabius Rusticus und Cicero!« Er lief ins nächste Zimmer. »Und dort – Kallimachos, Aristoteles, Zenon von Elea, Pindar, Theokrit, Äsop, Philetas, Epikur, Plutarch, zum Großteil ins Lateinische übertragen …« Er schien nach Luft zu ringen. »Ein ganzes Jahrzehnt meines irdischen Daseins würde ich auf der Stelle für diesen herrlichen Besitz geben!«

»Ja, es hat sich in der Tat so manches angesammelt«, sagte Pistor bescheiden. »Bücher scheinen mich zu finden, ebenso wie ich sie, so kommt es mir bisweilen vor, und solch verlockenden Angeboten vermag ich dann nicht zu widerstehen. Mein geheimes Laster, wenn Ihr so wollt.« Er wirkte aufgeräumt, fast heiter. »Obwohl – so geheim ist es ja jetzt gar nicht mehr.«

»Und was befindet sich in den großen Kisten?«, wollte Anatom Winsheim wissen, dessen Augen immer größer wurden.

»Pergamente, Handschriften, Flugblätter«, erwiderte Pistor. »Die Schwarze Kunst hat vieles verändert, was freilich noch lange nicht heißt, dass bereits alles gedruckt vorliegt. So manches gilt es, weiterhin in der guten alten Art und Weise zu sammeln und aufzubewahren. Nennt mich ruhig einen Hüter der Vergangenheit, wenn Ihr denn so wollt!«

Die Professoren schwiegen beeindruckt. Nur Luther runzelte die Stirn.

»Eine Bibel allerdings sehe ich nirgendwo«, sagte er. »Dabei wäre es doch in Wittenberg, wo unsere Druckerei steht, besonders einfach, das Buch der Bücher zu erwerben.«

»Eine Bibel wollt Ihr sehen, werter Luther? Bin gleich wieder zurück!« Pistor lief hinaus auf den Gang, wo er eine weitere Tür aufschloss. Nach Kurzem kehrte er mit einem dicken Band in der Hand zurück.

»Die Vulgata des Hieronymus«, sagte Luther enttäuscht, als er das Werk aufschlug. »Ihr scheint tatsächlich am Alten zu hängen.«

»Ist Hieronymus' Werk nicht die Grundlage, auf der das Neue aufbaut?«, fragte Pistor. »Jahrhundertelang galt sein Latein als Maßstab und Stütze. Ohne ihn wären Altes und Neues Testament vielen Menschen fremd geblieben.«

»Wer versteht schon Latein?«, rief Luther streitlustig. »Mönche, Pfaffen und eine Handvoll Gelehrter und Professoren. Aber das Volk soll erfahren, wissen und befolgen, was in der Heiligen Schrift steht. Das Wort Gottes ist für alle da – für jedes Seiner Kinder, egal ob Bürger, Bauer oder Magd. Aus diesem Grund habe ich die Übersetzung ins Deutsche besorgt. Und andere Reformatoren tun es mir nach in der jeweiligen Landessprache. Bald wird jeder Mensch auf dieser schönen Welt seinen Weg zu Gott finden können.«

»Wer von den Bauern oder Mägden kann schon lesen?«, erwiderte Pistor ruhig. »Und besitzt zudem das nötige Geld, um sich solch ein teures Druckwerk zu leisten? Euer Ansinnen ist gut gemeint und wünschenswert. Aber wie sieht es in der Realität aus?«

»Die Leute verstehen immerhin, was im Gottesdienst gesagt wird, anstatt auswendig Gelerntes vor sich hinzulallen, als handelte es sich um fremde Zaubersprüche. Und sie können den Predigten folgen. Das ist mehr als ein Anfang.«

Luther war rot angelaufen, was Melanchthon besorgt beobachtete.

»Bleib ruhig, Martin!«, sagte er leise, während sie Seite an Seite in das Speisezimmer gingen. »Du weißt, was geschehen kann, wenn deine schwarze Galle zu heftig fließt. Du sollst nicht wieder sich darniederliegen wie im Herbst. Lass Pistor reden! Und hör ihm genau zu! Schließlich sind wir ja hier zusammengekommen, um mehr über ihn zu erfahren.«

Ein schmuckloser Raum. Der Tisch aus wurmstichigem Holz. Irdenes Geschirr. Schlichte Becher. Nur die dicken weißen Wachskerzen, die in vier schmiedeeisernen Leuchtern brannten, zeugten von Wohlstand.

»Wie früher im Kloster«, sagte Luther mit gedämpfter Stimme zu Melanchthon. »Fehlt nur noch der Bruder, der aus der Bibel vorliest, während wir anderen schweigend essen. Da ist mir das lebhafte Treiben am Mittagstisch bei uns zu Hause dagegen viel lieber.«

»Das wird sich ändern, sobald du nur den ersten Bissen im Mund hast«, flüsterte Melanchthon zurück. »Man erzählt sich von den erlesensten Köstlichkeiten auf Pistors Tafel.«

Kalbsnierchen auf geröstetem Brot. Pilzsuppe. Wels in Salzteig gebacken. Gefüllte Eier. Gehacktes Lammfleisch. Wildpretpastete. Gebratenes Huhn mit glasierten Möhren. Pflaumenmus mit Eierschnee.

Die Professoren schlemmten und genossen.

Zuerst floss das Gespräch noch munter dahin, schließlich ergriff mehr und mehr satte Zufriedenheit die Runde.

»Ihr mästet uns, Pistor!« Schöneberg lehnte sich zufrieden zurück, während Winsheim nach einem weiteren Hühnerschlegel angelte und ihn gierig abzunagen begann. »Was habt Ihr mit uns vor? Uns so lange reich zu bewirten, bis wir alle reif zum Schlachten sind?«

Einige lachten, Luther war ernst geblieben.

»Essen und Trinken halten Leib und Seele zusammen«, sagte er. »Doch nur im rechten Maß. Das gilt übrigens auch für die menschlichen Triebe, die Gott uns geschenkt hat. In der Ehe können sie gelebt und genossen werden.« Er griff nach seinem Becher und leerte ihn. »Eure Bedienerin vermag aufs Köstlichste zu kochen und zu brutzeln, aber es sind keine Speisen, die zu einem braven Bürgerhaushalt passen. Ihr solltet heiraten, Pistor! Bringt Ordnung in Euer Leben! Ein angetrautes Weib an Eurer Seite würde Euch lehren, in allen Dingen im Lot zu leben – und übrigens auch einem künftigen Rektor der Leucorea gut zu Gesicht stehen.«

»Jetzt fängst du schon wieder damit an, Martin!« Melanchthon verdrehte die Augen. »Hast du nicht gesehen, wohin das führen kann? Was mich betrifft, so ist die Ehe keineswegs das Paradies, das du mir ausgemalt hast – ganz im Gegenteil.«

Er hob seinen Becher und prostete dem Gastgeber zu.

»Lasst Euch nicht von ihm verführen«, sagte er zu Pistor. »Denn diese Kunst beherrscht mein Freund Luther wie kaum ein anderer: Menschen mit Worten trunken zu machen.«

Pistor prostete zurück.

»Keine Angst, Collega Melanchthon«, sagte er. »Ich weiß schon lange, dass ich zur Ehe nicht tauge, und habe mich deshalb für ein Leben entschlossen, das ganz meinen Neigungen entspricht. Die Wissenschaft, meine Herren! Sammeln, betrachten, forschen und lehren – darauf lasst uns trinken!«

Luther verzog das Gesicht, hielt sich aber zurück, während die anderen Pistor zustimmten.

Melanchthon war aufgestanden, weil ihn plötzlich ein heftiges Bedürfnis plagte. Er ließ die Tafel hinter sich und torkelte, nicht mehr ganz sicher auf den Beinen, in den dunklen Flur hinaus.

Hinter einer der Türen musste der Abtritt sein.

Pistor hatte ihnen denselben vorhin im Vorbeigehen gezeigt, doch Melanchthons Kopf war zu weinumnebelt, als dass er sich daran erinnerte. Er hatte weit über sein übliches Maß getrunken, das bekam ihm nicht. Und nun rebellierten auch noch Magen und Darm gegen die ungewohnt üppige Kost.

Auf gut Glück drückte er verschiedene Klinken hinunter, wobei ihm immer übler wurde. Der Boden schien ihn nicht mehr zu tragen. Mit einem Seufzer suchte er Halt an der Wand, die sich zu seinem Erschrecken plötzlich bewegte.

Er verlor das Gleichgewicht und plumpste rücklings auf eine große Holzkiste. Dabei entfuhr ihm ein heftiger Schreckenslaut.

Die anderen nebenan sprangen auf, griffen zu den Leuchtern und eilten herbei, angeführt von Pistor, der sich über ihn beugte.

»Habt Ihr Euch verletzt?«

Melanchthon rappelte sich mühselig hoch. Der Deckel der Kiste kam ins Rutschen und fiel scheppernd zu Boden.

»Aber was macht Ihr denn da?« Aus Pistors Stimme war jegliche Freundlichkeit verschwunden.

»Sieh einer an!« Schöneberg hatte sich neugierig über die Kiste gebeugt und zog einen blutroten Rosenkranz heraus.

»Und was ist das hier?« Luther hielt auf einmal ein Bündel Gedrucktes in Händen. »Das sind ja Ablassbriefe!«

»Man muss die Argumente des Feindes kennen, um ihn besiegen zu können«, erwiderte Pistor äußerlich ruhig, doch seine Lippen waren schmal geworden. »Ich denke, Ihr wisst, wovon ich rede, Collega Luther.«

»So gut, dass Ihr Euch sogar solcher Widerlichkeiten annehmt?« Anatom Winsheim hob ein Glasgefäß aus der Kiste, in dem eine knöcherne Hand lag. »Treibt Ihr insgeheim anatomische Studien?«

»Man nennt das Reliquie«, sagte Pistor. »Und Katholiken glauben seit Jahrhunderten an die Wunderkraft solcher Gebeine. Vielerorts werden sie in diesen Tagen regelrecht verschleudert. Da sollte man achtsam sein, dass sie nicht in falsche Hände geraten. Mir hat man vor einiger Zeit eine ganze Sammlung angeboten. Und ich habe sie erworben – um sie aus dem Verkehr zu ziehen.«

»Ihr hängt diesem Aberglauben an?« Luther klang scharf.

»Ich sammle, sehe und besitze. Nicht mehr und nicht weniger«, erwiderte Pistor. »Und jetzt lasst uns zur Tafel zurückkehren! Dort wartet noch eine süße Käsetorte auf Euch.«

Bald darauf brachen die Professoren auf. Nach dem seltsamen Zwischenfall war die Unterhaltung stockend geblieben, sogar der selige Weingeist, der alle umnebelt hatte, schien verflogen.

Vom Marktplatz strebten die Herren nach einer kurzen Verabschiedung in verschiedene Richtungen davon.

Luther und Melanchthon gingen ein Stück zusammen.

»So red schon, mein Schwarzerd!« Luther ärgerte sich, dass seine Zunge so schwer war. »Ich spür doch förmlich, wie die Worte in dir nach oben schießen wollen.«

»Man wird nicht recht aus ihm schlau.« Melanchthon schwankte noch immer bedenklich. »Zu reden versteht er. Und ein kluger Kopf ist er auch. Gesehen hat er gewiss mehr als wir alle miteinander. Und doch erscheint er mir in gewisser Weise arm.«

»Das hätte ich nicht besser sagen können«, stimmte Luther zu.

»Und weißt du was? Plötzlich neide ich ihm nicht einmal mehr seine antiken Schätze. Ich behalte lieber mein so leichtsinnig angebotenes Jahrzehnt – falls der gütige Gott mir diese Gnade erweisen wird.«

»Von mir aus kann er all seine Schriften und Bücher horten, bis er schwarz wird«, sagte Luther. »Und seinen raffinierten Fraß mit dazu. Ich freu mich jetzt nur noch auf mein redliches Bett – und auf meine Katharina.«

✢

Wie jung sie wirkte! Und wie geschmeidig ihr Körper selbst nach zwei Geburten geblieben war!

Jan, den ein unbestimmtes Gefühl zum Luther-Haus getrieben hatte, blieb stehen, zog ein Blatt und seine Kreide hervor und begann zu zeichnen. Katharina, die zu seiner Überraschung beim Unkrautjäten im Garten war, hatte ihr Haar mit einem hellen Tuch verhüllt. Sie trug ein fleckiges Kleid, dessen Stoff so verwaschen war, dass man ihre sanften Rundungen mehr erkennen als erahnen konnte. Ein großer Wasserfleck auf dem Mieder tat sein Übriges.

Irgendwann hielt sie inne, stützte die Hand in den Rücken und richtete sich auf.

Als er ihr Profil sah, erkannte Jan, dass er sich getäuscht hatte.

Das war nicht Katharina – das war Susanna!

Eine Flut unterschiedlichster Bilder schoss durch seinen Kopf. Wie viele verschiedene Gesichter Susanna haben konnte!

Erschrecken, als er den versuchten Diebstahl bemerkt und ihre Hand umklammert hatte.

Scham, die ihre Züge aufbrechen ließ.

Misstrauen, nachdem er sie vor der Taverne abgepasst hatte.

Erstaunen, als sie erkannte, zu welchem Haus in Wittenberg er sie und ihre Gefährtin brachte.

Sehnsucht, die bisweilen in ihren Zügen aufflackern konnte, wenn sie ihn ansah.

Susannas Duft.

Ihr Mund …

Das war nicht länger die spröde Nonne, die er bislang in ihr gesehen hatte. Susanna war eine Frau aus Fleisch und Blut – und um vieles anziehender, als er sich bislang eingestanden hatte.

Unwillkürlich machte Jan ein paar Schritte auf sie zu. Da bemerkte sie ihn.

Unwille ließ sie die Lippen schürzen. Ihre Augen sprühten Blitze.

»Was spionierst du mir nach?«, rief sie. Dann erst fielen ihr das Skizzenbuch und die Kreide in seiner Hand auf. »Und ausgerechnet so wagst du, mich auf Papier zu bannen?« Sie schaute an sich hinunter. »Hast du nichts Besseres zu tun?«

»Es war nur eine Verwechslung …« Jan verstummte. Jedes weitere Wort würde nur neue Verwirrung stiften.

»Eine Verwechslung?«, rief sie kampfeslustig. »An wen hattest du denn gedacht? Bini ist zu klein und zu schmal, Muhme Lene zu alt und gebeugt, da kommt doch nur Katharina infrage …« Sie schlug die Hand vor den Mund, als sie die Wahrheit begriff. »Du bist ein Tier, Jan! Nicht einmal vor der Lutherin schreckst du zurück.«

Schweigend starrten sie sich an.

Ich begehre dich, dachte Jan. Nein, das trifft es nicht genau.

Du löst etwas in mir aus, das mir bislang unbekannt war. Schütteln könnte ich dich – und gleichzeitig beschützen wie eine Vogelmutter ihr Junges, das in Gefahr gerät. So durcheinander hat mich noch kein Weib vor dir gebracht. Was hast du nur mit mir angestellt, Susanna?

»Ich bin kein Tier«, sagte er und hasste sich für seine unbeholfene Steifheit. »Können wir diesen Vorfall nicht einfach vergessen?«

»Vergessen?«, schnaubte sie. »Das wäre dir wohl am allerliebsten! So wie das Nacktbild von Margaretha Relin, das meine Augen niemals sehen sollten …«

Susanna erschrak, als sie Jans zutiefst erschrockenes Gesicht sah, raffte ihre Röcke und stürzte ins Haus.

Er schüttelte den Kopf, als habe ihn ein unsichtbarer Hieb getroffen, dann lief er zurück in die Stadt.

✤

Erst in der Stille ihrer Kammer kam sie wieder zu Atem.

Susanna griff nach der Laute, die seit Langem vernachlässigt in einer Ecke stand, und begann sie zu stimmen.

Die ersten Töne waren krude und schrill, dann aber wurden ihre Finger langsam mit den Saiten eins.

Sie spielte ein altes Lied, mit dem sie die jüngsten Schwestern im Kloster begrüßt hatten.

Schenkst dein Herz dem Alleinen,
willst sein Herzliebchen sein.
Alles Not und alle Sorgen,
lässt du draußen fein bleibn …

Susanna stellte die Laute zur Seite. Ihr Herz schlug nach wie vor bis zum Hals.

Liebste Gottesmutter, betete sie stumm, was soll ich nur tun? Ich liebe ihn. Ich liebe ausgerechnet diesen weibergeilen, untreuen Jan!

Neun

In seinen Armen fühlte Barbara sich genauso an wie beim allerersten Beilager: eine feingliedrige Frau mit Brüsten, die noch immer in seine Hand passten, und Beinen, so lang und geschmeidig, dass sie ihn beim Liebesakt mühelos umschlingen konnten, als wollten sie ihn nie wieder loslassen. Erst auf den zweiten Blick hatte Lucas Cranach sich in die scheue blonde Ratstochter aus Gotha verliebt, die nach einer geplatzten Verlobung klug und geduldig genug gewesen war, seine zögerliche Werbung mit einem Lächeln anzunehmen.

Er hatte diese Entscheidung keinen einzigen Tag bereut, und das lag nicht an der großzügigen Mitgift, die Jobst Brengbier seiner Lieblingstochter mit in die Ehe gegeben hatte. Doch so ganz verkehrt war diese üppige Morgengabe allerdings auch wieder nicht gewesen, denn das Haus am Marktplatz von Gotha bildete ein solides Fundament für die weiteren Grundstückserwerbungen in Wittenberg, die im Lauf der Jahre nach und nach dazugekommen waren.

Fünf Kinder hatte Barbara ihm geschenkt, war seinem Haus und seiner Werkstatt eine fleißige, tüchtige Vorsteherin und zudem fähig, dank ihres Kräuterwissens Krankheiten zu lindern oder sogar zu heilen. Dabei ließ sie sich von niemandem etwas vormachen, weil sie vor allem ihrer eigenen Beobachtung vertraute. Selbst bei Meinungsverschiedenheiten wurde sie niemals schroff oder scharf, wie es bei Katharina von Bora durchaus vorkommen konnte, vielmehr wusste sie ihre Argumente so geschickt vorzubringen, dass ihr Mann sich ihnen früher oder später anschloss.

Außerdem kannte sie ihn wie kein zweiter Mensch auf Gottes schöner Erde, was er heute wieder einmal zu spüren bekam.

»Du gefällst mir gar nicht, Lucas«, sagte sie, während ihre Finger eine betörende Melodie auf seinen verspannten Schultern spielten. »Schon seit Tagen bist du wie verwandelt.«

»Warum, meinst du wohl?«, erwiderte er polternder, als ihm eigentlich zumute war. »Ein riesiges Fuder drückt auf meinen Rücken. Und je weiter ich nachforsche, desto schwerer wird es.«

»Musstest du dich unbedingt im Rat vordrängen? Diese Suche nach dem Mörder von Margaretha – sie kann gar nicht gut ausgehen.«

»Was redest du da?«, fuhr er auf.

»Vor allem sollte sie nicht ausschließlich mit dir in Verbindung gebracht werden«, erwiderte sie ungerührt. »Du bist zwar Ratsherr, aber vor allem doch ein berühmter Maler und gewiss kein Richter oder gar Henker.«

»Wir sollen den Täter also einfach laufen lassen?«, schnappte er zurück.

»War es ein Fremder, so ist er ohnehin längst über alle Berge«, sagte Barbara. »Niemand mit nur einem Fünkchen Verstand würde seelenruhig abwarten, bis man ihn fasst, aburteilt und zum Galgen schleppt. Und jemand aus Wittenberg? Das gibt böses Blut.«

»Ich kann dich nicht begreifen …«

»Ein Mörder innerhalb unserer Bürgerschaft? Hast du dir das schon einmal ausgemalt? Kein Stein bliebe mehr auf dem anderen.« Sie griff nach einem Taschentuch und schnäuzte sich ausführlich. »Vielleicht hat Margaretha es sich ja sogar zum Teil selbst zuzuschreiben, dass sie nicht mehr am Leben ist.«

»Das sagst ausgerechnet du – eine Frau!«

»Ja, allerdings eine Frau, aber eine, die ihrem Mann stets treu war und die mit ihrem Leben zufrieden ist. Margaretha dagegen …« Sie verstummte.

»Wenn du etwas weißt, Barbel« – Cranach nahm ihre Hand –, »so musst du es mir sagen.«

Sie entzog sie ihm.

»Wo lebst du eigentlich, Lucas? Du malst die Menschen, und das beherrschst du meisterhaft. Doch kannst du in ihren Mienen und Körpern, die du auf Leinwand bannst, auch lesen? Es gibt eine Welt der Männer. Und eine der Frauen. Und von dieser verstehst du nichts, Meister Cranach – gar nichts!«

Er schaute sie fragend an.

»Du erkennst es an den Augen«, fuhr sie fort, als er stumm blieb. »Da gibt es dieses Sehnen, einen Abgrund, den nichts und niemand zu füllen vermag. Solche Frauen haben sich verkauft, oft blutjung – für ein Haus, den Traum eines glücklichen Lebens oder eine Ehe, die sich schon bald als unerträglich erweist. Dann sind sie enttäuscht, müde oder voller Angst. Solche Frauen klammern sich an den letzten Strohhalm. So war es auch bei Margaretha.«

»Sie hat sich dir offenbart?«

Barbara nickte.

»Margaretha glaubte, wenn sie schwanger wäre, würde alles besser werden. Aber Kinder können nichts heilen, was bereits verrottet ist – ganz im Gegenteil. Das habe ich oft genug gesehen.«

»Sie war schwanger?« Cranach starrte seine Frau an.

Sie zuckte die Schultern.

»Bis das Kind sich zum ersten Mal im Mutterleib bewegt, gibt es keine Gewissheit, das habe ich selbst sechsmal erlebt. Und selbst dann kann noch immer alles anders kommen – wie unser totes Frühgeborenes uns schmerzlich gezeigt hat. Aber Margaretha glaubte fest daran, erstmals seit ihrer Hochzeit. Das hat sie mir unter Tränen gestanden. Was, meinst du, hat sie so sicher gemacht? Und warum musste sie dabei weinen?«

»Doch nicht etwa ein anderer Mann …«

»Das hast *du* gesagt.« Sie warf den aschblonden Zopf zurück, den sie allabendlich flocht, bevor sie sich zum Schlafen legte. An manchen Abenden allerdings ließ Barbara ihr Haar offen, weil sie wusste, wie gern ihr Mann sich darin verlor, Abende voller Hingabe und Lust, an denen so manches in Vergessenheit geriet, was die Eheleute Cranach tagsüber entzweit hatte …

Welch kluges Weib er gefreit hatte! Keine andere hätte er an seiner Seite haben wollen, auch wenn die Leute sich manchmal darüber mokierten, dass sie auf keinem seiner Gemälde zu sehen war.

Wie blind sie doch waren! Wer Augen hatte und ein Herz dazu, der musste doch erkennen, dass in jeder seiner Frauengestalten etwas von Barbara steckte. Alles Weibliche, das er jemals gemalt hatte und weiterhin malen würde, floss zusammen in der einen, die jetzt neben ihm lag – und die er mit niemandem auf der Welt teilen mochte.

»Was soll ich tun?«, fragte er.

»Gib diesen undankbaren Auftrag zurück! Sag dem Rat,

dass du ihn nicht weiter ausführen kannst. Die Werkstatt verlangt nach dir, deine Kinder brauchen ihren Vater wie ich meinen Mann, und der Landesherr wird langsam ungeduldig: So viele Werke, die noch gemalt werden wollen, warten auf dich.«

»Das kann ich nicht. Noch nicht.«

Ihre Lider begannen leicht zu flattern.

»Dann schaff endlich Fakten, sonst geht die Stadt zugrunde!«, forderte sie.

»Aber das versuche ich doch schon die ganze Zeit!«

»Dann stell dir das vor: Relin als Hahnrei? Glaubst du, er hätte das einfach so hingenommen?«

»Ich habe ihn eingehend verhört …«

»Sperrt ihn ein! Setzt ihn unter Druck! Er wird einknicken und gestehen. Wittenberg braucht endlich wieder seinen Frieden, Lucas!«

Er umschlang sie, weil so richtig klang, was sie gesagt hatte, und bedeckte ihren Mund mit stürmischen Küssen. Barbara erwiderte seine Liebkosungen, und ihr Körper wurde weich. Er streichelte ihre Brüste, sog den Duft ein und schmeckte den leicht salzigen Geruch ihrer Haut. Barbaras Gesicht war schmal und ernst. Im Morgengrau schimmerte ihre Haut wie kostbares Perlmutt.

Sie nahm ihn auf und bewegte sich unter ihm in einem Rhythmus, den sie beide schon so oft genossen hatten und noch immer erregend fanden, bis er schließlich aufschrie und dann auf ihr zusammensackte.

Sie gönnte ihm den kurzen Schlaf, der darauf folgte, auch das kannte sie an ihm wie so vieles andere. Nach einer Weile begann sie seinen Arm zu streicheln.

Verschlafen wie ein Kind öffnete er die Augen und lächelte, als er erkannte, wo er war – und bei wem.

»Es wird Zeit, Lucas«, sagte sie zärtlich. »Steh auf! Und walte deines Amtes!«

✦

Alles, was sie in den Mund steckte, schmeckte nur noch nach Seife. Und selbst der strahlendste Sommertag konnte Bini nicht mehr glücklich machen.

Wieso hatte sie den Raben gezwungen, über die Tote zu reden?

Seitdem erschien ihr der Himmel bleiern, und bleischwer war auch ihr Herz.

»Ich habe sie nicht berührt«, hatte er gesagt, während sich das Licht auf seiner schwarzen Maskenhälfte brach. »Und doch bin ich schuld am Tod eines Menschen.«

»Das reicht mir nicht«, hatte sie geantwortet. »Wenn du dich innerlich reinwaschen willst, musst du alles gestehen.«

»Das kann ich nicht.« Mit ihrem Körper hatte sie gespürt, wie seiner zusammenzusacken drohte. »Ich habe es geschworen. Mit meinem Blut.«

»Mit Blut muss man nur beim Teufel unterzeichnen.«

»Ich bin der Teufel!« Mit diesem Schrei war er davongestürmt.

Der Satz kreiste in ihr, eine unselige Litanei, die immer wieder hochkam, sosehr Bini sich auch bemühte, sie wegzudrängen.

Was wusste sie eigentlich von ihm?

Den Namen seines Pferdes. Dass er einen schrecklichen Unfall erlitten hatte. Und große Schuld mit sich herumtrug.

Rabe, wie sie ihn genannt hatte, war ein leeres Blatt, auf das sie aus Sehnsucht und Arglosigkeit dicke goldene Kringel getupft hatte. Aber sobald sie das Blatt umdrehte, war es pechschwarz und stank nach Schwefel.

Und doch gab es etwas in ihr, das sie an seiner Unschuld festhalten ließ. Aber war es nicht verrückt, das zu tun?

Ich habe sie nicht berührt – wie hätte er sie dann töten können?

Und doch bin ich schuld am Tod eines Menschen – was noch sollte er sagen, damit sie endlich zur Vernunft kam?

Ich bin der Teufel – das war das Schlimmste gewesen. Wieso hatte er diesen Satz nur gesagt?

Mehr denn je sehnte Bini sich nach den schützenden Mauern von Sonnefeld, die sie umfangen und ihr Halt gegeben hatten. Eingebettet in ein stilles, gleichmäßiges Leben ohne überraschende Ereignisse, war sie damals vor solch verzehrenden Gefühlen gefeit gewesen. In diesen Jahren hatte sie manchmal von der Welt außerhalb des Konvents geträumt, ohne zu ahnen, wie schwierig es sein würde, in ihr zu bestehen. Zu dieser Zeit war sie noch ein ahnungsloses Kind gewesen – jetzt war sie eine erwachsene Frau, deren Herz blutete.

Sie war sich beinahe sicher, dass sie ihren Raben niemals wiedersehen würde. Wie sollte sie das nur ertragen?

Und was fing sie mit seinem unfertigen Geständnis an?

Damit zu Katharina gehen? Oder gar zu Luther selbst?

Allein der Gedanke daran verschloss Bini die Lippen. Was hätte sie schon sagen können?

Schon mehrmals ist mir am Elbufer ein namenloser Mann begegnet, der eine dunkle Halbmaske aus Metall trägt und seltsame Dinge von sich gibt? Er hat gestanden, Margaretha gekannt, sie aber nicht berührt zu haben und dennoch schuldig am Tod eines Menschen zu sein. Er ist der Teufel …

Hatte sie Pech, so erwartete sie der Narrenturm. Im günstigsten Fall würde man sie auslachen und für eine törichte Träumerin halten, der man besser aus dem Weg ging.

Oder doch Susanna alles gestehen?

Aber dann würde die Gefährtin unweigerlich auch erfahren, wie lange sie das Geheimnis um ihren Raben schon mit sich herumtrug.

Vor Kummer seufzte Bini laut auf, als plötzlich Hansi ungeduldig an ihrem Rock zupfte.

»Swein kommt«, rief er aufgeregt, während er mit einer Hand seinen schmutzigen blauen Stoffhasen an sich drückte, den er ständig mit sich herumschleppte, und mit der anderen auf den Stall deutete. »Großes Swein mit spitze Zähne.«

✚

Beim Anblick des riesigen Ebers überkam Susanna Gänsehaut. Vier kräftige Männer waren notwendig, um ihn vom Wagen zu zerren. Seine Vorder- und Hinterläufe hatten sie mit dicken Stricken gefesselt und ihm das Maul zugebunden, doch die spitzen Hauer standen drohend hervor, und sein Schnauben war furchterregend.

»In den Koben mit ihm!«, rief Katharina, die vorsorglich in Deckung gegangen war. »Und versichert euch, ob alle Gatter zu sind. Sonst fürchte ich um unsere Kinder.«

»Hättest die Sau vielleicht doch besser zu uns bringen sollen«, sagte einer der Männer, ein junger Bauer mit verfilzten Locken, als der Eber endlich untergebracht war. »Dann wäre dir und auch uns so einiges erspart geblieben.«

»Sind ja gleich drei, die er decken soll«, verteidigte sich Katharina. »Die Nachbarn werden dabei helfen.«

»Drei rauschige Säue auf einmal?« Anzüglich glitt sein Blick zu Susanna, die finster zurückstarrte. »Dann habt ihr wohl vor, das ganze Haus zum Ferkelkoben zu machen?« Die Bauern lachten zweideutig, während Katharina zusammenzuckte.

»Es reicht.« Susanna trat furchtlos vor. »Habt ihr vergessen, mit wem ihr es zu tun habt? Die Frau des Reformators verdient Ehrerbietung und Respekt. Und jetzt verzieht euch! Das Geld bekommt ihr nach dem Decken.«

Mit langen Gesichtern rückten die Männer mit ihrem Wagen ab.

»Danke«, sagte Katharina, nachdem sie sich wieder halbwegs gefasst hatte. »Manchmal wünschte ich, Martin stünde mir auch im Alltäglichen bei. Aber es sind immer die Schriften, die Predigten und Briefe, die ihn vollkommen mit Beschlag belegen. Jetzt hat er auch noch Ärger in der Leucorea, weil sie dort dringend einen neuen Rektor brauchen und keinen geeigneten Kandidaten zu finden scheinen. Was nichts anderes bedeutet, als dass ich ihn noch weniger als bisher stören darf.«

»Er vertraut seiner Käthe eben voll und ganz«, sagte Susanna mit einem winzigen Lächeln. »Für ihn gibt es nichts, was Ihr nicht lösen könntet. Die Meisterin des Alltags!«

»Da irrt er sich gründlich«, widersprach Katharina. »Oftmals bin ich so müde, als hätte ich gar nicht geschlafen. Das Haus, die Studenten, die Tiere, der Garten, die Sorge um die Muhme und mein kleines, krankes Mädchen ...« Sie verstummte.

»Elisabeth hat wieder gespuckt?«, fragte Susanna.

»Leider. Und sie isst nach wie vor wie ein Spätzchen. Nicht einmal Barbaras Geheimrezepte wollen recht helfen. Jeden Morgen zittere ich vor Angst, bevor ich an die Wiege trete. Erst wenn ich dann sehe, wie ihr kleiner Brustkorb sich hebt und senkt, könnte ich losheulen vor Erleichterung.«

»Die Himmelsmutter ist immer bei ihr«, sagte Susanna. »Die kranken und die schwachen Kinder beschützt Maria ganz besonders. So war es seit jeher. Und so wird es immer sein.«

»Du sprichst noch mit ihr?«, fragte Katharina leise. »Das habe ich früher im Kloster auch oft getan.«

»Sie schert sich nicht um Konfessionen oder Glaubenszwiste. Für sie zählt einzig und allein der Mensch – und seine Sorgen.«

»Aber ich fühle mich ihr so fremd.«

»Versucht es!«, sagte Susanna. »Sie hat Euch niemals verlassen.«

»Woher willst du das wissen?«

»Weil ich noch immer hoffen kann. Und Ihr könnt es auch.«

Katharinas Blick war lang und prüfend. Dann entspannten sich ihre Züge.

»Ich bin dankbar, dass sie euch zu mir geschickt hat«, sagte sie. »Denn sie war es doch wohl, oder nicht?«

Susanna nickte.

»Lass uns zum Koben gehen und diesen Prachtburschen näher beäugen«, schlug Katharina nach einer Weile vor. »In der Nase hatte ich ihn schon zur Genüge. Und soll ich dir was sagen? Er stinkt wie die reinste Höllenpisse.«

✤

Es roch streng, als Cranach die Apotheke betrat, und plötzlich war er erleichtert, dass er Jan unter einem Vorwand aufgefordert hatte, ihn zu begleiten.

Alles wirkte so schlampig und verdreckt wie bei seinen letzten Besuchen – und doch war irgendetwas anders. Es herrschte eine lastende Stille, in der jeder Schritt, den die beiden Maler machten, überlaut erklang.

»Relin!«, rief Cranach, und seine Stimme klang plötzlich unsicher. »Relin, wo steckt Ihr? Ich muss Euch noch einmal ausführlich befragen.«

Alles blieb ruhig.

»Sieht ihm gar nicht ähnlich, alles offen zu lassen und einfach wegzugehen«, murmelte Cranach. »Der Relin jedenfalls, den ich damals als meinen Pächter eingestellt habe, hätte das niemals getan. Ob er heimlich geflohen ist, um sich der Verantwortung zu entziehen?«

Jan, der sich zunächst hinter Cranach gehalten hatte, schloss zu ihm auf.

»Es stinkt.« Er zog die Nase kraus. »Beinahe, als ob ein Tier …« Er verschwand im Nebenraum und kam nach wenigen Augenblicken sehr bleich wieder zurück.

»Relin kann nicht mehr antworten«, sagte Jan. »Er baumelt drüben von der Decke.«

»Er hat sich erhängt?«, fragte Cranach fassungslos.

»So sieht es aus. Überzeugt Euch selbst!«

Die beiden liefen nach nebenan.

In dem kleinen Raum herrschte regelrechtes Chaos. Töpfe und Eimer standen überall herum, getrocknete Pflanzen lagen auf dem Boden, unter dem Fenster war grünliches Pulver verstreut.

Die Leiche hatte einen Strick um den Hals und war kalt, als Cranach sie mit leisem Grauen berührte. Die Zunge hing blau und dick heraus, die Augen schienen aus ihren Höhlen treten zu wollen. Im Sterben hatte der Apotheker sich besudelt. Es stank nach Urin und Exkrementen.

»Darauf muss er gestiegen sein«, sagte Cranach und wies auf einen stabilen dreibeinigen Hocker. »Die Schlinge hatte er sich schon zuvor um den Hals gelegt.« Er spähte nach oben. »An dem Haken hing früher ein Metallkorb. Relin konnte also sicher sein, dass der einiges aushalten würde.«

Von innerer Unruhe getrieben, stiefelte Jan zwischen den Töpfen und Eimern hin und her.

»Da liegt etwas Geschriebenes«, sagte er und hob das Blatt auf.

»Ich gestehe meine Schuld am Tod meiner Frau Margaretha und scheide freiwillig aus dem Leben, um demütig meinen Gang vor die himmlische Gerechtigkeit anzutreten«, las er vor. »Gezeichnet *Alwin Relin, zu Wittenberg im Jahre des Herrn 1528.«*

»Zeig her!« Cranach beugte sich über den Brief und studierte ihn. »Das ist Relins Handschrift«, sagte er schließlich. »Unverkennbar. Diese tiefen Schlingen beim g und die spitzen Höhen beim k. Selten hab ich eine markantere Handschrift gesehen.«

»Er hat sich also selbst gerichtet und auch noch einen Abschiedsbrief hinterlassen«, sagte Jan. »So einfach hat er es Euch gemacht!«

»Was willst du damit sagen?« Cranach fuhr zu Jan herum.

»Das ist glatt, verehrter Meister. Fast zu glatt für meinen Geschmack.«

»Schneid ihn lieber ab!«, forderte Cranach. »Anstatt lang herumzureden. Und bedeck sein Gesicht! Ich will die hässliche Fratze nicht länger sehen.«

»Ich bin kein Henkersknecht.«

»Soll ich es vielleicht tun? Steig auf den Hocker und schneid ihn endlich ab, sonst mach ich dir Beine!«

Jan zögerte, dann fügte er sich schließlich und kam der Aufforderung nach. Doch seine Arme waren zu kurz, um den Haken über dem Erhängten zu erreichen.

Er stieß einen Pfiff aus.

»Hast du jetzt völlig den Verstand verloren?«, polterte Cranach.

»Ganz im Gegenteil«, erwiderte Jan. »Und wenn Ihr Eure Augen richtig aufmacht, werdet Ihr ebenfalls sehen, was ich sehe.«

Zum zweiten Mal streckte er die Arme aus. Zwischen seinen Händen und dem Haken blieb ein erheblicher Abstand.

»Du bist zu weit entfernt, na und? Dann rück den Hocker einfach näher und tu, was ich dir gesagt habe!«

»Und wie genau soll Relin sich erhängt haben?«, fragte Jan. »Seine Arme sind ein ganzes Stück kürzer als meine. Auf dem Hocker stehend, konnte er nicht an den Haken gelangen. Also konnte er auch nicht den Hocker umstoßen, um sich in den Tod zu stürzen, zumal der jetzt auf seinen drei Beinen sicher vor uns steht. Es sei denn …« Er schwieg.

Cranach starrte ihn an.

»… er war nicht allein, als er starb. Nichts anderes willst du doch sagen«, murmelte er. »Aber das hieße ja, dass Relin …«

»Jemand anders muss es getan haben«, sagte Jan. »Relin hat sich nicht selbst durch den Strick gerichtet. Er wurde aufgehängt – von seinem Mörder.«

✣

Es ging heftig her unter den Professoren der Leucorea, und das lag nicht allein am schwülen Wetter, welches nach Gewitter roch. Melanchthon hatte die Kollegen zusammengetrommelt, doch zu seinem Missvergnügen waren nur einige von ihnen erschienen.

»Wir brauchen endlich eine Entscheidung«, verlangte er, als einigermaßen Ruhe eingetreten war. »Sollen wir nun Pistor, der so wie einige Herren Collega fehlt, als Kandidaten aufstellen – oder doch lieber nicht?«

»Ich bin nach wie vor dafür«, sagte Hunzinger mit fester Stimme. »Sein Ruf ist gut, er besitzt Verstand und vermag in seinen Vorlesungen die Studenten zu fesseln. Latein und vor allem das hervorragende Griechisch, das er unterrichtet, sind nun einmal die besten Grundlagen für jede andere Fachrichtung. Meine Stimme bekommt er.«

»Habt Ihr Euch da nicht etwas zu sehr von Lammfleisch und Pastete blenden lassen?«, wandte Block ein. »Ich kann die Sülze in Euren Augen ja geradezu glänzen sehen. Was mich betrifft, so bin ich skeptisch. Äußerst skeptisch sogar.«

»Dem schließe ich mich an.« Schöneberg nickte erregt. »Er kennt seine antiken Philosophen ebenso gut wie die Kirchenväter, das mag durchaus der Fall sein. Aber setzen wir uns mit diesem Pistor nicht unweigerlich eine papistische Laus ins Fell, die wir so schnell nicht wieder loswerden? Noch lebt Gunckel und kann, wenngleich auch eingeschränkt, weiterhin fungieren. Lasst uns weiter überlegen! In aller Ruhe. Wir werden den Richtigen schon noch finden.«

Luther, sonst einer der Wortgewaltigsten, war bislang auffallend still geblieben.

»Martin!« Melanchthon stieß ihn in die Rippen. »Träumst du? Wir warten alle gespannt auf deine Meinung.«

»Man soll keinen Menschen vorschnell verurteilen«, sagte der Reformator. »So habe ich es bisher stets gehalten und bin gut damit gefahren. Was wir allerdings bei Pistor entdeckt haben – ich rede von diesem abergläubischen Knöchelchenzeug …«

Die Tür ging auf. Titus Pistor betrat den Saal.

»Die werten Herren Collega!«, sagte er. »Und alle so eifrig beisammen.« Sein Blick glitt über die betroffenen Gesichter. »Ihr habt doch nicht etwa gerade über mich gesprochen, weil Ihr alle auf einmal so klamm geworden seid? Soll ich mich lieber wieder verziehen?«

»Keineswegs«, murmelte Anatom Winsheim. »So bleibt doch, ich bitte Euch! Ja, wir sprachen in der Tat gerade über Euch. Der Besuch in Eurem Haus war … äußerst bemerkenswert.«

»Moira würde jederzeit wieder gerne für Euch aufkochen«,

sagte Pistor mit ernster Miene. »Und was Euch sonst noch bei mir erwartet, habt Ihr ja gesehen.«

»Wie haltet Ihr es mit der Religion, werter Pistor?«, fragte Melanchthon unverblümt. »Ganz frank und frei heraus damit! Eure Antwort wird uns die Entscheidung leichter machen.«

»Und ich dachte, ich stünde als Kandidat bereits fest …« Pistors Gesichtszüge wirkten plötzlich wie erloschen.

»Noch nicht ganz«, sagte Luther. »Ihr wollt die Wahrheit? Ihr sollt sie haben. Ja, wir haben einige Zweifel, das ist richtig. Und nach dem Besuch neulich sind diese nicht gerade weniger geworden. Aber es ist an Euch, uns vom Gegenteil zu überzeugen.«

Pistor schob einen Stuhl zurück und setzte sich an den langen Tisch.

»Ich nehme an, Euch ist der Ausdruck *acedia* bekannt«, sagte er. »Nach theologischer Lehre beschreibt man damit den ungesunden Zustand der Unentschlossenheit.« Schöneberg nickte, während die anderen Männer keine Reaktion zeigten. »*Acedia* ist eines der sieben Hauptlaster. Wie ließe es sich wohl am besten übersetzen?«

Mit aufreizender Langsamkeit schaute er von einem zum anderen.

»Nun, vielleicht am besten mit ›Trägheit des Herzens‹? Was meint Ihr? Nach meiner Ansicht ist das viel präziser als der häufig herangezogene Begriff der ›Faulheit‹, der vieles bloß verwässert.«

»Worauf wollt Ihr hinaus?«, rief Melanchthon.

»Gemach, gemach!« Pistor schien die Situation mehr und mehr zu genießen. »*Acedia* hat sechs boshafte Töchter, wie Thomas von Aquin schrieb: Bosheit, Groll, Kleinmütigkeit, Verzweiflung, stumpfe Gleichgültigkeit und lasterhafte Abschweifung – sie alle gehen mit der Mutter einher.«

Seine Stimme wurde beißend.

»Will sich jemand aus dieser erlauchten Runde freiwillig unter die Knute dieser unheilvollen Töchter begeben?«

Es wurde so still im Saal, dass das Scharren der Stühle auf dem harten Boden plötzlich überlaut wirkte.

Pistor lehnte sich sichtlich befriedigt zurück.

»Dann würde ich doch vorschlagen, dass die Herren Collega …« Er verstummte, weil plötzlich Cranach auf der Schwelle stand.

»Professor Winsheim?«, sagte er. »Wir haben Euch schon überall gesucht.«

»Was wollt Ihr von mir?«, fragte Winsheim.

Cranach schien ihn gar nicht zu hören. Sein Gesicht war nass von Schweiß. Auch seine braune Schaube zeigte große dunkle Flecken.

»Wir haben Relin gefunden«, sagte er. »Erhängt. Im Nebenraum der Offizin. Ich möchte, dass Ihr ihn Euch anseht.«

»Er hat sich selbst gerichtet?« Melanchthon war aufgesprungen. »So hat unser Verdacht sich doch bestätigt.« Er zwinkerte Pistor zu, der allerdings keine Miene verzog.

»Die Büttel haben ihn in den Vorlesungssaal gebracht«, sagte Cranach. »Dort befindet sich auch mein Geselle Jan Seman. Er hat bereits damit begonnen, die Leiche zu zeichnen – auf meine Anweisung hin.«

»Er zeichnet den Toten?«, rief Hunzinger. »Weshalb?«

»Um nichts Wichtiges zu übersehen«, sagte Cranach. »Kommt! Und überzeugt Euch mit eigenen Augen!«

Er lief voran, und sie folgten ihm heftig diskutierend.

Der Tote lag auf der gleichen Bahre, auf der auch seine Frau gebettet gewesen war. Ein ungleich schaurigerer Anblick, der den empfindsamen Melanchthon nach Luft ringen ließ.

»Ja, er ist definitiv durch Erhängen gestorben«, sagte Winsheim, nachdem er ihn eingehend von allen Seiten inspiziert hatte. »Trotz seines bekleideten Zustands vermag ich das zu konstatieren. Die dunkle Zunge, die hervorquellenden Augen, der Genickbruch, die Verschmutzung durch Einkoten und Urinabgang – alles spricht dafür. Außerdem ist er bereits steif, was darauf hinweist, dass der Tod schon vor einigen Stunden eingetreten sein muss.«

»Wir haben einen Abschiedsbrief gefunden.« Cranach hielt das Schreiben hoch. »Darin gesteht er seine Schuld. Ich habe die Schrift erkannt. Relin selbst hat ihn geschrieben.«

»Und weshalb stehlt Ihr mir dann die Zeit?«, fragte Winsheim ungehalten. »Wenn ich jeden Selbstmörder untersuchen wollte, hätte ich viel zu tun. Zumal, wenn es sich um einen geständigen Mörder wie Relin handelt!«

»Und was ist das hier?« Jan hatte seine Arbeit abgeschlossen und deutete auf die Hände des Toten. »Dunkle Flecken. Kratzer. Abgebrochene Nägel, vier an der Zahl, wenn ich richtig gezählt habe. Er hat sich offenbar gewehrt. Gegen sich selbst?«

Er ging zum Kopfende der Bahre. Mit spitzen Fingern schob er den Strick zur Seite. In der Haut am Hals zeigte sich ein tiefer, länglicher Schnitt mit helleren Wundrändern.

»Das könnte ein scharfes Messer gewesen sein«, stellte Winsheim fest. »Ja, genau so sieht es aus.«

»Mit dem der Selbstmörder sich in den Hals gestochen hat, bevor er auf den Hocker stieg, um sich zu erhängen?«, fragte Cranach. »Mit einem Hocker übrigens, der viel zu weit entfernt stand, um die Tat ohne Hilfe zu vollenden?«

Jedes Flüstern oder Kommentieren war verstummt.

»Nein, dieser Schnitt wurde ihm zugefügt, vermutlich, um ihn gefügig zu machen«, fuhr Cranach fort. »Ich gehe davon aus, dass Relin das Geständnis unter Druck verfasst hat.

Womöglich in der Hoffnung, entfliehen zu können. Doch sein Mörder hat sich anders besonnen oder von Anfang an niemals vorgehabt, Relin entkommen zu lassen. Der Apotheker ist getötet worden. Er wurde erhängt, um die Schuld auf ihn zu lenken.«

»Ihr stellt wahrhaft waghalsige Behauptungen auf, Meister Cranach.« Hunzinger räusperte sich unbehaglich. »Für einen Mathematiker wie mich klingen sie haarsträubend.«

»Ich muss mich dem Collega anschließen«, sagte Schöneberg. »Ein Schnitt, ein Schemel – was ist das schon gegen ein eigenhändig geschriebenes und unterzeichnetes Geständnis? Ihr habt einen Mörder gesucht, Meister Cranach. Ihr habt ihn gefunden. Wittenberg kann endlich aufatmen.«

Pistor verzog den Mund.

»Ihr habt den Toten aufgefunden?«, sagte er, an Jan gewandt. Der nickte.

»Der Gestank hat uns zu ihm geführt. Ich bin vorausgegangen. Der Meister ist mir gefolgt.«

»Dann wart Ihr also eine Weile mit dem Toten allein?« Pistors Stimme hatte plötzlich einen seltsamen Unterton.

»Nur ein paar Augenblicke«, sagte Jan. »Worauf wollt Ihr hinaus?«

Jetzt starrten ihn alle im Raum an, auch Cranach.

»Nun vermutlich lange genug, um alles so zu arrangieren, wie es Euch am besten ins Zeug passt«, sagte Pistor kühl. »Zumindest hättet Ihr die Möglichkeit dazu gehabt.«

»Versucht Ihr gerade, den Verdacht auf mich zu lenken?« Jan schüttelte ungläubig den Kopf. »Hört sofort damit auf! Ich habe nichts mit dem Mord an Relin zu schaffen, geschweige denn irgendetwas manipuliert. Einen größeren Unsinn habe ich selten vernommen!«

»Ich versuche gar nichts«, erwiderte Pistor, »außer Meister

Cranach tatkräftig bei seiner Suche zu unterstützen. Versuchen wir das nicht alle?« Zustimmung heischend wandte er sich um, doch außer Hunzinger wirkten alle wie erstarrt.

Abermals öffnete sich die Tür, und eine junge Frau schoss herein, die hellen Haare aufgelöst, das Mieder verrutscht, die Wangen vom Laufen gerötet. Schweißperlen standen auf ihrer Stirn.

»Schnell!«, rief Susanna. »Da seid Ihr ja endlich! Im ganzen Gebäude bin ich schon vergebens umhergeeilt. Eure Frau schickt mich. Ihr müsst auf der Stelle nach Hause kommen, Professor Luther!«

»Nach Hause? Unmöglich!«, protestierte Luther. »Siehst du denn nicht, was wir gerade zu tun haben?«

»Aber Ihr müsst! Denn allein werden wir das niemals schaffen.« Susannas Stimme drohte umzukippen. »Der geliehene Eber – er ist uns entwischt.«

✳

Der Festsaal funkelte im Kerzenschein, als wären Hunderte von Sternen zusätzlich aufgegangen. Cranachs Werkstatt hatte die Illusion einer südlichen Waldlandschaft erschaffen, vor der die Jagdgesellschaft sich launig vergnügte. Alle hatten sich in kostbare Stoffe gehüllt, die wie antike Gewänder ihre Körper umschlangen. Alle trugen Masken aus Samt, so hatte der Kurprinz es verlangt, manche nur halbe, andere solche, die das ganze Gesicht bedeckten.

Mit seiner Größe und Korpulenz stach er unter allen hervor, eine imponierende Erscheinung in blauer Seide, auf deren Saum goldene Mäander prangten. Auch seine Halbmaske war blau und verlieh seinen sonst leicht schwammigen Zügen eine ungewohnt kantige Note.

»Ich bin Apoll«, begrüßte er jeden seiner Gäste mit breitem Lächeln. »Seid im Reich meiner holden Schwester aufs Herzlichste willkommen!«

Damit gemeint war seine Gattin, die Artemis verkörperte. Dank weiblicher Finesse und geschickter Zofen war es der Kurprinzessin gelungen, blendend weiße Atlasseide so geschickt zu drapieren, dass man die fortschreitende Schwangerschaft nur ahnen konnte. Das Haar trug sie offen und gelockt. Ein Diadem, auf dem eine glitzernde Mondsichel thronte, schmückte den Kopf. Ihre Maske bestand aus weißer Spitze, durch die die rosige Haut schimmerte.

»Wie schön, dass Ihr gekommen seid«, murmelte sie, als sie Jan entdeckt hatte. »Und das Kostüm, lieber Jäger, steht Euch ganz ausgezeichnet.«

Mit leisem Unbehagen schaute Jan an sich hinunter.

Sein hellgrüner Kittel endete ein ganzes Stück über dem Knie, und was er sich als Sandalenbänder um das Bein geschlungen hatte, kam ihm einfach nur lächerlich vor. In seinem Gürtel steckte ein Dolch aus Pappmaschee, den er bei der nächstbesten Gelegenheit hinter den Kulissen verschwinden lassen würde, wie er sich vorgenommen hatte. Als besonders widerlich empfand er die Pflicht zur Maske. Schon jetzt schwitzte er heftig unter der seinen, und er wartete nur auf den passenden Moment, um sich das lästige Ungetüm vom Gesicht reißen zu können.

»Ich weiß nicht so recht …«, murmelte er.

Ein Mann zog seine Aufmerksamkeit auf sich, muskulös und mittelgroß, von Kopf bis Fuß in schmuckloses Schwarz gewandet. Der nachtschwarze Samt auf seinem Gesicht wirkte wie angegossen.

Er schien zu spüren, dass Jan ihn anstarrte, und schaute zunächst weg, dann aber hielt er seinem Blick stand.

Hades, dachte Jan. Hüter der Unterwelt. Begegne ich ihm, weil ich heute schon den Tod angetroffen habe?

»Aber ich weiß es.« Die Kurprinzessin lachte ihr fröhliches, ungezwungenes Lachen, das ihr so gut stand und sie wieder in das übermütige, liebenswerte Mädchen verwandelte, dem niemand einen Wunsch abschlagen mochte. »Ihr *werdet* Euch vergnügen an diesem besonderen Abend – glaubt mir, der Göttin der Jagd, die kein Mann besiegen konnte!«

»Ich weiß die große Ehre von ganzem Herzen zu schätzen.« Galant verbeugte Jan sich. Der Mann in Schwarz war verschwunden. Hatte er bloß von ihm geträumt? »Und dennoch gehöre ich nicht hierher, das ist mir durchaus bewusst. Zudem werde ich leider nicht lange bleiben können, Euer Hoheit. Die Werkstatt wartet ungeduldig …«

»… auf einen stattlichen Jäger mit strammen Waden?«, ertönte eine Frauenstimme. »Das will ich wohl glauben!«

Dilgin – und sie trug, wie die Kurprinzessin prophezeit hatte, nicht mehr als einen Hauch von Nichts. Anders konnte man das feenzarte, goldgesprenkelte Gespinst kaum nennen, das ihre Brüste und Hüften lose umschmiegte und die Haut wie feinstes Elfenbein schimmern ließ.

War sie darunter splitternackt?

Niemand anders als die kühne Zofe der Kurprinzessin würde es wagen, sich so auf einem Fest zu zeigen.

Den schlanken Hals umschloss ein Goldreif, die rotblonden Haare flossen in Wellen bis zu den Hüften. Barfuß war sie, was ihr ein ganz besonderes Vergnügen zu bereiten schien. Ihre Maske schien wie aus feinen Goldfäden gewirkt, ein Netz aus eingefangenen Sonnenstrahlen.

Ja, sie wäre die ideale Thalia!, dachte Jan unwillkürlich. Wer auch immer sie dazu erkoren hatte, besaß einen scharfen Blick.

Plötzlich hatte er wieder Relin vor Augen, dessen blaue Zunge, die hervorquellenden Augen, den Strick, an dem er baumelte.

Aber wenn nicht Relin Margaretha getötet hatte, wie in seinem angeblichen Abschiedsbrief stand, wer war es dann gewesen? Jemand, der ihm das Leben geraubt und anschließend versucht hatte, es wie Selbstmord aussehen zu lassen …

Die Augen der Professoren! Wie sie ihn angestarrt hatten – zum Aburteilen bereit.

Jan musste sich plötzlich schütteln.

Was tat er eigentlich hier?

Vor Kurzem noch hatte er einen Erhängten gezeichnet, und jetzt stand er inmitten von trunkenen, lachenden Gästen in einem höfischen Festsaal vor einer Frau, die keinerlei Grenzen zu kennen schien.

»Komm!«, lockte Dilgin. Und Jan wusste kaum noch, wohin er schauen sollte, während Lust und Abwehr in ihm um die Vorherrschaft stritten. »Heute Nacht bin ich die Nymphe Harmonia und werde dir eine Quelle zeigen, die du ein Leben lang nicht mehr vergisst.«

Sein Widerstand erlahmte, während sie seine Hand packte und ihn quer durch den Saal zog. Er spürte die neugieren Blicke, die ihnen folgten, hörte Lachen, Geflüster, Raunen.

Die Maske schränkte seine Sicht erheblich ein, was ihn irritierte. Er musste sich ganz auf Dilgin verlassen. Sie waren inzwischen hinter den gemalten Kulissen vor einer Tür angelangt, die sie öffnete.

Vor ihnen der endlose Flur, den Jan bereits kannte. Leichtfüßig lief Dilgin voran. Jeder Winkel, jede Ecke schienen ihr vertraut.

Um vieles langsamer folgte ihr Jan, dessen Unentschlossenheit bei jedem Schritt zunahm.

Plötzlich ein Hüsteln, das ihn innehalten ließ. Dann erschien in einer halb geöffneten Tür ein Arm, der ihn näher winkte.

Mit bleiernen Beinen ging Jan auf die Tür zu, die wie von einem Windstoß bewegt hinter ihm ins Schloss fiel.

Vor ihm stand der Mann in Schwarz – Hades!

»Ich dachte, ich würde den Meister heute Abend zu Gesicht bekommen«, sagte er. »Aber ich habe mich offensichtlich geirrt.«

Jan kannte die Stimme. Er hatte sie schon einmal gehört.

Der Mann mit der dunklen Metallmaske in dem verborgenen Zimmer – er und kein anderer stand vor ihm!

»Meister Cranach war leider unabkömmlich«, sagte Jan und ärgerte sich darüber, wie dünn seine eigene Stimme klang. »Ich bin sein Stellvertreter.«

Der Mann in Schwarz nickte.

»Sein Stellvertreter?«, wiederholte er. »So werdet Ihr es auch sein, der ihm die Botschaft überbringt. Es geht um die dritte der Grazien – Euphrosyne, auch Frohsinn genannt. Katharina soll Modell dafür stehen.«

Es dauerte eine Weile, bis Jan verstand, was der andere soeben gesagt hatte.

»Katharina?«, wiederholte er ungläubig. »Aber Ihr meint doch nicht etwa Katharina von Bora?«

Der Mann in Schwarz nickte wieder, dieses Mal ungeduldig.

»Genau die. Und jetzt geht! Mich rufen andere Aufgaben.«

»Die Frau des Reformators? Ihr müsst wahnsinnig geworden sein!«, sagte Jan.

»Da mögt Ihr vielleicht sogar recht haben.« Ein kurzes, knarrendes Lachen. »Aber noch fehlt ja die zweite Grazie. Spannt meine Geduld nicht mehr allzu lange auf die Folter!

Die Zeit wird allmählich knapp. Richtet das dem Meister ebenfalls aus!«

»Niemals, hört Ihr?«, rief Jan. »Niemals!«

»Niemals ist solch ein großes Wort.« Hinter der Maske klang die Stimme leicht verwaschen. »Früher habe ich es oft gesagt, meistens bedenkenlos, aus einer Laune heraus. Heute scheue ich mich davor. Vielleicht wird es Euch eines Tages ähnlich ergehen.«

»Wer seid Ihr?«, fragte Jan unvermittelt. »Und was wollt Ihr?«

»Das Letztere habe ich Euch gerade gesagt.« Ein Seufzen. »Das Erstere wollt Ihr gar nicht wirklich wissen, glaubt mir!«

Er machte eine rasche Drehung, als wolle er nach nebenan verschwinden, doch Jan war zu aufgebracht, um ihn einfach so gehen zu lassen.

»Wenn Meister Cranach keine Fragen stellt, so ist das seine Sache«, rief Jan und packte den Schwarzen fest am Arm. »Ich aber bin Jan Seman – und ich frage!«

Der andere riss sich los. Dabei löste sich die Samtmaske und fiel zu Boden. Auf einer Gesichtshälfte schimmerte blankes Metall.

»Wer seid Ihr?«, schrie Jan. »Satan höchstpersönlich?«

»Der Teufel?« Ein gellendes Lachen, das jäh wieder erstarb. »Wie recht Ihr doch habt! Ja, ich bin der Teufel.«

Jan erhielt einen Fausthieb in den Magen, der ihm den Atem nahm, und er krümmte sich zusammen. Als er sich wieder aufrichtete, war der Mann in Schwarz verschwunden.

Noch immer leicht benommen taumelte Jan aus dem Zimmer, den Gang entlang, bis ihm auffiel, dass er sich immer weiter vom Festsaal entfernte.

Wo steckte Dilgin?

Wahrscheinlich war sie längst zu den Feiernden zurückgekehrt und machte Jagd auf neue Beute.

Er ordnete sein seltsames Gewand, das ihm absurder denn je erschien, zog den nutzlosen Dolch aus dem Gürtel und warf ihn in eine Ecke.

Plötzlich stutzte er.

Die Tür vor ihm stand einen Spalt offen. Als er sie weiter aufstieß, war es wie in seinen Träumen. Dilgin lag bis auf ihre Maske nackt auf einem Ruhebett, die Schenkel leicht geöffnet, die Augen geschlossen wie im friedlichsten Schlaf. Eine aschblonde Locke war auf ihre Brust gefallen und hob und senkte sich im Rhythmus ihres Atems. Die Frau schien wie aus hellem Marmor gemeißelt: makellos, schamlos und überaus verführerisch.

War es bloße Einbildung – oder hörte er tatsächlich das ferne Murmeln eines Gewässers?

Unwillkürlich glitt Jans Hand zur Schulter, doch heute war der Beutel mit den Zeichenutensilien, den er sonst ständig mit sich herumschleppte, ausnahmsweise in der Werkstatt zurückgeblieben.

»Hast du jemals eine schönere Frau erblickt?«, fragte Dilgin, ohne die Augen zu öffnen.

»Nein«, sagte Jan mit enger Kehle.

»Nein? Dann komm zu mir und überzeuge dich!«, forderte sie ihn auf. »Harmonia erwartet dich.«

Seltsamerweise konnte er plötzlich seinen Fuß nicht bewegen, und er hätte im gleichen Augenblick vor Schmerz beinahe laut aufgeschrien.

Denn eine Stiefelsohle nagelte ihn erbarmungslos an Ort und Stelle fest.

»Wer bist du?«, schnitt eine barsche Stimme in sein Ohr.

»Ein … Jäger«, stammelte Jan. »Nur ein einfacher Jäger.«

»Ein Jäger?«, wiederholte der Mann. »Weißt du denn nicht, wer ich bin?«

Jan hatte ihn noch nie zuvor gesehen, da war er sich ganz sicher.

Schulterlanges blondes Haar, glatt und dicht. Kalte, helle Augen, die ihn fixierten. Ein schmaler, leicht schiefer Mund, den die Halbmaske aus tiefrotem Samt seltsam nackt wirken ließ. Der Edle trug einen roten Umhang, und seine Rechte, die einen zweischneidigen Sauspieß hielt, der direkt auf Jans Brust zielte, war kräftig.

»Nun?« Der Stiefeldruck wurde stärker. »Ich höre.«

»Ihr zerquetscht mir ja die Zehen!«, rief Jan. »Ich weiß es nicht. Lasst mich gehen! Ich gehöre gar nicht hierher.«

»Das allerdings hast du gut erkannt.« Die Stimme wurde eisig. »Vor dir steht kein anderer als Ares, der Gott des Krieges, auch Bertram Edler von Altenstein genannt. Und die bildschöne Nymphe, die du soeben mit deinen unverschämten Blicken entweiht hast, ist meine Verlobte Dilgin von Thann!«

ZEHN

Jan schleppte sich in den Hof der Cranach-Werkstatt und beugte sich ächzend über den Brunnen.

Ares hatte ihn töten wollen. Nur durch ein Wunder war er ihm entkommen.

Zum Glück war noch ein Rest Wasser im Eimer, den goss er sich über den Kopf und schüttelte die Nässe wieder ab. Sein Körper reagierte sofort auf die offenbar zu heftige Bewegung. Es gab kaum eine Stelle an seinem Leib, die nicht wehtat.

Welch ein Kampf!

Den Sauspieß hatte er dem Edlen aus der Hand schlagen können, dann jedoch war dieser auf ihn losgegangen wie ein wütender Keiler, hatte ihn mit Fäusten traktiert, nach ihm getreten, auf ihn eingeprügelt. Schon nach wenigen Augenblicken merkte Jan, dass er körperlich unterlegen war – dafür jedoch um vieles wendiger.

Nachdem Jan sich vom ersten Schreck erholt hatte, begann sein Verstand blitzschnell zu arbeiten. Er wich aus, duckte sich, war plötzlich hinter Ares, der sich umdrehte und noch brachialer zuschlug, aber nicht mehr so häufig traf.

Unverkennbar, wie wütend das den Angreifer machte. Er

schrie und tobte, und aus seinem Mund floss eine Litanei der übelsten Flüche.

»Zerquetschen werde ich dich wie eine dreckige Laus. Deine Eier reiß ich dir einzeln ab und röste sie über offenem Feuer. Die Arme brech ich dir, und die Augen stech ich dir aus. Nie wieder werden sie ein Weib anglotzen, das garantiere ich dir!«

Vor lauter Schimpfen und Fluchen wurde er nur noch langsamer, was Jan als Vorteil für sich zu nutzen wusste. Er spurtete los. Als er schon halb an Ares vorbei war, stellte der ihm einen Fuß und brachte ihn zu Fall.

Dann hockte er über ihm, schlug und boxte ihn in das Gesicht, die Rippen und den Unterleib.

Irgendwann sah Jan etwas Silbriges aufblitzen.

Ein Messer, das ihm das Augenlicht rauben würde?

Jan nahm alle Kraft zusammen und versuchte sich aufzubäumen, um den Gegner abzuschütteln. Doch dessen muskulöse Schenkel hielten ihn eisenhart am Boden, während die Fäuste auf ihn niederprasselten – bis ihre Kraft überraschend erlosch und Ares über ihm zusammensackte.

Verdattert war Jan zunächst liegen geblieben. Dann hatte er plötzlich eine Männerstimme gehört: »Steh auf und lauf, wenn dein Leben dir lieb ist! Wenn er wieder zu sich kommt, wird er sein Werk vollenden.«

Inzwischen war Jan am Brunnen munter genug, um den Eimer hinunterzulassen und frisch gefüllt wieder hochzuziehen. Das Wasser, mit dem er seine Verletzungen kühlte, erschien ihm als Wohltat, wenngleich er bei jedem Luftholen Stiche in der Seite verspürte.

Ob Ares ihm eine oder sogar mehrere Rippen gebrochen hatte?

Als Junge war Jan von einer hohen Leiter gefallen und

anschließend von seiner Großmutter versorgt worden. Er wusste daher, dass es Wochen dauern konnte, bis der stechende Schmerz in der Seite wieder verschwunden war.

Dann ließ er sich vorsichtig auf den Boden gleiten.

Hades hatte ihm also das Leben gerettet – ausgerechnet der Mann mit dem Metallgesicht unter der Samtmaske, der Auftraggeber des Graziengemäldes.

Woher war er so plötzlich gekommen?

Und wo hatte Dilgin die ganze Zeit über gesteckt – sich nach wie vor auf dem Ruhebett geräkelt, um diesem Kampf auf Leben und Tod genüsslich zuzusehen?

Plötzlich wurde Jan eiskalt.

In dieser höfischen Festnacht hatte er sich einen Feind gemacht, einen starken, gefährlichen, zu allem entschlossenen Feind, der nicht ruhen würde, bis er ihn endgültig besiegt hatte.

Was sollte er tun?

Seinen restlichen Lohn einstreichen und Wittenberg so schnell wie möglich verlassen? Wäre das nicht ohnehin die beste Lösung, weil er annehmen musste, dass der gegen ihn vorgebrachte Verdacht der Professoren trotz seiner Einwände keineswegs zerstreut war?

Leicht benommen kam er wieder auf die Beine, da torkelten Simon und Moritz Arm in Arm in den Hof.

»Wie siehst du denn aus?«, lallte Simon, als das Licht seiner Ölfunzel Jans Verletzungen offenbarte. »Bist wohl unter die Räuber geraten?«

»Brauchst du Hilfe?«, erkundigte sich Moritz, der deutlich weniger betrunken schien.

Jan schüttelte den Kopf.

»Bloß mein Bett«, sagte er. »Und zwei Kameraden, die den Mund halten können.«

»Versprochen«, sagte Moritz. »Ich fürchte allerdings, das wird nicht allzu viel helfen.«

»Weshalb?«

»Morgen wirst du überall so blau sein wie ein Veilchenbeet. Und danach geht es ab ins Grüne oder Gelbliche, ähnlich wie auf unseren Paletten. Kannst jetzt schon damit anfangen, dir eine gute Geschichte zurechtzulegen.« Er zwinkerte ihm zu. »Hat es sich denn wenigstens gelohnt?«

Jan zuckte die Achseln.

»Ich fürchte, ich muss so einiges in meinem Leben ändern«, sagte er. »Am besten vielleicht sogar alles.«

»Fang morgen früh damit an!«, riet Moritz, während er gerade noch verhindern konnte, dass Simon vornüberkippte. »Jetzt schlaf dich erst einmal aus!«

Aber sogar das Liegen kam Jan hart an. Als er versuchte, auf dem Strohsack eine seitliche Position einzunehmen, zuckte er vor Schmerz zusammen. Auf dem Rücken ließ es sich einigermaßen aushalten, wenngleich sein Kopf sich anfühlte, als sei er unter ein eisenbeschlagenes Räderwerk geraten.

Irgendwann überkam ihn doch der Schlaf und schenkte ihm wilde, wirre Träume, in denen er durch dunkle Gänge hastete, den Atem des Verfolgers bereits im Nacken.

Dennoch war er merkwürdig erregt. Sein Unterleib glühte, sein Glied drohte zu bersten.

Stöhnend öffnete er die Augen. Fahles Mondlicht fiel durch das geöffnete Fenster, verwischte die Konturen und ließ alles unwirklich erscheinen.

Zwischen seinen Beinen kniete eine nackte Frau, die ihn kundig mit ihren Lippen liebkoste.

Als er sich bewegte, begann sie zu lachen.

»Endlich«, sagte Dilgin. »Ich dachte schon, du würdest nie mehr aufwachen.«

Jan zog sich zurück.

»Was tust du hier?«, fragte er.

»Weißt du das denn nicht?« Ihre Hand wollte sein Glied erneut umschließen, er aber schlug sie weg. »Kennst du dich nicht angeblich so gut mit Frauen aus?« Dilgins Tonfall war spöttisch.

»Ares hat mich halb tot geschlagen, nur weil ich dich angesehen habe«, sagte Jan. »Willst du, dass er sein Werk vollendet?«

»Der gute Bertram?« Sie schnitt eine Grimasse. »Als Gott des Krieges – davon träumt er wohl. Nun, er übertreibt seine Fürsorge ab und zu, das mag durchaus sein.« Sie breitete die Arme weit aus, eine Geste, die gleichermaßen raffiniert wie unschuldig war, weil sie wehrlos erschien, dabei jedoch die kleinen Brüste perfekt zur Geltung brachte. »Aber siehst du ihn hier etwa irgendwo, Jan Seman aus Prag?«

Ihr Lachen war dunkel und bitter.

»Er hat dich ordentlich zugerichtet«, sagte sie. »Aber jetzt bin ich ja da, um deine Qualen zu lindern.«

»Was willst du?«, wiederholte er ungeduldiger.

»Das Gleiche wie du.« Dilgin setzte sich auf ihn, und er spürte, wie eine neue Welle der Begierde in ihm aufstieg, ein unwiderstehliches Verlangen, das ihn gleichzeitig wütend machte. »Jetzt zeig mir, was du kannst!«, forderte sie und begann sich aufreizend langsam auf ihm zu bewegen. »Ich hab schließlich lange genug darauf gewartet!«

Was folgte, war kein Akt der Liebe, sondern pure, heiße Lust.

Sie ritt auf ihm, kaum anders als sie vermutlich ihre Rösser ritt: unersättlich, gnadenlos, selbstverliebt. Unzählige Arme schien sie auf einmal zu haben, die Jan umschlangen und wieder wegstießen, schnelle, überaus bewegliche Finger, die ihn streichelten und malträtierten, scharfe Nägel, die überall ihre Spuren hinterließen.

»Fester!«, trieb sie ihn an, und er segelte dahin wie auf einer gefährlich dunklen Welle, die sich immer mehr zur mächtigen Woge aufbäumte. »Härter! Ich will dich spüren, spüren, spüren …«

Als sie zu schreien begann, war es, als risse eine Wolke auf, und plötzlich hatte Jan nicht mehr Dilgins lustverzerrte, schweißnasse Züge vor sich, sondern Susannas ernstes Gesicht.

Er schob Dilgin zur Seite.

»Schon?«, flüsterte sie und wollte ihn erneut reizen, was er jedoch zu verhindern wusste. »Da hatte ich mir aber mehr vorgestellt – sehr viel mehr!«

»Geh!«, sagte er und bedeckte sich. »Es ist genug.«

»Genug?« Dilgin kicherte wie ein albernes Mädchen. »Das zu bestimmen, mein Lieber, ist heute gewiss nicht an dir.«

Sie sprang auf und schaute sich in der Kammer um. Dann entdeckte sie auf einer Truhe Zunder und Feuerstein, die sie ihm zuwarf.

Er fing beides geschickt auf.

»Kerzen!«, verlangte sie. »Und zwar alle, die du auftreiben kannst.«

»Weshalb?«

»Das wirst du schon sehen.«

Als Jan keinerlei Anstalten machte aufzustehen, ging sie selbst auf die Suche und förderte schließlich fünf zum Teil allerdings schon reichlich abgebrannte Kerzen zutage.

»Du wirst dich beeilen müssen«, sagte Dilgin, als schließlich alle in einer Reihe flackerten. »Denn wenn es hell wird, muss ich wieder zurück sein. Ich stehe dir nur einmal Modell – heute Nacht.«

»Ich soll dich zeichnen?«

»Was sonst?« Sie lehnte sich an die Tür, den rechten Arm ausgestreckt, das linke Bein neckisch gebeugt. »Träumst du nicht schon seit Langem davon?«

»Hast du keine Angst?«

»Sollte ich? Ich weiß doch genau, dass diese Blätter deine Kammer niemals verlassen werden, wenn dein Leben dir lieb ist. Das macht mich mutig und frei.« Ihr Fuchsgesicht war forscher denn je, die Nixenaugen funkelten erwartungsvoll.

Sie war so reizvoll in ihrer anmutigen Verdorbenheit, dass Jan nicht anders konnte, als zur Kreide zu greifen und zu zeichnen. Wie im Rausch warf er Skizzen ihres nackten Leibes aufs Papier, wie im Rausch präsentierte Dilgin sich ihm in immer neuen Positionen. Es war ein Fieber, das sie beide verband, intimer als der Kontakt ihrer Körper zuvor.

»Jemand will dich auf einem Gemälde als nackte Thalia sehen«, sagte Jan, als sein Furor nachließ. An Material für das Ölbild hatte er mehr als genug. Jetzt flackerte nur noch ein letzter Kerzenstumpf. »Und er ist bereit, sündig viel Geld dafür zu bezahlen.«

»Thalia?«, wiederholte Dilgin und spreizte lasziv die Schenkel. »Wer soll das sein? Und weshalb ist sie nackt?«

»Eine Tochter des Zeus«, erwiderte Jan. »Zusammen mit Aglaia und Euphrosyne gehört sie zu den drei Grazien. Sie tragen keine Kleider, weil sie ganz wahrhaftig sind und nichts zu verbergen haben.«

»Das mit der Wahrhaftigkeit gefällt mir«, sagte Dilgin. »Und zu verbergen habe ich auch nichts. Aber zum Trio tauge ich sicherlich nicht. Muss ich dir das extra zuflüstern? Schon eine Zweite neben mir wäre bereits zu viel. Findest du mich denn nicht ganz und gar einmalig?« Ihre rosige Zungenspitze erschien zwischen ihren Lippen. »Und jetzt gib bloß die richtige Antwort!«

»Und wenn ich dich doch als nackte Thalia malen würde –
was dann?«

Plötzlich hielt sie eine Scherbe in der Hand und drückte sie
an seinen Hals. Sie musste von dem Becher stammen, der
ihm vor ein paar Tagen hinuntergefallen war.

»Die Kehle würde er dir durchschneiden«, sagte sie, während die scharfe Tonkante seine Haut ritzte. Es brannte. Und
begann heftig zu bluten. »Und zwar auf der Stelle. Wenn du
bereit bist, auf diese Weise für mich zu sterben, dann …«

»Hör sofort auf! Damit spaßt man nicht.« Er presste die
Hand an den Hals, um die Blutung zu stillen.

Dilgin ließ die Scherbe achtlos fallen.

»Ich spaße nicht«, sagte sie. »Ich spaße niemals. Wer ist es
denn, der dieses wahnwitzige Ansinnen stellt?«

»Das kann ich dir nicht sagen.«

»Du kannst nicht – oder du willst nicht?« Sie berührte seinen Arm.

»Beides. Und jetzt lass mich in Frieden!«

Scheinbar gehorsam wandte sie sich ab, beugte sich vor
und hielt den Kerzenstummel näher über die Blätter.

»Das bin ich?«, murmelte sie nach einer Weile. »So also
siehst du mich. Und ich dachte, ich wäre eine Göttin für
dich.« Sie sagte es wie nebenbei, aber ihre Stimme klang bitter. »Doch gezeichnet hast du bloß ein neugieriges nacktes
Mädchen, das einsam aussieht – beinahe verloren.«

Jan war so erschöpft, dass er kaum noch antworten konnte.
Seine Finger waren blutverschmiert, aber das kümmerte ihn
jetzt nicht weiter.

»Ich muss schlafen«, sagte er. »Sonst bin ich morgen früh in
der Werkstatt wie tot.«

»Damit hast du ausnahmsweise recht.« Wie ein Kätzchen
rollte sie sich neben ihm zusammen.

»Geh!«, sagte er leise. »Du kannst nicht hierbleiben. Du musst zurück ins Schloss.«

»Nur noch ein wenig ausruhen. Das wirst du doch erlauben, nach allem, was zwischen uns war? Oder willst du mich jetzt etwa vor die Tür setzen wie eine räudige Hündin?«

✤

Da war ein Geräusch, das Susanna aus dem Schlaf riss, ein lautes wütendes Schnauben.

Sie kannte es. Sie hatte es bereits mehrmals gehört.

Sie erhob sich, warf einen Blick auf Bini, die neben ihr leise schnarchte, hüllte sich in ein Tuch und ging nach unten.

Das ganze Luther-Haus lag in tiefem Schlaf.

Es würde dauern, bis sie jemanden wachgerüttelt hätte, um ihr beizustehen.

Im Gehen griff sie nach dem kleinen Talglicht, das auf einer alten Truhe neben der Tür flackerte. Katharina stellte es Nacht für Nacht dorthin.

Den Grund dafür behielt sie jedoch für sich.

Um böse Geister abzuschrecken?

Es gab viele in Wittenberg, die dem ehemaligen Schwarzen Kloster alles andere als wohlgesonnen waren – und erst recht seinen Bewohnern. Drei Studenten hatten das erst heute verlegen mit hochrotem Kopf eingestanden, als sie ganz überraschend Kost und Logis aufkündigten, weil ihre Familien nicht länger mit dieser Unterbringung einverstanden waren.

Der ehemalige Mönch, der sich gegen Kaiser und Papst erhoben hatte, und die entflohene Nonne – in buhlerischer Zweisamkeit vereint, der zu allem Überfluss auch noch gesunde Kinder entsprossen waren! In halb Europa herrschte

Empörung deswegen, und die Zahl der Befürworter der protestantischen Bewegung wuchs nicht rasch genug, um einen wahren Ausgleich zu bewerkstelligen.

Dabei schienen Luther und seine Katharina wie geschaffen füreinander, gerade in ihrer Gegensätzlichkeit. Und jeder von beiden war bereit, für den anderen einzustehen, ohne Für und Wider.

Ein Lächeln huschte über Susannas Gesicht, als sie daran dachte, wie Luther die Ärmel seines Talars aufgekrempelt hatte, um beim Einfangen des Ebers zu helfen, und wie sein Gesicht vor Schweiß und Stolz glänzte, als der Ausbrecher schließlich wieder sicher im Stall verwahrt war. Ausführlich hatte er seinem Sohn erklärt, wie gefährlich und nützlich zugleich solch ein Tier sei.

Hansi!

Susanna wurde klamm zumute, als sie an den Kleinen dachte, der die Augen nicht von dem Eber lassen konnte. Er würde sich doch nicht heimlich aus dem Bett geschlichen haben, um ihn im Stall zu besuchen?

Inzwischen ging sie so schnell, dass sie Seitenstechen bekam, die Funzel auf den unebenen Grund vor sich gerichtet.

Ihr Fuß stieß an etwas Weiches, und noch bevor sie es richtig erkannte, wusste sie bereits, was es war.

Hansis schmutziger blauer Hase – unmittelbar vor dem Schweinestall.

Ihr Herz drohte stillzustehen.

Aber das konnte doch nur bedeuten, dass der Frechdachs …

Sie rannte hinein, den Hasen an sich gedrückt.

»Hansi!«, rief sie. »Johannes! Bist du da? Rühr dich nicht von der Stelle! Susanna kommt, um dich zu holen.«

Es war warm. Der Gestank nach Gülle wurde überlagert von den kräftigen dunklen Ausdünstungen des Ebers.

Und noch ein weiterer widerlicher Geruch hing in der Luft, aber das konnte, das durfte nicht sein …

Als Susanna sich umdrehte, um Gewissheit zu bekommen, erhielt sie von der Seite einen kräftigen Stoß.

Sie stolperte nach vorn.

Das Gatter, hinter dem der Eber schnaubte, war nur angelehnt gewesen. Jetzt hörte sie, wie es hinter ihr zuschnappte.

Das Talglicht war ihr aus der Hand gefallen. Womöglich würde es binnen Kurzem das überall herumliegende Stroh entzünden, doch das war erst ihr dritter Gedanke.

Wo war das Kind?

Und wo steckte der, der ihr nach dem Leben trachtete? Verborgen im Dunkel, um sich daran zu weiden, wie ein wild gewordenes Tier sie zerriss – und den Kleinen mit dazu?

»Hansi?«, rief Susanna wieder, aber leiser, weil sie endgültig begriff, dass sie in eine Falle gelockt worden war.

Dem Eber schien es ganz und gar nicht zu behagen, den engen Raum mit ihr teilen zu müssen. Seine Hauer erschienen ihr riesig, viel schärfer und bedrohlicher als am helllichten Tag.

Er schnaubte abermals, laut und ungeduldig. Dann schlugen seine Eckzähne aufeinander – ein dumpfes, bedrohliches Geräusch, das Susanna durch und durch ging.

Immer näher kam er. Wollte er sie zerfleischen?

War das der Plan dieses Wahnsinnigen, der nun schon zum dritten Mal nach ihrem Leben trachtete?

Angst packte Susanna wie eine eisige Hand, schnürte ihr die Kehle zu, trieb ihr das Wasser in die Augen.

Eine falsche Bewegung – und die Hauer des Ebers würden ihr das Bein aufschlitzen.

Ob frisch fließendes Blut ihn noch wütender machte?

Aber der Eber musste sie nicht einmal anfallen. Er konnte sie einfach mit seinem Gewicht gegen die Wand drücken – und sie würde ihren letzten Atemzug tun.

Tatsächlich schien er Ähnliches vorzuhaben, denn der Abstand zwischen ihnen verringerte sich erneut.

Was konnte sie tun?

Das Gatter zur Freiheit lag genau entgegengesetzt, und an dem riesigen Koloss kam sie nicht vorbei. Sein Gestank hüllte sie wie eine dicke Wolke ein und betäubte sie.

Susanna spürte, wie sie zu würgen begann. Der Eber schien ihre Schwäche zu spüren und kam noch näher, während sie, so gut es ging, zurückwich.

Dabei stolperte sie, fiel – und fand sich plötzlich auf Augenhöhe mit dem Tier.

Der aufgerissene Fang mit den gefährlichen gelben Zähnen war direkt vor ihr. Ein übel riechender Atemschwall strömte ihr entgegen.

Sie musste das Tier ablenken – aber wie?

Sie holte aus und warf den Hasen, so weit sie nur konnte.

Der Eber lief ihm nach. Susanna nahm alle Kräfte zusammen und kam wieder hoch. Da schien der Eber seinen Irrtum zu bemerken und sich erneut nach ihr umdrehen zu wollen, doch dazu kam es nicht, denn Susanna packte seinen geringelten Schwanz und ließ ihn nicht mehr los.

Ein schrilles, empörtes Quieken, das auch zu einem Ferkel gepasst hätte. Dann begann er sich zu drehen, um sich von ihr zu befreien.

Susanna blieb nichts anderes übrig, als sich mitzudrehen, wollte sie nicht zerquetscht werden. Ihre Gedanken flogen mit im Kreis, schneller und immer schneller …

Da war plötzlich das rettende Gatter vor ihr.

Sie riss das Hemd hoch – und sprang.

Die Schienbeine waren zerschrammt, ihr ganzer Körper troff vor Schweiß. Ihr Tuch hatte sie verloren ebenso wie Hansis blauen Stoffhasen, den die Hufe zertrampelt hatten.

Die Talgfunzel war erloschen. Der bewusste Gestank nicht mehr als eine schwache Ahnung.

Hieß das, dass der Mörder sie noch einmal verschont hatte?

Oder war er feige davongelaufen, als sein perfider Plan einmal mehr nicht aufgegangen war?

Zitternd und wütend zugleich schüttelte Susanna den Kopf.

Sie atmete. Sie lebte. Und sie war auf der richtigen Spur.

Jan, dachte sie. Jan – wo bist du?

Eine Kraft durchströmte sie, wie sie sie bisher noch nie gespürt hatte. Der Attacke des Ebers war sie heil und nahezu unverletzt entkommen.

Wer oder was konnte sie jetzt noch aufhalten?

Sie würde Margarethas Mörder dingfest machen. Und sich selbst endlich von all dem befreien, was sie bislang eingeschränkt oder behindert hatte.

✤

Die Wetten im Hurenhaus liefen schon eine ganze Zeit, und Marlein wollte unbedingt diejenige sein, die als Siegerin hervorging.

»Du wirst ihn nicht zu Gesicht bekommen«, sagte Els schnippisch. »Vergiss es! Keiner von uns ist das bislang gelungen. Nur Griet kennt ihn. Und die schweigt wie ein Grab.«

»Ist er denn unsichtbar?«, fragte Marlein und setzte dabei

ihre unschuldigste Miene auf. Sie lockte nicht nur das Silberstück, das der Siegerin winkte. Beweisen wollte sie es diesen Weibern, ihnen zeigen, mit wem sie es zu tun hatten. Sie sollten sie anerkennen, obwohl sie die Jüngste im Frauenhaus war. »Dann müsste er ja der Teufel sein, der solch ein Kunststück beherrscht.«

»Nein, aber zu verbergen hat er offenbar so einiges, sonst würden wir ihn ja kennen. Einmal hat Griet sich verraten und etwas von einer Maske gemurmelt«, sagte die dicke Isolde, zu der am liebsten die männlichen Jungfrauen kamen, weil sie sich deren Ängsten mütterlich annahm. »Vielleicht ist er ja schrecklich entstellt. Und deshalb so menschenscheu.«

»Vielleicht hat Griet sich ihn aber auch nur ausgedacht«, schrie Lorchen mit schriller Stimme. »Und es gibt gar keinen Patron, wie sie immer behauptet. Dann würde sie sich nämlich das ganze Geld in die eigene Tasche stecken. Und wir müssten Tag und Nacht den geilen Kerlen zu Diensten sein und bekämen dafür bloß einen Hungerlohn …«

Wenn die Huren auch heimlich mit Griet haderten, weil sie sich einer Frau beugen mussten, so gab es doch keine, die offen gegen sie aufgemuckt hätte.

Griet konnte jeden Raum mit ihrer Präsenz füllen. Sie musste dazu nicht einmal den Mund aufmachen, und schon war klar, wer hier das Sagen hatte.

Heute jedoch ging es ihr schlecht. Sie musste sogar im Bett bleiben, war fiebrig und matt und hatte sich von Isolde einen Schlaftrank aus Mohnsud geben lassen, um über die Nacht zu kommen und schnell wieder zu Kräften zu gelangen.

Die Gelegenheit, auf die Marlein lange gewartet hatte.

Es fiel ihr nicht schwer, die halbe Nacht aufzubleiben. Als

ihre Mutter noch lebte, hatten sie so viele Male an überaus unsicheren Orten übernachten müssen, dass das Wachen im Dunkeln ihr beinahe zur zweiten Natur geworden war.

Marlein zog den beinernen Kamm durch die Haare, bis sie locker fielen, dann begann sie, sich bunte Bänder hineinzuflechten. Natürlich wäre es leichter gewesen, hätte eine der Frauen ihr dabei geholfen, doch zu ihrem Plan gehörte ja, dass alle schliefen.

Dass sie eines der weißen Kleider trug, die der Patron ihr hatte nähen lassen, verstand sich von selbst. So wollte er sie sehen – und genau so sollte er sie auch zu Gesicht bekommen.

Sie kniff in ihre Wangen, damit sie Farbe annahmen, und sah danach mit leisem Zweifel an sich hinunter.

Wenn er füllige Weiber liebte, würde sie mit ihren Spatzenwaden und dünnen Armen gewiss bei ihm durchfallen. Gefielen ihm jedoch Mädchen an der Schwelle zum Frausein, rechnete sie sich durchaus Chancen aus. Ihre Scham war rasiert, nicht ein störendes Härchen gab es am ganzen Körper. Die kleinen Brüste lockten mit rosigen Spitzen. Der Bauch war sanft gewölbt, der Nabel eng. Und was ihr festes Hinterteil betraf, so hatte Els erst neulich gesagt, dass …

Sie hörte, wie die Haustür ging, und erstarrte.

Das musste er sein! Oder war Griet doch unbemerkt aufgestanden und gerade zurückgekommen?

Auf Zehenspitzen schlich Marlein aus ihrer Kammer, tapste barfuß die Treppe hinunter und stand schließlich mit klopfendem Herzen vor der Stube.

Sie atmete tief aus, dann drückte sie die Klinke herunter.

Ein Mann im grauen Umhang blieb noch eine ganze Weile über den Tisch gebeugt, dann drehte er sich langsam um.

Marleins Lächeln erstarb jäh.

Ja, er trug eine dunkle Maske aus Metall, die sein halbes Gesicht verbarg und ihm etwas Unheimliches verlieh. Die andere Gesichtshälfte war bleich und nicht mehr allzu glatt.

Er war kein Jüngling mehr, aber auch noch kein alter Mann.

»Was machst du hier?« Seine Stimme war gelassener, als Marlein befürchtet hatte. »Solltest du nicht in deiner Kammer sein?«

»Ich habe auf Euch gewartet, Patron«, sagte sie schnell. »Ich bin Marlein. Und ich warte schon so lange!«

Seine Augen schienen sie zu durchdringen.

»Seht Ihr das weiße Kleid?« Sie hob den Rock ein wenig hoch und drehte sich dann langsam um die eigene Achse. »Die bunten Bänder in meinem Haar? Und barfuß bin ich auch. Alles genau so, wie Ihr es befohlen habt. Jetzt sehe ich doch aus wie eine Braut – Eure Braut.«

Er schenkte sich einen Becher voll und trank ihn aus. Dann fuhr er sich mit der Hand über die Lippen.

»Doch was darunter ist«, sagte Marlein, »wird Euch noch viel besser gefallen, Patron. Seid Ihr denn gar nicht neugierig darauf?«

»Neugierig?«, wiederholte er gedehnt.

»Ja«, sagte sie um einiges forscher, als ihr eigentlich zumute war, denn das Herz schlug ihr inzwischen bis zum Hals. »Wollt Ihr nicht mit mir spielen? Ihr müsst wissen, ich kenne da sehr aufregende Sachen!«

Er gab eine Art krächzendes Lachen von sich.

»Du nimmst den Mund ja gehörig voll«, sagte er. »Woher willst du wissen, was mir gefällt?«

»Zeigt es mir«, sagte sie schnell, weil sie Angst hatte, seine Aufmerksamkeit zu verlieren. »Ich bin klug. Und anstellig. Ich lerne schnell.«

Er packte ihre Hand, zog sie näher zu sich. Dann ließ er sie abrupt wieder los.

»Beeil dich!«, sagte er. »Aber enttäusch mich nicht! Ich hasse Enttäuschungen.«

Marlein zögerte keinen Augenblick und lief die Treppe nach oben, während sie ihn hinter sich hinaufstapfen hörte. Er musste schwere Stiefel tragen, denn sie machten ordentlich Lärm.

Die anderen werden Augen machen, dachte sie in fiebriger Erwartung. Keine von ihnen hat ihn jemals gesehen – und zu mir kommt er sogar in die Kammer. Vielleicht werde ich ja noch seine Favoritin. Vielleicht wird er …

Die Tür fiel ins Schloss.

Marlein drehte sich um. Jetzt war sie mit ihm allein.

Seine Augen waren hart und kalt.

»Soll ich mich ausziehen?«, fragte sie, plötzlich unerwartet verlegen. »Eine Braut, die freudig ihren Bräutigam erwartet …«

»Du sprichst nur, wenn ich es erlaube, verstanden?«, unterbrach er sie. »Und das Gleiche gilt auch für deine Bewegungen. Du willst doch lernen, oder nicht?«

Marlein nickte.

»Heb deinen Rock!«, verlangte er.

Sie gehorchte.

»Höher.«

Sie tat, was er forderte.

»Und jetzt berühr dich!«

Marlein zögerte.

Er holte aus und schlug ihr hart ins Gesicht.

»Steck dir den Finger hinein«, sagte er. »Nein, besser gleich zwei. Sonst wird es gleich noch mehr wehtun.«

Sie hatte plötzlich mit Tränen zu kämpfen. Ausgeliefert fühlte sie sich. Bloßgestellt. Auf seltsame Weise erniedrigt.

»Soll ich Euer böses Mädchen sein?«, flüsterte sie in der Hoffnung, das Ruder doch noch herumreißen zu können.

Die Maske machte den Abscheu auf den unbedeckten Gesichtszügen noch drastischer.

»Ja, genauso seid ihr«, sagte er. »Lüstern. Läufig. Zum Huren allzeit bereit. Bis jemand kommt und euch Zucht und Ordnung lehrt. Es gibt nur einen Weg dazu. Das weiß ich längst. Aber dafür bist du nicht gut genug.«

»Was soll ich tun?«, wisperte Marlein. »Ein gutes Mädchen sein? Ich will Euch doch nur gefallen! Sagt es mir, bitte!«

Als er stumm blieb, machte sie einen Schritt auf ihn zu.

Er hob seinen Fuß, trat ihr mit dem Stiefel fest in den Leib.

Marlein krümmte sich und presste beide Hände auf den Bauch.

»Du gehorchst nicht«, sagte er. »Nicht einmal das. Das wird dir noch leidtun.«

»Verzeiht!«, flüsterte sie angstvoll. »Ich wollte Euch gewiss nicht wütend machen, aber es tut so weh.«

»Nichts als Schmutz und Dreck bist du. Ein Haufen dumpfes, hässliches Fleisch – nein, du taugst wahrlich nicht zu meiner heimlichen Braut.«

Sein nächster Tritt war noch härter.

Sie stieß einen Schmerzenslaut aus, dann griffen ihre Hände nach oben und rissen ihm die Maske vom Gesicht.

Er stand vor ihr wie gelähmt.

»Ich will sehen, wer mich quält«, schrie Marlein. »Jetzt kenne ich dein wahres Gesicht, Patron!«

Ihre Worte brachten Bewegung in ihn. Er packte den Saum ihres Kleides und riss daran. Dann zwang er ihr die Hände auf den Rücken.

Woher kam auf einmal der Strick, mit dem er sie fesselte?

Er musste ihn in seinem Umhang versteckt gehabt haben. Und er beherrschte, was er tat, denn im Nu waren auch Marleins Knöchel aneinandergebunden.

Als sie abermals zu ihm aufschaute, erschrak sie.

Sie öffnete den Mund, um Griet und die anderen herbeizuschreien, aber bevor auch nur ein Ton aus ihrer Kehle dringen konnte, hatte er ihr den Knebel in den Mund gestopft.

Dann riss er sie an den Haaren nach oben, griff unter ihr Hinterteil, hob sie hoch und trug sie aus der Kammer.

Er roch so streng, dass sie befürchtete, sich übergeben zu müssen. Aus Angst zu ersticken versuchte Marlein mühsam, dagegen anzukämpfen.

Wohin brachte er sie?

In den Keller, den sie stets nur mit einem flauen Gefühl im Magen betreten konnte?

Doch der Patron stapfte mit ihr nach oben ins Dachgeschoss, bis sie vor einer Tür angelangt waren, von der Marlein bislang nicht einmal gewusst hatte, dass sie überhaupt existierte.

Er ließ sie auf den Boden fallen wie ein wertloses Bündel, zog einen Schlüssel heraus und sperrte auf.

Dann stieß er Marlein mit ein paar Fußtritten in den Raum.

✣

Als Jan mit dicken Lidern erwachte, war der Platz neben ihm leer. Er blieb noch ein paar Augenblicke liegen, starrte auf die Kerzenstümpfe und die Blätter, die verstreut am Boden lagen.

War alles nur ein böser Traum gewesen?

Er musste nur auf die Zeichnungen schauen, um zu wissen, dass sein frommer Wunsch sich nicht erfüllt hatte.

Hoffentlich hatte keiner im Schloss Dilgin zurückkommen sehen. Hoffentlich fragte sie niemand, wo sie gewesen war. Hoffentlich kreuzte nicht ihr Verlobter bei ihm auf, um ihn zur Rede zu stellen …

Für Jans Geschmack eindeutig zu viele »hoffentlichs« an diesem frühen Morgen.

Langsam kam er nach oben.

Irgendwo musste die Spiegelscherbe abgeblieben sein, die er für seine Rasur verwendete, doch als er sie schließlich gefunden hatte, schreckte er vor seinem eigenen Bild zurück.

Ein Schläger schaute ihm entgegen, mit blutunterlaufenen Augen und zahlreichen Spuren, die Dilgins Nägel offensichtlich auf Wangen und Kinn hinterlassen hatten. Die Wunde am Hals sah böse aus. Und auch seine Brust war von kaum verschorften Kratzern gezeichnet.

Wie mochte da erst sein Rücken aussehen?

Jan schüttelte den Kopf, alles andere als eine kluge Idee, denn sofort wurde ihm leicht übel – von den Schmerzen in der Seite bei jedem Atemzug einmal ganz abgesehen.

In welch üblen Zustand war er da geraten?

Er war gerade dabei, sich die Hosen überzustreifen, als plötzlich die Tür aufging und Cranach auf der Schwelle stand.

»Moritz sagt, du …« Er hielt inne. »Wer hat dich denn so übel zugerichtet?«, fragte er. »Hast du etwa wieder einmal jemandem die Hörner aufgesetzt?«

Jan zuckte schweigend die Achseln, während Cranachs buschige Brauen gefährlich nach oben wanderten.

»Moment!«, sagte er. »Du warst doch gestern auf dem Ball im Schloss. Du willst mir jetzt nicht etwa sagen, dass du dort in fremden Gefilden gewildert hast …« Er stutzte, starrte auf Jans Hände. »Aber die sind ja voller Blut!«

»Eine kleine Auseinandersetzung«, sagte Jan. »Nichts von Bedeutung. Wenn Ihr jetzt erlaubt, dass ich mich fertig ankleide, kann ich gleich unten in der Werkstatt sein. Das Blut stammt vom Rasieren. Ich brauche dringend ein neues Messer.«

Cranachs Schuh stand auf einer der Zeichnungen.

Er bückte sich, hob sie auf.

»Du hast sie tatsächlich rumgekriegt, du Teufelskerl«, sagte er. »Das ist doch Dilgin von Thann, die Hofdame der Kurprinzessin – nackt, wie Gott sie schuf.«

Jan riss ihm das Blatt aus der Hand.

»Das sind nichts als ein paar Skizzen«, sagte er. »Fantasien, wenn Ihr so wollt, lediglich privater Natur. Ich kann sie nicht als Grazie malen, das müsst Ihr verstehen. Und erst recht nicht …« Er verstummte.

»In diesem Haus gibt es nichts Privates.« Cranachs Stimme klang grollend. »Schon gar nicht für meinen Stellvertreter. Oder soll ich etwa Moritz diese Position anvertrauen? Du wirst sie malen. Und noch heute damit beginnen. Die Zeit läuft uns davon. Wir müssen bald liefern.«

»Aber genau das können wir nicht«, rief Jan. »Der Auftraggeber ist wahnsinnig, habt Ihr das nicht bemerkt?«

»Was soll das heißen?«

»Wisst Ihr, wen er als dritte Grazie fordert? Katharina von Bora!«

»Die Lutherin?«, fragte Cranach ungläubig. »Aber das kann er doch nicht. Nicht sie!«

»Das habe ich ihm auch gesagt«, erwiderte Jan. »Aber er meinte, er könne nicht anders.«

»Du hast mit ihm gesprochen? Wann?«

»Er hat mich im Schloss abgefangen. Und seine Forderungen mitgeteilt. Er scheut das Tageslicht.« Jan zögerte kurz, sprach dann aber doch weiter. »Mit ihm stimmt etwas nicht. Würde er sich sonst verstecken?«

»Unter diesem Dach habe ich Katharina nach der Flucht aus dem Kloster aufgenommen«, sagte Cranach, der offenbar gar nicht richtig zugehört hatte. »In meinem Haus hat sie Martin kennen und lieben gelernt. Ich habe beiden zur Hochzeit geraten. Kein anderer als ich war ihr Trauzeuge. Wieso kommt er ausgerechnet auf sie?«

»Das weiß ich nicht«, sagte Jan. »Und ich will es auch gar nicht wissen, denn ich ehre und schätze Katharina. Und ich kenne sie gut. Niemals würde sie nackt Modell stehen – weder mir noch sonst einem Maler auf der Welt.«

Cranach sank in sich zusammen, was Jan ruhiger und zuversichtlicher machte. Hades hatte ihm im Schloss schließlich das Leben gerettet. Vielleicht würde er nicht weiter auf dem Bild beharren.

»Dann seht Ihr also ein, dass es ganz und gar unmöglich ist?«, sagte Jan. »Gebt den Auftrag zurück – und die Anzahlung dazu! Dieses Bild darf niemals gemalt werden. Wir haben bereits zwei Tote zu beklagen. Was muss noch geschehen, damit Ihr Euch endlich dazu entschließt?«

Cranach ging zu dem kleinen Fenster und starrte hinaus.

»Woher will er eigentlich wissen, wie sie unter ihren Kleidern aussieht?«, sagte er schließlich.

»Das kann er nicht wissen«, erwiderte Jan. »Aber was wollt Ihr damit sagen?«

»Ich denke nur einmal laut. Was wäre, wenn der Körper von einer ganz anderen Frau stammte? Und was das Gesicht betrifft …« Cranach hatte Jans Skizzenbuch aufgehoben und begann, darin zu blättern.

Plötzlich schien er zu stutzen.

Bitte nicht!, betete Jan stumm, der dafür nur eine Erklärung wusste.

Doch offenbar war der Alte ausgerechnet auf ebenjene Zeichnungen gestoßen, die Jan am liebsten für immer vor ihm verborgen hätte.

»Die junge Frau auf diesen Blättern besitzt einige Ähnlichkeit mit Katharina, findest du nicht?«, fragte er.

»Da täuscht Ihr Euch sehr …«

»Ich täusche mich niemals, was Linien und Proportionen betrifft. Wie lautet ihr Name? Den wirst du doch kennen, wenn du sie schon so liebevoll porträtiert hast!«

»Susanna«, presste Jan hervor.

»Wo lebt sie?«

Weit weg, hätte Jan am liebsten geschrien. Unantastbar für Euch ebenso wie für mich. Sie ist etwas ganz Besonderes. Eine Heilige, wenn Ihr so wollt. Jemand, dem Ihr niemals wehtun dürft.

Aber machte das Sinn?

Cranach hatte sie ja bereits gesehen – in der Leucorea, als sie wegen des entlaufenen Ebers hereingeplatzt war.

Inzwischen schien er sich daran zu erinnern.

»Sie kommt mir bekannt vor«, sagte er grübelnd. »Hilf mir auf die Sprünge! Ich hab sie irgendwann schon einmal gesehen …«

»Sie ist Magd im Luther-Haus«, sagte Jan, weil ihm nichts anderes übrig blieb. »Zuvor hat sie im Kloster gelebt.«

»Also eine ehemalige Nonne wie Katharina?«, sagte Cranach. »Ja, sie hat dieses Spröde, Verschlossene im Blick wie Martins Frau, das kann ich durchaus erkennen. Aber ihr Körper ist beweglicher und leichter – zumindest hast du ihn so gezeichnet. Sie hat noch kein Kind geboren? Die Weiber werden schwerer, wenn sie erst einmal niedergekommen sind, selbst jene, die nur wenig Fleisch auf den Rippen haben. Wirst du dein Glück bei ihr versuchen, Seman?«

»Ich soll Susanna bitten, Katharinas Stelle einzunehmen? Wie stellt Ihr Euch das vor?«

»Ich verlass mich da ganz auf dich. Mit der Thalia beginnst du gleich heute Abend. Nein, besser gleich. Ich lasse dir die Farbenkammer freimachen, dann bist du ungestört vor neugierigen Blicken. So können wir doch noch in der Zeit bleiben, was ja wichtig für unseren Auftrag ist.«

Er wandte sich zum Gehen, blieb allerdings an der Schwelle noch einmal stehen und drehte sich zu Jan um, der ihm fassungslos hinterherstarrte.

»Und kein Wort darüber zu niemandem!«, verlangte Cranach. »Die Angelegenheit ist heikel und darf nicht in falsche Ohren geraten.«

Damit ließ er ihn allein.

✤

Was sollte sie ihm sagen? Was ihn fragen?

Eigentlich war sie fest davon überzeugt gewesen, ihn niemals wiederzusehen.

Doch als sie das Elbufer erreicht hatte, verweint, die Haare zerzaust, auf dem Kleid noch weißliche Spuren von Elisabeths Aufstoßen, kam die Stute auf Bini zugetrabt, als hätte sie sie bereits erwartet.

Bini koste Jolantas Hals, strich zärtlich über ihre Nüstern.

»Du darfst ihn einfach so lieben, wie er ist«, sagte sie. »Aber was soll ich tun? Mich dem Teufel an den Hals werfen? Oder Reißaus nehmen, bevor es endgültig zu spät ist?«

Er blickte nicht auf, als sie langsam auf ihn zuschritt, und als er es doch tat, erschrak sie.

Der Teil seines Gesichts, den die Maske frei ließ, war wächsern. Seine Augen erschienen ihr so müde, dass sie am liebsten ihre Hände lindernd auf sie gelegt hätte.

»Ich hätte nicht mehr kommen dürfen«, sagte er leise. »Aber ich musste es dennoch tun.«

»Warum? Um mich noch verwirrter zu machen, als ich es ohnehin schon bin?«

Wonach roch er?

Er verströmte ein Gemisch aus Schweiß, Trauer und Angst, woran Bini sich nicht weiter störte. Alle Menschen, die Schweres mit sich herumzutragen hatten, rochen so. Doch da war noch etwas anderes, etwas Unbekanntes, das sie stutzig machte.

Schlamm?

Altes Holz?

Vermoderte Erde?

Kam er von einem Friedhof direkt zu ihr? Und wenn ja, was hatte er dort zu schaffen gehabt?

Bini rückte ein Stück zur Seite, was ihm nicht entging.

»Frag mich«, forderte er sie auf. »Ich werde dir sagen, was ich kann.«

»Wozu?«, sagte sie leise. »Damit du dich in neuen Ausflüchten verlierst? Den Teufel als letztes Argument hatten wir bereits. Was hast du für heute vorbereitet?«

Er schwieg. Fremd erschien er ihr und kalt, in seiner Maske aus Metall, die ihn von ihr und allen anderen trennte.

»Du bist nicht länger mein Rabe«, sagte Bini schließlich. »Mein Rabe war weich und empfindsam unter seinem schwarzen Federkleid. Sein Herz habe ich immer gespürt. Jetzt aber ist da nur noch etwas Hartes, Scharfes. Etwas, an dem man sich verletzen kann. Das einen verbluten lässt. Und das will ich nicht.«

Er lachte kurz auf. Niemals zuvor hatte sie einen verzweifelteren Laut gehört.

»Du hast ganz recht«, sagte er. »Ich bin kein Rabe und war es niemals. Mein richtiger Name lautet Falk. Und das bin ich auch – ein grausamer Raubvogel, abgerichtet zum Töten, der jagt und nichts als Kadaver hinter sich lässt.«

Er sprang auf, ging zu seinem Pferd und stieg in den Sattel, während Bini regungslos sitzen blieb, als habe eine unsichtbare Hand flüssiges Blei in ihre Glieder gegossen.

Als sie schließlich wieder in der Lage war, den Kopf zu heben, war er verschwunden, als hätte es ihn niemals gegeben.

⚜

Nachdem Elisabeth wieder gleichmäßig atmete, hielt Susanna nichts mehr im Luther-Haus.

Alle waren sie um die Wiege gestanden, Luther, Muhme Lene, eine auffallend stille Bini, Hansi, der nicht einmal mehr nach seinem verlorenen Hasen weinte, so erschrocken war er – und natürlich Katharina, die Tränen der Erleichterung vergoss, als der kleine Brustkorb sich wieder regelmäßig hob und senkte.

»Wie hast du es nur gemerkt?«, rief sie ein ums andere Mal. »Wärst du zu spät gekommen, so hätten wir sie verloren.«

Es war mehr eine Ahnung gewesen, die Susanna dazu gebracht hat, sich tief über Elisabeth zu beugen.

Still war das Kind gewesen, viel zu still.

An das, was darauf folgte, hatte sie keine genaue Erinnerung, nur dass sie den Rücken der Kleinen sanft geklopft und, als keinerlei Reaktion erfolgte, ihr den eigenen Atem in den Mund geblasen hatte.

Während sie nun in Richtung Markt lief, hatte sie die Gesichter der anderen vor Augen: Luther, der plötzlich um Jahre älter ausgesehen hatte, als die Anspannung vorüber war, Lene, deren Mundwinkel nun wieder nach oben strebten, Hansis Strahlen und das warme, erleichterte Glück in Katharinas Zügen. Allein Bini war wenig anzumerken gewesen – ausgerechnet Bini, die sonst so spontan Mitgefühl aufbrachte.

Was war mit der Gefährtin geschehen? Welche unsichtbare Last machte ihr auf einmal das Leben schwer?

Susanna nahm sich vor, es nicht länger beim Aufschieben und Mutmaßen zu belassen. Sobald sie zurück war, würde sie Bini zur Rede stellen – und nicht eher Ruhe geben, bis sie eine befriedigende Antwort erhalten hatte.

Die Schatten wurden bereits lang, als sie das Cranach-Haus erreichte. Ihr Herz begann schneller zu schlagen, aber nicht einmal das würde sie heute von ihrem Plan abbringen. Sie bog in die Einfahrt ein, betrat den Hof.

Dann stand sie vor der Werkstatt.

Die Tür war angelehnt; der große Raum schien leer bis auf einen jüngeren Mann, den sie noch nie hier gesehen hatte. Er arbeitete an einer Landschaft und tupfte gerade kunstvoll helles Grün auf den dunkleren Hintergrund.

»Ihr wünscht?«, fragte er, als sie schon beinahe neben ihm stand.

»Ich suche Jan«, sagte Susanna ohne Umschweife. »Wo kann ich ihn finden?«

Eine auffallend große Hand deutete auf eine geschlossene Tür.

»Unsere Farbenkammer – eigentlich. Dort drinnen vergräbt er sich schon den ganzen Tag«, sagte der Mann. »Nicht einmal essen wollte er mit uns. Angeblich auf Anordnung des Meisters. Die anderen Gesellen zerreißen sich bereits das Maul.«

Ein kurzer Blick auf Susannas verwaschenes Kleid. Sie konnte förmlich spüren, wie er sich anstrengte, eins und eins zusammenzuzählen.

»Aber du tust es nicht?«, sagte sie einfach.

Er schüttelte den struppigen Kopf.

»Ein Moritz Eiser hat sich bislang stets auf die eigenen Augen verlassen und ist gut damit gefahren. Meistens jedenfalls«, sagte er mit verschmitztem Grinsen. »Jan ist ein guter Kerl. Vielleicht ein bisschen verrückt, aber ich mag ihn.«

»Ich mag ihn auch«, sagte Susanna und spürte, welche Wohltat es war, diese Worte laut auszusprechen. »Deshalb bin ich hier.« Sie spähte zur Tür. »Und er ist wirklich dort drin?«, vergewisserte sie sich.

»Bei meiner Seel«, antwortete Moritz treuherzig. »Gemocht hab ich Jan auf Anhieb. Aber jetzt beneide ich ihn auch noch.«

Sie drückte die Klinke herunter und ging hinein.

Der Raum war klein und wurde von der Staffelei fast ausgefüllt. Herumstehende Eimer zeugten davon, dass er sonst anderweitig verwendet wurde. Alles wirkte, als wäre schnell und lieblos aufgeräumt worden.

Obwohl Jan ihr den Rücken zukehrte, schien er zu spüren, wer gekommen war. Das Bild, an dem er arbeitete, konnte sie nicht sehen. Eine Leinwand war darüber gebreitet, als brauchte der Maler Abstand oder Ruhe, um sein Werk später fortzusetzen.

»Du?«, sagte er leise.

»Ja, ich. Ich muss mit dir sprechen«, sagte Susanna. »Schon viel zu lange habe ich damit gewartet.«

Langsam drehte er sich zu ihr um. Sie erschrak, als sie die Blessuren in seinem Gesicht sah, wunderte sich aber nicht.

»Hör zu, ich bin zu müde, um zu streiten«, sagte Jan. »Das, was du an mir sehen kannst, hat mich doch ein wenig mitgenommen. Ja, ich bin wieder einmal aus der Haut gefahren. Ich fürchte, ich muss mein Leben ändern. Ich weiß nur noch nicht, wie.«

Susanna spürte, wie ihre Züge sich entspannten.

»Wir werden nicht mehr streiten«, sagte sie. »Vorausgesetzt, du hältst dich an ein paar ganz einfache Regeln. Bist du dazu bereit?«

»Welche Regeln?«, fragte er zurück.

»Erstens hab ich es satt, dass du dich in meiner Gegenwart mit deiner Männlichkeit brüstest«, sagte sie. »Du brauchst keine anderen Weiber anzuglotzen oder abzuschmatzen. Ich weiß auch so, dass du ein ganzer Kerl bist.«

Mit offenem Mund starrte er sie an.

»Zum Zweiten wirst du damit aufhören, über meinen Kopf hinweg zu entscheiden«, fuhr sie fort. »Nur weil ich lange im Kloster war, bin ich noch lange kein blindes Huhn, verstanden?«

»Aber ich hab doch nur …«

»Wenn du mich zeichnen willst, so fragst du einfach. Dann wirst du schon hören, was ich dazu zu sagen habe. Ja?«

Jan nickte.

»Ich erkenne dich ja gar nicht wieder«, sagte er. »So klar sprichst du auf einmal, so energisch …«

»So war ich schon immer. Ich hatte es nur vergessen«, erwiderte Susanna ernst. »Aber ein Eber hat mich wieder daran erinnert.«

»Ein Eber? Du meinst doch nicht etwa das Vieh aus dem Luther-Haus?«

»Genau das.« Sie begann zu lächeln, denn ihr Herz war auf einmal ganz hell und leicht.

Sie liebte ihn. Und er liebte sie. Plötzlich war sie sich ganz sicher.

Jan machte einen Schritt auf sie zu und blieb stehen.

Worauf wartest du noch?, hätte sie am liebsten gesagt, aber sie blieb stumm.

Diesmal machte sie einen Schritt auf ihn zu.

Wieder kam Jan ihr entgegen. Wieder näherte sie sich, bis sie schließlich ganz nah voreinander standen.

Die ruhige Tiefe in seinen Augen schien in Susanna zu fließen. Sie hob ihm ihr Gesicht entgegen.

Als ihre Lippen sich berührten, schien die Welt ringsherum zu versinken. Es gab nur noch sie und ihn.

Eine Frau. Einen Mann.

Der Kuss war innig und lang, voller Zärtlichkeit, voller Vertrauen.

Susannas Beine begannen zu zittern, aber Jan hielt sie in seinen Armen, als wollte er sie niemals wieder loslassen.

So sehr waren sie ineinander vertieft, dass sie nicht bemerkten, wie die Tür sich öffnete.

Moritz stand auf der Schwelle und zuckte entschuldigend die Achseln, als ein blonder Mann in einem dunklen Umhang ihn jäh zur Seite drängte. In der Hand hielt der Mann ein blankes Schwert, dessen Spitze direkt auf Jan zielte.

»Wo ist Dilgin von Thann?«, schrie der Eindringling wutentbrannt. »Und ich rate dir dringend, die Wahrheit auszuspucken, Jäger, sonst wird dein Ende noch grausamer werden.«

Jan zog Susanna enger an sich.

»Was soll mit ihr sein?«, sagte er. »Ich weiß nichts darüber. Wieso sucht Ihr sie ausgerechnet hier?«

»Seit gestern Nacht ist sie spurlos verschwunden. Was hast du mit meiner Verlobten angestellt, dreckiger Hundsfott?«

DRITTES BUCH

EUPHROSYNE

ELF

Die anderen beobachteten ihn, das spürte Jan, auch wenn sie schnell die Köpfe abwandten, sobald er sich umdrehte oder seinen Platz vor der Staffelei verließ. Von Moritz ging dabei keinerlei Gefahr aus, das konnte er spüren. Dem tat er leid, weil er unversehens in eine missliche Lage geraten war, aus der es so leicht keinen Ausweg gab.

Simon dagegen mied seine Nähe und hatte inzwischen auch den schüchternen Ambrosius auf seine Seite gezogen, der vor Verlegenheit kaum noch wusste, wohin er schauen sollte. Die beiden Cranach-Söhne waren, was ihn betraf, schon den ganzen Morgen am Streiten. Während Hans ihm offen feindselig begegnete, war der jüngere Luc offenbar unschlüssig, wie er sich verhalten sollte.

Irgendwann hatte Jan genug von all dem Unausgesprochenen, das zwischen ihnen in der Werkstatt hing und das Malen störte.

»Ich weiß nichts über den Verbleib der Hofdame«, platzte er schließlich heraus. »Auch wenn jener Edle von Altenstein darüber ganz anderer Meinung sein mag. Hört also gefälligst damit auf, mir Löcher in den Bauch zu starren! Wenn ich wüsste, wo sich Dilgin von Thann aufhalten könnte, würde ich es sofort sagen. Aber leider habe ich nicht die geringste Ahnung.«

»Ihr Verlobter hat dich tüchtig vermöbelt«, sagte Simon, der wenig überzeugt wirkte. »Das habe ich mitbekommen. Sicherlich nicht grundlos. Warum sonst sollte ein adeliger Herr wie er sich an einem wie dir die Finger schmutzig machen?«

»Ach, dazu warst du also nicht zu betrunken?«, konterte Jan. »Gehen jedenfalls konntest du kaum noch, wenn ich mich recht erinnere. Und nur noch mit allergrößter Mühe halbwegs geradeaus schauen.«

»Und wie sie dich angefunkelt hat, als sie neulich mit der Kurprinzessin in der Werkstatt war«, fuhr Simon ungerührt fort. »Da war doch mehr zwischen ihr und dir. Du kannst einfach nichts anbrennen lassen, selbst nicht bei Hofe. Nicht einmal, wenn es dich den Kopf kosten könnte.«

Lucs Blick hing flehend an Jan.

»Du hast ihr doch nichts Böses angetan?«, fragte er leise. »Sie ist eine so schöne Dame.«

Jan ging zu ihm und legte ihm besänftigend die Hände auf die Schultern.

»Frauen sind etwas Wunderbares«, sagte er. »Merk dir das ganz genau, wenn du es im Leben gut haben willst! Ich weiß das, seit ich ungefähr so alt war wie du – vielleicht sogar schon ein bisschen früher. Ich verehre und liebe sie. Niemals könnte ich einer ein Leid zufügen. Das musst du mir glauben, Luc!«

Der Junge nickte tapfer. Dann jedoch wandte er jäh den Kopf ab.

»Aber zum Weinen bringst du sie«, sagte er gepresst. »Das habe ich selbst gehört. Wie ist das möglich, wo du sie doch alle angeblich so lieb hast?«

Was sollte er ihm antworten?

Dass er wie ein sonnentrunkener Schmetterling von Blüte

zu Blüte geflattert war, ohne zu ahnen, dass die Eine, die ihm alles bedeuten könnte, bereits in seiner Nähe war?

Wieder sah er Susannas Antlitz vor sich. Doch dieses Mal erinnerte er sich voller Wehmut an die Süße ihres langen Kusses.

Seine Gesichtszüge wurden weich.

Sie war nun seine geheime Braut, das hatte er ihr ins Ohr geflüstert. Ein glückseliges Strahlen war ihre Antwort gewesen. Er hoffte nur, dass sie ihr Glück auch bald vor aller Welt zeigen durften.

»Manchmal muss man eben viele Umwege gehen, bevor man erkennt, welcher Weg der richtige ist«, sagte er. »Nur so kann man herausfinden, was man will – und vor allem, was nicht.«

»Und die wunderschöne Hofdame willst du nicht?« Die hellen Jungenaugen sahen ihn fragend an.

»Sie gehört einem anderen«, erwiderte Jan. »Außerdem ist mein Herz bereits vergeben.«

»Als ob das eine Rolle spielen würde!« Auf einmal stand Hans neben Jan, das Gesicht hasserfüllt, die eckigen Schultern hochgezogen. »Er nimmt sich doch von den Weibern, was er will. Ohne Rücksicht oder Schamgefühl. Das sagen alle in der Stadt, und sie haben verdammt recht damit. Und ausgerechnet so einen himmelst du an. Hättest du dir keinen anderen aussuchen können, kleiner Bruder? Denn er führt ja auch dich hinters Licht, sobald er den Mund aufmacht.«

Auf Lucs Jungengesicht stritten sich Hoffnung und Angst.

»Jan lügt mich nicht an«, sagte er schließlich. »Niemals. Das weiß ich.«

»Gar nichts weißt du!«, trompetete Hans. »Dann frag ihn doch einmal, was er drüben in der Farbenkammer so heimlich zu schaffen hat!«

Scheinbar gleichgültig zuckte Jan die Achseln. Die Grazien waren seine und Cranachs Sache. Diese Antwort musste er schuldig bleiben.

»Oder hat er dir vielleicht gestanden, dass er zur Apothekerin geschlichen ist?«, fuhr Hans fort. »Natürlich nur in jenen Nächten, in denen Vater und Relin beim Kurfürsten in Meißen waren. Na, was sagst du jetzt?«

»Woher willst du das wissen?«, flüsterte Luc. »Das behauptest du doch bloß, um mich traurig zu machen!«

»Weil ich ihn beobachtet habe, du Kalb! Er hält sich für oberschlau. Dabei muss man ihm lediglich auf der Spur bleiben, um herauszubekommen, was er als Nächstes im Schilde führt. Und den hat Vater zum Stellvertreter ernannt und damit über uns alle erhoben. Bin sehr gespannt, wann er diesen Fehler endlich einsehen wird.«

Hans starrte Jan herausfordernd an.

Auf diesen Augenblick schien er lange gelauert zu haben. Endlich öffentlich zu demonstrieren, dass er der Erbe und künftige Leiter der Werkstatt war.

Wie viel vom Meister selbst steckte in diesem Ausbruch? Hatte Cranach seinem Ältesten etwas anvertraut, von dem Jan nichts wusste?

Ihm wurde mulmig zumute.

Wie jemand, der auf einem reißenden Fluss über Eisschollen zu balancieren versucht, fühlte er sich plötzlich. Ohne die geringste Sicherheit, jemals das rettende Ufer zu erreichen.

Die Lage wurde ernst. Beängstigend ernst sogar.

Hatte er in Wittenberg mehr Feinde, als er bisher vermutet hatte?

»Mit Margarethas Tod habe ich nichts zu tun«, sagte Jan, so entschieden er nur konnte. »Ebenso wenig wie mit Dilgin von

Thanns Verschwinden. Und du solltest nachts lieber schlafen, Hans, anstatt dich in Dinge einzumischen, von denen du nichts verstehst.«

Hans blieb stumm, seine Augen aber verrieten, wie sehr es weiterhin in ihm wütete.

Luc dagegen hatte plötzlich mit den Tränen zu kämpfen.

»Warum tust du mir das an?«, murmelte er. »Du warst mein Vorbild seit jenem Tag, an dem du zu uns in die Werkstatt gekommen bist. Für mich der beste aller Maler und mein Freund dazu – doch nun ist alles …« Er presste die Hand vor den Mund und rannte hinaus.

»Du hast ihn verloren«, sagte Hans triumphierend. »Und das geschieht dir ganz recht. Stets hast du alles versucht, um uns gegeneinander auszuspielen. Meinst du, ich hätte das nicht gemerkt? Den Kleinen immer fleißig loben und gleichzeitig meine Sachen madig machen. Aber damit ist jetzt Schluss. Mein Bruder und ich, wir sind nämlich Cranachs. In uns fließt das Blut eines Vaters, dem ganz Europa huldigt. Sogar der Kaiser hat sich von ihm porträtieren lassen. Und irgendwann werden wir seine Stelle einnehmen. Du aber bist und bleibst ein Niemand. Von nirgendwoher.«

Jan drehte Hans den Rücken zu und kehrte schweigend zurück zur Staffelei, um seine Arbeit fortzusetzen.

Doch nach ein paar Strichen glitt ihm der Pinsel unvermutet ab.

Das elfenbeinfarbene Antlitz der Judith, vor der der abgeschlagene Kopf des Holofernes lag, verunzierte auf einmal ein hässlicher karminroter Strich.

✤

Die Dunkelheit verlor an Schrecken, als immer mehr Zeit verstrich. Dafür gab es andere Dinge, die Marlein bis ins Mark erschreckten.

Der rostige Schrei eines Nachtvogels.

Der Druck auf ihrer Blase, dem sie schließlich nachgeben musste, weil sie sich nicht von den Stricken befreien konnte. Das widerliche Gefühl des nassen Stoffs, der schon bald unangenehm zu riechen begann.

Vor allem aber das Klackern von Krallenpfoten ganz in ihrer Nähe.

Ihre tief sitzende Furcht vor Ratten rührte von einem grausigen Fund her, den die Mutter und sie eines frühen Morgens in Flussnähe gemacht hatten: eine Kinderleiche, halb zerfressen von den scharfen Zähnen der grauen Nager, die sie seitdem inbrünstig hasste.

Ob sie sich auch an eine lebende Beute herantrauen würden?

Die Vorstellung trieb Marlein den Schlaf aus den Augen und ließ sie wieder hellwach werden. Zumindest war es ihr gelungen, sich aufzurichten und eine sitzende Position einzunehmen. Doch die Stricke schnitten unbarmherzig ins Fleisch und drückten das Blut ab. Arme und Beine fühlten sich taub an wie Fremdkörper, die nicht mehr zu ihr gehörten.

Am schlimmsten jedoch war der Knebel. Ständig hatte sie gegen Würgereiz anzukämpfen, und lediglich die düstere Aussicht, am eigenen Erbrochenen zu ersticken, brachte sie schließlich dazu, einen gleichmäßigeren Atemrhythmus zu finden und auch beizubehalten.

Wo war sie hier gelandet?

Eine Art Dachkammer, von dicken Balken gestützt, leer bis auf einen Hocker, den sie schließlich ausmachen konnte, als sie sich an die Dunkelheit gewöhnt hatte. An den grob verputzten Wänden waren offenbar seltsame Striche und Linien, die sie aufgrund mangelnden Lichts jedoch nicht näher erkennen konnte.

Irgendetwas trieb Marlein in die Nähe dieses Hockers. Auf ihrem Hinterteil rutschend, bewegte sie sich vorwärts, was sich als äußerst schweißtreibend herausstellte und sie immer wieder zum Innehalten zwang.

Sie begann vor Erleichterung zu weinen, als sie den Hocker endlich erreichte, obwohl sich dadurch nichts an ihrer verzweifelten Situation änderte. Und dennoch war es plötzlich, als leuchtete ein winziger Hoffnungsstrahl in ihr Elend.

Als sie sich nämlich an den Hocker lehnen wollte, schrie sie unwillkürlich auf, weil sie an etwas Spitzes geraten war, das ihre Haut aufriss.

Den kurzen brennenden Schmerz begrüßte Marlein innerlich fast jubelnd, denn er war mit gleich dreifacher Erkenntnis verbunden: Sie war durchaus in der Lage, Laute von sich zu geben. Der Knebel schien zu schrumpfen, je feuchter er wurde. Und was am besten war, sie hatte einen herausstehenden Nagel entdeckt, an dem sie das Seil wetzen konnte, das ihre Hände aneinanderfesselte.

✤

»Findet sie, Meister Cranach!« Das liebliche Gesicht der Kurprinzessin wirkte müde und war vom vielen Weinen verquollen. »Und bringt sie mir zurück! Dilgin ist so viel mehr als meine Hofdame. Sie ist eine Vertraute und Freundin, der ich mich inniglich verbunden fühle.«

Hätte er doch nur rechtzeitig auf Barbara gehört, als sie ihn beschworen hatte, die Nachforschungen über den Tod Margaretha Relins anderen im Rat zu überlassen!

Dann wäre er jetzt gewiss nicht ins Schloss zitiert worden, in diesen lang gestreckten Trophäensaal, wo überall an den Wänden knöcherne Schädel mit stolzen Geweihen hingen, mit denen das kurfürstliche Jagdglück demonstriert wurde.

Ab und an hatte auch die Cranach-Werkstatt Wildlieferungen erhalten, eine generöse Geste von Friedrich dem Weisen, der die Vorliebe seines Hofmalers für Wildbret kannte. Der Kurfürst hatte Cranach sogar häufiger zur Jagd eingeladen, was dieser freilich jedes Mal dankend ablehnte. Etwas in ihm wehrte sich dagegen, auf lebendige Geschöpfe zu schießen. Auf dem Teller waren sie ihm durchaus willkommen, doch eigenhändig töten mochte er sie nicht.

Heute freilich kam es ihm vor, als würden die Hirschschädel ihn vorwurfsvoll anstarren. Aber vielleicht rührte das ja bloß von den ganzen Aufregungen der letzten Zeit her, die nicht abreißen wollten.

Der Kurprinz und vor allem Bertram Edler von Altenstein schauten finster drein.

»Das würde ich nur allzu gern, Euer Hoheit«, erwiderte Cranach mit einer tiefen Verneigung in Sibylles Richtung. Sie saß auf einem gepolsterten Sessel, beide Hände auf dem Bauch, als wollte sie ihr Ungeborenes schützen. Das blaue Kleid, das sie angelegt hatte, ließ sie noch fahler wirken. Sie sollte vor allem Rot tragen, dachte Cranach, oder tiefes Grün. Genauso werde ich sie malen. »Allerdings weiß ich nicht so recht, wo ich beginnen soll.«

»Am besten doch wohl in Eurem eigenen Haus!« Die Stimme des Edlen war kalt. »Denn Euer Dach beherbergt jenen Unhold, der meine Verlobte so dreist belästigt hat. Ich hätte ihn besser gleich mitnehmen sollen, ohne auf Eure Einwände zu hören. Dann wären wir vielleicht schon ein ganzes

Stück weiter. Doch auskommen wird er mir trotzdem nicht. Darauf könnt Ihr Euch verlassen!«

»Wenn Ihr damit meinen Gesellen Seman meint …«

»Allerdings!«, fiel von Altenstein ihm ungeduldig ins Wort. »Was hatte er überhaupt auf dem Fest zu suchen? Gesindel wie er gehört nun einmal nicht ins Schloss.«

»Da müsst Ihr die Schuld bei mir suchen. Denn ich selbst habe Seman eingeladen«, wandte Sibylle von Sachsen ein, sichtlich um Fassung bemüht. »Außerdem befand sich der junge Maler bereits öfters in unserer Nähe, ohne auch nur ein einziges Mal ungebührliches Verhalten zu zeigen. Ganz im Gegenteil: Ich habe seine heitere, ungezwungene Art zu schätzen gelernt, die es einem leicht macht, die innere Scheu zu überwinden und sich zeichnen zu lassen. Zudem verfügt er über großes Talent. Dilgin und ich haben immer wieder darüber gesprochen.«

»Sie hat über diesen Hundsfott geredet?«, schnaubte von Altenstein. »Auf der Stelle hätte ich ihn mit dem Sauspieß durchbohren oder die Schärfe meines Schwertes spüren lassen sollen – nichts anderes hat er verdient.«

»Zügelt Euer Temperament, Edler!«, mahnte der Kurprinz. »Sonst geratet Ihr in Schwierigkeiten. Und das wäre, wie wir wissen, nicht zum ersten Mal.«

»Soll ich tatenlos zusehen, wie mein Leben ruiniert wird?«, fuhr von Altenstein auf. »Das könnt Ihr nicht von mir verlangen!«

»Niemandem als mir liegt mehr daran, diese fatale Angelegenheit lückenlos aufzuklären. Falls Ihr also Beweise habt – dann heraus damit!«, forderte Kurprinz Johann Friedrich streng.

Der Edle blieb stumm.

»Dann werdet Ihr sie finden müssen. Und Meister Cranach soll Euch dabei mit seiner Erfahrung zur Hand gehen.«

Sibylle nickte eifrig.

»Der Rat hat Euch beauftragt, Nachforschungen über den Tod der Apothekerin anzustellen«, wandte der Kurprinz sich nun direkt an Cranach. »Habt Ihr den Mörder inzwischen gefunden?«

»Leider nein«, erwiderte Cranach. »Eine ganze Weile hatten wir Margarethas Mann im Verdacht, bis Alwin Relin vor Kurzem mit einem Strick um den Hals aufgefunden wurde. Auf den ersten Blick hätte man meinen können, er habe sich selbst gerichtet, aber es gibt einige gewichtige Anzeichen, die dagegen sprechen.«

»Mehr habt Ihr nicht vorzuweisen?« Altenstein war aufgesprungen und begann, Cranach ruhelos zu umkreisen. »Verdachtsmomente? Anzeichen? Das soll alles sein? Es gibt zwei Tote zu beklagen – und noch immer muss kein Schuldiger sich dafür verantworten!«

»Ich habe unzählige Befragungen durchgeführt«, sagte Cranach, dem immer unbehaglicher zumute wurde. »In der ganzen Stadt. Ohne jegliches Ansehen der Person. Aber dennoch …«

»Befragungen«, schnaubte von Altenstein. »Was taugen die schon? Da können die Leute doch labern, was sie wollen. Wisst Ihr, wann jeder die Wahrheit ausspuckt? Sobald es ihm an den eigenen Kragen geht. Dazu bedarf es gar nicht viel: einen Hocker, ein Tuch und einen Krug Wasser, richtig angewendet. Dann reden sie, Cranach – und zwar alle!«

»Das mag für Feinde und Spione gelten«, wandte der Kurprinz ein, »und im Krieg durchaus seine Richtigkeit haben. Doch wir sind nicht im Krieg …«

»Ach, nein?«, schrie von Altenstein. »Ist der, der meine Verlobte entführt, verschleppt und vielleicht sogar enthört hat, vielleicht kein Feind? Wenn wir etwas erreichen wollen, Ho-

heit, dann brauchen wir Bewaffnete, die alle Häuser Wittenbergs durchkämmen. Gebt mir ein halbes Dutzend Männer
Eurer Leibgarde, und ich will Euch zeigen, was man damit
alles erreichen kann!«

»Er hat recht, Johann«, sagte die Kurprinzessin. »Teilt ihm
die Männer zu, die er verlangt. Aber stellt ihm zudem Meister
Cranach an die Seite, genauso wie es Euer Plan war. Das
würde mich ruhiger machen.«

»Wozu?«, fragte Altenstein säuerlich.

»Meister Cranach wird Euch mäßigen und vor unüberlegten Handlungen bewahren. Keiner genießt größeres Ansehen
in Wittenberg«, sagte Sibylle von Sachsen. »Alle hier sind
stolz auf ihren berühmten Mitbürger. Ist der Ratsherr an Eurer
Seite, so sind Schloss und Stadt nicht entzweit, sondern miteinander verbunden.« Ihre Augen wurden feucht. »Und zieht
endlich los – und rettet Dilgin!«

✣

Jetzt war die göttliche Jungfrau stets bei ihr. Seit Susanna dem
Eber heil entkommen war und Jans warme Lippen auf ihrem
Mund gespürt hatte, fühlte sie sich ihr inniger verbunden
denn je.

Hatte nicht auch Maria die Süße und die Qualen der Liebe
gekannt?

Und ebenso den Schmerz, wenn Verlust drohte?

Meine geheime Braut, so hatte er sie zärtlich genannt, und
an diese Worte zu denken ließ das Blut schneller in Susannas
Adern kreisen.

Doch Jan war in Gefahr, das sagte ihr jeder Atemzug.

Während sie im Luther-Haus ihren täglichen Pflichten nachging, flogen ihre Gedanken immer wieder zu ihm.

Bertram von Altenstein würde nicht ruhen, bis seine Rache befriedigt war. Das hatte sie in seinen Augen gelesen. Was konnten sie gegen einen so mächtigen Feind ausrichten?

Während sie die Ereignisse im nächtlichen Stall für sich behalten und lediglich Bini gebeten hatte, einen neuen Hasen für Hansi zu nähen, damit er einschlafen konnte, nahm sie jetzt allen Mut zusammen und schüttete Katharina ihr Herz aus.

Die wurde bleich, als sie hörte, was geschehen war.

»Noch eine verschwundene Frau – und dieses Mal ausgerechnet die Hofdame der Kurprinzessin! Gott schickt uns wahrhaft schwere Prüfungen, um zu sehen, wie fest wir im Glauben sind. Sie muss unbedingt lebendig gefunden werden, sonst wird großes Unheil über die ganze Stadt kommen.«

»Ihr Verlobter hat Jan im Verdacht – natürlich zu Unrecht. Denn der weiß nichts davon, das hat er mir geschworen.«

»Jan?«, sagte Katharina. »Wer weiß, welchen Unsinn er wieder angestellt hat. Zu Bösem wäre er niemals fähig, das glaube ich auch, aber fahrlässigen Leichtsinn an den Tag legen, das beherrscht kaum einer so gut wie er.«

» Vielleicht könnte Euer Mann ja mit dem Edlen reden …«

»Und ihm was sagen? Dass Jan die Finger von keiner Frau lassen kann, auch wenn sie gebunden ist? Dass er bei jeder probieren muss, wie weit er gehen kann?« Die grünen Augen blickten plötzlich kühl. »Martin kann ich damit jetzt nicht behelligen. Mächtige Fürsten schließen sich im Reich zusammen, um die Reformation zu Fall zu bringen – sein Lebenswerk!«

Energisch schüttelte sie den Kopf.

»Und dann ist da noch unsere Sorge um Elisabeth. Sie wird immer leichter, anstatt an Gewicht zuzulegen, hast du das auch schon bemerkt? Muhme Lene hat es erst gestern wieder zu mir gesagt. Wie ein Vögelchen ist sie inzwischen, scheint nur noch aus Haut und Knochen zu bestehen. Als ob sie schon bald ganz davonfliegen wollte …« Katharina wandte sich ab.

»Ich will ja alles Menschenmögliche versuchen, um Eurem Töchterchen beizustehen«, versprach Susanna. »Ich werde die Laute für sie schlagen, sie tagelang herumtragen – was Ihr nur wollt. Doch Jan braucht jetzt doch auch …«

»Ich habe dich gewarnt, Susanna.« Katharinas Stimme klang belegt. »Mehr als einmal. Verlass dich nicht auf Jan!«

»Aber Ihr mögt ihn doch auch. Dann könnt Ihr doch jetzt nicht zusehen, wie man einem Unschuldigen die Luft abschnürt!«

»Er hat sein Männerleben stets in vollen Zügen genossen. Du dagegen bist unerfahren. Nichts weißt du über Männer und Frauen.«

»Ich gehöre zu ihm. Das weiß ich. Und das ist mehr als genug.«

»Welch große Worte!« Katharina schüttete Mehl auf ein großes Brett. »Ob und vor allem wie man zu jemandem gehört, das zeigt erst der Alltag. Und den vergesst gerade ihr zwei für meinen Geschmack nur allzu gern. Träumer seid ihr – alle beide! Aber träumt ihr auch denselben Traum? Da habe ich durchaus meine Zweifel.«

Susanna wollte auffahren, doch eine strenge Geste Katharinas hielt sie zurück.

»Hat er schon offiziell um dich gefreit?«, fragte sie. »Das ist der Alltag, den ich meine.«

»Nein, noch nicht. Aber ich bin seine …« Susanna verstummte.

Katharina schob ihr Haarnetz nach hinten.

»Mach dich jetzt lieber zügig an den Teig! Sonst werden die Brote bis zum Essen garantiert nicht mehr fertig.«

»Das kann jetzt nicht Euer Ernst sein! Ihr wollt ihm also nicht helfen?«, fragte Susanna fassungslos.

»Mir war niemals ernster.« Katharina griff nach dem Salzfass. »Halte wenigstens Abstand zu Jan, bis diese Hofdame wieder im Schloss aufgetaucht ist. Versprich mir das!«

»Und wenn sie nicht auftaucht? Was, wenn sie tot ist – so wie Margaretha Relin?«, sagte Susanna mit bebenden Lippen. »Soll ich ihn dann fallen lassen wie ein glühendes Scheit? Das könnte ich niemals, hört Ihr? Niemals!«

»Dann möge Gott der Allmächtige uns allen gnädig sein«, erwiderte Katharina. »Und den Mörder seiner gerechten Strafe zuführen. Fängst du jetzt endlich mit den Broten an?«

Susanna lief aus der Küche.

Ihr Gesicht spiegelte offenbar tiefe Verzweiflung wider, denn Bini, die soeben Elisabeth zum Schlafen in die Wiege gelegt hatte und ebenfalls in den Garten kam, hielt mitten im Gehen inne.

»Du siehst aus, als wäre der Blitz in dich gefahren«, sagte sie.

»Mehr als das«, erwiderte Susanna. »Gerade erst habe ich mein Glück gefunden. Und nun soll ich es schon wieder verlieren.«

»Jan?«, fragte Bini.

»Du weißt es?«

»Jeder, der Augen hat, kann das sehen.« Bini lächelte. »Außerdem haben Verstellung und Lüge dir noch nie gelegen. Willst du mir nicht endlich alles erzählen?«

»Und du, Binea?«, sagte Susanna eindringlich. »Ich warte schon so lange auf eine Erklärung, damit wir einander wieder so nah und vertraut sein können wie früher.«

Bini öffnete den Mund und schloss ihn wieder. Ihre Hände verschränkten sich ineinander, als suchten sie Halt.

»Gib mir noch ein wenig Zeit!«, bat sie schließlich. »Ich muss alles erst selbst ganz begreifen. Danach werde ich meine Sorgen gerne mit dir teilen.«

✤

Wo war Marlein?

Keine der Frauen im Hurenhaus wusste eine Antwort, als Griet sich mühsam aus dem Bett gewälzt hatte und trotz glutheißem Schädel und bellendem Husten alle einzeln vernahm.

Hatte es Streit gegeben? Hatte die Kleine etwas mitgehen lassen, oder ein Freier sie über Gebühr belästigt?

Doch nichts fehlte, und Marlein war wie alle Abende zuvor allein in ihre Kammer gegangen, das bestätigten die Aussagen.

»Ich denke, sie wird die günstige Gelegenheit beim Schopf gepackt haben und weggelaufen sein«, sagte Els schließlich zu Griet. »Gefallen hat es ihr ja nie so richtig bei uns. Und daran bist du selbst nicht ganz unschuldig. Hast sie ja schließlich verwöhnt, als wäre sie dein eigenes Kind.«

Mit einer unwilligen Handbewegung tat die Hurenwirtin diesen Einwand ab. Im Inneren freilich arbeitete der Vorwurf weiter in ihr.

Ja, sie hätte von Anfang an strenger zu dem Mädchen sein müssen – und sich gleichzeitig bemühen, es besser zu verstehen. Doch die Angst, der Patron könnte ihr wehtun, war schließlich übermächtig geworden.

Der Patron!

Griet wurde plötzlich noch heißer.

Was sollte sie ihm sagen, wenn er sie nach dem Mädchen fragte?

Und welche Folgen würde das für sie haben?

Mit wackligen Beinen schlich Griet zu Marleins Kammer.

Das Bett war zerwühlt; eines der weißen Kleider lag nachlässig hingeworfen auf der Truhe, die neben Waschschüssel und Stuhl der einzige Einrichtungsgegenstand war.

Sie nahm es hoch, roch daran.

Ein Hauch von Lavendelöl und frischem Schweiß. Keine Spur seiner widerlichen Ausdünstungen. Erleichtert ließ sie das Kleid wieder sinken. Er schien es ihr nicht gewaltsam vom Leib gestreift zu haben.

Vielleicht war die Kleine ja doch noch rechtzeitig einem schrecklichen Schicksal entkommen?

Dann aber dachte Griet an die kalten Augen hinter der Maske. An die rastlosen Hände, die Stimme, der jede Wärme oder Menschlichkeit fehlte. Wie eine giftige Spinne erschien ihr der Mann, die im Netz hockte und seelenruhig abwartete, bis ihr argloses Opfer sich restlos verheddert hatte.

War sie selbst die Nächste, die der Patron sich vornehmen würde?

Außerdem fehlte das zweite weiße Gewand, von Marlein respektlos als Totenhemd bezeichnet.

Kein gutes Zeichen, wie Griet wusste. Denn ausgerechnet so gekleidet wäre die Kleine doch niemals geflohen.

Ein Gedanke, der Griets Herz in Finsternis tauchte. So mutlos und zerschlagen fühlte sie sich auf einmal, dass sie sich am liebsten auf den Boden gelegt hätte, um nie mehr aufzustehen.

Isolde und Lore, die besorgt nach ihr schauten, fanden sie schließlich zusammengekauert vor der Wand. Gemeinsam halfen sie ihr wieder auf die Beine und hievten sie zurück ins Bett.

»Du wirst dir noch den Tod holen, wenn du weiter so

unvernünftig bist«, sagte Lore, während sie Griet heißen Lindenblütentee einflößte. »Was soll dann aus uns werden? Die frommen Wittenberger werden uns wohl kaum als Gäste behandeln.«

»Aber die Kleine …«, sagte Griet stöhnend und wandte das Gesicht ab, weil das Schlucken allzu wehtat.

»… hat es faustdick hinter den Ohren, und das weißt du ganz genau! Die hat sieben Leben wie eine streunende Katze – vielleicht sogar mehr und bestimmt schon wieder einen Ofen gefunden, an dem sie sich wärmen kann. Du musst jetzt erst einmal an dich denken! Ruh dich aus! Und werd wieder gesund! Das bist du uns schuldig.«

Griet schloss die Augen und hielt den Mund, denn ihr Rachen war rau wie eine Feile, und jeder weitere Satz drohte über ihre Kräfte zu gehen. Das Haus mit all den Frauen stand unter ihrer Verantwortung. Sie durfte sich nicht aufgeben.

Wie aber sollte sie das ohne Unterstützung schaffen?

Warum war Rup jetzt nicht bei ihr und trug sie wie in ihren schönsten Träumen auf starken Armen in eine glückliche Zukunft?

Doch Rup gab es in ihrem Leben schon lange nicht mehr. Stattdessen war um sie herum nur noch Dunkelheit. Und Griet hatte Angst, daran zu ersticken.

❀

»Dann sind wir uns also einig?« Als wäre er aus Versehen auf einem wimmelnden Ameisenhaufen gelandet, sprang Melanchthon von seinem Stuhl auf und lief um den Tisch, an dem die anderen Professoren saßen und schwitzten.

Schöneberg und Block nickten einhellig; Anatom Winsheim stieß ein halblautes »Ja« aus.

»Du, Martin?«, vergewisserte sich Melanchthon. »Von dir habe ich noch nichts Genaues gehört.«

»Ich schätze unseren Mathematiker Hunzinger als Lehrenden und Forscher«, sagte Luther. »Das wisst Ihr alle. Allerdings habe ich auch niemals einen Hehl daraus gemacht, dass mir ein Geisteswissenschaftler als Rektor mehr liegen würde. Wittenberg ist das Herz der Reformation. Aus allen Ländern Europas strömen Studenten zu uns, die sich aus exakt diesem Grund für unsere Universität entschieden haben. Sollte sich das nicht auch in der Person des Mannes widerspiegeln, der die Leucorea leitet?«

Einige der Anwesenden nickten zustimmend, andere wiederum schüttelten den Kopf.

»Was wiederum zugunsten von Pistor spräche«, wandte Winsheim ein.

»Pistor ist aus dem Rennen«, sagte Melanchthon ungewohnt scharf. »Jemanden, der heimlich Ablassbriefe und Reliquien hortet, können wir in dieser Position nicht gebrauchen. Habt Ihr vielleicht an seine fadenscheinigen Beteuerungen geglaubt – den Feind mit seinen eigenen Mitteln unschädlich machen? Ich nicht einen einzigen Augenblick.«

»Weiß er schon Bescheid?«, fragte Schöneberg. »Im Vorfeld haben wir ihm schließlich die allergrößten Hoffnungen gemacht.«

»Mich hat er vorgestern noch einmal darauf angesprochen«, sagte Block. »Unangenehme Situation. Ich wusste gar nicht, wie ich ihm auskommen sollte. Die Ungewissheit scheint ihm zuzusetzen. Er war blass und wirkte irgendwie … mitgenommen. Ich hasse es, wenn jemand mich derart in die Zange nimmt.«

»Pistor wird es ahnen, denke ich«, sagte Luther. »Schließlich hat keiner ihn zum Jahresumtrunk der Leucorea geladen.

Ob wir diesen allerdings abhalten können, ist mehr als fraglich.« Seine Miene verschloss sich. »Mein Freund Cranach hat mir vom Verschwinden einer jungen Adeligen berichtet. Kurprinz Johann Friedrich hat ihn beauftragt, nach der Vermissten zu suchen, zusammen mit deren Verlobten, einem Edlen von Altenstein.«

»Ihr befürchtet einen neuen grausigen Fund?«, fragte Block erschrocken. »Und dann auch noch jemanden aus dem Schloss?«

»Dilgin von Thann«, bestätigte Luther. »Eine Hofdame der Kurprinzessin. Deren Mann scheint entschlossen, hart durchzugreifen. Seine Garde ist gerade dabei, alle Häuser Wittenbergs zu durchkämmen. Weh dem, bei dem sie gefunden wird …«

»Hoffentlich nicht bei Cranach selbst«, sagte Block. »Denn sein Geselle stand doch erst kürzlich beim Fund von Relins Leiche in ganz üblem Licht da.«

»Cranach vertraut ihm«, widersprach Luther. »Hätte er Seman sonst zum Stellvertreter seiner Werkstatt ernannt? Katharina schätzt ihn übrigens ebenfalls. Und sie hat ein untrügliches Gespür, was Menschen betrifft.«

»Hat man eigentlich schon das Elbufer abgesucht?«, fragte Winsheim. »Es gibt durchaus Täter, die sich bei ihren Verbrechen gewisser Wiederholungen bedienen …« Erschrocken hielt er inne. »Was natürlich noch lange nicht heißt, dass die Vermisste tot sein muss«, sagte er rasch. »Ich wollte nur nichts ausschließen.«

»Eine junge Frau, die spurlos verschwunden ist, das bedeutet in der Regel nichts Gutes«, sagte Melanchthon mit düsterer Miene. »Sie ist adelig und verlobt, habt Ihr gesagt? Nun, folglich wird kaum die Not sie aus dem Schloss getrieben haben.«

»Aber möglicherweise Leichtsinn«, sagte Block. »So etwas kommt immer wieder vor, gerade in Adelskreisen. Bei den Festen des Kurprinzen soll es durchaus freizügig zugehen.

Das hat man mir mehrfach zugetragen. Vielleicht hat sie sich dabei ja in einen anderen verschaut und ist mit ihm weggelaufen. Oder sie ist schon eine ganze Weile früher vom Pfad der Tugend abgekommen. Dann freilich gäbe es womöglich durchaus gewichtige Gründe für eine junge Dame, sich abzusetzen, solange dazu noch Zeit ist …« Er rollte vielsagend die Augen.

»Lasst uns hoffen und beten!«, sagte Luther mit ruhiger Stimme. »Für Dilgin von Thann, aber auch für unsere Stadt. Auf dass unser schönes Wittenberg ein Hort der Gottesfürchtigkeit bleiben möge – und kein verderbter Ort werde, an dem der Teufel regiert und zu Laster und Verbrechen einlädt.«

Stille breitete sich aus.

Nach einer Weile begann Schöneberg zu hüsteln.

»Und wer bringt es ihnen jetzt bei?«, fragte er nach einer Weile. »Hunzinger – dass wir uns für ihn entschieden haben? Und vor allem Pistor – dass er auf Sand gebaut hat?«

✦

Irgendwann musste sie trotz allem eingeschlafen sein, denn als Marlein die Augen wieder öffnete, war die Dunkelheit verschwunden.

Es war Tag, helllichter Tag. Ihre Kehle fühlte sich ausgetrocknet an, und die Gliedmaßen brannten, als tobte flüssiges Feuer in ihnen. Aber sie lebte.

Mit dem Zerschaben der Fesseln war sie nicht weit gekommen. Der Hanfstrick, der noch immer ihre Arme nach hinten zwang, hatte sich als zu stabil erwiesen. Dafür war der Knebel in ihrem Mund deutlich geschrumpft.

Wenn sie nur nicht so erschöpft gewesen wäre!

Es erschien ihr wie eine kleine Ewigkeit, bis sie endlich in der Lage war, die Halsmuskeln anzuspannen und die Zunge mit aller Kraft nach vorn zu drücken. Doch das nasse Stoffstück bildete immer noch eine unüberwindliche Barriere.

Seit gestern war alles unverändert. Der Patron hatte wohl vor, sie hier oben verdursten und verhungern zu lassen.

Marlein spürte, wie ein Restchen Wut in ihr aufwallte, für alles andere war sie viel zu schwach. Sie lehnte sich zurück, nicht an den Hocker mit seinem unnützen Nagel, der ihr nur falsche Hoffnungen gemacht hatte, sondern an den nächsten Balken.

Jetzt erst entdeckte sie ein Stück entfernt auf dem schmutzigen Boden ein kleines flaches Kästchen, das sie im Dunkeln übersehen hatte.

Was sich wohl darin befinden mochte?

Sie rutschte ein Stück zur Seite und versuchte, es mit den Füßen näher zu ziehen, gab jedoch schnell wieder auf.

Was sollte sie damit schon anfangen?

Etwas zu essen, geschweige denn zu trinken würde sie darin gewiss nicht finden. Und selbst wenn: Mit diesem Knebel im Mund wäre beides ohnehin nutzlos.

Sie schloss die Augen und versuchte, jenen Raum tief in sich zu erreichen, in dem sie manchmal in ihren Träumen Zuflucht suchte: Hell war er, freundlich, roch nach Apfelschnitzen und frischem Holz. Hier hatte sie immer eines Tages ankommen wollen, sobald die endlose Wanderschaft vorbei war.

Ankommen – um niemals wieder fortzugehen.

Tränen stiegen ihr in die Augen, und sie schüttelte ungeduldig den Kopf, um sie zu vertreiben. Da stutzte sie plötzlich.

Seltsame Linien hatte sie schon gestern an den Wänden wahrgenommen, doch jetzt im Tageslicht sahen sie ganz anders aus.

Die Mutter und sie waren vor einiger Zeit ein paar Wochen lang mit einem entsprungenen Mönch gewandert, der nachts auf den verwanzten Strohsäcken mit der Mutter nachgeholt hatte, was ihm in den Klosterjahren entgangen war.

Marlein hatte ihn gemocht, weil er gut singen konnte und ihr das Lesen beibringen wollte. Doch er hatte sich eines Tages im Herbstnebel einen rostigen Nagel eingetreten und war in einer schäbigen Scheune wie ein tollwütiger Hund verreckt.

Vieles von dem, was er vor ihr mit einem Stock in den Sand gekratzt hatte, hatte sie inzwischen wieder vergessen, aber es war doch genügend in ihrem Hirn zurückgeblieben, um die einzelnen Buchstaben dort zu erkennen.

M – las sie, bräunlich und riesengroß.

Aber warum war es mit einer dicken Linie durchgestrichen? Ihr Blick flog zur nächsten Wand.

D – stand da, ebenfalls bräunlich geschrieben. Doch der Strich, der mittendurch ging, hatte eine andere Farbe: rot wie Blut.

Marleins Herz schlug hart gegen die Rippen. Sie spannte die Halsmuskeln an, so stark sie nur konnte, denn auf jeder der beiden Wände neben dem schmalen Fenster entdeckte sie einen weiteren Buchstaben.

Ihre Zunge drückte gegen den Knebel – und plötzlich ließ er sich aus dem Mund schieben. Marlein röchelte, sie hustete und brach vor Erschöpfung zusammen. Schließlich jedoch rappelte sie sich mühsam wieder auf und starrte zum Fenster.

»K«, flüsterte sie, als sie das Zeichen entziffert hatte. »K. K.« Dann riss sie den Mund auf und schrie um ihr Leben.

✤

Griet fuhr aus fiebrigem Schlaf hoch.

Im Haus war alles ruhig. Sie hatte den Hübschlerinnen, die vorhin noch einmal nach ihr geschaut hatten, erlaubt, auf den Markt zu gehen, um Bänder, Honig und Kräuter zu kaufen. Sie wusste, was sie damit riskierte, denn niemand in der Stadt wollte die Bewohnerinnen des Frauenhauses, die den Männern für unkeusche Dienste das Geld aus der Tasche zogen, in der Öffentlichkeit sehen. Doch heute war sie zu schwach gewesen, um ihnen den Wunsch abzuschlagen.

Einzig Isolde war zurückgeblieben, die heimlich an die Branntweinvorräte gegangen war und nun in ihrer Kammer einen gewaltigen Rausch ausschlief.

Ob sie lediglich geträumt hatte? Griet lauschte in die Stille.

Da! Wieder hörte sie es. Ein Laut, schwach und gebrochen – und er kam eindeutig von oben.

Schweiß sammelte sich in ihren Achselhöhlen.

War der Patron unbemerkt zurückgekommen und stellte sie nun auf die Probe, um herauszubekommen, ob sie ihn hintergehen würde?

Griet spitzte die Ohren.

Nein, das klang nicht nach dem Patron.

So schrie ein Tier in höchster Not, ein Kind oder …

»Marlein!«, flüsterte sie, während sie ihre Beine vorsichtig auf den Boden stellte, der sie zu ihrer Überraschung trug.

Wie aber sollte sie an die Kiste unter ihrem Bett gelangen?

Schwerfällig ließ Griet sich auf die Knie sinken und kroch halb unter das Bett, bis ihre Fingerspitzen endlich an die Kiste stießen.

Sie zog sie hervor, rappelte sich schwitzend wieder hoch und öffnete den Deckel.

Zwischen Tand, Stoffresten und halb zerschlissenen Borten

ertastete sie schließlich den Schlüssel und schob ihn unter das Hemd. Aber noch etwas nahm sie mit: ein scharfes kleines Messer, das Rup ihr zum Andenken hinterlassen hatte.

Dann warf sie sich ein Tuch um und verließ ihre Kammer.

Die Stufen nach oben nahm sie wie im Traum. Und je höher sie kam, desto deutlicher wurde das Rufen.

»Hilfe! So helft mir doch – Hilfe!«

Kaum noch in der Lage, sich auf den Beinen zu halten, zog Griet den Schlüssel heraus. Ihre Hände zitterten so stark, dass sie ihn erst nach mehreren Anläufen ins Schloss bekam.

Sie sperrte auf. Die Tür öffnete sich.

»Griet!«, schluchzte Marlein auf. »Warum kommst du erst so spät?«

Griet sah die Fesseln, das besudelte weiße Kleid und die Angst in Marleins Augen. Sie wollte sich schon bücken, um das Mädchen zu befreien, als sie plötzlich innehielt.

»Was ist das?« Griet deutete auf die Kästchen.

»Weiß ich nicht«, sagte Marlein. »Mach mich endlich los! Ich will weg!«

Mit dem Messer durchtrennte Griet die Fesseln. Marlein rieb sich die Arme, versuchte, ihre Beine zu bewegen.

»Ich bin gelähmt«, rief sie weinend, als das Aufstehen misslang. »Er hat mich lahm gemacht. Nie wieder werde ich aus eigenen Stücken gehen können.«

»Doch, das wirst du. Du brauchst nur ein wenig Geduld.«

Griet bückte sich nach dem Kästchen und öffnete es. Zwei abgeschnittene Haarlocken lagen darin, die eine rötlich blond, die zweite dunkler, aschfarben.

Wie tot sahen sie aus.

Sie schlug den Deckel wieder zu. Dann erst wagte sie, den Blick auf die Wände zu richten.

Sie sah das M, das durchkreuzt war, ebenso das durchgestrichene D. Dann auf jeder Seite des Fensters das K, unberührt – noch.

Etwas eisig Kaltes flog Griet an, das sie Fieber und Schmerzen auf der Stelle vergessen ließ.

»Steh auf!«, sagte sie zu Marlein und drückte das Kästchen an ihre Brust. »Schnell! Wir haben nicht viel Zeit.«

Sie drängte das Mädchen aus der Kammer, sperrte hinter ihm wieder sorgfältig zu. Dann half sie ihr die Treppe hinunter.

»Ich muss trinken«, flüsterte Marlein mit glasigen Augen. »Sonst verdurste ich.«

»Gleich!« Griet führte sie in ihre Kammer. »Für den Moment musst du dich allerdings mit kaltem Tee begnügen.«

Marlein griff nach dem Krug, setzte ihn an und trank, bis er leer war.

»Und essen?«, fragte sie.

»Später. Zieh dich erst aus!«, befahl Griet. »Vollständig. Hier, nimm eines meiner Kleider. Es wird schon gehen.«

Sie selbst streifte sich hastig ein Kleid über das verschwitzte Hemd und fegte das weiße Gewand mit einem Fußtritt unter ihr Bett.

»Was hast du vor?«, fragte Marlein, die zwar gehorchte, aber in dem für sie viel zu weiten Kleid halb verschwand. »Mir ist so schwindelig. Als würde ich gleich stürzen. Außerdem möchte ich mich waschen.« Trotz ihrer Schwäche schielte sie an sich hinunter. »In dem Fetzen sehe ich ja aus wie eine Vogelscheuche!«

»Und wenn schon!«, murmelte Griet. »An dem Ort, an den ich dich jetzt bringen werde, empfängt man dich hoffentlich auch so.«

»Aber was, wenn er zuvor zurückkommt?« Marleins Tränen flossen erneut. »Wird er dann uns beide töten? Du kannst dir nicht vorstellen, was er mit mir gemacht hat!«

»Das wirst du mir alles erzählen«, sagte Griet, die sich selbst nur mit allergrößter Mühe auf den Beinen halten konnte. »Und zwar unterwegs. Jetzt beweg dich endlich! Du willst doch leben, oder?«

Marlein nickte.

»Dann tu genau, was ich dir sage! Und lass mich zuerst reden, verstanden? Nur so kommst du vielleicht davon.«

✤

Thalia, rechts auf dem Bild platziert, war ihm ausnehmend gut gelungen: die Haltung, das lockige Haar, das bis zu den Hüften fiel, der fragende und zugleich lockende Ausdruck auf dem dreieckigen Gesicht. Ihr Körper war zart und jugendlich. Eine Frau in der frühen Blüte ihrer Jahre, die die rechte Hand auf die Schulter der mittleren Gestalt legen würde, deren Platz noch frei geblieben war. Thalia hatte das linke Bein angezogen und hielt es mit ihrer Linken an der Fessel. Er würde ihr später noch ein goldenes Halsband malen und eine prächtige Gliederkette, die ihre Blöße schmückte, wie sie auch Aglaias Hals bereits zierte, die links auf dem Bild stand – und Margarethas Züge trug.

Aglaia war Margaretha – und die war brutal ermordet worden.

Er schaute auf Thalia.

Und plötzlich hatte Jan nicht mehr die göttliche Zeustochter vor sich, sondern nur noch Dilgin.

Nebenan hörte er die Lehrlinge und Gesellen lachen und reden, und er fühlte sich ausgeschlossen wie nie zuvor. Welcher Wahnsinn hatte ihn geritten, sich auf dieses Vorhaben einzulassen?

Er hätte dem Meister eine Abfuhr erteilen müssen, von

Anfang an. Dann könnte er jetzt bei Susanna sein, anstatt sich in dieser muffigen Farbenkammer verbarrikadieren zu müssen, wegen eines Gemäldes, das zwar von ihm stammte, bei dem ihm jedoch die Hand bei jedem Pinselstrich schwerer wurde.

Dann würde Luc noch immer zu ihm aufsehen, der sensible Junge, den er wie einen jüngeren Bruder liebte.

Dann würde ihn auch kein schlechtes Gewissen plagen, weil er Dilgins Verführungskünsten schließlich doch erlegen war.

Und er hätte keinen Bertram von Altenstein zum Feind, der mit der Garde des Kurprinzen systematisch die Häuser der Stadt durchsuchte und nicht ruhen würde, bis er aus ihm herausgeprügelt hätte, was er für die Wahrheit hielt.

Sie würden Dilgin nirgendwo finden.

Plötzlich war Jan sich ganz sicher, durchdrungen von einem Gefühl, so schwarz und hoffnungslos, dass ihm zum Sterben elend zumute wurde.

Er sank auf seine Knie, schloss die Augen.

Und schließlich tat er das, was seine Großmutter ihn bereits in frühesten Kindertagen gelehrt hatte: Jan faltete die Hände und begann zu beten.

Zwölf

Es war ein kurzer Weg, den sie zurückzulegen hatten, und doch kam es Griet vor, als rücke das Ziel bei jedem Schritt immer weiter weg. Hätte sie nicht doch lieber in der Stadtkirche St. Marien um Asyl bitten sollen?

Nein, das Mädchen brauchte Schutz und Hilfe. Und das würde sie nirgendwo besser bekommen als im Luther-Haus.

Dennoch überfiel sie lähmende Angst, je näher sie gelangten. Marlein schien es ähnlich zu ergehen, oder sie war noch schwächer geworden, denn sie blieb ein ganzes Stück hinter ihr zurück.

»Komm endlich!«, rief Griet, harscher als ihr eigentlich zumute war. »Keiner soll uns sehen, also beeil dich!«

Damit waren nicht nur die anderen Hübschlerinnen gemeint, die jeden Augenblick zurückkehren konnten. Um das Mädchen vor neugierigen Blicken zu bewahren, hatte sie ihm im letzten Augenblick ein dunkles Tuch übergeworfen und bis über den Mund gezogen.

Zögernd näherte sich Marlein.

»Luft!«, japste sie und riss sich das Tuch vom Kopf. »Mein ganzer Körper brennt. Und schwarz vor Augen wird mir auch …« Sie stolperte und wäre beinahe gefallen, hätte Griet sie nicht gerade noch aufgefangen.

»Nur noch ein paar Schritte«, sagte Griet, tapfer gegen die nächste Fieberwelle ankämpfend, die sie wegzuschwemmen drohte. »Dann haben wir es geschafft.«

Doch als sie an das Tor geschlagen hatte und geöffnet wurde, sackte Marlein kraftlos neben ihr zusammen.

»Was wollt ihr?« Eine schwarz gekleidete Frau mit silbernen Haaren stand vor ihnen, an deren Rock sich ein kleiner Junge klammerte, der ein Stofftier in der anderen Hand hielt. »Die Almosen für heute sind bereits verteilt.«

»Den Herrn sprechen«, sagte Griet.

Inzwischen schien die Alte die gelben Hurenfetzen an den Kleidern entdeckt zu haben, denn ihre Miene wurde streng.

»Wisst ihr denn nicht, an wessen Schwelle ihr hier steht?«, fragte sie. »Schert euch davon! Wir sind ein gottesfürchtiges Haus.«

»Genau aus diesem Grund sind wir zu Euch gekommen«, sagte Griet. »Wir müssen den Herrn Luther sprechen – bitte! Er ist der Einzige, der helfen kann.«

Die Frau stieß eine Art Schnalzen aus, dann schaute sie zu Marlein, die sich nicht mehr rührte.

»Sie ist ohnmächtig«, sagte sie. »Schnell, klopf ihr auf die Wangen und sprich sie an, damit sie wieder zu sich kommt!«

Griet gehorchte mit fliegenden Händen, und schließlich öffnete Marlein die Augen.

»Wo bin ich?«, flüsterte sie. »Ist er …« Sie begann heftig zu weinen.

»Greif ihr unter die Arme und bring sie vorsichtig wieder auf die Beine!«, befahl die Alte. »Mein Rücken ist krank, ich kann dir dabei nicht helfen. Meinetwegen mag sie sich kurz im Haus ausruhen. Doch bis meine Nichte Katharina zurück ist, müsst ihr weg sein.«

Sie ging voraus in einen lang gestreckten Raum mit einem großen Tisch und vielen einfachen Stühlen, die um ihn herumstanden. Ein leichter Suppengeruch hing in der Luft. Würzig roch es und heimelig zugleich, was Griet sofort auffiel.

»Setzt euch!«, sagte die Alte, holte einen Krug mit Holundersaft und zwei Becher und goss ein. »Und jetzt trinkt!«

Griet ließ das Getränk unberührt, doch Marlein nahm gierig ein paar Schlucke, dann ließ sie sich auf den nächsten Stuhl fallen, streckte stöhnend die Beine aus und schien mehr zu liegen, als zu sitzen.

»Mädchen weh?«, fragte der Kleine, der seine Augen nicht von ihr lassen konnte. Er schien zu überlegen, dann streckte er ihr seinen blauen Stoffhasen entgegen.

Ein winziges Lächeln spielte um Marleins Mund.

»Wie heißt du denn?«, fragte sie leise.

»Hansi.« Es klang stolz.

»Ich bin Marlein – und ich danke dir.«

»Ihr könnt den Hausherrn nicht sprechen«, sagte die Alte. »Er brütet wieder einmal über seinen Schriften, und dabei darf ihn niemand stören.«

»Auch nicht, wenn es um Leben und Tod geht?«, fragte Griet.

»Was redest du denn da für Unsinn?«

»Das ist die reine Wahrheit. Es ist mir arg, dass ich Euch belästigen muss, aber ich habe keine andere Wahl. Bitte führt mich auf der Stelle zu ihm – sonst wird noch Schrecklicheres geschehen.«

»Das kann ich nicht.« Die Alte presste die Lippen zusammen.

»Aber Ihr müsst!« Vor Aufregung war Griet laut geworden. Ihre Stimme drohte zu kippen, und kalter Schweiß stand auf ihrer Stirn.

»Du gehörst doch selbst ins Bett, so fiebrig wie du bist! Deine Augen sind ganz glasig. Den Tod wirst du dir noch holen ...«

»Den haben wir bereits«, rief Griet, die immer mehr außer sich geriet. »Er hockt im Hurenhaus und malt mit Blut hässliche Buchstaben an die Wände.«

Hansi begann loszuplärren, als hätte er jedes Wort verstanden, und ließ sich nicht mehr besänftigen, auch nicht, als der Hase längst wieder in seinem Arm ruhte.

»Was soll denn dieser furchtbare Lärm?« Plötzlich stand Luther im Raum. »Wie soll man da noch schreiben können? Und wer sind diese beiden Frauen, Lene?«

Griet atmete tief aus.

»Ich bin die schwarze Griet«, sagte sie, »und führe das Frauenhaus am Elstertor. Ganz oben gibt es eine geheime Dachkammer, in die hat der Patron, dem das Haus gehört, dieses Mädchen gesperrt, an Händen und Beinen gefesselt und mit einem Knebel im Mund stumm gemacht. So hilflos hat er sie zurückgelassen. Nicht viel hätte gefehlt, und sie wäre dort elend verendet. Bitte helft uns!«

»Was faselst du da? Und was scheren mich eure verderbten Händel?«, belferte Luther. »Wer in die Hölle hinabsteigt, der wird auch dem Teufel begegnen. Mit euresgleichen habe ich nichts zu schaffen. Das habe ich von der Kanzel gepredigt – nichts anderes sage ich dir jetzt auch mitten ins Gesicht. Verschwindet!«

»Und wenn in jener Dachkammer riesige Buchstaben an die Wände gemalt wären«, sagte Griet. »Mit Blut geschrieben?«

»Mit Blut?« Luther zögerte, zog einen Schemel heran und ließ sich darauf nieder. »Wie kommst du darauf? Kannst du denn überhaupt lesen?«

»Mit Blut kenn ich mich aus, das dürft Ihr mir glauben, auch wenn ich weder Wehmutter bin noch Medicus«, versicherte Griet. »Und was Lesen und Schreiben betrifft – dafür reicht es gerade. Habt Ihr ein Stück Papier?«

Muhme Lene schlurfte davon und kam mit dem Gewünschten zurück.

»An der einen Wand steht das.« Griet malte ein krakeliges M auf das Papier. »Allerdings mit Strichen aus frischerem Blut durchkreuzt.«

»M«, wiederholte Luther nachdenklich. »Und handelt es sich tatsächlich um Blut?«

Mit Griet zu sprechen fiel ihm sichtlich schwer. Seine Augen blickten misstrauisch, und die Hände waren abwehrend erhoben, als müsste er sich vor ihr schützen.

»Zweifelsfrei«, sagte Griet. »Sonst wäre ich jetzt nicht hier. Sagt, hieß die Tote vom Elbufer nicht Margaretha? Im Frauenhaus haben sie alle tagelang darüber geredet.«

»Ja, so lautete ihr Name. Margaretha Relin«, bekräftigte die Muhme, die neugierig näher gerückt war. »Die junge Frau des Apothekers. So schöne rotblonde Locken hat sie gehabt – und ein so freundliches Wesen!«

»An der anderen Wand steht das hier geschrieben.« Griets D war deutlich besser gelungen. »Ebenfalls mit Blut und ebenfalls durchgestrichen.«

»Und du bist dir ganz sicher?«, fragte Luther kopfschüttelnd. »Ich kann es noch immer nicht glauben.«

»Ja, das bin ich«, bestätigte Griet.

»Glaubt es ruhig, denn es gibt noch mehr davon«, sagte Marlein plötzlich, die bislang geschwiegen hatte. »Beidseits des Fensters steht zweimal das hier geschrieben.« Sie nahm den Stift in die Hand und malte ein großes K auf das Papier. »Ohne Striche. Vielleicht wollte er die ja noch ziehen, nachdem er meine Leiche beseitigt hat …« Sie begann erneut laut zu weinen.

»Du sprichst von diesem – Patron?«, fragte Luther. Seine Stimme hatte ihre anfängliche Schärfe verloren. Jetzt war sie leise, klang besorgt.

Marlein nickte.

»Er wird mich töten«, schluchzte sie auf. »Das weiß ich ganz genau, denn ich habe ihm doch im Streit die Maske vom Gesicht gerissen. So wütend ist er deshalb geworden, dass ich Angst bekam, er würde mich mit bloßen Händen auf der Stelle erwürgen. Stattdessen hat er mich gefesselt und eingesperrt. Obwohl darunter – da war gar nichts …«

»Er trägt eine Maske?«, fragte Luther.

»Aus Metall«, ergänzte Griet. »Bislang habe ich ihn niemals ohne sie gesehen. Ich dachte immer, es sei eine Narbe oder sonstige Entstellung, die er damit verbergen will. Aber Marlein sagt, da sei nichts. Wieso hat er sie dann auf?«

»Nur ein … Gesicht«, flüsterte das Mädchen unter Tränen. »Ein ganz normales Gesicht.«

»Du würdest ihn wiedererkennen?«, fragte Luther.

»Diesen Teufel?«, fuhr Marlein auf. »Aber ganz gewiss. Unter Hunderten!«

»Und dann muss ich Euch noch das hier zeigen.« Griet öffnete das Kästchen, das sie auf den Tisch gestellt hatte. »Das stammt ebenfalls aus der Dachkammer.«

Zwei lockige Haarsträhnen, wüst abgesäbelt, die eine rötlich blond, die andere mehr aschfarben. Sie gehörten zu zwei verschiedenen Frauen, das war offensichtlich.

Toten Frauen?

Muhme Lene schlug die Hand vor den Mund. Hansis Augen wurden riesengroß. Luther fuhr sich über den Kopf, als müsse er Ordnung in sein Gehirn bringen.

»Wie bist du überhaupt dort hineingelangt?«, fragte er schließlich. »Falls auch nur ein Funke von dem stimmt, was ihr beide behauptet, und dieser ›Patron‹ die blutigen Buchstaben tatsächlich an die Wand gemalt hat, so hätte er doch allen Grund gehabt, um gründlich zuzusperren.«

»Das hat er ja auch getan, aber es gibt noch einen zweiten Schlüssel«, gestand Griet. »Den habe ich schon vor längerer Zeit zufällig gefunden und heimlich an mich genommen. Dann hörte ich in meinen Fieberträumen auf einmal Marleins Hilferufe und bin nach oben gelaufen, um sie zu befreien.«

»Wir müssen sie aufnehmen, Martin«, sagte Muhme Lene bewegt. »Siehst du das denn nicht? Sie ist blutjung und in größter Not, welchem Gewerbe auch immer sie nachgehen mag. Der gütige Gott liebt alle seine Kinder. Besonders jene, die gestrauchelt sind und sich voller Vertrauen an ihn wenden. Gib ihr Obdach – zumindest bis der Unhold gefangen ist!«

»Nenn mir seinen Namen!«, verlangte Luther von Griet. »Der Rat muss Bescheid bekommen. Und natürlich Cranach und von Altenstein, die mit den Gardisten des Kurprinzen gerade die Wittenberger Häuser durchkämmen.«

»Aber den weiß ich doch nicht.« Griet schüttelte den Kopf. »Ich hab ihn stets nur mit Patron anreden dürfen. So und nicht anders hat er es verlangt. Ich weiß lediglich, dass das Haus am Elstertor ihm gehört. Das hat er einmal ganz zu Anfang gesagt.«

»Ein Mann ohne Gesicht und Namen?«, sagte Luther. »Er hat immerhin ein Haus in unserer Stadt erworben. So etwas geht doch nicht ohne Spuren!«

Sie zuckte die Achseln.

»Was in den Büchern steht, weiß ich nicht. Wohnen muss er jedenfalls anderswo, denn bei uns im Frauenhaus hat er noch nie übernachtet. Und zum Abholen der Wochenerträge kommt er immer erst so spät, dass die Frauen längst schlafen. Außer Marlein hat keine andere ihn jemals gesehen …« Ein Hustenanfall schüttelte sie. »Er darf sie nicht finden. Das wäre ihr sicheres Ende!«

»Ich stecke sie in eine der alten Zellen, ganz oben am Ende des Flurs«, sagte Muhme Lene, die immer munterer zu werden schien. »Da ist sie so gut wie unsichtbar. Unsere Mägde stammen aus dem Kloster und wissen zu schweigen. Und die Studenten sind ohnehin bald ausgeflogen. Von uns wird also niemand etwas erfahren.«

Sie streckte ihre Hand aus und berührte Griets Schulter.

»Aber was ist mit dir?«, sagte sie. »Willst du denn nicht lieber auch hier unterschlupfen? Du bist krank, und er könnte versuchen, sich an dir zu rächen.«

Griets Augen schimmerten plötzlich verdächtig, während Luther wie versteinert wirkte.

»Ich danke Euch, aber ich gehe auf jeden Fall wieder zurück«, sagte sie bewegt. »Die anderen Frauen brauchen mich doch. Was sollten sie ohne mich schon anfangen?« Sie warf ihren Zopf zurück und wischte sich mit dem Ärmel die schweißnasse Stirn trocken. Dann sah sie Luther eindringlich an.

»Eine Bitte hätte ich doch noch: Könntet Ihr die Gardisten so schnell wie möglich ins Haus am Elstertor schicken, Herr Luther?«, bat sie. »Würdet Ihr das für Marlein tun?«

✦

Eine seltsame Stimmung herrschte im Luther-Haus, als Susanna und Bini mit der Wäsche zurückkehrten, um sie im Garten auf die Leine zu hängen. Muhme Lene hatte rote Flecken im Gesicht, wie stets, wenn etwas sie aufregte oder quälte, Hansi quengelte, und Katharina wirkte so abwesend, als wären ihre Gedanken noch immer bei Barbara Cranach, die sie wegen neuer Heilkräuter für die kleine Elisabeth aufgesucht hatte. Matt und blass lag die Kleine in ihrer Wiege und wimmerte leise vor sich hin.

»Wie soll ich nur Barbels neuen Tee in sie hineinbekommen?«, fragte sie hilflos. »Sie dreht den Kopf weg, sobald sie ihn nur riecht.«

»Gib reichlich Honig dazu«, riet die Muhme. »Und du, Susanna, nimm deine Laute und spiel!«

Susanna setzte sich neben die Kleine, bis diese ein paar Schlucke getrunken hatte. Zuerst fielen ihr nur geistliche Weisen ein, dann aber wurde ihr Spiel freier und mutiger. Waren es schließlich nicht sogar die übermütigen Tanzweisen, die bei Hochzeiten üblich waren, die sie anschlug? Ein ganzer Reigen an Melodien schien aus ihr herauszufließen.

Irgendwann hielt sie inne und schaute in die Wiege.

»Ich würde ja gerne auch für dich singen, kleiner Schatz«, sagte sie. »Aber ich kann es nicht mehr.«

Elisabeth lag da mit offenen Augen, wach und entspannt. Als Susanna zart ihre Wange streichelte, begann sie zu lächeln.

»Leben sollst du, kleines Mädchen!«, flüsterte Susanna, bevor sie ihren vorigen Platz wieder einnahm. »Bitte lebe – für uns alle!«

Sie war so vertieft in den Anblick des kleinen Gesichts, dass sie erst aufschaute, als jemand hinter ihr stand.

»Jan«, sagte sie. »Jan!«

»Ich musste dich sehen.« Er umfing sie zärtlich. »Ich wünschte, alles wäre ganz anders. Ich wünschte, ich hätte dich schon früher gekannt und wir beide könnten …«

»Scht!« Sie hielt still in seinen Armen, genoss seine Nähe, seinen Geruch, der sie umschloss wie ein wärmender Mantel. Seinen Kuss. »Keiner darf uns mehr trennen. Versprich mir das!«

»Das kann ich leider nicht, Susanna«, sagte er bedrückt. »Die Stadt ist wie von Sinnen. Überall fahnden die Gardisten des Kurprinzen nach Dilgin von Thann, durchsuchen die Häuser, Dachböden und Keller, treiben die Leute auf der Straße zusammen …«

»Und werden sie sie finden?«, fragte Susanna.

»Wie sehr ich das hoffe! Doch selbst wenn – in welchem Zustand wird sie sein?«, sagte er.

Susanna spürte, wie traurig er war.

»Wir können jetzt nur noch für sie beten«, sagte sie leise.

»Das habe ich bereits getan. Doch was auch immer ihr zugestoßen sein mag, für Bertram von Altenstein steht der Schuldige bereits fest.« Jan schlug an seine Brust. »Mir will er an den Kragen. Und wäre Cranach nicht an seiner Seite, so säße ich womöglich längst im Loch. Aber ich war es nicht …«

»Das weiß ich doch.« Susanna griff nach seiner Hand und drückte sie fest. »Du hast deine Zeichensachen dabei?«

»Ja.« Jan klang verwundert. »Weshalb fragst du?«

»Dann zeichne die kleine Elisabeth!«, forderte sie ihn auf.

»Weshalb?«

»Siehst du das nicht?« Susanna beugte sich über die Wiege, und er tat es ihr nach.

»Du meinst jene dunklen Dreiecke unter ihren Augen?«,

murmelte Jan. »Die oft nur die ganz Alten haben, bevor der Todesengel sie erlöst?«

Susanna nickte.

»Ich kenne sie aus dem Kloster, wenn die Kranken im Infirmarium nicht mehr essen und kaum noch trinken wollten. Ich fürchte, die Kleine ist auch bald so weit. Katharina wird es das Herz brechen. Aber dann hat sie wenigstens deine Zeichnungen zur Erinnerung. Das wird ihre Not im Lauf der Zeit vielleicht ein wenig lindern.«

Jan angelte nach einem Hocker, holte Skizzenbuch und Rötel heraus, während Susanna erneut auf der Laute spielte.

Sie spürte seine Striche auf dem Papier, ohne sich nach ihm umzudrehen.

»Ich zeichne euch beide«, sagte er leise. »Denn du gehörst für mich dazu. Ohne dich ist alles sinnlos.«

Nach einer Weile drangen leise Schnarchlaute aus der Wiege.

»Vielleicht wird sie ja doch wieder gesund«, sagte Jan. »Kinder sind oft erstaunlich, und was mich betrifft, so habe ich niemals aufgehört, an Wunder zu glauben. Und du, Susanna?«

Sie stand auf und lehnte sich an ihn, als Katharina plötzlich hereinstürmte. Ihr Gesicht war fahl, die Adern an ihrem Hals traten unnatürlich hervor.

Die beiden lösten sich rasch voneinander.

»Was ist mit Euch?«, rief Susanna erschrocken. »Ist etwas passiert?«

»Ein Bote«, sagte Katharina stockend. »Nahe der Specke haben zwei Bauern eine halb vergrabene Kiste gefunden – mit einer Frauenleiche.«

✤

Die Tür zum Frauenhaus flog auf – und plötzlich schienen die bewaffneten Männer überall zu sein. Sie waren mit Bogen und Armbrust gerüstet und schwenkten die Schwerter.

Die Huren begannen bei ihrem Anblick zu kreischen und drückten sich angstvoll an die Wand. Zwei Freier angelten mit hochroten Köpfen nach ihren Hosen und versuchten, sie sich hastig überzustreifen.

Der Anführer war ein drahtiger Mann mit langem blonden Haar und markantem Profil, der dreinschaute, als wüte ein Feuer in ihm. Seine aufwendige Kleidung verriet den Adeligen, auch wenn das nach der neuesten Mode geschlitzte blaue Wams von dunklen Schweißflecken durchtränkt war und die bunte Hose in Fetzen von seinen muskulösen Beinen hing.

»Wo zur Hölle steckt der gottverdammte Hurenwirt?«, schrie er. »Bertram von Altenstein will ihn sehen.«

»Das bin ich.« Griet trat ihm entgegen.

»Ein Weib, das andere Weiber führt?« Altenstein schüttelte ungläubig den Kopf. »Dann wird diese schnöde Welt tatsächlich bald zugrunde gehen. Und wenn schon, soll mir auch egal sein. Wir durchsuchen jetzt euren Sündenpfuhl, und zwar von unten bis oben.« Er stürmte voran in den Keller, die Gardisten folgten ihm.

»Seine Verlobte ist spurlos verschwunden«, sagte der ältere Mann in dunkler Schaube, der neben Griet im Erdgeschoss zurückgeblieben war. »Ich bin Ratsherr Cranach …«

»Der berühmte Maler«, sagte sie. »Eure Werkstatt liegt am Markt. Viele Male bin ich schon daran vorbeigegangen.«

»Du kennst mich?«, fragte er.

»Das tut doch jedes Kind in Wittenberg«, erwiderte sie. »Die ganze Stadt ist stolz auf Euch.«

Der Trupp kam wieder die Treppe heraufgestapft.

»Unten ist nichts«, sagte Altenstein. »Nur Unrat, Ratten und halbleere Weinfässer. Die Zimmer im Erdgeschoss haben wir bereits gefilzt. Machen wir also oben weiter!«

Die Männer polterten ihm nach. Griet wies die Frauen an, in ihren Kammern zu verschwinden, und folgte ihnen.

Mitten auf der Treppe drohte der Schwindel sie zu überwältigen. Ihre Stirn glühte. Alles vor ihren Augen verschwamm, aber sie zwang sich, langsam weiterzugehen.

»Das hier sind eure elenden Hurennester?«, knurrte Altenstein, während er mit seinen Männern durch die kleinen Räumen fegte. »In solch einem Dreck und Mief könnte ich es keine Stunde aushalten!«

Was deinesgleichen bislang noch nie gestört hat, dachte Griet und bemühte sich, sich nichts anmerken zu lassen. Manch einer bezahlt sogar extra für strenge Gerüche.

»Was ist dort oben?« Altenstein starrte hinauf zum Dach.

»Die Kammer des Patron.« Griet schluckte.

»Wer soll das sein?«, fragte Altenstein gereizt.

»Der Besitzer dieses Hauses«, sagte sie, während er schon halb die Treppe hoch war. »Er ist allerdings nur sehr selten hier.«

Oben angekommen, rüttelte Altenstein an der Tür.

»Schließ auf!«, forderte er Griet auf. »Und beeil dich gefälligst – wir müssen weiter!«

»Ich habe leider keinen Schlüssel.« Die Lüge ging einfach und glatt über ihre Lippen.

»Und das sagst du erst jetzt?«, fuhr er sie an. »Aber es hilft ja nichts. Männer – da müssen wir hinein!«

Den Äxten der Gardisten hielt das alte Holz nicht lange stand. Ein paar kräftige Schläge, und die Tür sprang auf und baumelte halb geborsten in den Angeln.

Altenstein betrat die Kammer. Cranach folgte ihm, blieb aber schon nach ein paar Schritten stehen.

»Leer«, rief der Edle von Altenstein. »Bis auf diesen jämmerlichen Hocker.« Er versetzte ihm einen wütenden Tritt, der ihn in die nächste Ecke fegte. »Irgendwo muss sie doch sein!«

»Habt Ihr das hier gesehen?« Cranach deutete auf die riesigen rötlichen Buchstaben, mit denen die Wände entstellt waren. »Das sieht ja aus wie Blut.«

Er ging näher, strich mit dem Finger darüber, beugte sich vor und schnüffelte.

»Das ist eindeutig Blut! M und D – durchgestrichen. Und zweimal K. Was hat das alles zu bedeuten?«

»Woher soll ich das wissen?«, knurrte Altenstein. »Ich sehe nur eines, das zählt: Dilgin ist nicht hier.« Er stieß einen kurzen Pfiff aus. Die Gardisten formierten sich. »Abzug, Männer! Noch so viel liegt vor uns, bevor es dunkel wird. Wir haben keine Zeit zu verlieren.«

Cranach packte Griet am Handgelenk und hinderte sie daran, den anderen zu folgen.

»Halt, nicht ganz so hastig!«, sagte er. »Kannst du dir darauf einen Reim machen?« Er schüttelte sich. »Es sieht so – unheimlich aus!«

»Das tut es. Und das ist es auch«, sagte Griet.

Cranach musterte sie eindringlich.

»Du weißt doch mehr«, sagte er. »Dann rede!«

»Fragt Herrn Luther.« Griet lehnte sich Halt suchend an die einzige Wand, die kein blutiger Buchstabe verunzierte. »Alles, was ich weiß, habe ich heute zu ihm ins Schwarze Kloster getragen.«

Plötzlich lauschten sie beide nach unten, denn eine Frauenstimme hatte zu schreien begonnen, in einem schrillen, unnatürlich hohen Ton, den man kaum ertragen konnte.

»Isa!«, rief Griet streng. »Was ist denn auf einmal in dich

gefahren? Beruhige dich! Du schreist uns ja noch die ganze Stadt zusammen!«

Doch Isa schien sie gar nicht zu hören.

»Eine nackte tote Frau«, winselte sie. »Begraben in einer Holzkiste. Das hat der Bote soeben gesagt, kaum waren die Soldaten weg. Erst die Leiche an der Elbe – und jetzt das! Wisst ihr denn nicht, was das bedeutet? Der Teufel geht um in Wittenberg. Und schon bald wird er uns alle holen.«

✤

So bleich, so stumm, so nackt – so tot.

Das sollte Dilgin sein, die freche Quellnymphe, die ihn gelockt und genarrt hatte?

Ihm blieben nur wenige Augenblicke, das wusste Jan – und doch musste auf der Zeichnung alles so genau wie möglich sein.

Ob Cranach wusste, was er da von ihm verlangte?

Wenn ja, so ließ er es sich nicht anmerken.

Ruhelos lief der Meister im Anatomiesaal auf und ab und warf immer wieder einen prüfenden Blick auf Jan, der in seine Skizzen vertieft war.

»Wir werden das Resultat mit den Zeichnungen der toten Margaretha vergleichen«, sagte Cranach. »Stück für Stück. Vielleicht finden sich ja gemeinsame Anhaltspunkte. Der Kurprinz jedenfalls will alles darüber wissen. Und Sibylle von Sachsen wird es auch wollen – wenn sie erst einmal aufgehört hat zu weinen.«

»Die eine wurde halb im Wasser gefunden«, murmelte Jan. »Die andere halb unter der Erde …«

Diesen leblosen Körper zu zeichnen, der noch vor Kurzem in seinen Armen gebebt und gestöhnt hatte, war mehr als unheimlich. Lebend hatte Dilgin ihn immer wieder angezogen und gleichzeitig abgestoßen. Jetzt, wo sie tot war, verstärkte sich dieses Gefühl.

Und dennoch gelang ihm schließlich ein Resultat, das ebenso Dilgins frühere Schönheit zeigte wie die Verletzungen, die ihr zugefügt worden waren.

»Ich denke, ich bin so weit«, sagte Jan. »Ihr könnt sie wieder bedecken.«

»Gerade zur rechten Zeit«, sagte Cranach, als die Tür aufgestoßen wurde. »Die Herren Professoren sind da.«

Jetzt konnte Jan zum ersten Mal das anschauen, was neben der Bahre stand: Die Kiste maß nicht einmal drei Ellen in der Länge und zwei in der Höhe. Der Boden war vom feuchten Erdreich durchnässt, in die breiten Ritzen hatte jemand nachlässig Werg gestopft.

»Das mag ihr Leiden verlängert haben.«

Anatom Winsheim, der allen vorangeeilt war, deutete erst auf die Kiste, dann auf die Leiche, die nun wieder ein weißes Tuch von Kopf bis Fuß verhüllte. Nur für einen kurzen Moment hatte er den Versammelten einen Blick auf Dilgins bleiches Antlitz gegönnt. Einen Moment freilich, der tiefe Betroffenheit auf den so verschiedenartigen Männergesichtern hervorrief.

»Denn so kam etwas Luft in die Kiste«, fuhr er fort. »Eine Zeitlang war es ihr also wohl noch möglich zu atmen, wenngleich unter eingeschränkten Bedingungen. Ich behaupte mit Fug und Recht: Dilgin von Thann hat noch gelebt, als man sie in diese Kiste zwang.«

Im Anatomiesaal der Leucorea wurde es unglaublich still.

»Wie kommt Ihr darauf, Collega?«, flüsterte Melanchthon schließlich. »Eine lebendig begrabene Tote – welch ein Albtraum!«

Winsheim schob das Leichentuch an beiden Seiten ein kleines Stück zurück.

»Seht Ihr das?«, fragte er. »Die abgebrochenen Nägel? Und auf den Knöcheln befindet sich kaum noch Fleisch.« Er deutete auf die Kiste. »Im Deckelinneren dieses … Sarges finden sich dazu die jeweils passenden Spuren. Die Arme waren erhoben, so gut es in der Enge eben ging. Sie muss geklopft, gekratzt und gescharrt haben und hat offenbar mit aller Macht versucht, sich aus dem tödlichen Gefängnis zu befreien – vergeblich.«

Jan, ein wenig abseits, hielt die Köpfe der Versammelten, die um die Bahre standen, in seinem Skizzenbuch fest, doch er tat es unauffällig, damit keiner der Professoren sich daran störte.

»Gibt es weitere Verletzungen?«, fragte Hunzinger.

»Blutergüsse an den verschiedensten Körperpartien – und das reichlich. Sie wurde offenbar geschlagen und mehrmals gestoßen. Am linken Oberschenkel befindet sich zudem eine längliche Brandwunde. Und man hat ihr auf der rechten Seite eine Locke abgesäbelt. An all den Verletzungen ist sie jedoch nicht gestorben.« Winsheim bedeckte die Leiche erneut. »Nein, sie muss erstickt sein – qualvoll erstickt.«

»Erstickt?«, murmelte Block. »Eine grauenhafte Vorstellung! War diese Kiste denn schon ganz unter der Erde?«

»Dazu ist es offenbar nicht mehr gekommen«, sagte Winsheim. »Nur ein Teil steckte im Erdreich, der andere ragte noch heraus. So haben die Bauern sie gefunden. Als wäre der Täter gestört worden. Oder er wollte später noch einmal zurückkehren, um sein grausiges Werk zu vollenden.«

»Auf ganz ähnliche Weise wurden in früheren Zeiten Ehebrecherinnen hingerichtet«, murmelte Theologe Schöneberg. »In alten Dokumenten habe ich mehrmals darüber gelesen.

Frauen, die ihren Mann zum Hahnrei gemacht haben. Auch Kindsmörderinnen drohte häufig dieses Schicksal. Doch diese Frau, so edel und schön …« Seine Stimme erstarb. »Eine junge Braut. Bald schon wollte sie Hochzeit feiern.«

»Zum Glück leben wir heute in anderen Zeiten«, ließ Pistor sich vernehmen. »Jetzt herrschen Vernunft und Gerechtigkeit.«

Luther schickte ihm einen skeptischen Blick.

»Ich wünschte von ganzem Herzen, dem wäre so«, sagte er. »Doch leider kann davon keine Rede sein. In weiten Teilen des Reichs regiert noch immer dunkelster Aberglaube. Und auch bei uns haben wir, wie Ihr seht, mit den Werken Satans zu kämpfen. Die Schändung dieser jungen Frau spricht Bände. Wie muss jemand beschaffen sein, um sich an solch einem blühenden Leben zu vergreifen?«

»Bertram von Altenstein scheint dem Wahnsinn nahe, seit er von dem Fund unterrichtet wurde«, sagte Cranach. »Vom Kurprinzen weiß ich, dass mehrere Männer nötig waren, um ihn zu bändigen. Nun scheint er seinen Schmerz in Wein ertränken zu wollen. Doch wenn er wieder zu sich kommt, wird er nach dem Mörder seiner Verlobten suchen.« Sein Blick wurde stechend. »Ich werde alles tun, um ihn dabei zu unterstützen. Denn der Teufel, der das hier verbrochen hat, muss hängen. Je eher, desto besser.«

Hunzinger nickte.

»Ich bete, dass Ihr rasch Erfolg habt«, sagte er. »Denn wenn nicht – was hätte das für weitreichende Folgen für uns alle. Der kurfürstliche Hof könnte Wittenberg alle Mittel entziehen. Und das würde auch die Leucorea betreffen.«

Er schielte unsicher zu Pistor, der seinen Blick jedoch gelassen erwiderte.

»Was mich betrifft, geschätzter Rektor in spe, so werde ich

dies allerdings nur von fern betrachten können«, sagte Pistor. »Ich muss Wittenberg verlassen, denn mich hat ein Ruf nach Trier ereilt, wo die philosophische Fakultät Verstärkung wünscht. Die Bücherkisten werden bereits gepackt. Doch meine besten Wünsche bleiben selbstredend bei Euch.«

Melanchthon räusperte sich unbehaglich.

»Wir sollten für die Tote beten«, sagte er. »Das steht jetzt an, Collega!«

»Wie recht Ihr doch habt!«, sagte Winsheim. »Seine Hoheit war so freundlich, mir diese Untersuchung zu gestatten. Sie mit Euch zu teilen diente lediglich einem einzigen Zweck: den feigen Mörder zu fassen, der diese Schandtat begangen hat. Also seid wachsam und habt Eure Augen überall!«

Gemurmel erhob sich, das rasch anschwoll, weil jeder der Versammelten etwas dazu zu sagen hatte. Jan schlich sich mit seinem Skizzenbuch nach draußen. Nicht ohne Cranachs drängende Blicke gespürt zu haben, die auf ihm lasteten.

Sie mussten reden, das wusste er.

Dringend – und nur zu zweit.

✣

Zum Streit kam es schon nach den ersten Sätzen, und er entzündete sich so heftig wie noch niemals zuvor. In der stickigen Farbenkammer flogen die Worte wie Pfeile zwischen ihnen hin und her.

»Ich hab es satt!«, schrie Jan. »Was soll noch alles passieren, damit Ihr endlich Vernunft annehmt?«

»Kapierst du das denn nicht?«, schrie Cranach zurück. »Das hier ist doch der Schlüssel zu allem!« Er deutete auf das Gemälde mit den zwei nackten Grazien. »M für Margaretha Relin und D für Dilgin von Thann. Mit eigenen Augen habe ich die blutigen Buchstaben in der Dachkammer des Frauenhauses gesehen. Und weißt du, was dort noch stand? K – zweimal sogar!«

»K für Katharina? Der Mann mit der Maske hat doch Katharina von Bora als dritte Grazie auf dem Gemälde verlangt«, sagte Jan. »Aber sie darf niemals gemalt werden, das ist Euch doch hoffentlich klar, sonst stirbt sie womöglich. Oder wollt Ihr die Lutherin auch bald irgendwo auffinden – aufgeschlitzt oder gerädert?« Er fuhr sich mit der Hand über das Gesicht. »Wir müssen diesen Wahnsinn beenden«, sagte er. »Besser heute als morgen.«

»Ja, das werden wir«, bekräftigte Cranach. »Doch vorher muss das Bild fertig sein.«

»Das kann nicht Euer Ernst sein!«

»Denk doch einmal in Ruhe nach: Der Auftraggeber will das Bild haben. Folglich muss es zu einer Übergabe kommen. Und dann ist er fällig.«

»Wenn er die beiden Frauen auf dem Gewissen hat, ist er ebenso grausam wie unberechenbar«, sagte Jan. »Vielleicht ist er ja auch Relins Mörder – und lauert womöglich bereits auf das nächste Opfer. Offenbar ist er äußerst gerissen und schreckt vor nichts zurück. Was also macht Euch glauben, einen wie ihn übertölpeln zu können?«

»Gemeinsam sind wir klüger als er.«

»Wenn Ihr Euch da nur nicht täuscht! Er scheint ein Hurenwirt zu sein – und treibt sich gleichzeitig im Schloss herum? Solch ein Kunststück bringen nicht viele zustande.«

»Man muss ihm eine Falle stellen«, sagte Cranach. »Eine gut geplante, raffinierte Falle, die plötzlich zuschnappt. Doch dazu brauchen wir das Bild.« Er bückte sich, nahm ein paar Skizzen auf, die auf dem Boden lagen. »Wenn nicht Katharina, so wirst du eben eine andere Frau als dritte Grazie malen …«

»Vergesst es!«, schrie Jan. »Keine lebende Seele würde ich solch einer Gefahr aussetzen. Nicht einen Finger rühre ich mehr.«

»Du wirst tun, was ich verlange«, sagte Cranach beißend. »Ich bin der Meister. Ich erteile hier die Befehle.«

Jan warf ihm seine Pinsel vor die Füße.

»Aber mir nicht mehr länger«, sagte er. »Ich verzichte auf das Blutgeld. Treibt Eure Spiele in Zukunft mit anderen, die besser zu gehorchen wissen. Den Stellvertreter könnt Ihr Euch ebenfalls an den Hut stecken – ich verlasse die Werkstatt!«

✤

Er war über ihr, als Griet die Augen öffnete, und obwohl es dunkel war, erkannte sie am Geruch sofort, wer es war.

»Du hast mein Haus schlecht gehütet, schöne Griet«, sagte er leise. »Ich bin enttäuscht. Sehr enttäuscht. Und du weißt genau, wie ich es hasse, enttäuscht zu sein.«

Wieder war er gekommen wie ein Schatten. Weder die Haustür hatte sie gehört noch seine Schritte auf der Treppe.

War er imstande zu fliegen? Oder durch Wände zu gehen?

Den Schlüssel hatte sie längst wieder zurück in den Keller gelegt, aber würde das auch nur das Geringste nutzen?

Marlein war fort.

Anstatt sie oben sterbend oder als Leiche vorzufinden, hatte ihn lediglich die Leere der aufgebrochenen Dachkammer angegähnt.

Und deshalb war der Patron jetzt hier, um Vergeltung zu üben.

»Ich konnte doch nichts dagegen tun«, stieß sie hervor. »Überall Gardisten mit Äxten, nicht nur bei uns, sondern in der ganzen Stadt. Altenstein hat ihnen befohlen, das Haus auf den Kopf zu stellen …«

»Aih!« Ein scharfer Ton brachte sie zum Schweigen. »Was hast du ihnen über mich verraten?«

»Nichts. Gar nichts.«

»Du lügst!« Seine Hände waren plötzlich an ihrem Hals. »Und du lügst schlecht.«

»Ich lüge nicht«, krächzte Griet. »Ich weiß doch gar nichts über Euch – was sollte ich schon verraten?«

Der widerliche Geruch wurde schwächer. Er hatte von ihr abgelassen. Sie konnte wieder atmen. Jetzt stand er seitlich neben dem Bett.

Inzwischen sah sie seine Umrisse.

»Dort oben war etwas, was mir gehört«, sagte er nach einer Weile. »Bestohlen zu werden hasse ich ebenso sehr wie Enttäuschungen. Wo ist es, Griet? Rede!«

Seine Stimme war eisig. Sie konnte weder auf Gnade noch einen glücklichen Zufall hoffen. Im nächsten Moment konnte sie tot sein. Oder er würde sie binden und knebeln wie Marlein und im Keller verrotten lassen.

Sie hatte nichts mehr zu verlieren.

Und plötzlich fühlte Griet sich ganz frei.

»Sie haben alles mitgenommen«, sagte sie, »die Gardisten des Kurprinzen. Und am Morgen wollen sie wiederkommen.«

»Wozu?« Erneut begann er, ihr die Luft abzuschnüren.

»Das müsst Ihr sie schon selber fragen«, japste Griet. »Bleibt einfach hier und wartet zusammen mit mir!«

Er stieß ein pfeifendes Gelächter aus, doch sein Geruch hatte sich auf einmal verändert, war noch stechender geworden.

Hatte er Angst?

Konnte sie ihm, vor dem sie stets heimlich gezittert hatte, auf einmal Angst einjagen?

»Ich sollte dir jetzt den Hals umdrehen wie einem gackern-den Huhn, auf das der Suppentopf wartet«, zischte er. »Doch an einer wie dir werde ich mir die Hände nicht schmutzig ma-chen – nicht einmal das bist du wert!«

Er packte ihren Zopf und riss sie an ihm grob aus dem Bett.

Griet schrie auf.

Du bist ein Teufel, dachte sie. Ein Teufel in Menschengestalt. Jetzt war der Schmerz kaum noch auszuhalten.

Konnte er ihre Gedanken lesen?

»Ja, Schmerzen sollst du haben«, sagte er. »Und eine Erin-nerung, die dich niemals wieder verlässt, auch wenn ich ein-mal fort sein sollte. Denn ich werde ab jetzt immer bei dir bleiben, schöne Griet. Im Träumen wie im Wachen. Bis zu dei-ner letzten Stunde wirst du an mich denken.«

Sie spürte den brennenden Schmerz erst, als sein Messer ihr schon die linke Wange bis hinunter zum Kinn aufge-schnitten hatte. Sie wollte ausweichen, weil sie eine nächste Attacke fürchtete, doch er war schneller gewesen. Sein zweiter Schnitt setzte weiter oben an, beschrieb eine Biegung, die den ersten kreuzte, und hinterließ in Griets Fleisch das blutige Zeichen einer Teufelsgabel.

Sie brach zusammen.

Jetzt war Griets Schrei lang und gellend, doch bis Els und Lore zu Tode erschrocken aus ihren Kammern gelaufen ka-men und sich über sie beugten, war der Patron bereits ver-schwunden.

✦

Als Susanna schließlich in seinen Armen lag und ihr warmer Atem seine Haut traf, spürte er, wie sie zitterte.

»Ich habe Angst«, flüsterte sie.

»Ich auch«, flüsterte Jan zurück. »Was, wenn ich dich enttäusche?«

»Das wirst du nicht. Ich wünsche mir, dass du mich zeichnest – ohne Kleider. So, wie ich jetzt bin.«

Er löste sich von ihr, nahm sein Skizzenbuch und griff zum Rötelstift.

Wie anziehend sie war!

Ihr Körper im Schein der Kerzen war ein geheimnisvolles Spiel aus Licht und Schatten: die Wölbungen und die Mulden, die sanfte Rundung des Hinterteils, die langen Beine, der Schoß.

»Zeig es mir!«, bat Susanna schließlich.

Er tat, was sie verlangte.

»Das bin nicht ich«, flüsterte sie.

»Nein, denn du bist noch viel schöner«, sagte Jan. »Ich werde dich so oft zeichnen, bis ich es richtig getroffen habe.«

Sie legten die Stirn aneinander und küssten sich lange.

»Es hat sich gelohnt, mich aus dem Luther-Haus davonzuschleichen«, sagte sie mittendrin. »Ich musste bei dir sein. Ich hätte es nicht mehr länger ausgehalten.«

Seine Hand glitt zu ihren Brüsten.

»Man darf sie nicht berühren«, sagte Susanna. »Nicht einmal beim Waschen. So haben wir es im Kloster gelernt. Keine Braut Christi darf das.«

»Aber dafür sind sie doch da«, sagte Jan. »Siehst du denn nicht, wie sie sich darüber freuen?«

Sie musste lächeln, weil ihre Brustspitzen klein und hart geworden waren.

»Ich muss dich immer anschauen«, sagte er.

»Hast du nicht schon genug Frauen in deinem Leben gesehen?«, fragte Susanna.

»Was hilft das, wenn dein Herz immer nur nach der einen ruft?«

Seine Hände kosten und streichelten sie, zärtlich, erfahren. Schließlich kühner.

Susannas Atem ging schneller. Eine Welle von Lust stieg in ihr auf, gegen die sie erst anzukämpfen versuchte, der sie sich aber schließlich hingab.

»Ich werde nichts tun, was du nicht auch willst«, sagte Jan. »Vertrau mir! Und wenn es dir wehtun sollte …«

Susanna schüttelte den Kopf, schob seine Hand zur Seite und begann zu weinen.

»Was hast du, Liebes?«, fragte Jan. »Bin ich dir zu ungeduldig?«

»Ich kann es dir nicht sagen«, flüsterte sie. »Es hat mich beinahe umgebracht …« Sie setzte sich auf. Bedeckte ihr Gesicht mit den Händen.

»Jemand hat dir sehr wehgetan«, sagte er. »Lass mich deine Wunden heilen – ein ganzes Leben lang!«

»Ich habe mich gewehrt«, sagte Susanna tränenerstickt. »So sehr gewehrt! Aber er war stärker als ich. Geschrien habe ich, bis mir die Stimme brach. Seitdem kann ich nicht mehr singen. Irgendwann bekam ich die Gabel zu fassen, die aus meinem Bündel gerutscht sein musste. Da hab ich zugestochen, direkt am Hals …« Sie weinte so heftig, dass sie nach Luft ringen musste. »Ich dachte, ich hätte ihn getötet. Doch er lebt – und er ist hier in Wittenberg.«

»Du hast ihn hier gesehen und wiedererkannt?«, fragte Jan. »Wer ist es? Ich reiße ihm den Kopf ab.«

»Wiedererkannt – ja«, sagte Susanna. »Gesehen – nein.«

»Was soll das heißen?«

»Er trägt eine Maske«, sagte sie. »Aber ich kenne seinen Geruch. Er ist der Mann, der mich überfallen hat, als ich von dir zurück ins Luther-Haus wollte. Umbringen will er mich – und er hat es erst vor Kurzem ein zweites Mal versucht. In den

Schweinekoben hat er mich gelockt, mit Hansis Stoffhasen, der vor dem Gatter lag. Ich hab den Kleinen schon zertrampelt unter den Hufen des Ebers gesehen, deshalb bin ich hineingegangen. Dabei war ich es, die getötet werden sollte …«

Er starrte sie fassungslos an. »Wieso weiß ich davon nichts?«

Susanna griff nach seiner Hand.

»Ich glaube, die Gottesmutter hat mich beschützt. Sonst wäre ich heute nicht mehr hier.«

Jan entzog ihr die Hand, so aufgeregt war er auf einmal.

»Warum hast du nicht schon früher den Mund aufgemacht?«, rief er. »Und dich mir anvertraut. Dann gäbe es jetzt vielleicht drei Tote weniger.«

»Du glaubst, er hat auch Margaretha und Dilgin auf dem Gewissen?«

Bevor Jan antworten konnte, flog die Tür zu seiner Kammer auf. Susanna zog das Laken über sich.

Bertram von Altenstein rannte herein, das Schwert in der Hand, hinter ihm vier bewaffnete Gardisten.

»Greift ihn, Männer!«, schrie er. »Bindet ihn! Am liebsten würde ich dieses Schwein gleich auf der Stelle abstechen, aber ich will erst noch hören, wie er es gemacht hat.«

Sie rissen Jan aus dem Bett, der sich vergeblich zu wehren versuchte, und fesselten seine Hände.

»Lasst mich los!«, rief er. »Seid Ihr wahnsinnig geworden? Ich hab mit dem Mord an Dilgin nichts zu tun.«

»Nein?« In Altensteins Augen war ein seltsames Flackern. »Dann hat der Cranach-Junge also dreist gelogen, und sie war gar nicht hier bei dir in ihrer letzten Nacht?«

»Sie … Sie …« Jan verstummte.

»Stülpt ihm den Sack über!«, befahl Altenstein. »Ich kann seine widerliche Blöße nicht länger ertragen. Und dann ab mit ihm!«

343

Sie zerrten Jan zur Tür.

»Wohin bringt Ihr ihn?«, schrie Susanna, die sich das Laken bis zum Hals hochgezogen hatte.

»Dorthin, wo alle Mörder sitzen, bevor ihnen der Strick den Garaus macht – ins Loch. Such dir rasch einen passenden Ersatz, kleine Hure. Denn du wirst ihn niemals wiedersehen!«

DREIZEHN

Kaum waren die Gardisten mit Jan abgerückt, gab es für Susanna kein Halten mehr. Sie sprang aus dem Bett, schlüpfte in ihren Rock und zerrte mit zitternden Fingern an den Ösen des Mieders.

Sie war schon fast draußen, als sie noch einmal zurücklief, sich nach dem Skizzenbuch bückte, das auf den Boden gefallen war, und es an sich nahm.

Wohin damit?

Im Augenblick war es alles, was sie von Jan besaß, und deshalb umso wertvoller.

Suchend schaute sie sich um. Ihr Blick fiel auf den speckigen Beutel, der stets von seiner Schulter gebaumelt hatte. Sie nahm ihn von der Stuhllehne und steckte das Buch mit den Zeichnungen hinein.

Die anderen Gesellen hatte der Lärm geweckt und aus ihren Kammern getrieben.

»Wo ist Jan?«, fragte Moritz besorgt, als Susanna den Flur betrat, während Simon sie mit scheelen Blicken musterte. »Haben sie ihn ...«

» ... festgenommen«, sagte Susanna knapp. »Aber ich werde alles tun, damit sie ihn wieder freilassen müssen.«

Dann lief sie die Stufen hinunter.

Am Treppenende wäre sie beinahe in Barbara Cranach hineingerannt. Die Frau des Meisters stand da im weißen Nachtgewand, das blonde Haar zum Zopf geflochten, ein Tuch um die Schulter geworfen, und starrte sie mit großen Augen an.

»Du?« Sie hielt die Kerze näher an Susannas Gesicht, als könnte sie nicht glauben, wen sie da zu sehen bekam. »Du bist jetzt sein Liebchen?«

Susanna blieb äußerlich ruhig, obwohl ihr das Herz bis zum Hals klopfte.

»Seine Braut«, verbesserte sie. Es tat gut, diese Worte auszusprechen – selbst in diesem schrecklichen Augenblick, da sie um sein Leben bangen musste. »Sie haben Jan mitgenommen. Aber er ist unschuldig. Wo ist der Meister?«

»In der Werkstatt. Er will die Bilder schützen, falls die Gardisten auch dort herumzustöbern beginnen.«

Susanna lief los.

»Halt!«, hörte sie noch in ihrem Rücken. »Du kannst ihn jetzt doch nicht …« Da war sie schon aus dem Haus und in die Hofeinfahrt eingebogen.

Die Werkstatt war dunkel und verschlossen. Susanna trommelte mit den Fäusten gegen die Tür.

»Macht auf, Meister Cranach!«, schrie sie. »Ich bin es, Susanna, die Luther-Magd. So öffnet doch – es geht um Leben und Tod!«

Schnell wurde aufgeschlossen.

»Jan ist im Loch«, stieß sie hervor, während Cranach zurücktrat und sie einließ. Jetzt liefen die Tränen über ihre Wangen, die sie vorhin zurückgehalten hatte. »Sie haben ihn weggeschleppt. Aber er ist doch kein Mörder!«

Cranachs Gesicht wirkte müde und zerfurcht.

»Aber ein schrecklicher Hitzkopf ist er«, sagte er und stellte

346

den dreiarmigen Leuchter auf einer Truhe ab. »Jemand, der erst den Schnabel weit aufreißt und dann nachdenkt. Mir hat er heute seine Pinsel vor die Füße geworfen. Er will nicht länger mein Geselle sein.«

»Ihr habt gestritten?«, fragte sie schluchzend. »Ihr müsst ihn trotzdem retten! Altenstein hasst ihn. Er will ihn hängen sehen. Aber Jan ist unschuldig …«

»Ich glaube auch nicht an seine Schuld«, sagte Cranach, »so unverschämt dieser Seman aus Prag auch sein mag.«

»Wieso seid Ihr dann nicht eingeschritten?«

»Der Altenstein hat sich auf einen Befehl des Kurprinzen berufen«, sagte Cranach. »Da war nichts zu machen.«

»Dann müsst Ihr eben mit dem Kurprinzen reden. Oder mit seiner Gattin. Sie dürfen doch keinen Unschuldigen hinrichten!«

»Das werde ich auch …«

»Worauf wartet Ihr noch?«, unterbrach sie ihn ungeduldig. »Schließlich hat Euer eigener Sohn Jan angeschwärzt.«

»Woher willst du das wissen?«, fuhr er sie an.

»Das hat Altenstein gesagt.«

Cranach musterte sie streng.

»Das sind äußerst kühne Behauptungen, die du da aufstellst. Was hast du überhaupt zu nachtschlafender Zeit unter meinem Dach zu suchen? Keine anständige Frau würde so etwas tun.«

Susanna hielt seinem bohrenden Blick stand.

»Weiß Katharina, dass ihre Magd Jans Buhlin ist?«, setzte er nach.

»Seine Braut bin ich, nicht seine Buhlin! Und sollte Jan etwas zustoßen, so werde ich keinen einzigen Tag meines Lebens mehr froh sein können.«

So ernsthaft hatte Susanna das gesagt, so voller Inbrunst, dass sie damit Cranachs Herz erreichte.

»Du liebst ihn?«, fragte er um einiges sanfter.

Susanna nickte.

»Aber du weißt schon, auf wen du dich einlässt? Seman war noch nie ein Kind von Traurigkeit. Schönen Frauen kann er nichts abschlagen.«

»Ich glaube an ihn«, sagte sie. »Und an unsere Liebe. Jan könnte sie alle haben und hat sich trotzdem für mich entschieden. Doch dafür muss er leben. Helft mir, Meister Cranach, ich flehe Euch an – sie dürfen ihm nichts antun!«

Cranach sah sie prüfend an, dann nickte er.

»Wenn das so ist, will ich dir etwas zeigen«, sagte er und griff nach dem Leuchter. »Komm mit!«

Von dem großen Malraum mit seinen zahlreichen Staffeleien führte eine schmale Tür in eine Nebenkammer. Verschiedenste Gerüche kitzelten Susannas Nase, als sie sie betreten hatte, was Cranach zu bemerken schien.

»Farben. Pigmente. Öle. Lösungsmittel – was immer du willst! Unsere Kunst spricht alle Sinne an«, sagte er. »Man kann sie nicht nur sehen, sondern auch riechen. Und manchmal ist sie ein Handwerk wie jedes andere auch.«

Sie waren vor einer kleinen Staffelei angelangt. Ein helles Leinentuch verbarg das Gemälde, das auf ihr stand.

Langsam zog er es herunter.

»Was siehst du?«, fragte er. »Sag es mir!«

Die Zunge klebte Susanna am Gaumen, so trocken war ihr Mund auf einmal, doch sie zwang sich, den Blick nicht abzuwenden, wie sie es am liebsten getan hätte, sondern genau hinzuschauen und zu antworten.

Das Gemälde war klein und strahlte, obwohl es unvollendet war, eine erstaunliche Intimität aus. Sie kam sich vor, als hätte sie einen geheimen Raum betreten und müsste dagegen ankämpfen, sich nicht wie ein Eindringling zu fühlen.

»Zwei Frauen«, sagte sie. »Nackt bis auf diese durchsichtigen Schleier um die Lenden, die nichts verhüllen, sondern sie nur noch nackter wirken lassen. Die auf der linken Seite scheint sich ein wenig zu schämen, obwohl man sie nur von hinten sieht. Sie hat einen jungen, kräftigen Körper – und das träumerische Gesicht von Margaretha Relin.«

»Gut erkannt«, lobte Cranach. »Sie stellt Aglaia dar, das bedeutet ›Die Glänzende‹. Mach weiter!«

Susanna warf dem Meister einen raschen Blick zu. Was hatte er mit ihr vor?

Was auch immer es sein mochte, sie würde ihm gewiss nicht offenbaren, dass sie diesen Teil des Gemäldes bereits einmal gesehen hatte – und in welche Seelenqualen sie der Anblick damals gestürzt hatte. Und ebenso wenig würde sie verraten, was die Behauptung Altensteins in ihr ausgelöst hatte, seine Verlobte habe ihre letzte Nacht bei Jan verbracht.

All das ging nur sie etwas an – und Jan, falls sie ihn jemals wieder lebendig zu Gesicht bekommen würde.

»Die Frau auf der rechten Seite …«, Susanna musste erneut schlucken, » … sieht kühn und herausfordernd aus. Als wollte sie die ganze Welt bezwingen. Sie ist nicht wirklich schön, dafür stehen die Augen zu weit auseinander, und ihr Kinn ist viel zu spitz. Aber man muss sie dennoch anschauen, denn ihre Haltung mit dem elegant angewinkelten Bein fesselt den Blick. Wohin geht ihr rechter Arm?«

»Er wird die mittlere Gestalt umfangen, sobald die einmal gemalt ist«, sagte Cranach. »Die drei Grazien sind Töchter des Zeus – und Schwestern.«

»Ich kenne die rechte. Ich habe sie bei Margarethas Totenmesse vor der Kirche gesehen.« Susannas Stimme war nur noch ein Flüstern. »Es ist die Hofdame der Kurprinzessin, Dilgin von Thann.«

»Ja, das ist sie«, sagte Cranach. »Dargestellt als Grazie Thalia, was ›Festfreude‹ bedeutet.«

»Hat Jan die beiden gemalt?«, fragte Susanna und senkte den Kopf, als Cranach nickte.

»Den letzten Schliff erhalten sie allerdings erst von meiner Hand«, sagte er. »Nicht anders verfahre ich mit allen Bildern, die meine Werkstatt verlassen, selbst wenn die Gesellen eine gute – nun sagen wir – Vorarbeit geleistet haben. Goldfarbe, Hautton, Licht und Schatten, all das muss bis ins kleinste Detail stimmig sein. Besonders auf den Firnis kommt es an, denn der kann am Schluss noch alles verderben. Nur wenn jedes Detail perfekt ist, ist ein Gemälde schließlich auch meiner Signatur würdig: die geflügelte Schlange, die man in ganz Europa kennt und schätzt.«

»Und diese Lücke in der Mitte – wer soll dafür Modell stehen?«, fragte Susanna.

Cranach zögerte, bevor er antwortete.

»Euphrosyne lautet der Name der dritten Grazie«, sagte er schließlich. »Was auf Deutsch ›Frohsinn‹ bedeutet. Er hat eine ganz besondere Frau dafür gefordert.«

»Er?«

»Der Auftraggeber. Und er verlangt Katharina von Bora.«

»Meine Herrin, die Lutherin?«, rief Susanna. »Er muss wahnsinnig sein. Niemals würde sie sich so malen lassen!«

»Natürlich nicht«, sagte Cranach. »Allein solch ein Ansinnen an Katharina zu stellen, brächte ich nicht über die Lippen. Und was würde wohl erst mein geschätzter Freund Luther dazu sagen! Zudem sind die beiden Frauen tot, die Modell für die anderen Grazien gestanden haben. Folglich würde jede, die sich als Dritte zur Verfügung stellt, möglicherweise ihr Leben aufs Spiel setzen.«

Stille breitete sich aus.

Susannas Gesicht wirkte wie versteinert, während Cranach zunehmend unruhig wurde.

»Andererseits …«, sagte er nach einer Weile, »ist dieses Gemälde die einzig verlässliche Spur, die zum Mörder führt – und Jan entlasten würde.«

»Aber dieser Auftraggeber würde doch sofort erkennen, dass die dritte Grazie nicht Katharina ist«, wandte Susanna ein.

»Ja, aber dann wäre es bereits zu spät. Denn bei der Übergabe müsste man ihm eine Falle stellen. Voraussetzung dafür allerdings ist, dass das Bild fertig ist, sonst kommt es ja gar nicht dazu. Doch wenn alles reibungslos abläuft, könnten wir jenen geheimnisvollen Mann mit der Halbmaske …«

»Der Auftraggeber trägt eine Maske?«, unterbrach Susanna ihn atemlos.

»Aus dunklem Metall, die seine Züge weitgehend verbirgt. Es gibt da den geheimnisvollen Patron eines Hurenhauses, der dafür in Frage kommt. Er spielt mit Blut, das er an die Wände pinselt, geht im Schloss aus und ein, was niemand begreifen kann, und scheint keinerlei Skrupel zu kennen. Niemand weiß, wo er sich aufhält. Beinahe, als verfügte er über die Gabe, sich unsichtbar zu machen. Mit dem Gemälde jedoch könnte man ihn herauslocken – und zu Fall bringen.«

»Was Ihr da sagt, leuchtet mir ein«, sagte Susanna schließlich. Sie reckte ihr Kinn, wirkte plötzlich größer. »Warum malt Ihr nicht mich, Meister Cranach?«

»Weißt du denn, was du da sagst?« Sein Kopf ruckte vor und zurück, so erregt war er.

»Bin ich Euch zu hässlich dafür?«

»Nein, natürlich nicht, aber du spielst mit dem Feuer – einem tödlichen Feuer.«

»Das weiß ich«, sagte Susanna. »Und ich weiß auch, wie Herzen brennen können. Lange Jahre meines Lebens war ich eine getreue Braut Christi. Jetzt aber bin ich Jans Braut. Und ich wünsche mir nichts mehr, als dass er heil wieder aus dem Loch kommt.«

»Es wäre ein sehr gefährlicher Handel, auf den du dich einlässt«, mahnte Cranach. »Willst du den Lockvogel spielen und in Kauf nehmen, auch zu sterben?«

»Nein, leben will ich – zusammen mit Jan. Und dafür spiele ich, wenn nötig, sogar den Lockvogel. Ich habe viel zu lang Angst gehabt. Jetzt bin ich bereit, der Gefahr direkt ins Gesicht zu schauen.«

Er schwieg, stand bewegungslos.

»Malt mich als dritte Grazie!«, verlangte Susanna. »Zaudert nicht länger! Lasst uns keine Zeit vergeuden!«

Cranach schien tief in Gedanken.

»Man müsste dich auf jeden Fall bewachen«, sagte er. »Und zwar Tag und Nacht. Das wäre schon einmal die erste Voraussetzung. Das Luther-Haus ist ein ehemaliges Kloster und beinahe so wehrhaft wie eine Bastion. Ich könnte meine Leute davor platzieren, die sich schichtweise abwechseln und jeden kontrollieren, der rein- oder rauswill. Aber natürlich müssten Katharina und Martin …«

Er schaute auf, schien erst jetzt zu registrieren, dass er nicht allein war.

»Die Grazien sind nackt«, sagte er. »Sie *müssen* nackt sein, weil sie die unverhüllte Wahrheit symbolisieren. Euphrosyne wird von vorn gezeigt, so ist das Bild nun einmal aufgebaut. Man wird also alles sehen, die Brüste, die Hüfte und auch die Scham. Wärst du denn auch dazu bereit – du, die einstige Nonne?«

»Versprecht Ihr mir, dass Ihr den Kurprinzen aufsucht?«, fragte Susanna. »Und ihm vortragt, dass Jan unschuldig ist und Ihr vielmehr jenen Mann mit der Maske verdächtigt?«

»Versprochen«, erwiderte Cranach.

Susanna griff in den Beutel, zog Jans Skizzenbuch hervor und begann zu blättern. Dann riss sie vier Blätter heraus und übergab sie Cranach.

»Reicht das für den Anfang?«, fragte sie, während sein Gesicht tiefe Überraschung widerspiegelte, als er sah, was Jan liebevoll gezeichnet hatte. »Und werdet Ihr auch fürsorglich damit umgehen?«

Er nickte.

»Diese Körperstudien sind sehr schön«, sagte er, »voller Zuneigung und Respekt zu Papier gebracht. Und glaub mir, darin hab ich Erfahrung. Ich werde sie hüten und bewahren.«

»Dann liegt unser beider Leben jetzt in Euren Händen«, sagte Susanna. »Fangt an!«

»Jetzt?«, fragte er gedehnt.

»Ihr habt doch Kerzen in Hülle und Fülle, und außerdem wird bald schon die Sonne aufgehen. Mein Versprechen ist nur gültig, wenn Ihr Eures ebenfalls einhaltet. Also?«

Cranach griff nach dem Gemälde und nahm es vorsichtig von der Staffelei.

»Die Arbeit kann beginnen«, sagte er.

✣

Etwas ging vor in diesem seltsamen Haus, in das Griet sie gebracht hatte. Das spürte Marlein, obwohl die Tür ihrer Zelle verschlossen war und sich trotz allem Rütteln nicht öffnen ließ. Der schmale Raum besaß nur ein kleines Fenster, durch das die erste graue Morgendämmerung kroch, und der Strohsack, auf dem sie lag, musste seine besten Tage schon lange hinter sich haben.

Für ein paar Momente wurden die Schreckensbilder der Dachkammer wieder lebendig, dann jedoch beruhigte sich ihr Herzschlag, und der Puls raste nicht länger.

Sie hatte zu essen und zu trinken sowie einen Eimer für die Notdurft.

Und sie lebte – sie lebte!

Doch was trieben die anderen dort draußen zu dieser frühen Stunde?

Der Hausherr war ihr unheimlich in seiner Strenge und Frömmigkeit, obwohl er es gewesen war, der ihr Zuflucht unter seinem Dach gewährt hatte. Trotz ihres maroden Zustands hatte sie sich andeutungsweise kokett gezeigt, eine Geste, auf die die meisten Männer unwillkürlich reagierten. Doch genauso hätte sie versuchen können, einen Stein zu rühren, denn Luther verachtete ihresgleichen zutiefst. Das erkannte Marlein an seinem Blick und der abschätzigen Art, in der er mit Griet geredet hatte.

Da gefiel ihr seine Frau schon besser, wenngleich deren Blick unversehens eine Härte bekommen konnte, vor der man sich besser in Acht nahm, wenn man nicht in Schwierigkeiten geraten wollte. Sie war nicht sonderlich erfreut, dass Mann und Muhme diesen seltsamen Gast aufgenommen hatten, das ließ sie Marlein deutlich spüren. Katharina, so lautete ihr Name, erinnerte Marlein, wenn sie sich energisch bewegte, ein wenig an die eigene Mutter, bevor die harten Winter und die vielen Freier deren Gesundheit ruiniert hatten.

Die Mägde, von denen die Rede gewesen war, hatte sie bislang noch nicht zu Gesicht bekommen, und eigentlich war es ihr auch herzlich einerlei, wer diese sein mochten, solange die Plackerei nicht an ihr hängen blieb. Da hielt sie es lieber mit der alten Muhme, die wenigstens einen Anflug von Mitleid gezeigt und ihr außerdem den Mostkrug und die dick mit Schmalz bestrichenen Brote gebracht hatte, die das Loch in ihrem Magen halbwegs füllten.

Doch den Kleinen, der ihr seinen Hasen entgegengestreckt

hatte, hatte sie sofort ins Herz geschlossen, mit seinen roten Wangen, dem zerzausten blonden Schopf und den ulkigen Worten aus seinem Kindermund. So ähnlich hätte vielleicht eines Tages auch ihr Brüderchen ausgesehen, das freilich schon nach wenigen Monaten sterben musste, weil sie just in jenem Herbst erst so spät einen Unterschlupf gefunden hatten …

Marlein wischte sich eine Träne aus dem Augenwinkel. Abermals lauschte sie hinaus. Sie hörte Schritte, treppauf, treppab, Rufen, dann klang es wie lautes Weinen.

War ein Unglück geschehen?

Plötzlich hielt sie es kaum noch aus in ihrem neuen Gefängnis, denn als solches empfand sie diese Wände, die sie vor dem Patron und seiner Rache schützen sollten, sich jedoch immer enger um sie zu schließen schienen.

Marlein begann, mit den Fäusten gegen die Tür zu schlagen.

»Lasst mich raus!«, rief sie. »Ich will raus – zu euch. Seid ihr denn alle auf einmal taub geworden?«

Doch niemand schien sie zu hören.

Sie trommelte weiter, bis ihre Fäuste schmerzten und die Knöchel zu bluten begannen.

»Raus!« Jetzt schrie sie. »Raus. Raus. Raus …!«

Die Tür öffnete sich so unvermutet, dass Marlein beinahe nach vorn gestürzt wäre.

Muhme Lene stand vor ihr, das Gesicht leichenblass, die Augen tief liegend in grauen Höhlen. Neben ihr klammerte sich Hansi an den dunklen Rock, in dem er sich zu verstecken versuchte.

»Was ist ge…«

Als der Kleine den Kopf hob, konnte Marlein plötzlich nicht weitersprechen.

Aus seinen Kinderaugen war der Glanz verschwunden. Auf

den rundlichen Wangen hatten Tränen ihre salzigen Spuren hinterlassen.

»Elsi«, stieß er hervor. »Kleine Elsi – zum Himmel geflogen.«

✤

Irgendwann verlor Jan jedes Gefühl für Zeit und Raum.

Die Wände des engen Raums schienen sich abwechselnd auszudehnen und wieder zusammenzuziehen, die Zeit tröpfelte unendlich langsam dahin, um unversehens so rasch zu vergehen, dass ihm schwindelig wurde.

Dazu kam das schwere nasse Tuch auf dem Gesicht, das ihm jegliche Sicht raubte – und zunehmend den Atem.

Sein Kopf hing tiefer als der restliche Körper.

Der Scharfrichter hatte ihn auf dem schrägen Brett festgebunden mit Stricken, die um massive Eisenhaken in der Wand geschlungen und festgeknotet waren. Je ungestümer Jan nun versuchte, sich zu bewegen, umso tiefer schnitten die Stricke in sein Fleisch.

Mindestens ebenso unerträglich wie die Schmerzen in Armen und Beinen und das Wasser, das immer wieder auf das Tuch gegossen wurde und ihm unbarmherzig Mund und Nase blockierte, war die bohrende Stimme, die bis in sein Innerstes zu dringen schien.

»Warum hast du sie getötet?«, schrie Altenstein. »Rede endlich, sonst wirst du wie ein tollwütiger Köter ersäuft! Hat sie dich angespuckt, als du deine dreckigen Finger nach ihr ausgestreckt hast? Das würde zu meiner Dilgin passen.«

Jan strampelte, gurgelte, versuchte, einen Laut hervorzubringen – vergeblich.

»Wie konntest du es wagen, sie anzusehen – geschweige denn, sie zu berühren? Besudelt hast du sie. Und mich dazu.

Unseren ganzen Stand hast du mit deiner verderbten Geilheit in den Dreck gezogen. Dafür wirst du büßen!«

Während Jan spürte, wie sein Widerstand mehr und mehr erlahmte, schien Altenstein immer munterer zu werden.

»Die Wahrheit!«, schrie er. »Ich will endlich die Wahrheit hören! Mach dein verdammtes Maul auf, du elender Verbrecher – und gestehe!«

Jan brachte lediglich ein Gurgeln hervor.

»So wird das nichts, Edler von Altenstein«, sagte der Scharfrichter. »Wenn man ihnen keine Gelegenheit zum Reden gibt, dann sagen sie auch nichts. Außerdem hat der Kurprinz verfügt, dass bei Seman vorerst keine Folter eingesetzt werden soll. Er wird ihn später höchstpersönlich inspizieren. Wir sollten also besser vorsichtig sein.«

»O doch! Er wird reden, das garantiere ich dir, Schiffer!« Altensteins Stimme überschlug sich beinahe. »Und wie er reden wird! Wer spricht hier von Folter? Siehst du vielleicht irgendwo eine Streckbank oder den Spanischen Stiefel? Der Kurprinz wird ihn unversehrt vorfinden, aber äußerst geständig. Also, mach gefälligst weiter!«

Der nächste Schwall drohte Jan zu überfluten.

Als Kind war er einmal beim kühnen Balancieren vom Geländer der Karlsbrücke abgerutscht und in die Moldau gestürzt. Nur die Geistesgegenwart eines jungen Fischers hatte ihn gerettet, weil der in den Fluss sprang und ihn ans Ufer holte. Jene kurzen Momente unter Wasser, in denen alles verschwamm und eine mächtige Kraft ihn in die Tiefe zog, waren jahrelang in Jans Träumen wiedergekehrt.

Nicht viel anders war es auch jetzt. Nur dass er die Wellen damals trotz seiner Angst als weich empfunden hatte, als starke, gleichzeitig aber auch sanfte Arme, die ihn umfingen.

Heute jedoch war das Wasser, das auf ihn schwappte, hart

und unbarmherzig, ein Feind, der ihm nach dem Leben trachtete und keinen Ausweg zum Entkommen zuließ.

Jan war beinahe erleichtert, als das Dunkel immer näher kam, bis es ihn gänzlich verschlang.

✤

Susanna hatte den kleinen Umweg zum Elbufer eingeschlagen, bevor sie ins Luther-Haus zurückkehrte.

An Verstecken war nicht länger zu denken.

Inzwischen war heller Tag, und die Kunde von Jans Gefangennahme würde in Wittenberg rasch die Runde machen. Außerdem konnte sie nicht mit Barbara Cranachs Schweigen rechnen. Ganz im Gegenteil – die Cranachin brannte vermutlich bereits darauf, ihrer Freundin Katharina ausführlich mitzuteilen, was sich in ihrem Haus abgespielt hatte.

Und der Meister selbst?

Beim Gedanken daran, dass sie ihm Jans Zeichnungen anvertraut hatte, wurde ihr inzwischen schwindelig. Er würde sie als dritte Grazie malen – nackt.

Und dann?

Taten sich die Himmel auf, um sie zu bestrafen? Die Pforten der Hölle, um sie zu verschlingen?

Susanna bückte sich, schöpfte Wasser in ihre Hand und kühlte ihre erhitzte Haut.

Hilf mir, heilige Jungfrau Maria!, betete sie inbrünstig. Du weißt, wie gern ich deinem Sohn bis zum Ende aller Tage im Kloster gedient hätte, doch das Leben hat es anders mit mir gemeint. Jetzt habe ich Jan gefunden, den ich aus ganzem Herzen liebe – und darf ihn doch nicht schon wieder verlieren! Nur deshalb lasse ich zu, dass Meister Cranach mich als dritte Grazie malt: um den Maskenmann zu Fall zu bringen, der mich geschändet und die anderen Frauen grausam ermordet hat.

Susanna spürte, wie sie langsam ruhiger wurde. Die Gottesmutter hatte ihre Bitten gehört, so fühlte es sich jedenfalls an.

Ob sie sie auch erhört hatte?

Plötzlich drang ein jämmerliches Fiepen an Susannas Ohr.

Es kam aus einem groben Sack, der sich zwischen Sandrohr, Rispengräsern und wilder Sumpfkresse verfangen hatte und halb im Wasser dümpelte.

Sie lief zu der Stelle und öffnete mit einiger Mühe den Strick, der den Sack verschloss.

Ein kleiner Hund lag zwischen zwei großen Steinen, fast noch ein Welpe, mit klitschnassem sandfarbenen Fell, das sich kaum von dem Rupfen abhob.

Sie zog ihn vorsichtig heraus. Seine dunklen Augen waren offen, doch er schien zu schwach, um sich zu bewegen.

Kurzentschlossen nahm Susanna ihren Rock zu Hilfe und rubbelte den Kleinen ab, bis er wacher wirkte. Seine kurze Rute fing an, sich zu bewegen, als wollte er das wiedergewonnene Leben freudig begrüßen.

Susanna setzte sich an die Böschung und hielt den kleinen Hund eine ganze Weile in ihrem Schoß, damit er lernen konnte, ihr zu vertrauen.

Irgendwann streckte er seine rosige Zunge heraus und begann ihre Hand zu lecken.

Spätestens da war Susanna klar, dass er sie begleiten würde.

Sie nahm ihn auf den Arm und machte sich auf den Weg zum Luther-Haus.

Unterwegs versuchte sie, sich die passenden Argumente zurechtzulegen, doch welche wären das schon gewesen, angesichts dessen, was Jan bevorstand?

Sie würde die Wahrheit sagen, nichts als die Wahrheit,

das beschloss sie bei sich, als das ehemalige Schwarze Kloster in Sicht kam.

Doch irgendetwas war anders als gewöhnlich.

Normalerweise hätte längst Rauch aus dem Schornstein steigen müssen, weil zu dieser Zeit in der Regel der Ofen für das Frühstück angeheizt wurde, aber der Schornstein war kalt und tot.

Ein seltsames Gefühl überkam Susanna, als sie die Schwelle überschritt. Sollte sie den Hund lieber in ihre Kammer bringen und besser erst später der Familie präsentieren?

Als Erstes erblickte sie Muhme Lene, die eine seltsam abwehrende Geste machte und in Richtung Küche davonhumpelte.

Als Nächstes erschien Bini mit rot geweinten Augen, die die Schultern hochzog und sofort wieder resigniert fallen ließ, als gäbe es nichts mehr zu sagen. Hinter ihr Katharina, die Susanna anstarrte wie eine Erscheinung.

»Wo warst du?«, fragte sie heiser.

»Bei Jan«, erwiderte Susanna mit fester Stimme. »Im Cranach-Haus. Sie haben ihn …«

»Mein Kind stirbt – und du hurst ungeniert herum?« Es klang wie ein Hilfeschrei.

»Elisabeth ist tot? Wann ist sie gestorben?« Erschrocken ließ Susanna den Hund fallen, der sofort etwas zu riechen schien, das ihn unaufhaltsam in Richtung Küche trieb.

Luther, der mit wächsernem Gesicht und schweren Lidern die Treppe herunterkam, wäre um ein Haar über ihn gestolpert.

»Pass doch auf, du kleiner Tölpel!«, rief er. »Was hast du überhaupt hier bei uns zu suchen? Lauf nach Hause. Unser liebes, liebes Kind ist tot. Wir haben jetzt andere Sorgen.«

Das Stichwort für Hansi, der seinem Vater gefolgt war.

»Tölpel, Tölpel!«, rief er, ließ seinen Hasen fallen und packte den Hund. Ganz fest drückte er ihn an seine Brust, was das Tier sich erstaunlicherweise ohne Gegenwehr gefallen ließ. »Hansis Tölpel!«

✤

Die Gestalt der Euphrosyne gelang ihm besser als vieles, was er in letzter Zeit angefangen hatte. Kaum hatte Cranach sich in das Bild vertieft, konnte er drauflosmalen, ohne Anstrengung, ohne Kraftaufwand, so wie er es früher gehalten hatte. Auf diese Weise waren die großen Gemälde entstanden, die ihn in ganz Europa berühmt gemacht hatten: Landschaften, Stillleben, Porträts und Antikendarstellungen, nach denen Herrscher und Höfe dürsteten.

Während sein Blick immer wieder auf Jans Zeichnungen fiel, die Susanna ihm gegeben hatte, löste seine Vorstellungskraft sich zunehmend von der Vorlage. Jetzt schien die junge Frau direkt zu ihm zu sprechen, die immer mehr Gestalt annahm. Die Dritte war die ausdrucksstärkste der drei Zeustöchter, weil sie sich dem Betrachter in ihrer anmutigen Nacktheit ungeniert von vorn präsentierte.

Cranach gab ihrem Körper den matten Elfenbeinton, den auch die Haut der beiden Schwestern besaß. Auch ihr Dekolleté schmückte er mit einer breiten Gliederkette aus rötlichem Gold; auch um ihren Hals legte er zusätzlich ein schmales goldenes Kettenband, das dessen Fragilität unterstrich.

Die Arme malte er schlank und wohlgeformt, weniger fleischig als die ihrer Nachbarin zur Linken. Besondere Mühe gab er sich mit den Händen, die den durchsichtigen Schleier leicht geziert hielten, als wollten sie ihn falten. Die Schenkel beließ er so kräftig, wie es der wahren Natur entsprach, ebenso wie die zarte Behaarung des Schoßes, was entgegen der herrschenden

Mode war, die den regelmäßigen Einsatz von Wachs und Öl gebot und glatte Haut am ganzen Körper verlangte.

Mit jedem Pinselstrich schälte sich immer mehr Susanna heraus, deren Gesicht ihn schließlich lieblich und fragend zugleich anzusehen schien.

Cranach trat zurück und seufzte.

»Das also ist es, was du seit Wochen vor mir verbirgst«, hörte er seine Frau sagen, die plötzlich hinter ihm stand. »Ich wusste, dass es etwas gibt, das du mir vorenthältst. Ich hatte nur keine Ahnung, was es sein könnte.«

»Barbel!« Er schoss zu ihr herum. »Schau nicht hin! Dieses Bild ist nicht für fremde Augen bestimmt.«

Warum hatte er sich nicht in der Farbenkammer eingeschlossen, so wie er es Jan die ganze Zeit über befohlen hatte? Das hatte er jetzt davon, dass er zum Malen die Bequemlichkeit seiner Privaträume gewählt hatte.

»Weshalb?« Sie kam langsam näher. »Es zeigt drei schöne junge Frauen im Zustand der Unschuld.«

»Es ist ein ganz besonderer Auftrag.« Jedes Wort löste sich so schwer wie ein Felsbrocken von seiner Zunge.

»Das will ich meinen«, sagte Barbara. »Die Nackte in der Mitte ist mir erst heute Morgen auf meiner eigenen Treppe begegnet, und in der Dame zur Linken erkenne ich die tote Margaretha Relin.«

»Die zur Rechten lebt ebenfalls nicht mehr.« War das wirklich seine Stimme, so leise und traurig? »Es ist Dilgin von Thann. Die Hofdame der Kurprinzessin, die man begraben in einer Kiste gefunden hat.«

»Du hast viel Geld für das Bild bekommen?«, fuhr sie fort. »Sonst hättest du es wohl nicht so gemalt.«

Barbaras Treffsicherheit war beachtlich. Sie erstaunte ihn noch immer, nach all den Jahren.

»Bisher erst einen großzügigen Abschlag«, räumte er ein. »Womöglich bleibt es dabei. Oder ich muss sogar den zurückzahlen.«

»Ich weiß schon lange, dass ihr solche Bilder malt«, sagte Barbara. »Und warum auch nicht, wo die Heiligen und die großen Altargemälde jetzt immer seltener verlangt werden? Du hast sie stets vor mir verborgen, doch diese Mühe hättest du dir sparen können. Hast du Angst gehabt, ich könnte eifersüchtig werden?«

Sie strich sich das helle Haar aus der Stirn.

»Dabei weiß ich doch ganz genau, warum du es tust. Wir brauchen das Geld – für die Kinder, das Essen, die Werkstatt. Für neue Häuserkäufe, die unseren Besitz und unser Vermögen abrunden. Doch bisher musste niemand dafür sterben, oder doch?«

»Nein«, sagte er. »Niemals. Alle, die uns je Modell gestanden haben, sind am Leben. Oftmals haben wir nur Schablonen verwendet oder verschiedene Figuren in eine gegossen. Keiner der Käufer hat sich jemals daran gestoßen.«

»Aber dieses Mal ist es anders«, sagte Barbara. »Und wird deshalb das Geld ausbleiben?«

»Bei diesem Auftrag bin ich offenbar an einen Wahnsinnigen geraten. Er hat bestimmte Frauen verlangt, und offensichtlich tötet er sie, nachdem sie gemalt wurden. Jetzt müssen wir ihn kriegen, sonst macht er womöglich weiter.«

Barbara trat ein Stück zurück und legte den Kopf zur Seite.

»Ist er der Mörder, den du bislang vergeblich gesucht hast?«

»Gut möglich«, sagte er. »Ja, ich glaube, er ist es.«

»Wieso wurde dann Jan heute abgeführt?«, fragte sie weiter. »Mitten in der Nacht wie ein Schwerverbrecher? Ist er nicht der beste Geselle, den du seit Langem hattest, nicht nur, was seine Fähigkeiten als Maler betrifft? Ich mag ihn. Die anderen respektieren ihn. Und Luc blickt regelrecht zu ihm auf. Ihn zu verlieren wäre ein großer Verlust – für uns alle.«

Cranach rang um die richtigen Worte.

»Da magst du durchaus recht haben. Aber leider hat Seman nicht nur ein freches Maul, sondern sich zudem offenbar auch einen Mächtigen im Schloss zum Feind gemacht: Altenstein, den Verlobten Dilgins, ausgerechnet jenen Mann, dem der Kurprinz mich zur Seite gestellt hat. Ich sollte ihn mäßigen, und das schien zunächst auch zu gelingen, doch dann ist er plötzlich ausgeschert. Einer unserer Söhne muss Altenstein gesteckt haben, dass Dilgin heimlich bei Seman war. Ich weiß gar nicht, wie der Junge darauf kommt. Mir jedenfalls hat er kein Wort davon gesagt.«

»Mir auch nicht«, sagte Barbara. »Aber ich weiß auch so, dass es nur Hans gewesen sein kann. Er geht längst eigene Wege, von denen niemand etwas wissen soll. Und eines Tags wird ihm sein Neid auf Luc noch das Genick brechen. Er kann es nicht ertragen, dass sein kleiner Bruder so talentiert ist – und dass Jan das erkannt und nach Kräften gefördert hat.«

»Ich werde beim Kurprinzen vorsprechen und ihm sagen, wie mein Plan lautet: den wahren Mörder mithilfe einer List dingfest machen. Dann wird er Seman wieder freilassen – das muss er doch!«

Ihr Gesicht veränderte sich, wurde auf einmal klein und spitz.

»Aber du wirst dich dabei nicht selbst in Gefahr begeben?«, sagte sie. »Für meinen Geschmack steckst du ohnehin schon viel zu tief mit drin. Du hättest vorsichtiger sein müssen, von Anfang an. Warum hast du nicht beizeiten auf mich gehört? Die Kinder und ich, wir brauchen dich, vergiss das nicht!«

»Du musst keine Angst haben«, sagte er. »Nichts auf der Welt ist mir wichtiger und heiliger als meine Familie.«

Barbara nickte, als hätte sie mit dieser Antwort gerechnet.

»Was schaust du eigentlich die ganze Zeit so seltsam drein?«, brach es aus Cranach hervor.

»Ich weiß nicht so recht«, erwiderte sie, ohne den Blick von dem Gemälde zu wenden. »Irgendetwas an den Proportionen der Mittelfigur irritiert mich.«

»Welche Proportionen?«, wiederholte er gereizt. »Ich weiß nicht, was du hast. In meinen Augen sind sie perfekt.«

»Du bist der Maler.« Inzwischen schaute sie wieder geradeaus, was ihn seltsamerweise erleichterte. »Und die Luther-Magd ist eine schöne Frau.«

Barbara raffte ihren Rock und ging zur Tür. Plötzlich blieb sie noch einmal stehen und drehte sich zu ihm um.

»Jetzt weiß ich, was es ist«, sagte sie. »Susannas Kopf ist im Vergleich zum Körper zu klein geraten. Und die Frisur mit den geflochtenen Schnecken unterstreicht das sogar noch. Sie sollte vielleicht einen Hut tragen.«

»Einen Hut? Aber es handelt sich doch um die Grazie Euphrosyne, eine Zeustochter und Halbgöttin!«

»Und wenn schon! Hör wenigstens ein einziges Mal auf mich. Mit einem Hut auf dem Kopf würde sie besser auffallen. Mal ihr einen weinroten Hut, Lucas!«

✤

Els hatte ihr kostbares Lavendelöl gebracht, Lore ein Quäntchen Rosenwasser. Als am hilfreichsten jedoch erwies sich die dicke Isolde, die geistesgegenwärtig breite Leinenstreifen gegen Griets Wange presste, bis die Blutung endlich gestillt war. Sie allerdings wieder abzulösen, gestaltete sich schwieriger als gedacht, denn durch Sekret und Wundblutung waren sie auf der Wange wie festgefressen.

»Wenn ich jetzt zu stark reiße, geht alles wieder auf«, sagte Isolde. »Wir müssen den Bader holen. Und noch besser den Medicus. Sonst wirst du dein hübsches Gesicht für immer verlieren.«

»Das habe ich bereits.«

Griet schleuderte ihren Quecksilberspiegel, der ihr so viele Jahre gedient hatte, auf den Boden, wo er in zahllose Splitter zerbrach.

»Der Teufel hat mich gezeichnet. Soll die Welt ruhig sehen, was er angerichtet hat!«

Lore versuchte, die Splitter aufzulesen, gab aber bald resigniert auf.

»Du kannst noch viel kränker werden und sterben«, sagte sie. »Das habe ich mehr als einmal gesehen – bei sehr viel kleineren Verletzungen. Wenn Blut fließt, so ist das viel gefährlicher als Husten und Heiserkeit. Was hast du denn nur getan, dass man dich so schrecklich zugerichtet hat? Und wer war dieser Teufel?«

Der Patron, wollte Griet schon schreien und presste dann doch im letzten Moment die Lippen aufeinander, ohne dass ihr auch nur ein Ton entschlüpft wäre.

Marlein befand sich im Luther-Haus. Hatte der Patron auch das heimlich beobachtet, ohne dass sie es mitbekommen hatten?

Und was sie betraf: Würde er zurückkommen, um sein Werk zu vollenden?

In dem Moment, in dem sie redete, setzte sie auch das Leben der anderen Frauen aufs Spiel. Was nichts anderes bedeutete, als dass sie schweigen musste – so lange wie nur irgend möglich.

»Du weißt, wie manche Männer sein können«, sagte sie scheinbar leichthin, während ihre riesige Wunde brannte, als habe jemand Salz hineingestreut. »Ein falsches Wort, eine verkehrte Bewegung, und sie lassen an dir aus, was sie ein ganzes Leben in sich hineingefressen haben. Ich bin aus der Übung, das ist es wahrscheinlich. Damit hätte ich mich abfinden müssen und das Geschäft zukünftig besser euch überlassen.«

»Du hast in höchster Todesangst geschrien.« Els ließ sich so leicht nichts vormachen. Seit sie durch die Kräutermischung ihr Kind verloren hatte, war sie misstrauischer geworden. »Da muss doch mehr gewesen sein. Willst du es uns nicht verraten?«

Nein, dachte Griet. Kein Wort zu viel werdet ihr von mir erfahren. Nicht, bevor sie diesen Satan unschädlich gemacht haben. Nicht, bevor ich weiß, dass Marlein ein neues Leben hat.

Aber wie sollte sie sicher sein?

Sie hatte auf das Luther-Haus gesetzt – ihre einzige Hoffnung. Doch der Zweifel und der Kampf in den Augen des Reformators waren ihr nicht entgangen. Seine Frau hatte sie nicht gesehen. Und die Muhme, ihre einzige Verbündete, war alt und schwach.

Griet begann zu husten und verzog dabei das Gesicht, ein Fehler, der sich augenblicklich rächte. Erneut wurde ihre Wange feucht.

»Wir müssen Hilfe holen!«, sagte nun auch Isolde. »Sonst stirbst du uns noch. Bader Meltzin in der Judengasse ist ruhig und verschwiegen. Der wird niemandem etwas sagen. Soll ich nicht doch geschwind zu ihm laufen?«

Jetzt wurde Griet so mulmig zumute, dass sie nicht mehr sprechen konnte. Sie fiel zurück auf das Bett, die Augen geschlossen. Ihr Atem ging stoßweise. Unruhig fuhren die Hände auf der Decke hin und her.

»Sie stirbt!«, rief Lore. »Und dann wird man uns die Schuld geben. Nicht einmal den Patron können wir holen, weil wir weder wissen, wer er ist, noch, wo wir ihn finden sollen. Die Huren werden immer als Erste verdächtigt – und sind die Dummen dazu. Das habe ich schon mehr als einmal erlebt. Wenn sie niemand anderen finden, dann sind wir dran.«

»Ich gehe«, sagte Isolde resolut, »und bringe den Bader hierher. Egal, was Griet auch sagen mag.«

»Rup«, murmelte die Hurenwirtin. »Rup – warum kommst du nicht …«

»Seht ihr denn nicht, wie schlecht es um sie steht?« Auf Lores Stirn glitzerte Angstschweiß. »Erscheinungen hat sie. Jetzt spricht sie schon mit Unsichtbaren. Also lauf endlich!«

Eine Ewigkeit schien zu vergehen, bis Isolde mit dem Bader zurückkam. Vom schnellen Gehen hatte sein graues Wams dunkle Schweißflecken bekommen, und sein schütteres Haar war so nass, als wäre er soeben aus der Wanne gestiegen.

»Aih«, rief er aus, als er die Leinenstreifen schließlich abgelöst hatte. »Eine durchaus beachtliche Wunde! Wer hat sie dir beigebracht?«

»Rup«, flüsterte Griet. »Mein Rup – bist du endlich da?«

»Sie fantasiert«, sagte der Bader, »und scheint mich nicht zu erkennen. Kein gutes Zeichen.«

»Was werdet Ihr jetzt tun?«, fragte Lore besorgt.

»Ich brauche Branntwein«, befahl Meltzin. »Schnell – der sollte sich in einem Frauenhaus doch leicht finden lassen.«

Griet zuckte zusammen, als er ihr den Selbstgebrannten in die Wunde goss.

»Das kann hilfreich sein«, sagte der Bader. »Aber leider bei Weitem nicht immer. Eigentlich sollte man die Wunde nähen, doch weiß ich auch, dass der Körper sich gegen die Fäden wehren kann und alles dann nur noch schlimmer wird. Stattdessen werde ich einen Verband anlegen und darunter meine Spezialtinktur auftragen: Olivenöl, Ammoniakharz, Mastix,

Kampfer und Myrrhe, in geheimer Mischung. Die hat schon so manches Wunder vollbracht. Hoffen wir inständig, dass es auch dieses Mal gelingen wird!«

Er nickte Beifall heischend.

»Das heißt, Griet wird überleben?« Lore und Els hielten sich an den Händen wie zwei ängstliche Kinder, die sich im Wald verlaufen hatten.

»Das heißt, ihr solltet niederknien, eure Sünden bereuen und zur Heiligen Jungfrau beten«, sagte Meltzin. »In Wittenberg wird es nicht mehr so gern gehört, das weiß ich, doch sie allein kann jetzt noch helfen.«

Sein Blick wurde streng.

»Ich sollte morgen wiederkommen und die Tage darauf, um den Verband zu wechseln. Doch wer von euch wird mich jetzt für meine Dienste entlohnen?«

✣

So still, klein und zart lag Elisabeth in der Wiege, die nun zum Totenbettchen geworden war, als bestünde sie nicht länger aus Fleisch und Blut, sondern wäre aus einem anderen, viel feineren Stoff gemacht.

Katharina kniete daneben, die Hände zum Gebet gefaltet. Dahinter stand Luther, seine Hände schützend auf die Schultern seiner Frau gelegt.

»Wie konnte Er sie uns nur nehmen, dein gütiger Gott?«, fragte Katharina schluchzend. »Ist das gerecht? Ist das gnädig? Sie war doch nur ein kleiner Engel, ein unschuldiger, reiner Engel!«

»Wir kennen Seine Gründe nicht«, sagte er. »Noch dürfen wir uns anmaßen, sie verstehen zu wollen. Du versündigst dich, Käthe, wenn du so denkst.«

»Und wenn schon!«, fuhr sie auf. »Was bedeutet das jetzt noch für mich? Ich hab mein Kind verloren. Mein schönes kleines Mädchen. Ist das etwa unsere Strafe? Die Strafe für eine verbotene Ehe, die die halbe Welt seit Jahren belauert?«

»Es gibt keine Strafe«, sagte er müde. »Denn wir haben nichts Unrechtes getan. Du bist mein liebendes Weib, und ich bin dein Mann. Die Kinder, die dieser Verbindung entsprießen, stehen unter dem Schutz des Allmächtigen …«

»Und wenn nicht? Hätte Er Elisabeth sonst sterben lassen? Was, wenn es ein Zeichen ist, das wir von Gott empfangen? Ein Zeichen, dass wir doch auf dem falschen Weg sind?«

Sie wandte sich um, sah ihn eindringlich an.

»Vielleicht hätten wir beide niemals das Kloster verlassen dürfen. Vielleicht war es verkehrt, das heilige Gelübde der Keuschheit zu brechen, das wir abgelegt hatten, und in irdischer Liebe zueinander zu entbrennen. Vielleicht hätte ich bis zum Ende meiner Tage Nonne bleiben müssen und du Mönch. Wir haben gesündigt, Martin, schwer gesündigt! Ist ihr Tod der Preis? Dann ist er zu hoch!«

Katharina fiel vornüber, als habe jegliche Kraft sie verlassen. Als Luther sie sanft aufheben wollte, schüttelte sie ihn ab.

»Rühr mich nicht an!«, flüsterte sie. »Das ist mehr, als ich jetzt ertragen kann.«

»Aber ich werde dich anrühren, Katharina!« Seine Stimme war plötzlich laut geworden. »Heute und immer wieder – denn dazu hat Gott uns verbunden. Hör auf zu zweifeln und dich zu quälen! Jedes Leben ist nur ein Geschenk, das eines Tages zurück an den Allmächtigen geht, gleichgültig, welche Fehler auch immer wir in seinem Verlauf begehen.«

»Fehler!«, fuhr Katharina auf. »Endlich gibst du es zu – wohin ich auch schaue, ich sehe nichts als Fehler. Eine Magd, die unser Haus in Verruf bringt, weil sie sich blindlings einem

Schürzenjäger an den Hals wirft. Diese kleine Hübschlerin, der wir Obdach gewähren, ohne genau zu wissen, was sie auf dem Kerbholz hat. Ein Maler, dem ich mein Vertrauen geschenkt habe, obwohl er jedem Rock nachläuft …«

Ihre Augen funkelten zornig im bleichen Gesicht.

»Das ist das Leben, Katharina«, sagte Luther. »Versuche, Irrungen, Wirrungen, Hoffnungen, Enttäuschungen. Doch stets führt uns die Hand Gottes. Und wir sollten beten, dieses Leben mit Seiner Hilfe in Würde und Anstand bestehen zu können.«

»Ja, bist du denn ganz aus Stein?« Sie rüttelte an ihm, schlug mit Fäusten auf ihn ein. »Und hast mir nicht mehr zu sagen – in dieser schrecklichen Stunde? Dein totes Kind liegt vor dir, und aus deinem Mund fließt nichts als Belanglosigkeiten!«

Sie warf sich über die Wiege, begann haltlos zu weinen.

»Ich will mein Kind zurück. Gib mir mein Kind zurück!«

Sie schrie so laut, dass die Tür aufging und Bini schüchtern den Kopf hereinstreckte.

»Wenn ich irgendwie helfen kann …«

»Niemand kann helfen«, schluchzte Katharina. »Niemand. Warum wart ihr nicht da, als sie euch gebraucht hätte? Keine von euch war da. Und jetzt geh! Ich will dich heute nicht mehr sehen – und Susanna erst recht nicht.«

Bini zog die Tür wieder zu. Sie war noch nicht weit gekommen, als diese erneut aufflog.

Katharina stürmte an ihr vorbei, die Hand vor den Mund gepresst. Sie blieb stehen, schaute sich Hilfe suchend um.

Doch bis zum Abtritt schaffte sie es nicht mehr, sondern erbrach sich würgend in die nächste Ecke.

✤

Sie lagen Seite an Seite, obwohl es mitten am Tag war. Im Kloster waren Berührungen dieser Art unter den Schwestern strengstens verboten gewesen – und doch war es manchmal dazu gekommen, wenn Heimweh oder Sehnsucht eine der Nonnen zu arg plagte und eine Mitschwester versuchte, Trost zu spenden.

»Sie wird uns wegjagen«, sagte Susanna schließlich. »Und das ist einzig und allein meine Schuld. Sie wird mir niemals verzeihen, dass ich Elisabeth im Stich gelassen habe.«

»Du hast sie nicht im Stich gelassen«, widersprach Bini. »Ebenso wenig wie ich. Gott hat die Kleine zu sich genommen. Ich habe schon länger damit gerechnet, du nicht?«

Susanna nickte.

»Ich wäre trotzdem lieber dabei gewesen. Vielleicht wäre dann Katharinas Schmerz nicht ganz so bodenlos.«

»Sie ist eine starke Frau«, sagte Bini. »Und somit auch stark in allen Gefühlen. Sie wird Elisabeth stets vermissen, doch der Allmächtige hat ihr in seiner Güte etwas geschenkt, das ihr bald Trost bringen wird.«

»Du meinst doch nicht etwa den kleinen Hund …«

»Nein«, sagte Bini. »Obwohl – klein ist es auch. Erinnerst du dich noch an Schwester Laetitia, die sich in den Gärtner aus dem Dorf verliebt hatte und nachts über die Mauer geklettert ist?«

»Und ob!«, sagte Susanna. »Welch ein Aufruhr im Kloster, als herauskam, dass sie schwanger …« Sie hielt inne. »Und du bist dir sicher?«, fragte sie.

»Ich kann es riechen«, sagte Bini einfach. »Bei manchen Frauen kann ich das. Ich weiß es schon seit einigen Tagen. Katharina wird es sicherlich auch bald bemerken.«

Sie hielt inne, schaute Susanna besorgt an.

»Aber was ist denn mit dir? Du bist ja ganz grün um die Nase!«

»Ich hätte dir alles sagen sollen, von Anfang an«, sagte Susanna. »Aber ich habe mich so geschämt, und ich hatte Angst, auch dich in Gefahr zu bringen. Jener Mann, der mich in Leipzig geschändet hat – am Geruch habe ich ihn wiedererkannt. Er ist es, der mich zweimal hier in Wittenberg überfallen hat, einmal auf dem Nachhauseweg von der Cranach-Werkstatt, einmal im Schweinestall, wo er mich unter die Hufe des Ebers treiben wollte.«

»Hast du ihn wiedererkannt?«, fragte Bini.

»Das konnte ich nicht«, sagte Susanna. »Denn auch das habe ich dir bislang vorenthalten. Er trug jedes Mal eine Maske aus Metall …«

Bini sprang vom Strohsack auf.

»Das kann nicht sein«, rief sie. »Du lügst. Das hast du dir alles nur ausgedacht.«

»Nichts habe ich mir ausgedacht«, versicherte Susanna. »Du weißt doch, dass ich nicht lügen kann. Jan haben sie eingesperrt, doch der andere ist der Schuldige. Er hat beide Frauen auf dem Gewissen. Aber was hast du denn auf einmal?«

»Das kann ich dir nicht sagen – niemals!«

Binis Blick wurde noch gehetzter, dann lief sie zur Tür, riss sie auf und rannte wortlos hinaus.

✤

Bini schrie das Ufergras an, die Wellen, den Himmel, die Schwalben – wo war ihr Rabe?

Und was hatte er getan?

So elend fühlte sie sich, so verloren und matt, dass sie keinen Schritt mehr weitermachen wollte.

Sie war zur Elbe gerannt, ohne ein einziges Mal innezuhalten, getrieben von der Hoffnung, dass er doch spüren musste, wie ihr zumute war, und auftauchen wie schon die Male zuvor – doch nichts geschah.

Kein Pferd zeigte sich. Kein Reiter, der seine Hand hob, um ihr zuzuwinken.

Binis Verzweiflung wuchs.

Wie konnte die Sonne einfach weiterhin ihre Bahn ziehen? Wie sich die helle Wolke über ihr zusammenballen und wieder auflösen, wo doch ihr Herz so schwer war, dass es einem riesigen schwarzen Klumpen glich?

Ihr Rabe – oder Falk, wie sein richtiger Name lautete, falls er sie nicht abermals belogen hatte – sollte ein Mörder sein?

Ich bin der Teufel, das hatte sie aus seinem Mund vernehmen müssen. Doch bis zu Susannas verstörender Enthüllung war da trotzdem etwas in ihr gewesen, das sich immer dagegen gewehrt hatte.

Jetzt freilich hatte sich das Blatt gewendet, und alles schien gegen ihn zu sprechen.

Falk sollte es also gewesen sein, der der Gefährtin in Leipzig Gewalt angetan hatte? Der Susanna hier aufgelauert, sie beim ersten Mal gewürgt und später in den Schweinekoben gelockt hatte, damit sie dort zertrampelt würde? Der die eine Frau mit dem Strick erdrosselt und am Elbufer deponiert, die zweite bei lebendigem Leib in einer Kiste begraben haben sollte?

Die Maske war ein eindeutiges Indiz, das ließ sich nicht leugnen.

Aber keine der schrecklichen Anschuldigungen passte zu dem Mann, dessen Mund Bini auf ihren Lippen gespürt, dessen innerer Adel sie beeindruckt und dessen Einsamkeit sie angerührt hatte.

Sie fiel auf die Knie und versuchte zu beten.

Doch all die Gebete und Litaneien, die sie ein Klosterleben lang auswendig gewusst hatte, waren auf einmal wie weggeblasen. In ihr herrschte nur noch Dunkelheit, klamme, kalte, endlose Dunkelheit.

Voller Verzweiflung legte sie sich bäuchlings auf die Erde, die Arme ausgebreitet, die Beine geschlossen. So hatte sie manchmal stundenlang in der Kapelle ausgeharrt. Wenn die anderen Schwestern von ihrer Kindheit und Jugend erzählten, blieb ihr nichts anderes übrig, als zu nicken und so zu tun, als verfüge sie über ähnliche Erinnerungen.

Wie froh war sie über die strengen Schweigezeiten gewesen, die Unterhaltungen auf das beschränkten, was sich mit wenigen Handzeichen untereinander vermitteln ließ.

Die Wahrheit ihrer Herkunft hatte Äbtissin Ida ihr eines Tages in dürren Worten mitgeteilt: Sie war ein Findelkind, im Schutz der Nacht vor der Klosterpforte abgelegt, namenlos, verlassen von Vater und Mutter. Bei einigem Pech hätten umherstreifende Wölfe sie getötet, doch weil sie die kalte Herbstnacht eingehüllt in einer alten Pferdedecke überlebt hatte, galt sie in den Augen der Nonnen als etwas Besonderes.

Den Namen Binea hatte sie sich selbst aus der Bibel ausgesucht, als sie alt genug gewesen war, Hauptwörter zu erkennen. Und sie hatte sich nichts daraus gemacht, dass die anderen sie auslachten, weil der Name einem Mann gehörte.

Binea – »Sohn des Herrn«, so lautete die korrekte Übersetzung, das hatte ihr eine sprachenkundige Schwester gesagt.

Für Bini hatte es stets »Kind Gottes« bedeutet.

Viele der Nonnen waren überzeugt davon gewesen, sie verfüge trotz ihrer zarten Konstitution über seelische Kräfte für zwei.

Jetzt daran zu denken, schenkte ihr ein winziges Quäntchen Trost. Und plötzlich war da etwas in ihrem Kopf, nach dem sie schon die ganze Zeit hatte greifen wollen.

Am Geruch habe sie ihn wiedererkannt. Hatte Susanna nicht so etwas Ähnliches gesagt? Ihr Mund jedenfalls war voller Ekel verzogen gewesen, und die Worte hatte sie geradezu ausgespuckt.

Bini war ihrem Raben einige Male nah gewesen, ohne dass sie auch nur das Geringste an ihm gestört hätte. Ganz im Gegenteil, sie mochte den Geruch, den er verströmte, und hätte sich am liebsten enger an ihn gekuschelt, um noch mehr davon abzubekommen.

Sie wurde ruhiger, zog die Arme an den Körper, schließlich stand sie auf.

Sie würde ins Luther-Haus zurückkehren, aber nicht in die Kammer, die sie mit Susanna teilte. Sie musste eine Weile für sich sein, brauchte Ruhe und Zeit, um zur richtigen Entscheidung zu gelangen.

Hinten im Stall gab es eine Pferdebox mit frischem Stroh, die sollte für heute ihr Nachtlager sein. Dort, in der Stille und Einsamkeit, würde sie noch einmal versuchen zu beten.

Vierzehn

Die Glocken der Marienkirche läuteten, als der kleine Sarg aus dem Kirchenschiff hinaus auf den Friedhof getragen wurde. Luther folgte dem Pfarrer, das flächige Gesicht wie aus rötlichem Granit gemeißelt. Katharina, von Cranach und Barbara in die Mitte genommen, musste von den beiden immer wieder gestützt werden, sonst hätte sie diesen Weg kaum bewältigt. Ihnen folgten Hans und Luc, die beiden Cranach-Söhne, die nicht einen einzigen Blick miteinander wechselten, sondern zu Boden starrten.

Dahinter humpelte Muhme Lene an ihrem Stock, Hansi an der anderen Hand, der überraschend folgsam mittrottete.

Die halbe Stadt schien auf den Beinen, um Elisabeth zur letzten Ruhe zu betten. Auch die Professoren der Leucorea schritten dem Sarg hinterher, allen voran Melanchthon, der immer wieder besorgte Blicke auf den steifen Rücken seines alten Freundes warf.

Am Grab angekommen, wurde der Sarg hinabgelassen. Kaum war er aus dem Blickfeld verschwunden, drang aus Katharinas Brust ein so schmerzlicher Klagelaut, dass viele zu weinen begannen.

Pfarrer Bugenhagen, der zuvor den Trauergottesdienst in St. Marien abgehalten hatte, wandte sich an die Gemeinde:

»›Zu Dir gehöre ich, großer Gott. Du nimmst meine Hand, breitest die Arme aus und nimmst mich auf. Was auf der Erde war, ist nicht mehr wichtig: Du erfüllst mein Herz. Ich gehöre Dir für immer und ewig‹, so trösten uns die Worte des 73. Psalms.«

Er griff nach der bereitgestellten Schaufel.

»Gott, Du bringst Leben hervor und nimmst es wieder. Voller Vertrauen auf Deine Liebe nehmen wir Abschied von unserer jungen Schwester Elisabeth. Wir legen sie in Deine Erde: Erde zu Erde, Asche zu Asche, Staub zu Staub. Wir tun dies in der Hoffnung, die uns in Jesu Christo gegeben ist …«

Dreimal hintereinander polterte ein Schwall Erdbrocken in das Grab.

»Ich hoffe, es bricht ihm nicht das Herz«, flüsterte Anatom Winsheim, und Moralphilosoph Block nickte zustimmend, während sie langsam nach vorn rückten, um ihr Mitgefühl auszudrücken, indem auch sie eine Schaufel Erde ins Grab warfen. »Niemals zuvor habe ich Luther so starr und voller Trauer gesehen.«

»Seine Frau ist noch verzweifelter«, sagte Block. »Ich habe die Lutherin bislang stets als tatkräftig und lebensfroh erlebt. Nun aber erscheint sie mir wie ein Rohr, das der Sturm geknickt hat. Ob sie sich jemals wieder von diesem Verlust erholen wird?«

»Frauen sind noch zu ganz anderen Dingen in der Lage.« Woher war auf einmal Pistor gekommen, von dem diese seltsame Bemerkung stammte? Jetzt stand er plötzlich wie selbstverständlich mitten in der Reihe seiner Kollegen, doch vorhin in der Kirche hatte keiner ihn unter den Betenden gesehen. »So und nicht anders hat die Natur sie nun einmal gemacht.«

»Und ich dachte, Ihr wärt bereits fleißig beim Packen«, entgegnete Hunzinger schmallippig, der dem ehemaligen Konkurrenten um den Rektorenposten noch immer gründlich misstraute. »Jetzt kann es doch nicht mehr lange dauern, bis Ihr uns verlasst.«

»Bin ich, bin ich«, versicherte Pistor und ließ dabei seine Blicke nach allen Seiten fliegen. Er wirkte fahrig und angespannt, schien sich aber nach und nach zu beruhigen. »Alles strebt dem Ende zu. Nur die allerletzten Aufgaben müssen noch erledigt werden.«

»Dann brecht Ihr also bald nach Trier auf?«, fragte Schöneberg. »Nehmt Ihr Eure treue Dienerin mit?«

»Moira geht, wohin ich gehe«, lautete die Antwort.

»Und was geschieht mit Eurem schönen Haus?«, wollte Block wissen. »Werdet Ihr es verkaufen? Oder habt Ihr bereits Mieter gefunden?«

Pistor ließ eine vage Geste folgen.

»Man wird sehen«, sagte er. »Wenn die Zeit dafür reif ist …«

»›Jesus spricht: Wer mir vertraut, wird leben, selbst wenn er stirbt …‹« Bugenhagens tröstende Schlussworte verhallten im auffrischenden Wind.

Langsam begannen die Leute sich zu zerstreuen. Melanchthon jedoch trat Luther und seinen Angehörigen energisch in den Weg.

»Ich lasse euch doch nicht einfach so zurück in die traurige Stille eures Hauses«, sagte er. »Kathi konnte wegen ihrer dicken Beine nicht zum Friedhof kommen, und schwindelig war ihr auch schon wieder. Aber sie hat die Magd angewiesen, einen stärkenden Imbiss für alle zu richten. Ihr begleitet mich jetzt, und zwar ohne Widerrede!« Sein Blick glitt zu Cranach. »Das gilt auch für Euch, Meister Cranach, und natürlich ebenso für Eure Frau wie für Eure Söhne.«

»Die Familie mag Euch gerne folgen, mich aber müsst Ihr leider entschuldigen«, sagte Cranach. »Der Kurprinz wartet – und das duldet keinerlei Aufschub.« Er klopfte auf das schweinslederne Buch unter seinem Arm. »Auf ein Wort, Martin! Ich weiß, es ist der ungünstigste aller Augenblicke, aber ich muss dich trotzdem dringend sprechen.«

Während die anderen vorangingen, blieb er mit Luther zurück. Fast schien es, als wollte Pistor sich ihnen anschließen, doch dann schien er zu merken, dass er unerwünscht war, und ging rasch davon.

»Ich bin im Stadtbuch die ganzen Eintragungen der letzten Jahre Posten für Posten durchgegangen«, sagte Cranach. »Und das hat, wie du dir denken kannst, seine Zeit gebraucht. Das Haus am Elstertor gehört danach einem gewissen Jakob Müllerer. Er könnte jedoch auch anders heißen, denn die Handschrift ist verwischt und daher kaum zu entziffern. Wer auch immer das zu Papier gebracht hat, der sollte noch einmal in der Schreibschule tüchtig nachsitzen. Doch mir ist niemand dieses Namens hier in Wittenberg bekannt. Kennst du jemanden, der so oder so ähnlich heißt?«

»Und damit behelligst du mich ausgerechnet an diesem traurigen Tag?« Auf Luthers Stirn erschien eine tiefe Falte.

»Ich muss, so leid es mir tut. Denn somit hätte der Besitzer des Hurenhauses zumindest einen Namen – auch wenn es möglicherweise ein falscher ist«, sagte Cranach. »Wundert mich allerdings, wie er es angestellt hat. Denn in der Regel geht es um Bares, wenn eine Liegenschaft den Besitzer wechselt, und du weißt, darin habe ich einige Erfahrung. Aber in bestimmten Fällen kann es auch ein Schuldschein sein. So dürfte es hier wohl gewesen sein.«

»Womit wir keinen Schritt weiter sind«, sagte Luther ungeduldig. »Ist es das, was du mir so dringend sagen wolltest?«

»Da gäbe es noch so manches«, sagte Cranach. »Doch für den Moment nur so viel: Ich verfolge einen bestimmten Plan, in dem eure Magd Susanna eine wichtige Rolle spielt …«

»Nimm diesen Namen derzeit in Katharinas Gegenwart besser nicht in den Mund! Sie verübelt ihr, dass sie fort war, als unser Kind gestorben ist – ausgerechnet beim Herumhuren unter deinem Dach.«

»Sie liebt Jan Seman, und sie ist sehr mutig, wusstest du das? Susanna könnte helfen, den Mörder zu stellen. Und dafür wäre sie sogar bereit, ihr Leben zu riskieren.«

Luther sah ihn eindringlich an.

»Hat das mit der kleinen Dirne zu tun, der wir vorübergehend Obdach gewähren? Es missfällt mir, dass mein Haus durch sie in Verruf kommen könnte. Noch viel weniger allerdings würde mir gefallen, wenn den Meinen dadurch auch nur die geringste Gefahr drohte.«

Cranach verstummte. Denn auf einmal war ihm klar geworden, dass er seinem Freund nicht verraten durfte, was er vorhatte. Die Gesellen, die er zu Susannas Schutz losschicken wollte, mussten sich möglichst unauffällig postieren. Wenn Luther seine Magd auf die Straße setzte, wäre die Bewachung rasch beendet.

»Ich weiß nicht, ob man der Kleinen wirklich trauen kann«, fuhr Luther fort. »Wild und aufsässig ist sie, das hat die Muhme mir berichtet. Das Mädchen kommt mir vor wie ein ungezähmtes Waldwesen, das man am besten einsperrt, damit es kein Unheil anrichten kann.«

»Lass sie bloß nicht raus!«, sagte Cranach. »In ihrem ureigensten Interesse. Niemand darf wissen, dass sie sich bei euch versteckt – solange dieser Mörder frei herumläuft.«

Luther räusperte sich.

»Sie behauptet, sein wahres Gesicht zu kennen, aber was

nutzt das schon, solange er ihr nicht gegenübergestellt werden kann? Aus ihren vagen Beschreibungen sind wir bislang nicht recht schlau geworden. Außerdem muss ich jetzt zu meiner Käthe. Sie klagt schon seit Tagen über Unwohlsein. Wenn sie mir jetzt auch noch ernsthaft krank wird, wäre das mehr, als ich ertragen könnte.«

Er ging in Richtung Leucorea, während Cranach kehrtmachte und zum Schloss lief.

Doch je näher er gelangte, desto schwerer wurden seine Beine.

Welche Neuigkeiten erwarteten ihn? Hatte Altensteins Rachsucht sich weiter gesteigert? Und war er womöglich schon zu spät dran, um Jan zu retten?

Das Versprechen, das Susanna ihm abgenommen hatte, lag plötzlich wie ein Bleigewicht auf seiner Seele. Und abermals kamen ihm Barbels kluge Warnungen in den Sinn.

Warum war er nicht bei seinen Stillleben, Radierungen und Porträts geblieben, die ihn reich gemacht hatten, anstatt sich auf ein derart waghalsiges Projekt einzulassen?

Das Gemälde der drei Grazien hatte bisher nichts als Ärger, Leid und Tod gebracht. Sollte er das kleine Bild, das noch auf den abschließenden Firnis wartete, nicht einfach packen und in die Flammen werfen?

Aber da gab es ja noch die stattliche Vorauszahlung, die ihm inzwischen wie Blutgeld vorkam. Und jenen Auftraggeber mit der Maske, der, wie es schien, die grausamen Morde auf dem Gewissen hatte.

Und für die Aufklärung brauchte Cranach dieses Bild.

Ob es dem Unbekannten gelungen war, sich ins Schloss zu flüchten? Und falls ja, wer vom Hofstaat des Kurprinzen hielt in diesem Fall seine schützende Hand über ihn?

Was weiterhin würde das für Cranachs eigenes Schicksal und das seiner Familie bedeuten?

Während die Türme des Wittenberger Schlosses immer näher kamen, überfiel Cranach jähe Übelkeit. Er musste stehen bleiben, das Wams aufknöpfen und den Hemdkragen lockern, so jagte sein Herz, so trocken war auf einmal sein Mund geworden.

Dann jedoch rief er sich die feuchten Mauern des Lochs vor Augen, in das man Jan gesteckt hatte. Keiner hielt es im Kerker des Elbetores länger als ein paar Tage aus, ob er nun schuldig war oder nicht.

Cranach atmete tief aus, klemmte sich das Stadtbuch, in das er einige Zeichnungen gelegt hatte, unter den anderen Arm und ging entschlossen weiter.

✣

Tölpel, wie Luther den munteren hellbraunen Hund getauft hatte, war schon den ganzen Morgen nicht von Susannas Seite gewichen, sondern ihr auf Schritt und Tritt gefolgt. Vielleicht erinnerte er sich daran, dass sie es gewesen war, die ihn aus dem Wasser gezogen hatte. Vielleicht aber hatte er auch nur Angst, weil das ganze Haus auf einmal so still war. Das Semester war zu Ende, die Burse unter dem Dach leer und die gesamte Luther-Familie auf dem Friedhof, um Elisabeth zu beerdigen.

Es kam Susanna hart an, dass Katharina ihnen verweigert hatte, sie auf diesem schweren Gang zu begleiten. Auch Bini musste schlucken, als sie davon erfuhr, weil sie die Kleine besonders oft gehätschelt und herumgetragen hatte. Dennoch kam kein böses Wort über ihre Lippen.

»Katharina ist todtraurig und mutlos«, sagte sie. »Da sagt oder tut man Dinge, die man später bereut. Sie findet wieder zu sich, wirst schon sehen!«

»Und wenn sie uns rauswirft?«, fragte Susanna. »Ich kann nicht weg, solange Jans Leben in Gefahr ist.«

Die Sorge um den Geliebten brachte sie beinahe um.

Und nichts von Cranach – kein Wort, keine Nachricht, auf die sie so sehnlich wartete.

Hatte er das Bild mit ihr als dritter Grazie inzwischen fertig gemalt? Hatte er beim Kurprinzen vorgesprochen und Jan endlich befreit?

»Wenn sie das wirklich wollte, hätte sie es längst getan.« Binis helle Stimme drang in Susannas Grübeleien. »Katharina braucht uns. Und Hansi hat uns in sein kleines Herz geschlossen. Gib ihr ein wenig Zeit! Wenn sie erst einmal weiß, dass sie schwanger ist, wird vieles anders werden. Das Ungeborene kann die kleine Elisabeth niemals ersetzen, aber es wird Katharinas Schmerz doch lindern.«

Nach diesen Worten allerdings war Bini verschwunden. Wohin, das wusste Susanna ebenso wenig wie den Grund, warum die Gefährtin nicht länger die Kammer mit ihr teilte, sondern neuerdings im Pferdestall schlief. Es musste damit zu tun haben, dass sie den Mann mit der Maske erwähnt hatte. Doch was daran konnte Bini derart entsetzt oder getroffen haben, dass sie sich seitdem vor ihr mehr denn je verschloss?

Da es kein Mahl für eine große Tafel zu richten gab, alles im Haus halbwegs aufgeräumt war und ausnahmsweise nicht einmal der Flickkorb überquoll, kehrte Susanna in ihre Kammer zurück, Tölpel noch immer an den Fersen.

Er schien in Spiellaune, schnappte nach ihrem Rock, knabberte an ihrer Hand, bis sie ihn halb lachend, halb ärgerlich in eine Ecke verscheuchte, wo er hechelnd liegen blieb. Doch als sie ihren Rosenkranz herauszog, um mit der Heiligen Jungfrau zu sprechen, war er augenblicklich wieder zur Stelle.

Die lange Kette mit den abgegriffenen Perlen und dem Holzkreuz schien sein besonderes Interesse zu erregen. Bevor Susanna reagieren konnte, hatte er den Rosenkranz bereits im Maul und rannte mit fliegenden Ohren aus der Kammer.

»Tölpel!«, schrie sie und setzte ihm hinterher. »Bleib sofort stehen! Das ist nichts für dich. Das gehört mir und ist heilig …«

Natürlich dachte der Hund nicht daran, auf sie zu hören, sondern wetzte mit seinen kurzen Läufen laut bellend die Treppe nach oben.

Wo steckte er auf einmal? Keuchend blieb Susanna stehen.

Hier war sie noch nie gewesen, weil Katharina es nicht gerne sah, dass ihre Mägde den Studenten und vor allem deren Strohsäcken zu nahe kamen. Als ob einer dieser unreifen Kerle von Interesse für sie gewesen wäre! Es reichte schon, wenn Susanna sie nachts betrunken nach Hause torkeln hörte oder bei Tisch bedienen musste und dabei Brocken der manchmal reichlich gespreizten Unterhaltung zu hören bekam.

Heute jedoch waren die ehemaligen Mönchszellen leer, in denen die Studenten hausten, und einige der Türen standen angelehnt. Ob Tölpel hier mit seiner verbotenen Beute unter ein paar Lumpen gekrochen war? Ein fader Geruch nach altem Schweiß, Bierdunst und Tinte lag in der Luft, der Susanna zum Husten reizte.

»Tölpel!«, rief sie immer wieder, unterbrochen von trockenen Hustenschüben. »Tölpel – so komm endlich her!«

Sie erstarrte, als sie plötzlich lautes Klopfen vernahm.

»Hier bin ich. Hier! Habt ihr mich denn alle vergessen?«

Eine Frauenstimme!

Susanna lief zu der Tür, durch die die Stimme drang, und drückte auf die Klinke. Doch die Tür war verschlossen.

»Zugesperrt«, sagte sie verblüfft. »Und ich sehe nirgendwo einen Schlüssel.«

»Jetzt lässt mich die Alte auch noch im Stich.« Die Stimme kippte ins Weinerliche. »Dabei hat sie mich neulich erst ein Weilchen herausgelassen und mir Hoffnung gemacht, das würde jetzt so bleiben. Was habe ich ihnen nur getan? Die Frau mag mich ohnehin nicht und der Mann noch weniger, auch wenn sie beide nach außen hin freundlich tun. Mein Eimer fängt schon an zu stinken. Und das bisschen Mus, das die Alte mir vor Stunden gebracht hat, ist längst durch meinen Magen gerutscht. Mir ist so langweilig. Und ich habe es satt, hier ständig eingesperrt zu sein. Da hätte ich ja gleich im Hurenhaus bei der schwarzen Griet bleiben können!«

Susanna legte ihr Ohr an die Tür.

»Du bist aus dem Haus am Elstertor?«, fragte sie. »Wie heißt du?«

»Marlein«, ertönte es jämmerlich. »Und wer bist du?«

Marlein – das war die blutjunge Hübschlerin, die Jan so frech mitten auf dem Markt geküsst hatte.

»Wir haben uns schon einmal bei der Wachszieherin gesehen, erinnerst du dich? Ich bin hier Magd …«

»Dann schließ doch auf!«, rief Marlein.

Tölpel lugte neugierig um die Ecke, eines seiner langen Ohren umgeklappt, den Rosenkranz im Maul. Als Susanna ihn verfolgte, ließ er seine Beute mitten auf den gestampften Boden fallen und verkroch sich in einem Verschlag. Erleichtert hob sie den Rosenkranz auf und steckte ihn in die Rocktasche. Sie würde ihn anschließend mit klarem Wasser abspülen. Ob er neu geweiht werden musste? Dann bekäme sie hier in Wittenberg ernsthafte Probleme. Aber die Gottesmutter hatte ihr ja den kleinen Hund geschickt und nahm dessen spielerischen Übermut gewiss nicht übel.

Sie kehrte vor die Zelle zurück.

»Wieso bist du überhaupt hier eingesperrt?«, begann sie erneut das Gespräch mit Marlein.

»Damit ich in Sicherheit bin. Der Patron wollte mich …« Plötzlich war es still.

»Der Patron aus dem Haus am Elstertor?«, hakte Susanna atemlos nach. »Trägt er eine dunkle Maske?«

»Ja, das tut er.«

»Und sein Geruch? Ich meine …«

»Er stinkt. Wie der Leibhaftige höchstpersönlich. Meinst du das?«, kam es von Marlein.

Susannas Herz begann zu jagen. »Was hat er dir getan? Bitte sag es mir! Hat er dich gewürgt?«

»Wenn du mir jetzt nicht endlich hilfst, erfährst du kein einziges Wort mehr.«

»Aber du *musst* reden!«, stieß Susanna hervor. »Der Patron hat nämlich auch mir sehr wehgetan. Sie sind ihm schon auf der Spur. Doch nur, wenn alle Fäden zusammenlaufen, werden sie ihn auch kriegen.«

»Ich muss gar nichts – nur vorsichtig sein. Das hat Griet mir eingeschärft. Wie heißt du überhaupt?«

»Susanna.«

»Susanna? Noch nie gehört. Und jetzt schließ auf – oder lass mich in Frieden!«

Hinter der Tür war es still geworden.

So viel Susanna auch pochte und rief, Marlein blieb hartnäckig stumm.

Mit schwerem Herzen trat Susanna den Rückweg an.

Tölpel schien sofort zu begreifen, dass es wieder hinunterging, denn er tauchte plötzlich aus seinem Versteck auf und rannte treppab voraus.

Susanna folgte ihm langsam. Ihre rechte Hand fuhr in die Rocktasche und umklammerte die Holzperlen.

Hilf mir, heiligste Jungfrau!, betete sie stumm. Wenn du nur Jan am Leben lässt – dann bin ich zu allem bereit.

✦

Sibylle von Sachsen spielte die Tapfere, obwohl auf ihrer hohen Stirn kleine Schweißperlen glitzerten und ihr Seidenfächer unablässig in Bewegung war. Angestrengt starrte sie auf die Zeichnungen, die Cranach vor ihr und dem Kurprinzen auf einem Tisch ausgebreitet hatte.

In dem kleinen Gemach mit den bunten Wandteppichen schien man die Luft schneiden zu können, so stickig war es, und selbst der üppige Rosenstrauß, der in einer silbernen Vase prangte, vermochte mit seinem betörenden Duft wenig auszurichten. Die Atmosphäre im Schloss hatte sich völlig verändert. Überall waren Bewaffnete postiert, die die Eingänge kontrollierten und auch Cranach einer gründlichen Untersuchung unterzogen hatten, bevor sie ihn einließen.

»Es ist doch zu viel für Euch«, sagte Johann Friedrich besorgt zu seiner Frau. »Ich hätte mich niemals darauf einlassen dürfen. In Eurem Zustand, mein Herz, solltet Ihr Euch nicht derart überanstrengen. Trinkt ein wenig von dem verdünnten Most, das wird Euch stärken! Oder noch besser, ruht Euch aus!«

»Wie könnte ich auf einem Ruhebett liegen oder mich am Stickrahmen beschäftigen, wenn es um Menschenleben geht?«, widersprach sie aufgebracht. »Meine Dilgin ist tot – ebenso wie jene bedauernswerte andere junge Frau. Was ich dazu beitragen kann, um den Mörder dingfest zu machen, das werde ich auch tun!«

»Nun, es ist tatsächlich nicht jedermanns Sache, sich Bildnisse von Toten anzusehen«, sagte Cranach diplomatisch. »Da hat Euer Gemahl durchaus recht …«

»Hat Euer Geselle das gezeichnet?«, fiel sie ihm ins Wort. »Ja, es muss von Seman sein, denn ich erkenne seinen mutigen, sicheren Strich.« Sie fächelte stärker. »Wer sind jene Männer, die rings um die Bahre stehen?«

»Die Zeichnungen stammen von ihm«, bestätigte Cranach. »Seman hat sie auf mein Geheiß hin im Anatomiesaal angefertigt, und die Männer, die Ihr darauf seht, sind ausnahmslos Professoren der Leucorea, die bei der Untersuchung der Leichen als Zeugen anwesend waren. Ich hatte so sehr gehofft, die Zeichnungen der Toten könnten uns irgendwelche Aufschlüsse geben. Doch sooft ich sie bislang auch studiert habe, ich entdecke darauf nichts, das uns weiterführen könnte.«

»Sie sind beide jung und schön – und tot«, sagte Sibylle von Sachsen nachdenklich. »Herausgerissen aus der Blüte ihrer Jugend. Wer auch immer es war, er muss sie zutiefst gehasst haben, um ihnen so etwas antun zu können.« Sie begann an ihrem perlenbestickten Haarnetz zu nesteln, als seien die rötlichen Locken auf einmal zu schwer geworden.

»Ein durchaus interessanter Gedanke, Euer Hoheit«, sagte Cranach. »Doch trifft das in gewisser Weise nicht für jeden zu, der einem anderen mutwillig das Leben raubt?«

Der Kurprinz nickte knapp, sichtlich ungehalten über den Verlauf des Gesprächs.

»Der Edle von Altenstein hat den Gefangenen im Elbetor eingehend befragen lassen«, sagte er. »Doch leider gibt es noch immer kein Geständnis, wiewohl wir erfahren mussten, dass der Zustand des Delinquenten nicht der allerbeste sein soll.«

Sie hatten Jan also bereits gefoltert!

Cranach begann fieberhaft zu überlegen. Jetzt kam es auf jedes Wort an, denn die Zeit arbeitete gegen ihn.

»Ich fürchte, von Altenstein war in diesem Fall ein wenig

voreilig«, sagte er schließlich. »Seine Eifersucht könnte ihn verblendet haben.«

»Was wollt Ihr damit sagen?« Sibylles Augen bettelten um die richtige Antwort. »Dass er den Falschen ins Loch gesteckt hat?« Sie wandte sich ihrem Gemahl zu. »Ich hab Euch doch gleich gesagt, dass Jan Seman unschuldig sein muss! Jemand, der Frauen so malt wie er, kann sie nicht töten.«

»Seman kannte die beiden Frauen, und er hat sie auch gemalt«, sagte Cranach. »Doch nicht er ist der Mörder, sondern, wie es aussieht, der Auftraggeber jenes Bildes – ein Motiv aus der Antike, das er ausdrücklich gewünscht hat. Vielleicht hat er sogar auch den Apotheker auf dem Gewissen. Das allerdings werden wir erst erfahren, wenn er gefasst ist und geständig.«

Der Kurprinz war aufgesprungen.

»Was Altenstein mir vorgetragen hat, hatte durchaus Hand und Fuß«, rief er. »Schließlich hat Euer eigener Sohn …«

» … aus Geltungssucht seinen Mund zu weit aufgerissen«, sagte Cranach. »Ein Junge von knapp fünfzehn Jahren, der die Folgen solchen Tuns noch gar nicht absehen kann. Der Verdacht konzentriert sich inzwischen vielmehr auf den Betreiber des Frauenhauses am Elstertor, ein gewisser Müllerer. Doch sein Name kann ebenso gut auch ganz anders lauten. Im Dachgeschoss hat er mit Blut verschiedene große Buchstaben an die Wand geschrieben und ebenfalls mit Blut wieder durchgestrichen: ein M, ein D, zweimal ein K.«

»Margaretha und Dilgin«, flüsterte die Kurprinzessin mit blassen Lippen. »Das sind die Anfangsbuchstaben ihrer Namen – und sie sind beide tot. Wofür steht das K?«

»Katharina von Bora. Doch die Lutherin lebt, und sie ist nicht auf diesem Bild. Die dritte Grazie trägt ein anderes Gesicht.«

»Der Mann muss wahnsinnig sein oder der Teufel in Person, um so etwas zu tun ...« Sibylles Stimme erstarb.

»Und er scheint zu ahnen, dass sich etwas gegen ihn zusammenbraut«, sagte Cranach finster. »Denn vom Frauenhaus ist er verschwunden. Doch vielleicht gibt es eine Spur.«

»Und wo vermutet Ihr ihn jetzt?«, fragte der Kurprinz.

Cranach atmete tief aus.

»So ungern ich diese Worte in den Mund nehme«, sagte er. »Unter Umständen ganz in Eurer Nähe, hier in diesem Schloss.«

»Ein Hurenwirt und Mörder?«, rief der Kurprinz. »Jemand, der sich unter einem falschen Namen versteckt? Habt Ihr den Verstand verloren, Cranach? Und wie sollte er überhaupt hereingelangt sein? Habt Ihr denn mein verstärktes Wachaufkommen nicht bemerkt?«

»Das habe ich durchaus, Euer Hoheit. Und doch bin ich ihm in diesen Mauern schon mehrmals begegnet«, sagte Cranach. »Seinen Auftrag hat er im Lauf der Zeit präzisiert. Erst nach und nach hat er preisgegeben, welche Frauen auf dem Bild zu sehen sein sollen.«

»Dann nennt uns seinen Namen. So redet doch endlich!«, rief Sibylle aufgeregt.

»Das kann ich nicht. Ich kenne ja nicht einmal sein Gesicht. Von Anfang an bin ich ihm nur im Dunkel begegnet. Offenbar scheut er aus gutem Grund das Licht. Denn er hat jedes Mal eine Maske aus Metall getragen.«

Kurprinz und Kurprinzessin starrten sich schweigend an.

»Das kann nicht sein«, flüsterte sie schließlich. »Doch nicht er – niemals unser Falk ...«

»Man kann sich in Menschen täuschen«, sagte der Kurprinz bitter. »Das musste ich leider schon mehrmals erfahren. Doch er soll Gelegenheit erhalten, uns Rede und Antwort zu stehen.«

Er ging zur Tür.

Sibylle sprang auf und lief ihm nach.

»Ihr wollt ihn doch nicht etwa selbst stellen?«, rief sie. »Bleibt hier, ich flehe Euch an! Denkt an mich und Euer ungeborenes Kind! Schickt stattdessen die Wachen. Er könnte Euch etwas antun.«

»Das ist meine Sache, aber ich werde nicht ohne mein Schwert gehen«, sagte der Kurprinz. »Und darauf können wir uns beide verlassen.«

Cranach und die Kurprinzessin starrten ihm hinterher.

Bedrücktes Schweigen breitete sich aus. Der Rosenduft wurde unerträglich. Am liebsten hätte Cranach die Blumen aus der Vase gerissen und aus dem Fenster geworfen. Er sammelte die Zeichnungen zusammen und legte sie zurück in das Stadtbuch.

»Was Ihr gesagt habt, deutet auf Falk von Thorau hin«, sagte Sibylle schließlich. »Spalatin, einst Erzieher meines Gemahls, dem er bis zum heutigen Tag große Hochachtung zollt, hat ihn empfohlen und im Schloss eingeführt, als er selbst nach Altenburg gegangen ist. Thorau ist ein gebildeter Mann, aus bestem, wenngleich verarmtem Haus und als Archivar, Bibliothekar und Historiograf tätig. Alle Bücher und Druckwerke gehen durch seine Hände. Sein besonderes Schicksal hat ihn allerdings menschenscheu werden lassen, das muss man eingestehen. Er gilt als Sonderling, geht gern einsame Wege – und ja, er trägt eine Maske. Ich habe ihn allerdings bislang stets …«

Johann Friedrich war zurück.

»Falk von Thorau ist verschwunden«, sagte er. »Seit den Morgenstunden hat niemand ihn mehr gesehen.«

✦

Erst hatte sie ihn noch wegstoßen wollen, doch als Luther sich nicht abbringen ließ, sondern im Gegenteil seine Arme nur noch fester um sie schloss, ließ Katharina ihn gewähren.

In der Stille ihrer Schlafkammer kam sie langsam zur Ruhe.

Hansi, der sonst gern ins Bett der Eltern gekrochen kam, schlief heute bei der Muhme, erschöpft von all den Aufregungen und Tränen, und obwohl sie gerade noch seine Gegenwart vermisst hatte, war sie plötzlich erleichtert darüber.

»Was für ein Tag«, sagte er leise, während sein Mund zärtlich ihre Wange streifte. »Ich bin unendlich froh, dass er nun hinter uns liegt.«

»Aber die Wiege ist leer, und ich werde nie mehr ihr süßes Juchzen hören, wenn ich ihr das Bäuchlein gekitzelt habe …«

»Sie ist jetzt beim Herrn, meine Käthe. Und Er wird gut für unser Kind sorgen. Schau nicht hin zur Wiege! Schon morgen können wir sie rausbringen, wenn du willst. Sieh lieber mich an!«

Abermals machte sie Anstalten, sich ihm zu entziehen. Abermals gab er sie nicht frei.

»Du solltest aufhören, den Mägden zu zürnen«, sagte er nach einer Weile. »Was hätten sie schon ändern können? Unser Schicksal liegt in Gottes Händen. Er allein bestimmt, wann Er uns zu sich ruft.«

»Das kann ich nicht«, flüsterte sie. »Noch nicht.«

»Weil es leichter ist, Schuldige zu benennen, anstatt den eigenen Schmerz zu ertragen?«

Sie war nachdenklich geworden, das erkannte er an dem leisen Schnauben, das sie von sich gab, wie immer, wenn sie kurz davor war, etwas einzusehen, es aber noch nicht zugeben wollte.

»Ich will es ja versuchen«, sagte sie leise. »Aber sei nicht zu streng mit mir!«

Plötzlich überkam ihn die Liebe zu seiner Frau wie eine große, warme Woge. Und noch etwas mischte sich darein: Verlangen, so stark, dass es ihn selbst erstaunte.

Seine Hände begannen zu wandern, als seien sie eigenständige Wesen, streichelten über ihre Hüften, ihren Bauch, bis sie schließlich bei ihren Brüsten angelangt waren. Sie schien noch immer unschlüssig, wie sie reagieren sollte, aber er spürte, wie ihre Abwehr mehr und mehr schwand.

Wie unendlich vertraut sie miteinander waren!

Während er nach einem einsamen Mönchsleben zunächst reichlich unbeholfen gewesen war, was Frauenkörper betraf, hatte Katharina sich als geschickter und vor allem als ausgesprochen neugierig erwiesen. In gewisser Weise war sie sogar seine Lehrmeisterin geworden – und er ihr eifriger Schüler.

Inzwischen wusste er, was sie mochte. Und so dauerte es nicht lange, bis auch ihr Atem schneller ging.

»Aber wir können doch nicht heute …«, versuchte sie einen letzten Einwand.

»Wir leben, Katharina! Und unser kleiner Johannes soll doch Eltern haben, die sich gegenseitig froh machen.«

Er schob ihr Hemd hoch, bis endlich Haut an Haut lag.

Wie weich sie war, wie zart – und wie gut sie roch!

Seine Erregung wuchs. Jetzt konnte er nicht mehr länger warten, und Katharina nahm ihn in sich auf, wie sie es schon unzählige Male zuvor getan hatte. Heute jedoch war in ihren Bewegungen etwas Wildes, Forderndes, das neu erschien und seine Lust weiter anfachte. War es Trauer, Zorn, Anspannung, Erleichterung oder womöglich alles zusammen?

Wie ein Feuer kam sie ihm vor, das lange unter einer Aschedecke geglüht hatte, nun durch einen kräftigen Windstoß frisch aufflackerte und höher denn je zu lodern begann. Sonst war er stets vorsichtig beim Liebesakt, damit nicht das ganze Haus

Zeuge ihrer Vereinigung wurde. Heute jedoch gab es nur noch ihn und diese Frau, die er von Herzen liebte und mit jeder Faser seines Fleisches begehrte.

Er schrie laut auf, als die Woge ihn davontrug, und sank befriedigt auf ihr zusammen. Sie schlang ihre Beine um ihn, als wollte sie ihn nie mehr loslassen.

Später lag Katharina müde und wohlig warm in seinen Armen.

»Jetzt spüre ich wieder, dass ich am Leben bin«, sagte sie. »Du bist ein kluger Mann, mein Mann!«

Er lächelte, fuhr mit der Hand über ihren Bauch.

»Und du riechst wie warmes Brot, das soeben aus der Backstube kommt«, sagte er. »Ich mag es, wenn ich Fleisch unter meinen Fingern spüre. Zum Glück bist du nicht mehr so dürr wie im letzten Winter. Als der Schnee uns tagelang einschloss, hatte ich schon Angst, du könntest mir noch an Auszehrung sterben.«

»So schnell sterbe ich nicht. Du musst mich schon noch ein Weilchen behalten. Obwohl mir dauernd übel ist ...« Sie verstummte und schlug die Hand vor den Mund.

»Was hast du?«, fragte er. »Habe ich etwas falsch gemacht?«

»Wie dumm man doch sein kann! Das mit dem Nach-warmem-Brot-Riechen hast du schon einmal gesagt. Erinnerst du dich?«

»Als du damals mit Hansi schwanger warst?«, fragte er nach längerem Nachdenken.

»Ganz genau.« Sie lächelte verschmitzt. »Und dazu dieses flaue Gefühl im Magen, das mich ständig überfällt. Darunter habe ich auch in den ersten Monaten gelitten, als Elisabeth unterwegs war.«

»Aber das hieße ja ...«

»Wir können die Wiege ruhig lassen, wo sie ist, Martin. Gott hat unseren Bund fruchtbar gemacht, was immer die ganze Welt auch behaupten mag. Wir müssen uns nicht vor Seiner Strafe fürchten, denn Er hat uns erneut gesegnet: Wir bekommen wieder ein Kind!«

Ungestüm zog er sie abermals in die Arme und bedeckte ihren Mund mit Küssen. Katharina küsste ihn nicht minder leidenschaftlich, und schon bald waren sie so ineinander versunken, dass sie nichts mehr sahen und hörten, nicht einmal den seltsam heiseren Eulenschrei, der durch die mondlose Nacht drang.

✤

Der Eulenschrei weckte Susanna, die so erschöpft in den Schlaf gefallen war, dass sie nicht einmal ihr Kleid ausgezogen, geschweige denn das kleine Öllämpchen gelöscht hatte, das noch immer neben ihr auf der Kiste flackerte.

Sie setzte sich auf, fuhr sich über das Gesicht.

Warum lag Bini nicht wie gewohnt auf dem Strohsack neben ihr? Erst danach fiel ihr ein, dass sie ja im Stall schlief.

Wieder setzte das dumpfe Hu-hu-hu ein. Und gleich noch einmal.

Es klang wie ein Warnschrei. Oder war es eher ein Lockruf, der jemand ganz Bestimmtem galt?

Susanna nahm die Ölfunzel und verließ die Kammer.

Im Haus war alles ruhig, von oben drang kein Laut zu ihr. Selbst Tölpel schien fest zu schlummern.

Sobald es hell geworden war, würde sie Katharina nach Marlein fragen und ihr endlich sagen, was sie bislang über den Patron herausgefunden hatte. Inzwischen war sie an der Tür nach draußen, die sie vorsichtig öffnete.

Die Nacht war angenehm frisch. Ein kurzer Regen hatte die lastende Schwüle des Tages vertrieben. Irgendwo ganz in der

Nähe mussten die Wachposten stehen, die Cranach ihr versprochen hatte. In der hereinbrechenden Dämmerung hatte sie vom Fenster aus zwei Schatten gesehen, was sie ruhiger gemacht hatte.

Sie wollte schon in Richtung Stall, als plötzlich Bini an ihr vorbeilief, ohne nach links oder rechts zu schauen.

Susanna folgte ihr.

Bini war so schnell, dass die Freundin sich anstrengen musste, um nicht zu weit hinter ihr zurückzufallen.

Seltsamerweise überraschte es Susanna nicht, dass sie auf die Elbe zuhielt, ihren Lieblingsort der vergangenen Wochen.

Sie waren schon fast am Fluss angelangt, als noch einmal der Eulenschrei ertönte, dieses Mal ganz aus der Nähe.

Und dann sah Susanna ihn, den Mann mit der Maske, der auf Bini zukam.

Der Schrei blieb ihr in der Kehle stecken, und ihre Füße waren plötzlich wie angenagelt. Sie riss den Mund auf, um die innere Blockade zu lösen, doch alles, was sie von sich geben konnte, war ein leises, heiseres Krächzen.

Was sollte sie tun?

Zu Bini rennen und sie von ihm wegreißen?

Oder die Wachposten holen, damit sie Jagd auf ihn machten?

Während Susanna noch zögerte, hörte sie das Wiehern eines Pferdes. Und noch etwas war plötzlich hinter ihr: das Geräusch schneller Füße, die immer näher kamen.

Sie wollte sich umdrehen – doch bevor sie dazu fähig war, traf ein harter Gegenstand ihren Hinterkopf. Die Ölfunzel rutschte aus ihren Händen. Sie sackte zusammen und fiel zu Boden.

Dann wurde es schwarz um sie.

*

Altenstein hatte geflucht und getobt, doch der Hauptmann der Garde blieb gänzlich unbeeindruckt.

»Der Delinquent ist frei«, sagte er. »Nicht anders hat der Kurprinz es verfügt. Nehmt ihn mit, Meister Cranach! Jan Seman darf den Kerker verlassen.«

»Ich werde dich trotzdem weiterhin jagen«, schrie Altenstein. »Freu dich bloß nicht zu früh! Mich wirst du nicht mehr los. Was du hier erlebt hast, war erst der Anfang vom Ende ...«

Jan schien zu mitgenommen, um zu antworten.

Die Tage im Loch hatten seine Kleidung in unansehnliche Lumpen verwandelt, er stank gottserbärmlich und war so schwach, dass er kaum stehen, geschweige denn ohne Hilfe gehen konnte.

Kurzentschlossen lud Cranach ihn sich auf den Rücken, in der Hoffnung, ihn so nach Hause zu bringen. Doch schon nach den ersten Schritten begann der Meister zu keuchen, und der Schweiß rann ihm in Bächen über den Rücken.

»Wenn du die Arme so fest um meinen Hals schlingst, erwürgst du mich noch, Seman«, sagte er. »Dann musst du gleich wieder ins Loch – und diese ganze Plackerei war umsonst.«

Jan gab etwas von sich, das wie ein rostiges Lachen klang.

»Was haben sie im Loch eigentlich mit dir angestellt?«, fragte Cranach.

»Seid froh, wenn Ihr es gar nicht so genau wisst, Meister«, krächzte Jan. »Er hat versucht, mich zu ertränken. Mehr werdet Ihr nicht von mir erfahren.«

»Ertränken? Im Trockenen? Wie auch immer, wir müssen versuchen, dich auf die Beine zu bekommen«, sagte Cranach. »Denk an etwas, das dir viel Kraft gibt! Dann wird es einfacher.«

Hatte er *Susanna* gemurmelt?

Jedenfalls waren die beiden nächsten Versuche um einiges vielversprechender, auch wenn sie nur für ein kurzes Stück ausreichten.

»Hab keine Angst, ich lasse dich schon nicht umfallen!«, sagte Cranach, packte Jan unter der Schulter und schleppte ihn so weiter voran. »Zu Hause soll Barbara ihre Hühnersuppe für dich warm machen. Die kann sogar Tote wieder zum Leben erwecken. Doch dafür müssen wir erst einmal ...«

»Warum tut Ihr das alles für mich?«, flüsterte Jan.

»Hätte ich etwa einen Unschuldigen im Loch verrecken lassen sollen? Du bist kein Mörder, Seman, nur ein verdammter Sturkopf. Wenigstens jetzt musst du einmal tun, was ich sage. Und das genieße ich – aus ganzem Herzen.«

Vor ihnen der menschenleere Marktplatz. Plötzlich konnte es Cranach gar nicht mehr schnell genug gehen, sein Haus zu erreichen.

Ich will das Bild sehen.

Die Stimme der Kurprinzessin hatte keinerlei Widerspruch geduldet.

Ich brauche es, Euer Hoheit, um den Mörder zu fangen. Das habe ich Euch doch gerade erläutert.

Mag sein, doch zuvor bringt Ihr es zu mir. Danach könnt Ihr damit tun, was Ihr tun müsst.

So ernst, so energisch hatte sie noch nie mit ihm gesprochen.

Doch wie würde Sibylle von Sachsen reagieren, wenn sie die drei nackten Grazien zu Gesicht bekam?

Cranach hatte am Morgen der Beerdigung Dilgins das Gemälde aus dem Haus zurück in die Farbenkammer gebracht und dort mit einem Tuch verhüllt. Barbara hatte ihn nicht ausdrücklich darum gebeten, aber es schien ihr durchaus recht zu sein, das hatte ihm ihr wissendes Lächeln verraten.

»Wir nehmen den kürzeren Weg durch die Werkstatt«, sagte er jetzt. »Denn mittlerweile kommt es mir vor, als müsste ich einen riesigen Pferdekadaver zum Abdecker schleppen, so unerträglich schwer bist du.«

Sie bogen in den dunklen Innenhof ein, als Cranach plötzlich einen Pfiff ausstieß.

»Die Tür steht ja offen«, sagte er. »Entweder sie waren wieder einmal zu betrunken, oder …«

Drinnen angelangt, ließ er Jan auf einen Hocker sinken. Dann lief er nach nebenan.

Beinahe hätte er vor Erleichterung aufgeschrien, als er die Umrisse der Staffelei sah, die das Leinentuch verhüllte.

Also doch nur fahrlässige Unachtsamkeit. Am Frühstückstisch würde er seinen Gesellen tüchtig ins Gewissen reden.

Cranach lüpfte das Tuch an beiden Seiten und rollte es vorsichtig nach oben.

Er war erst bei der Hälfte angelangt, als die Erkenntnis ihn wie ein Schlag traf. Jetzt riss er das Leinen ungeduldig herunter.

Vor ihm stand die nackte Staffelei.

Das Gemälde war verschwunden.

✤

Sie konnte kaum atmen, weil etwas in ihrem Mund steckte. Und alles um sie herum war dunkel und rau.

Woher kam dieses harte Rucken und Poltern, das ihr in jeden Knochen fuhr?

Sie versuchte, Arme und Beine zu bewegen, doch das war unmöglich, denn sie waren gefesselt. Der Kopf dröhnte, schien auf doppelte Größe angeschwollen.

Fühlte sich so Sterben an?

Erst nach und nach begann ihr Verstand wieder zu arbeiten.

Doch als sie erkannt hatte, in welcher Lage sie war, sehnte sie beinahe die gnädige Ohnmacht von vorhin wieder herbei.

Man hatte einen alten Sack über sie gestülpt, und jemand schob sie in einer Schubkarre eiligst über holpriges Pflaster.

FÜNFZEHN

Muhme Lene und Hansi waren gerade aufgestanden und genossen den frühen Morgen, als die Stute das Luther-Haus erreichte. Erschrocken sahen die alte Frau und der kleine Junge, wie der Reiter mit der dunklen Maske abstieg und Bini, die vor ihm gesessen hatte, aus dem Sattel half. Dann kam schon Tölpel aus der Tür geschossen, der die beiden kläffend umkreiste.

»Was hat das zu bedeuten, Bini?« Die Muhme wich zurück und zog Hansi enger an sich. »Jener Mann – und du?«

»Ihr müsst keine Angst haben«, sagte Bini. »Er wird Euch nichts tun, darauf habt Ihr mein Wort. Weckt den Herrn und die Herrin! Susanna gehe ich selbst holen.«

Sie wandte sich nach ihrem Begleiter um.

»Du bist bereit für die Wahrheit?«, fragte sie leise.

»Das bin ich.« Die helle Seite seines Gesichts zuckte.

»Dann warte hier! Ich bin gleich zurück.«

Sie rannte ins Haus, die Treppe hinauf, öffnete die Tür zur Kammer – und war verwundert, sie leer vorzufinden. Auf dem Strohsack lag eine zerknüllte Decke, und die kleine Ölfunzel fehlte, ebenso Susannas Rosenkranz.

War sie bereits so früh in den Stall gegangen, um die Tiere

zu versorgen? Doch wozu hätte sie dann ihren wertvollsten Besitz mitnehmen sollen?

Bini lief wieder hinunter, überquerte den Hof und schaute in den Stall, doch auch dort war Susanna nirgendwo zu entdecken.

»Sie hat die Ziegen nicht gemolken«, klagte Muhme Lene. »Und auch den Schweinen kein Futter gegeben. Nicht einmal die Hühner, die sie sonst niemals vergisst, hatten ihre Körner. Scheint, als sei Susanna in größter Eile aufgebrochen. Weißt du, wo sie stecken könnte?«

Bei Jan, hätte Bini beinahe gesagt. Doch saß der nicht im Loch?

Ein seltsames Gefühl stieg in ihr auf, eng und angstvoll, das sie am liebsten sofort wieder weggedrängt hätte.

»Sie kommt bestimmt bald wieder«, sagte sie und tauschte mit dem Mann hinter ihr einen raschen Blick. »Es sei denn ...«

Hatte sie zu lange gewartet, um ihn zum Reden zu bringen, und damit Susanna gefährdet?

Inzwischen befanden sie sich im einstigen Refektorium.

Luther kam die Treppe heruntergepoltert, das Hemd halb in die Hose gesteckt, das Wams schief zugeknöpft. Ihm folgte, das Haar nur nachlässig geflochten, Katharina, die ebenfalls erst im Gehen die letzten Ösen ihres Mieders zuschnürte.

»Wen schleppst du mir da ins Haus?«, rief Luther aufgebracht. »Bist du wahnsinnig geworden? Sollen wir alle durch seine Hand sterben?«

Der Mann mit der Maske deutete eine Verneigung an.

»Ich danke Euch, dass Ihr mich empfangt«, sagte er. »Mein Name ist Falk von Thorau, und wir müssen dringend miteinander reden.«

»Warum sollte ich das tun?« Luthers Augen waren schmal geworden. Er stellte sich vor Katharina, um sie zu schützen.

»Mir ist Entsetzliches über Euch zu Ohren gekommen. Falls auch nur die Hälfte davon wahr sein sollte, wird man Euch hängen.«

»Ja, Entsetzliches ist geschehen«, sagte Falk. »Und ich habe zweifach Schuld auf mich geladen. Doch mit den Morden habe ich nichts zu tun.«

»Das würde ich an Eurer Stelle auch behaupten«, rief Katharina, die inzwischen mit blitzenden Augen neben ihrem Mann stand. Sie streckte ihre Hand aus, als wollte sie Falk von Thorau damit bannen. »Wenn Ihr mir zu nahe kommt, schreie ich ganz Wittenberg zusammen. Die Wache des Kurprinzen hat ein Auge auf dieses Haus. Das solltet Ihr wissen!«

»Hört ihn Euch doch erst einmal an!«, bat Bini. »Seine Geschichte kann Licht ins Dunkel bringen.«

»Dann redet!«, befahl Luther.

»Ich bin der dritte Sohn des Landgrafen Hain von Thorau. Götz, mein ältester Bruder und somit der Erbe, hat den Großteil des väterlichen Besitzes verspielt und versoffen. Mehr als einmal habe ich ihn schon aus dem Schuldturm holen müssen, doch er wird wohl so weitermachen, bis er endgültig ruiniert ist. Mein zweiter Bruder, Wolfram, hat der Welt entsagt und ist Mönch geworden. Was blieb für mich, den Letzten? Schon in Jugendtagen musste ich mich an einem Fürstenhof verdingen, dessen Oberhaupt bald darauf mit seinen Nachbarn in Streit geriet. Es kam zu endlosen Kämpfen und wüsten Brandschatzungen, von denen eine mir schließlich dieses Andenken eingebracht hat« – er deutete auf sein Gesicht –, »das ich seitdem unter Metall verberge, um die Menschen nicht zu erschrecken. Seit ein paar Jahren stehe ich nun in den Diensten des Kurprinzen …«

Er hielt inne und redete erst weiter, als Bini ihm aufmunternd zunickte.

»… bis mich vor einigen Wochen ein seltsames Schreiben erreichte. Ein Unbekannter bot mir eine stattliche Summe, würde ich in seinem Namen bei Meister Cranach ein Gemälde in Auftrag geben: die drei Grazien, nackt dargestellt. Da mein Bruder Götz abermals in großen Schwierigkeiten steckte, habe ich eingewilligt, zumal jener Schreiber einen gewichtigen Trumpf gegen mich in der Hand hielt. Allerdings wurde mir immer flauer zumute, als ich nach und nach erfuhr, welche Frauen als Modell für die Grazien dienen sollten: Margaretha Relin, Dilgin von Thann – und schließlich Ihr.«

Sein Blick ging zu Katharina.

»Ich? Auf solch einem Bild?« Luthers Frau war kalkweiß geworden. »So etwas kann sich nur ein Feind unserer Religion ausdenken.«

»Dazu ist es nicht gekommen. Denn inzwischen wurden die Leichen von Margaretha und später auch die von Dilgin entdeckt …«

»Und was ist mit dem Frauenhaus, das Euch gehört?«, unterbrach Luther Falks Bericht. »Mit den hässlichen Blutbuchstaben, die Ihr dort an die Wand geschmiert habt? Und dem jungen Geschöpf, das dort elend verreckt wäre, hätte eine mildtätige Seele sich nicht im letzten Moment seiner erbarmt?«

»Davon weiß ich nichts«, sagte Falk. »Ich habe nichts mit Blut geschrieben und besitze auch kein Haus, in dem Frauen sich Männern für Geld anbieten. Allerdings habe ich früher gelegentlich bei Hübschlerinnen verkehrt. Welche andere Frau hätte einen wie mich noch anschauen wollen? Bei einem dieser Besuche hat mir eine junge Dirne halb im Spaß die Maske vom Gesicht gezogen – und ist daraufhin so sehr erschrocken, dass sie einen Atemkrampf bekam und daran erstickt ist. *Teufel*, so hat sie mich im Sterben, um Luft japsend, genannt, und seitdem lastet diese Schuld am Tod eines Menschen wie Blei auf mir.«

Es war still geworden im ehemaligen Refektorium.

»Der Briefschreiber, der hinter allem steckt, muss auf irgendeine Weise davon erfahren haben und hat mich damit erpresst. Er wusste von der toten Dirne, von meiner Maske, er wusste auch, dass ich den Militärdienst quittiert habe und nun als Bibliothekar und Archivar des Kurprinzen tätig bin. Er hat gedroht, Seiner Hoheit alles zu offenbaren, sollte ich mich weigern, seiner Aufforderung nachzukommen. Aus Angst und ja, auch aus Feigheit habe ich schließlich eingewilligt. So habe ich ein zweites Mal Schuld auf mich geladen.«

»Es klingt einigermaßen einleuchtend«, sagte Katharina. »Und doch fällt es mir schwer, Euch zu glauben.« Ihr Blick ging zu Bini. »Was hast du überhaupt mit ihm zu schaffen?«

»Ich bin ihm eines Tagen beim Waschen am Elbufer begegnet«, erwiderte Bini. »Dort kamen wir ins Gespräch, und ich habe nach und nach meine anfängliche Scheu vor ihm verloren. Ich glaube ihm. Mein Herz spürt, dass es die Wahrheit ist.«

»Herzen können bisweilen sehr unvernünftige Ratgeber sein«, sagte Luther. »Besonders, wenn sie jungen, unerfahrenen Weibern gehören. Wenn er nun doch der Mann ist, der die beiden Frauen auf dem Gewissen hat – und Relin womöglich dazu? Schließlich verbirgt er sein Gesicht nicht ohne Grund.«

»Ihr wollt mein Gesicht sehen?« Falk berührte das Metall. »Dann freilich macht Euch auf etwas gefasst, das Ihr so schnell nicht mehr vergessen werdet!«

»Wartet!«, ergriff Muhme Lene das Wort. »Ich weiß, was wir tun: Marlein ist die Einzige, die uns jetzt helfen kann. Ich gehe sie holen. Dann wissen wir mehr.«

✿

Die ersten Schritte waren die reinste Qual. Jan schimpfte, stolperte, fluchte, ließ sich wieder auf den Stuhl fallen. Doch Moritz, der in seine Kammer gekommen war, kaum war es hell geworden, ließ ihm keine Ruhe.

»Du darfst nicht aufgeben, Jan!«, sagte er. »Ein Kerl wie du muss doch wieder auf die Beine kommen, es sei denn, sie haben sie dir ...«

»Meinen Beinen fehlt nichts«, sagte Jan. »Nur verdammt steif und kraftlos sind sie geworden. Dieser Altenstein hatte ganz besondere Methoden, um einen mürbe zu machen: perfide und äußerlich kaum nachzuweisen. Hattest du schon einmal Angst zu ertrinken? So habe ich mich über Stunden hinweg gefühlt. Noch eine weitere Nacht – und ich hätte womöglich jedes beliebige Geständnis abgelegt. Man sinkt hinab auf die unterste Stufe, tiefer als jedes Vieh, und ist zu allem bereit, nur damit die Qual endlich aufhört.«

»Die Qual liegt hinter dir«, sagte Moritz. »Unten ist ein prächtiges Frühstück gedeckt. Die Cranachin scheint überaus erfreut, dass du wieder bei uns bist, und hat alles aufgetischt, was Küche und Keller zu bieten haben.« Er schnitt eine Grimasse. »Und noch jemand wartet bereits sehnsüchtig auf dich.«

»Susanna? Sie ist hier?«

»Susanna? Leider nein. Aber dafür jemand, der vor Reue kaum noch aus den Augen schauen kann.«

Hans hielt den Blick beharrlich auf seinen Teller gesenkt, als die beiden hereinkamen, während Luc aufsprang und Jan freudig begrüßte.

»Vater hat mir gesagt, dass du unschuldig bist«, sagte er. »Jetzt komme ich mir ganz dämlich vor, dass ich dir jemals misstrauen konnte. Bitte verzeih mir! Es wird nicht wieder vorkommen.«

Jan berührte im Vorbeigehen kurz Lucs Kopf.

»Hans?«, dröhnte Cranachs Stimme. »Und was ist mit dir? Hast du vielleicht deine Zunge verschluckt?«

»Tut mir auch leid«, nuschelte der Junge.

»Ich höre nichts«, rief Cranach.

»Es tut mir leid«, wiederholte Hans, eine Spur deutlicher. »Sehr leid sogar.«

»Ich – höre – noch – immer – nichts!«, schrie Cranach. »Lauter, mein Sohn, wenn ich bitten darf!«

Das Gesicht des Jungen färbte sich rot, und seine Lippen pressten sich zusammen.

»Lasst ihn!«, sagte Jan. »Wir regeln das später untereinander.«

»Meinetwegen«, sagte Cranach. »Inzwischen habe ich die Tür zur Werkstatt inspiziert. Keine Spur von gewaltsamem Eindringen. Das heißt, sie wurde von innen geöffnet oder absichtlich offen gelassen. Moritz behauptet, nichts davon zu wissen. Sobald Simon und Ambrosius zurück sind, werde ich sie mir einzeln vornehmen.«

»Wo habt Ihr sie denn hingeschickt?«, fragte Jan. »Neue Farben holen?«

»Zum Luther-Haus«, platzte Luc heraus. »Um deine Liebste zu bewachen.«

»Susanna?« Jans Blick flog zu Cranach. »Weshalb? Was habt Ihr mit ihr gemacht?«

✤

Sein Geruch, den sie kaum noch ertragen konnte, verursachte ihr Brechreiz. Susanna drehte den Kopf zur Seite, doch seine Hand zwang sie, wieder geradeaus zu schauen.

»Was siehst du?«, flüsterte er.

»Drei Frauen«, sagte sie, erleichtert darüber, dass zumindest der widerliche Knebel endlich aus ihrem Mund war.

»Wie lauten ihre Namen?«

»Die linke ist Aglaia, die rechte Thalia. Und die in der Mitte …«

Sein Schlag traf sie unter dem rechten Auge. Ihr Kopf flog zur Seite. Sie vernahm ein Knirschen.

Hatte er ihr einen Knochen zertrümmert?

»Glaubst du, ich ließe mich von einer wie dir verhöhnen?« Er trat einen Schritt zurück, musterte sie abfällig. »So gründlich waren meine Vorbereitungen. An alles hatte ich gedacht – den Maler, den Auftraggeber, die Modelle. Und dann kommst du und zerstörst meinen genialen Plan!«

Er war wahnsinnig, obwohl die Worte flüssig aus seinem Mund perlten, das verrieten ihr sein starrer Blick und seine merkwürdigen Bewegungen. Es war, als wären seine Arme und Beine einem anderen, stärkeren Willen untertan.

Abermals in seiner Gewalt, war es übler als je zuvor, denn von hier aus schien eine Flucht unmöglich: gefangen in einem abgedunkelten Raum, inmitten von Holzkisten, aus denen seltsame Gerüche drangen.

Ob er noch andere hier eingesperrt hatte, deren Lebenslicht langsam erlosch? Frauen, denen er aufgelauert und die er heimlich weggeschleppt hatte, so wie Margaretha, Dilgin und nun sie selbst?

»Ich brauche ihr Bildnis, um sie für immer zu besitzen. Dazu mussten sie sterben, damit keiner sie mir jemals wieder wegnehmen kann. Denn meine heimliche Braut wurde mir einst von einem anderen gestohlen, und das soll niemals wieder geschehen. Sie hat mich damals verraten, weil er reich und angesehen war – und ich nur ein armer Student. Dafür büßen sie nun, Weiber, die sich reiche, angesehene Männer zum Gatten erkoren haben, Männer freilich, die sie trotz allem nicht schützen konnten.«

Er packte Susanna an den Haaren und zerrte daran, bis sie laut aufschrie.

»Doch was hast *du* auf meinem Gemälde verloren?«, schrie er. »Neben den beiden anderen, die gehurt und betrogen haben, wollte ich Katharina in ihrer Blöße sehen, jenes hochfahrende Weibsbild, das glaubt, es könne sich alles erlauben, nur weil sein Mann Luther heißt. Aber doch nicht Abschaum wie dich, eine Magd, die den Küchenboden kehrt und Mist kratzt.«

»Ich war nicht immer Magd«, sagte Susanna, da traf sie der zweite, nicht minder harte Schlag. »Sondern eine unschuldige Braut Christi …« Sie spuckte einen Schwall Blut aus.

»Als ob ich das nicht wüsste! Dabei hättest du damals froh sein können, dass einer dich überhaupt anrührt – so trocken und spröde, wie du warst.«

Mit einem Mal waren die Bilder wieder lebendig, die sie mit Mühe zurückgedrängt hatte.

Er hatte sie dem Eber vor die Hufe gestoßen.

Er war ihr auf dem Heimweg gefolgt und hatte sie gewürgt.

Er hatte ihr Gewalt angetan, ihre Stimme gebrochen und sie lange in dem Glauben gelassen, sie hätte ihn getötet.

Sie hatte sich nämlich gegen ihn gewehrt, die Gabel gepackt und zugestochen …

Er schien zu ahnen, was ihr soeben durch den Kopf schoss, denn plötzlich zog er sein Hemd über den Kopf und stand vor ihr mit nacktem Oberkörper. Seine Brust war glatt, abgesehen von einem spärlichen Nest dunkler Haare. Am Hals freilich verästelte sich wulstiges Narbengewebe, geschwollen und dunkelrot, das wie eine blutende Wunde aussah.

»Wer bist du?«, fragte Susanna mit bebenden Lippen.

»Das wirst du gleich sehen!«

Er kam ihr so nah, dass sie nach Luft ringen musste.

»Die Forke des Teufels hast du mir hinterlassen. Sein Mal ist jetzt für alle Zeit auf meiner Haut. Dafür hast du den Tod verdient, doch du bist mir zweimal entwischt. Schon sehr bald wirst du das aus tiefstem Herzen bereuen, glaube mir, elendes Weib!«

Seine Hand löste am Hinterkopf das Band, das die Maske hielt.

»Denn du bekommst selbst am lebendigen Leib zu spüren, wozu der Teufel imstande ist.«

✤

Marlein schnappte nach Luft, als sie den Mann mit der Maske im Refektorium erblickte.

»Keinen Schritt mache ich weiter!«, schrie sie schrill. »Wollt ihr mich ihm zum Fraß vorwerfen, um mich loszuwerden? Wo ist Griet? Weiß sie davon?«

»Keiner will dich loswerden.« Muhme Lene tätschelte beruhigend ihren Arm. »Wir sind alle hier bei dir. Niemand kann dir etwas tun, vertraue mir!«

Marlein ging ein kleines Stück weiter, dann streckte sie ihren Kopf vor und begann zu schnuppern.

»Ich rieche nichts«, murmelte sie. »Merkwürdig. Ob er sich gewaschen hat?«

»Was soll das heißen?«, fragte Katharina.

»Nun, beim letzten Mal hat er so abscheulich gestunken, als hätten die Pforten der Hölle ihn ausgespuckt. Danach hat sie mich übrigens auch gefragt, diese Susanna, die Magd, die mich nicht aus der Zelle lassen wollte, obwohl ich sie angefleht habe. So heißt sie doch, oder nicht?«

»Susanna?«, sagte Bini. »Du kennst sie?«

»Bist du taub?«, gab Marlein zurück. »Ich gehe jedenfalls

411

keinen Schritt näher zu ihm. Nicht einmal, wenn er in einem ganzen Zuber voller Seifenlauge schwimmt. Das Metall habe ich ihm doch nur heruntergerissen, damit er endlich von mir ablässt. Woher sollte ich ahnen, dass ich dem Teufel begegnen würde?«

Jetzt ruhten die Blicke aller auf Falk.

Unendlich langsam fuhren seine Hände zum Hinterkopf und lösten die Bänder der Maske.

Dann wurde es totenstill.

»Wie ekelhaft!«, sagte Marlein. »Wie eine uralte Schlangenhaut, die im Feuer geschmolzen ist.« Sie wandte sich rasch ab.

»Erkennst du ihn?«, fragte Luther eindringlich. »Dreh dich wieder um und schau noch einmal ganz genau hin! Ist das der Patron, der dich gewürgt und eingesperrt hat?«

»Ich dreh mich nicht um«, rief Marlein voller Empörung. »Was ich sehen sollte, habe ich doch schon längst gesehen. Nein, das ist nicht der Teufel, der mich töten wollte. Dem da mit den hässlichen Narben bin ich noch nie zuvor im Leben begegnet.«

❖

Auf dem Weg in die Judengasse musste sie immer wieder stehen bleiben. Die Wunde war in schlechtem Zustand, pochte, nässte und erinnerte Griet bei der kleinsten Gesichtsbewegung daran, was der Patron ihr angetan hatte. Sie hatte einen Schleier angelegt, was sie inzwischen bereute, denn die Spitze klebte fest und schränkte zudem die Sicht stark ein.

Zum Glück hatte Els darauf bestanden, sie zu begleiten, sonst wäre sie womöglich noch unsicherer gegangen.

»Sollen wir umkehren?«, fragte Els besorgt. »Der Bader kann doch auch weiterhin zu uns ins Frauenhaus kommen und dich dort behandeln!«

Griet schüttelte den Kopf und tippelte weiter.

Sie hatte plötzlich das Gefühl gehabt, ersticken zu müssen, wenn sie nicht endlich wieder einen Fuß vor die Tür setzte. Denn nicht nur die Schmerzen machten ihr zu schaffen. Die Angst, der Patron würde sein Werk vollenden, war nicht gewichen, seltsamerweise aber schwächer geworden, und stattdessen empfand sie wachsende Wut.

Welches Recht nahm er sich heraus, sie zu verstümmeln, sie, die ihm stets treu und redlich gedient hatte?

»Ich hab mich noch nie verkrochen.« Griet atmete aus und schob den Schleier zurück. »Und das habe ich auch jetzt nicht vor. Sobald die Wunde verheilt ist, halte ich mein neues Gesicht in die Welt – und wer es nicht sehen will, der muss eben wegschauen.«

Sie mussten einem hoch beladenen Pferdekarren ausweichen, der ihnen entgegenkam. Die Last, Aberdutzende großer Holzkisten, schien besonders schwer zu sein, denn die Rösser gingen nur langsam.

»Sieht wie ein Umzug aus.« Els' Finger deutete auf das Haus mit dem blauen Hahn, vor dem ein weiterer Wagen stand. Zwei Männer luden gerade fluchend neue Kisten auf.

»Was geht's uns an?«, sagte Griet – und erstarrte plötzlich.

In der Tür stand ein Mann in einer dunklen Schaube, offenbar der Hausherr, denn er rief den Männern Befehle zu.

»Da drin ist etwas sehr Kostbares, Ihr Dummköpfe. Keine Holzscheite, die ihr nach Lust und Laune durcheinanderrütteln könnt. Sollte auch nur das Geringste zu Bruch gehen, werde ich euch belangen. Darauf könnt ihr euch verlassen!«

Sein Gesicht, flächig und bartlos, hatte sie noch nie zuvor gesehen. Doch die heisere, fordernde Stimme hätte sie unter vielen erkannt. Wenn sie jetzt alles richtig machte, würde sie nie mehr Angst haben müssen. Und sie könnte Marlein aus dem Luther-Haus herausholen und mit ihr wie mit einer eigenen Tochter leben.

Hilf mir, Rup!, dachte sie. Lass mich endlich glücklich sein.

Sie packte Els am Arm und zerrte sie in die nächste Einfahrt. Von dort lugte sie hervor, bis der Mann wieder im Haus verschwunden war.

»Du läufst jetzt sofort zum ehemaligen Schwarzen Kloster«, befahl sie, »und verlangst die Herrin oder den Herrn zu sprechen! Hast du das verstanden?«

»Habe ich. Aber was soll ich sagen?«, fragte Els eingeschüchtert, denn Griets Tonfalls duldete keinerlei Widerspruch.

»Der Mann, den sie suchen, befindet sich in der Judengasse. In dem Haus mit dem blauen Hahn auf dem Giebel.«

✤

Seine Beine brannten wie Feuer, doch das hinderte Jan nicht daran, den Weg zum Luther-Haus so schnell zurückzulegen, als wäre er niemals auch nur eine einzige Stunde im Loch gesessen. Cranach, der neben ihm ging, musste sich Mühe geben, Schritt zu halten.

»Ich glaub es nicht!«, rief Jan. »Kaum bin ich eingesperrt, macht Ihr Euch an Susanna heran!«

»Es war ihr Vorschlag, nicht meiner«, sagte Cranach keuchend. »Sie wollte unbedingt, dass ich sie male. Sie hat sogar darauf bestanden, um dich zu retten.«

»Ihr hättet trotzdem niemals zustimmen dürfen. Margaretha und Dilgin sind brutal ermordet worden. Wie konntet Ihr da ein drittes Opfer riskieren?«

»Ich hatte doch die beiden Gesellen losgeschickt, die sie bewachen sollten …«

»Feine Wachen! Simon hat wieder einmal gesoffen, anstatt die Augen offen zu halten, und Ambrosius ist vor Müdigkeit eingeschlafen. Das hat er mir selbst vorhin gestanden.«

Jans Mund wurde schmal.

»Hat es Euch erregt, als sie nackt vor Euch stand? Hat es das?«

»Hat es nicht. Sie durfte alle ihre Kleider anlassen. Ich konnte ja auf deine Zeichnungen zurückgreifen.«

»Ihr habt mein Skizzenbuch gestohlen? Dann gebt es mir sofort zurück!«

»Von Diebstahl kann keine Rede sein. Susanna hat ein paar Blätter herausgerissen, nach denen ich arbeiten konnte. Nach ihrem eigenem Gutdünken, wohlgemerkt. Ich habe dein Skizzenbuch nicht. Es muss bei ihr sein.«

Cranach stieß einen Seufzer aus.

»Wir wussten beide um die Gefahr. Aber mir erschien es als der einzig mögliche Plan, um den Mörder zu stellen. Dazu freilich musste das Gemälde erst einmal fertig sein.«

»Und habt Ihr ihn gestellt?«, fragte Jan scharf.

»Nein«, erwiderte Cranach. »Denn das Bild wurde zuvor gestohlen – ohne Firnis übrigens, denn dazu hatte ich noch keine Zeit. Was wird die Kurprinzessin nun wohl sagen?«

»Die Kurprinzessin?« Jan blieb stehen und massierte seinen rechten Schenkel, der sich beim Gehen abermals versteift hatte. »Sibylle von Sachsen weiß ebenfalls von den drei Grazien?«

»Im Gegenzug hat sie mir den Namen des Mannes mit der Maske verraten: Falk von Thorau, seines Zeichens Archivar des Kurprinzen.«

»Ein Archivar, der mordet und ein Hurenhaus betreibt?«, fragte Jan. »Wie soll das alles zusammenpassen?«

Cranach zuckte die Schultern.

»Die Kurprinzessin mag noch immer nicht an seine Schuld glauben, doch vieles spricht gegen ihn. Er war es, der mir den Auftrag erteilt hat. Und du hast ihn doch selbst vom Nebenraum aus gesehen, mit der dunklen Maske auf dem Gesicht. Außerdem ist er offenbar geflüchtet. Hätte er das getan, wenn er unschuldig wäre?«

Er schaute Jan bedeutungsvoll an.

»Übrigens hast du in der Kurprinzessin eine große Fürsprecherin, ist dir das eigentlich bewusst? Ohne Sibylle von Sachsen wärst du womöglich noch immer nicht frei.«

»Jener Mann mit der Maske hat mir einmal das Leben gerettet«, sagte Jan nachdenklich. »Auf dem Ball im Schloss war Altenstein schon über mir, da hat er ihn mit einem gezielten Schlag zu Fall gebracht und mir somit ermöglicht zu entkommen. Was für Beweggründe könnte einer wie er dafür gehabt haben – jemand, auf dem so große Schuld liegt?«

»Vielleicht ein alter Zwist? Soll mir auch ganz egal sein. Ich will nur noch eins: den wahren Mörder endlich hängen sehen.«

Sie waren am ehemaligen Schwarzen Kloster angelangt.

Als Cranach an die Tür schlug und Bini nach einer Weile öffnete, drohte Jan seine mühsam aufrechterhaltene Beherrschung zu verlieren.

»Wo ist Susanna?«, rief er. »Ich muss sie sehen!«

Ungeduldig schob er Bini zur Seite und stürmte an ihr vorbei direkt ins Refektorium. Katharina und Luther nickte er nur flüchtig zu, dann flog sein Blick erstaunt über Marlein, die auf einem Stuhl zusammengesunken war, und bohrte sich schließlich in den des Mannes, der unweit von ihr stand und inzwischen wieder seine dunkle Maske angelegt hatte.

»Ihr?«, rief Jan. »Was habt Ihr hier zu suchen?«

»Du kennst ihn?«, fragte Katharina.

»Ja, ich kenne ihn. Wo ist Susanna?«

»Verschwunden«, sagte Bini kleinlaut. »Schon seit dem Morgengrauen. Niemand weiß, wo sie sein könnte.«

»Habt Ihr etwas damit zu tun?« Jans Stimme zitterte. »Dann gebt meine Braut sofort heraus, oder Ihr werdet mich kennenlernen.«

»Susanna ist mir lediglich aus Erzählungen bekannt«, sagte Falk mit ruhiger Stimme. »Bini hat bei unseren Zusammenkünften immer wieder von ihrer lieben Gefährtin gesprochen. Gesehen habe ich sie bislang noch kein einziges Mal.«

»Er lügt, wenn er nur den Mund aufmacht«, rief Cranach. »Wahrscheinlich hat er sie verschleppt. An jenen Ort, an den er schon die Frauen vor ihr gebracht hatte. Gesteh endlich, Thorau oder Müllerer oder wie auch immer du heißen magst! Du sitzt in der Falle. Das Spiel ist aus.«

»Ihr täuscht Euch.« Falk von Thorau schüttelte den Kopf. »Ich bin nicht der Mann, den Ihr zur Strecke bringen wollt. Fragt das Mädchen dort – sie kennt sein wahres Gesicht.«

Während Marlein nickte, wurde Jan immer verzweifelter.

»Dann müssen wir sie suchen«, rief er. »Aber wo könnte sie sein?«

»Ich weiß es nicht«, flüsterte Bini. »Ich kann nur beten, dass Susanna nichts zugestoßen ist.«

»Wo ist die Schlafkammer der Mägde?«, fragte Jan plötzlich.

»Oben«, sagte Katharina. »In einer der ehemaligen Zellen.«

»Führt mich dorthin!«, verlangte er.

»Aber was willst du denn dort?«

»Das weiß ich selbst noch nicht genau. Tu es einfach!«

Er folgte ihr, während sie vor ihm hinaufstieg, schwerfällig, als plagten sie ebenfalls brennende Beine. Ein kleiner brauner Hund, fast noch ein Welpe, den Jan noch nie zuvor im Luther-

Haus gesehen hatte, rannte ihnen hinterher. Schließlich überholte er sie und schlüpfte in eine Kammer, deren Tür angelehnt stand.

»Tölpel!«, rief Katharina, da schnüffelte er bereits unter der Decke. »Was machst du denn schon wieder?«

Die Kammer war eng und spärlicher möbliert als seine im Cranach-Haus. Wie bescheiden die beiden hier lebten!

Zwei Strohsäcke, ein paar alte Laken und Decken, eine Truhe für die Kleider, zwei Stühle, mehr gab es nicht zu sehen.

Etwas Bitteres stieg in Jan auf.

Ich werde dir ein schöneres Leben schenken, dachte er. Denn das hast du verdient. Doch dazu musst du erst wieder bei mir sein.

Der Hund hatte beim Wühlen die Decke ganz auf den Boden gezerrt.

»Da ist es ja!« Jan ging auf die Knie und nahm das Skizzenbuch an sich.

»Hast du nun, was du wolltest?«, fragte Katharina.

»Ich werde erst wieder zur Ruhe kommen, wenn ich Susanna im Arm halte.«

»So ernst ist es dir mit ihr?«

Er nickte, unfähig zu sprechen, weil seine Kehle auf einmal eng geworden war.

Wieder unten angelangt, starrten die anderen Jan und Katharina erwartungsvoll an.

»Da oben war nichts, was uns weiterbringen könnte«, sagte Jan. »Nur mein Skizzenbuch.«

Hansi langte danach, legte es auf den Tisch und schlug es auf.

Auf den ersten Seiten war er selbst zu sehen, auf dem Schoß seiner Mutter.

»Hansi«, sagte er ernsthaft und deutete auf sich. »Mama.« Das galt Katharina.

Marlein hatte sich ebenfalls über das Buch gebeugt und begann hingebungsvoll zu blättern.

»Wie schön diese Bilder sind!«, sagte sie. »Ich wünschte, jemand würde einmal mich so zeichnen.«

Die nächsten Seiten zeigten verschiedene Skizzen der kleinen Elisabeth: beim Schlafen, lachend und wach, das Gesichtchen weinend verzogen.

»Elsi«, rief der Kleine. »Elsi – im Himmel.«

Katharinas Gesicht wurde dunkel, und sie griff nach dem Buch, doch Hansi hatte ebenfalls überraschend fest zugepackt und wollte seine Beute nicht mehr hergeben. Beide zerrten sie daran, bis das Buch mit dem Rücken nach oben zu Boden fiel.

Jan bückte sich, um es aufzuheben.

Als er es zurück auf den Tisch legte, gerieten seine Finger zwischen die Seiten, und er schlug ungewollt ein weiteres Blatt auf.

Plötzlich krallten sich Marleins Fingernägel in seinen Arm.

»Aber das ist er ja!«, stieß sie hervor und deutete auf einen der Männer, die um die Bahre standen, auf der eine tote junge Frau lag. »Das ist der Patron, dem ich die Maske abgerissen habe!«

✤

»Sag den Namen!« Seine Stimme drang fordernd in ihr Ohr.

Inzwischen fielen Susanna fast die Augen zu, so erschöpft war sie. Eine ganze Zeit hatte er sie wieder mit dem Knebel stumm gemacht, so lange wie die Männer die Kisten aus dem Haus getragen hatten.

Inzwischen war alles still geworden.

Es gab nur noch sie und ihn. Und jenes stumme dunkle Wesen, das mehrmals durch den Raum gehuscht war.

»Euph…«

Er schlug abermals zu, als habe er nur darauf gewartet.

War das das Ende, das hier auf sie wartete?

»Du denkst, es wird leicht werden, doch da hast du dich getäuscht«, flüsterte er. »Denn Wasser und Erde waren schon den beiden anderen bestimmt, gnädige, durchaus freundliche Elemente, wie du alsbald erkennen wirst. Für Katharina hatte ich die Luft gewählt, doch du, du wirst das Feuer zu schmecken bekommen.«

Was sollte sie tun? Schreien, bis ihr die Lunge platzte?

Inzwischen wusste sie, wer vor ihr stand: jener Mann, der einst als Gast an der Luther'schen Tafel gegessen hatte. Sein Name wollte ihr nicht mehr einfallen, sosehr sie ihr Hirn auch zermarterte. Doch er musste zur Leucorea gehören, so viel stand fest.

Wieso hatte sie ihn damals nicht am Geruch wiedererkannt?

Sie war zu weit von ihm entfernt gewesen, und womöglich hatte er auch ein schweres Öl aufgetragen, um seine Ausdünstungen zu übertünchen.

Jetzt stank er unerträglicher denn je.

»Keine mochte mich riechen«, sagte er. »Nicht einmal die Schwarze Griet, die das Hurenhaus für mich geführt hat. Eine ganze Zeit lang dachte ich, ich könnte ihr trauen. Doch sie ist wie ihr alle: neugierig, geschwätzig, nichts als ein Haufen Mist, verpackt in eine pralle, rosige Hülle.«

Er begann zu lachen.

Susanna lief ein kalter Schauer den Rücken hinunter.

»Hab ihr ein ewiges Zeichen verpasst«, sagte er. »Du kennst es. Die Forke des Teufels, die trägt sie jetzt für immer im Gesicht.«

»Mein Bräutigam weiß, wo ich bin«, sagte Susanna. Es war absurd, denn Jan war ja gefangen, aber sie musste es einfach versuchen. »Jan wird kommen, mich befreien und dich zur Rede stellen. Und sein Meister, Lucas Cranach …«

»Cranach – dieser alte, gierige Geldsack!« Sein Lachen wurde noch hohler. »Nicht nur der feige Herr Apotheker hätte angesichts eines Stricks alles auf sich genommen, um sein bisschen Leben zu retten. Für ein paar Silberlinge war er auch bereit, seine Seele zu verkaufen. Schau dir das Bild an, ein echter Cranach! Würde er sonst die geflügelte Schlange als Unterschrift tragen?«

Woher kam auf einmal die Fackel, die er in der Hand hatte?

Er hielt sie so nah an Susannas Arm, dass ihre hellen Härchen verschmorten.

Erschrocken schrie sie auf.

»Es mag zunächst vielleicht ein wenig stinken«, flüsterte er. »Doch dann brennt und reinigt es. Feuer ist das stärkste aller Elemente. Keiner kann es besiegen.«

✤

»Wie blind wir doch waren!«, sagte Cranach. »Müllerer und Pistor – die Lösung lag direkt vor uns, und niemand hat sie erkannt. Er hat seinen Nachnamen ins Lateinische übertragen. Schon war ein zweiter Mann geboren, einer, der ungeschoren an der Universität lehren konnte, während der Erstere in Seelenruhe ein Hurenhaus betrieb.«

Zusammen mit Luther und Jan war er zu dem Haus mit dem blauen Hahn auf dem Giebel geeilt. Kein Rauch stieg aus dem Schornstein.

Vor den Fenstern waren die Läden geschlossen.

»Wo bleibt die Garde des Kurprinzen?« Luther sah sich unbehaglich um. »Ich jedenfalls werde nicht zu diesem Wahnsinnigen hineingehen.«

»Dann gehe ich«, sagte Falk. »Er soll sich nicht länger meiner Maske bedienen können!«

»Das wirst du gefälligst bleiben lassen«, schrie Bini. »Hast du nicht schon mehr als genug geopfert? Ich will, dass du lebst. Zusammen mit mir!«

»Sie kommen«, sagte Jan, der Pferdegetrappel hörte.

Ein Tross von Reitern kam angaloppiert, allen voran Bertram von Altenstein, der sein Schwert zückte, kaum dass er Jan zu Gesicht bekommen hatte.

»Wo ist er?«, rief er. »Den Kopf werde ich ihm abreißen …«
Er starrte Falk von Thorau an.

»Im Haus«, sagte Jan. »Und lasst diesen Mann in Frieden, denn es handelt sich um jemand ganz anderen. Wir sollten davon ausgehen, dass der Teufel meine Braut Susanna in seiner Gewalt hat. Ich muss Euch also bitten, vorsichtig vorzugehen.«

Altenstein kam näher.

»Die Läden sind verrammelt«, sagte er. »Bis auf jenes schmale Fenster. Wir müssen die Tür aufbrechen. Oder er kommt freiwillig heraus.«

»Das wird er niemals«, sagte Jan. »Dieser Teufel ist zu allem fähig. Wir müssen versuchen hineinzugelangen. Ich weiß nur noch nicht, wie.«

»Musst du dich in alles einmischen?«, fuhr Altenstein ihn an. »Glaub bloß nicht, mein Zorn sei verraucht, nur weil die Kurprinzessin dich freigelassen hat! Du hast meine Verlobte in den Dreck gezogen. Das werde ich dir niemals vergeben.«

»Seht Ihr das?« Jan zeigte auf das Fenster.

Hinter dem Glas schimmerte es verdächtig rötlich.

✤

»Ich lasse dich jetzt verkohlen wie ein räudiges Katzenvieh.«
Die kleinen Glutnester, die er rings um Susannas Stuhl auf-
gehäuft hatte, brannten bereits. »So, wie man mit Hexen auf
dem Scheiterhaufen verfährt. Man sagt, dieser Tod sei besonders langsam und schmerzvoll – genau das Richtige für eine
einstige Nonne, die das Schicksal bezwingen wollte und doch
von Anfang an zum Scheitern verurteilt war.«

Er wandte sich zum Gehen.

»Moira?«

Die Dienerin wies nach draußen, zeigte mit den Händen
zweimal zehn an.

»Sie sind also da? Und gleich so viele? Sie werden mich
trotzdem nicht kriegen. Keiner wird das!«

Pistor packte das Gemälde und lief zur Kellertür.

»Unten ist alles offen?«, fragte er. »Wie vereinbart?«

Moira nickte.

»Worauf wartest du dann noch?«

Sie zuckte die Achseln, rührte sich nicht von der Stelle.

»Du lässt mir also den Vortritt?« Pistor lächelte. »Dann will
ich deine Großzügigkeit nicht ausschlagen.«

Kaum war er nach unten verschwunden, schlug Moira die
Tür hinter ihm zu und schloss ab.

Dann wandte sie sich mit unbewegter Miene Susanna zu,
sackte plötzlich in sich zusammen und fiel zu Boden.

✤

Jan packte den Stein und warf. Die Scheibe zerbarst.

Mit dem Hemdsärmel über der Faust erweiterte er das Loch
und spürte dabei nicht, wie Glassplitter seine Haut ritzten.

Von drinnen schlug ihm Feuer entgegen.

»Wenn du die Tür aufmachst, gibt es einen Luftzug – und

alles kann in Flammen aufgehen, auch du selbst«, schrie Cranach. »Also Vorsicht, Seman, Vorsicht!«

Jan stemmte sich nach oben, streckte sein linkes Bein durchs Fenster, dann sein rechtes und zwängte sich hindurch.

Der Raum war vom Rauch so dunkel, dass er Susanna zunächst nicht entdeckte. Dann aber sah er den Stuhl und die zusammengesunkene Gestalt, die daran gefesselt war.

»Susanna!« Er musste husten, schnappte nach Luft. »So sag doch etwas, ich bitte dich!«

»Jan …« Hatte sie das wirklich geflüstert?

In Panik schaute er sich um.

Die Fesseln durchzuschneiden fehlte die Zeit. Und durch das Fenster würde er den Stuhl mit ihr niemals bekommen.

Blieb nur noch die Tür.

Und wenn zutraf, was Cranach gesagt hatte?

Es gab keine andere Wahl.

Jan packte den Stuhl, hob ihn hoch und kämpfte sich mit der doppelten Last voran. Als er sie kurz absetzte, um die Klinke nach unten zu drücken, spürte er den Atem der Flammen im Rücken.

Er vergaß aufzuschreien, als das glühende Metall sich in seine rechte Hand fraß, stieß den Stuhl und Susanna mit den Füßen ins Freie und sprang ihnen nach.

Hinter ihnen ein Flammenmeer.

❖

Susanna war von Kopf bis Fuß rußgeschwärzt und einer Ohnmacht nahe, aber sie lebte. Bini lief zu ihr, während ein Gardist ihre Fesseln aufschnitt, und bedeckte ihr versengtes Haar mit Küssen.

Inzwischen läuteten die Glocken von St. Marien wie immer,

wenn ein Brand ausbrach, und die Nachbarn liefen mit Eimern herbei, um beim Löschen zu helfen.

»Jan«, flüsterte Susanna und begann zu weinen, als sie seine Hand sah, auf der das Fleisch aufgeplatzt war und sich dicke Blasen bildeten. »Was hast du nur für mich getan? Du wirst niemals wieder malen können!«

»Werde ich doch«, widersprach er mit schmerzverzerrter Miene. »Es ist nichts als verbannte Haut. Aber es tut höllisch weh.«

»Seine Dienerin ist noch im Haus – Moira«, sagte Susanna. »Ihr müsst sie herausholen!«

»Der kann niemand mehr helfen«, sagte Luther. »Aber er? Wo ist Pistor? Geflüchtet?«

»Er wollte durch den Keller«, erwiderte Susanna, »und hat Moira gefragt, ob unten alles offen sei.«

»Aber sie hat es nicht gut mit ihm gemeint«, sagte Altenstein. »Denn der Kellerausgang ist verriegelt. Da konnte nicht einmal mehr eine Ratte hinaus.«

»Dann hat er seine Strafe bereits bekommen«, sagte Falk. »Und niemand weiß besser als ich, wie hart sie ist.«

»Und das Bild?«, fragte Jan. »Hat er es mit in den Tod genommen?«

Susanna nickte.

»Er wollte sie besitzen«, sagte sie leise. »Für alle Zeiten. Dazu hat er die Frauen malen lassen – und dann getötet. Damit sie ihm für immer gehören. Er hat so schreckliche Dinge zu mir gesagt!«

»Einem wahnsinnigen Mörder das letzte Wort lassen?«, rief Cranach. »Niemals! Kunst besiegt den Tod, das werden wir allen beweisen. Die drei Grazien sollen leben, leben für immer! Und du gehst mir dabei zur Hand, Seman ...«

Er verstummte, schaute zu Jan, der schmerzlich lächelte.

»Na ja, sobald es eben wieder möglich ist. Denn du wirst doch bei mir bleiben, jetzt, wo alles überstanden ist?«

Susanna und Jan tauschten einen einvernehmlichen Blick.

»Ich gehe mit dir, wohin du willst«, sagte sie leise. »Niemand darf uns jemals wieder trennen.«

»Dann könnte ich eventuell noch bleiben«, sagte Jan schließlich, während Cranach ihn streng beäugte. »Eine kleine Weile. Unter gewissen Umständen ...«

EPILOG

Der Raum, in den er sie führt, ist kühl und so finster, dass sie beinahe über ihren Rocksaum gestolpert wäre.

Angst streift sie wie ein eisiger Hauch. Auf einmal ist alles wieder wie damals.

Das Dunkel.

Das Gefühl von Verlassenheit.

Die Wut, einem Wahnsinnigen in die Hände gefallen zu sein.

Die verzweifelte Aussichtslosigkeit ihrer Lage, die sie aufzufressen droht.

Ihr Magen zieht sich jäh zusammen. Plötzlich hat sie den Geschmack von Erbrochenem im Mund.

Dann hört sie neben sich sein vertrautes Lachen, ausgelassen, voller Wärme.

»Was bin ich nur für ein verdammter Idiot, verzeih! Natürlich hätte ich daran denken müssen. Rühr dich nicht von der Stelle. Gleich ist alles wieder gut.«

Mit schnellen Schritten entfernt er sich von ihr. Sie hört, wie er die Fensterläden aufstößt.

Herbstluft flutet herein, zusammen mit dem trägen Licht eines späten Nachmittags, das die hässlichen Gespenster der Vergangenheit rasch vertreibt.

Dennoch zögert sie, zu der gegenüberliegenden Wand zu schauen.

»Sieh es dir an!« Seine Stimme verrät Stolz, aber auch eine gewisse Unsicherheit. »Du musst es dir ansehen!«

Es kostet sie immense Kraft, den Kopf zu heben. Die Lider sind bleischwer.

Wie klein das Bild ist!

Und dennoch scheint es aus einer unsichtbaren Quelle gespeist zu sein, um den ganzen Raum mit Licht zu erfüllen. Vor dunklem Hintergrund das sahnige Hell der nackten Körper. Das Gold der Geschmeide und der Haare. An dem Rot des Hutes, den die mittlere der drei Frauengestalten trägt, kann sie sich kaum sattsehen. So leicht wirken sie, so anmutig, so ganz und gar selbstverständlich.

»Euphrosyne«, flüstert sie nach einer Weile und kann den schwierigen griechischen Namen zum ersten Mal fehlerfrei aussprechen. »Das bedeutet Frohsinn.«

»Ja, und zu ihr gehören Aglaia, der Glanz, und Thalia, die Blüte. Zusammen sind sie die drei Grazien. Jetzt ist das Werk vollendet. Und ein neuer Käufer hat sich auch gefunden – einer, der diese Schönheit verdient.«

Sie fährt zu ihm herum. Ihre Augen sind feucht.

»Wie kannst du so etwas sagen? Die beiden mussten einen viel zu hohen Preis bezahlen, während ich …«

»Du hast die Angst besiegt. Und den Tod. Deshalb stehst du heute hier.« Sein Blick wirkt beruhigend. »Und was das Bild betrifft …«

»Ich kann den Hauch des Bösen riechen, den es verströmt«, unterbricht sie ihn. »Riechst du das denn nicht?«

Er beginnt zu schmunzeln.

»Wer hat jemals behauptet, dass frischer Firnis wie Rosenöl duftet?«, sagt er. »Malen ist ein schmutziges Geschäft. Hab ich dir das nicht gleich gesagt?« Er hält ihr seine Hände entgegen. Unter den Nägeln sieht sie die Reste von Farbspuren, die ihr schon bei der ersten Begegnung ins Auge gesprungen waren. »Zudem eines, bei dem man in der Regel alles andere als reich wird. Es sei denn, man führt eine große Werkstatt wie Meister Cranach. Aber das habe ich gewiss nicht vor.«

Ihr Verlangen, ihn zu berühren, wird übermächtig. Durch den dünnen Hemdstoff spürt sie die Wärme seiner Haut.

»Was dann?«, fragt sie leise.

»Ich denke, das weißt du.«

Als er ihre Hand nimmt und sie an sich zieht, vergräbt sie das Gesicht an seinem Hals.

»Sag es trotzdem!«, fordert sie. »Ich muss es hören.«

»Dich glücklich machen.« Es klingt so feierlich wie ein Gebet. »Und zwar bis zum Ende aller Zeiten. Das, mein Herz, ist das Einzige, was für mich zählt.«

NACHWORT

ZEICHEN UND WUNDER

Im Jahr 1523 übergaben Philipp Melanchthon und Martin Luther einem Wittenberger Drucker eine kurze Schrift über zwei Monster. Melanchthon schrieb über eine weibliche schuppige Gestalt mit einem Eselskopf, Luther über ein verformtes Kalb. Das Eselsmonster war 1496 tot im römischen Tiber aufgetaucht, das Kalb kürzlich im sächsischen Freiberg. Luther schrieb, die »greulichen Figuren« seien gottgesandte Zeichen. Das tonsurierte Kalb mit der zerfetzten Mönchskappe zeige, dass Gott »die ganze Möncherei und Nunnerei für einen lügenhaften Schein halt«. Alle Mönche und Nonnen sollten ihre Klöster verlassen und die Adeligen ihre Kinder vor diesem gefährlichen Stand bewahren. Melanchthon mahnte ebenfalls, man solle die göttlichen Zeichen nicht verachten. Das Monster aus dem Tiber beweise, dass nun die vom Propheten Daniel geweissagte Zeit des »Antichrist« gekommen sei. So wenig wie der Eselskopf auf einen menschlichen Körper passe, so wenig passe der Papst als geistliches Oberhaupt auf die Kirche. Kirchenoberhaupt sei allein Christus. Der linke Fuß sei eine Greifskralle, weil die Kanoniker sich alle

Güter Europas für den Papst krallten. Frauenbauch und Frauenbrüste bedeuteten den Körper des Papsttums, nämlich Kardinäle, Bischöfe, Mönche und Pfaffen, denn ihr Leben sei nur Fressen, Saufen und Unkeuschheit. Die Fischschuppen seien die Fürsten, die weiter an dieser Ordnung klebten.

Mit solchen Aufrufen bewirkten Luther und Melanchthon tatsächlich grundlegende geschichtliche Änderungen: Unzählige Klöster wurden aufgelöst, Priester heirateten. Das tägliche Leben sollte nach christlichen Maßstäben ausgerichtet sein, die nun neu bestimmt wurden. Die Kommentare zu den Monstern verdeutlichen außerdem das Geschichtsbild der beiden einflussreichsten deutschen Reformatoren: Alles geschehe durch Gottes Fügung bis ans Ende der Welt. Es komme nun darauf an, jene Zeichen deuten zu lernen, die den Jüngsten Tag und den Willen Gottes anzeigten, um die wahre Lehre zu verkünden. Hierin liege die christliche Pflicht in der endzeitlichen Welt, in der Antichrist und Teufel wüteten. Als »Antichrist« entlarvten und bekämpften die Reformatoren den Papst und die römische Kirche selbst.

Diese Kritik war radikal, und sie veränderte auch das Christentum radikal. Tägliches Tun und Lassen war Gott gefällig oder zuwider und hatte deshalb Konsequenzen für das ewige Leben. Viele Fragen wurden aufgeworfen. Wie wurde über Sünden gerichtet? Ließen sie sich im Leben wiedergutmachen? Wie nah war das Weltende (von dem alle ausgingen)?

Noch komplexer wurde die vormoderne Christlichkeit durch den Glauben an dämonische Mächte, die tatkräftig in das Weltgeschehen und das individuelle Leben eingriffen. Der Teufel konnte bisweilen sogar Gottes Ziele listig durchkreuzen. Ob Ereignisse göttlichen oder dämonischen Ursprungs waren, ließ sich oft schwer einschätzen. Der sich verbreitende Hexenglaube im ausgehenden 16. Jahrhundert und die gelehrten

Auseinandersetzungen, wie mit Hexen umzugehen sei, verweisen auf die sich aus dieser Wahrnehmung ergebende Unsicherheit.

Der Protestantismus trug also keineswegs eindeutig zu einer Rationalisierung des Glaubens und zur Entzauberung der Welt durch die Ausmerzung magisch-sinnlicher Elemente bei. Ganz im Gegenteil ließe sich geradezu vom protestantischen Beitrag zu einer »Überzauberung« der frühneuzeitlichen Welt bis circa 1650 durch die Verstärkung der Antichrist-, Teufels-, Vorsehungs- und Ewigkeitsvorstellungen sprechen, die das tägliche Leben durchdrangen.

Luther und die Wahrheit

Die Geschichte des Aufstiegs Martin Luthers, der Europa nachhaltig verändern sollte, ist ebenso eigentümlich wie faszinierend. 1483 in Eisleben geboren als Sohn eines aufstrebenden Bergbauunternehmers, begann er das Studium der Rechte, bis er als Zweiundzwanzigjähriger nach einem Blitzschlag ein Gelübde ablegte und daraufhin in Erfurt Augustinermönch wurde. Im Kloster suchte er die *eine* Wahrheit und wollte sie bei Gott finden. Das hieß für ihn, dass diese eine Wahrheit für alle Menschen verbindlich sein musste. Und: Vorherrschende Lehrmeinungen und Kirche genügten ihm bald nicht mehr.

Luther teilte dieses Unbehagen mit vielen Zeitgenossen, doch er sah sich von Gott auserwählt zum Reformator der Kirche. Er war ein Mann voll innerer Anspannung, gequält von Zweifeln, Depressionen und zahlreichen körperlichen Malaisen. Für ihn fand ein kosmischer Kampf zwischen Christus

und dem Teufel um den Besitz von Kirche und Welt statt –
und er selbst stand mitten in diesem Kampf, vom Teufel an-
gefochten, durch seinen Glauben an Christus gestärkt.

Wir kennen die wesentlichen Fakten seines Lebens: seit 1513
Professor an der theologischen Fakultät zu Wittenberg, um
1515 »Turmerlebnis«, 1517 Anschlag der fünfundneunzig Thesen am Portal der Schlosskirche zu Wittenberg, 1520 Reichs-
tag zu Worms, 1521 Bannung durch den Papst, 1522 Aufent-
halt auf der Wartburg und Übersetzung der Bibel ins Deutsche,
1525 Heirat mit Katharina von Bora, 1526 und 1527 Ge-
burt der ersten Kinder Johannes und Elisabeth, 1528 Tod Elisabeths.

Doch wer war Luther wirklich?

Offenbar eine Person, in der sich Extreme begegneten.
Grandioser Redner und Menschenverführer, daneben Zweif-
ler und Grübler. Durch seine Thesen veränderte er die Welt –
und brachte es doch kaum fertig, seine wachsende Familie zu
ernähren. Wie kein anderer bediente er sich des modernsten
Mediums der damaligen Zeit, der Druckerpresse, die seine
Thesen und Werke in Rekordauflagen verbreitete – und ver-
diente daran nur ein paar Pfennige (den Gewinn strichen die
Drucker ein).

Der Kurfürst hatte ihm das Schwarze Kloster (ehemals
Augustinerkloster) zur Verfügung gestellt und später geschenkt,
ein riesiger Komplex, allerdings zunächst in denkbar schlechtem Zustand. Das Anwesen war so gut wie unbeheizbar und
verlottert, was Katharina halb zur Verzweiflung brachte. Um
etwas dazuzuverdienen, richtete sie dort eine Art Pension ein,
ein Mittelding zwischen Burse, wie man die spätmittelalter-
lichen Studentenwohnheime nannte, und normalem Gasthaus, das sie mit einer Magd und der Hilfe ihrer Tante Lene
betrieb. Gleichzeitig versuchte sie, den alten Klostergarten

wieder instand zu setzen und ihren oft in höheren Sphären schwebenden Mann zum Ankauf eines weiteren Gartens zu bewegen, um alle Münder satt zu bekommen.

Der Tod ihrer kleinen Tochter Elisabeth, geboren im schrecklichen Pestjahr 1527, die nur zehn Monate alt wurde, hat sie bis ins Mark getroffen; auch Luther zeigte sich in Briefen tief bewegt. Plötzlich war es, als läge ein Schatten über dem Schwarzen Kloster, von dem doch die neue Wahrheit in die Welt gehen sollte – zu diesem Zeitpunkt spielt mein Roman.

Wittenberg als Schauplatz

Wittenberg war ein Zehn-Straßen-Ort zwischen drei Toren, mit dem Schloss im Westen, wo der Kurfürst residierte, und dem Schwarzen Kloster im Osten. Dazu gab es noch Rathaus, Markt und Stadtkirche. Am Südtor hatte sich der reiche Hofmaler und Apotheker Lucas Cranach bereits 1512 das größte Haus am Ort bauen lassen, in dem auch seine Werkstatt untergebracht war. In der Stadt lebten Kaufleute und Handwerker, die für den lokalen Markt arbeiteten. Der Buchdruck entwickelte sich neben der Malerei zum Exportgewerbe. Vor der Stadt lebten Fischer. Mit seinen Vorstädten zählte Wittenberg um die 400 Häuser und circa 2000 Einwohner – ein »Floh« im Gegensatz zu Köln und Nürnberg, die um die 40000 Einwohner hatten.

Wie konnte ausgerechnet von solch einem »Kaff« die Reformation ausgehen?

Kurfürst Friedrich, genannt der Weise, der 1486 die Herrschaft übernommen hatte, leistete viele Vorarbeiten dazu. Er holte Künstler an seinen Hof, etwa Dürer und dann vor allem Lucas Cranach, den er zum Hofmaler machte, gab Aufträge an Goldschmiede und sammelte Bücher (neben Reliquien). Er vertiefte die Kontakte zu Humanisten und gründete 1502 die Universität Leucorea. Im gleichen Jahr siedelte sich auch das Augustinerkloster an, das mit der Universität eng verbunden war. 1508 wurde eine Druckerei in die Stadt geholt.

So sollten Hof und Stadt bedeutend werden. Junge Adelige, bürgerliche Beamtenkinder, begabte Äbte und Mönche, vielversprechende Wissenschaftler und vornehme Reisende begannen, auf dem Weg nach Polen ihre Pferde von der Hauptstraße in die Schlaglöcher der Straße zwischen Torgau und Magdeburg zum kleinen Wittenberg zu lenken.

1521 wurde das Rathaus abgebrochen und neu errichtet – mit Verkaufshallen für städtische Handwerker, während die Bauern auf dem offenen Markt blieben. Cranach malte das Gebäude mit den Zehn Geboten aus. Er selbst saß im Rat, war außerordentlich geschäftstüchtig und hatte inzwischen das Monopol für den Handel mit Apothekergütern und Gewürzen an sich gezogen.

Die wichtigsten Einflusspole in Wittenberg waren der Fürst und sein engster Beraterstab, der Stadtrat, die Stadtkirche und der Augustinerorden. Zügig entwickelte sich die gewerbliche Umtriebigkeit einer Residenzstadt: Mieten, Verpflegung, Trinken, Kleider, Buchdrucker, Binder, Bordelle, Schmiede, Kerzenmacher und viele andere.

Wittenberg konnte als Stadt aufblühen.

Innerhalb der ersten zehn Jahre des 16. Jahrhunderts hatte eine neue Elite Einzug gehalten, bewusst gesteuert vom Kurfürsten, der bedeutende Künstler und Gelehrte in die Stadt holte.

Die Universität gewann nach 1517 zunehmend an Profil,

indem sie sich Luther und seiner immer radikaleren Kritik am bisherigen Lehrkanon öffnete. Während die Universität damals noch um die 200 Studenten zählte, stieg ihre Zahl nach dem Thesenanschlag sprunghaft an. 1518 kam Philipp Melanchthon; es folgten grundlegende Lehrreformen. 1519 war der Andrang bereits so groß, dass ein großes neues Lehrgebäude (mit Unterkünften) gebaut werden musste.

Der Schritt vom verschlafenen Ort am Rand der Welt zur lebendigen Universitätsstadt, von der die neue Lehre – nach Luther die Wahrheit – ausging, war vollzogen.

Lucas Cranach der Ältere

Um Luther und seine Lehren einem breiten Publikum bekannt zu machen, waren außer dem gesprochenen und gedruckten Wort (aber wer konnte schon lesen?) visuelle Maßnahmen außerordentlich wichtig. Lucas Cranach, Hofmaler am Kurfürstenhof, wurde gewissermaßen zum Maler der Reformation, der nicht nur die Lutherbibeln illustrierte, sondern auch zahlreiche Bildnisse des Reformators (und einige seiner Frau) fertigte. In seiner für damalige Verhältnisse riesigen Werkstatt, in der zu Spitzenzeiten bis zu 20 Gesellen und Lehrlinge arbeiteten (in den Jahren ab 1530), begann neben der Malerei die Produktion von Holzschnitten. Aber auch mit anderen Techniken wurde in großem Stil gearbeitet.

Heute finden wir in den Museen der Welt an die 1 000 Gemälde, die aus dieser Werkstatt stammen. Ihre Gesamtzahl jedoch wird auf bis zu 5 000 geschätzt. Dazu kommt eine Flut von Grafiken. Man kann also mit Fug und Recht behaupten, dass Cranach eine höchst produktive Werkstatt führte, in der viele Künstler Hand anlegten, bis schließlich das Wappen des Meisters – die geflügelte Schlange – unter ein Bild gesetzt wurde.

NACKTE BILDER

Interessant ist, dass seit der Reformation Aktdarstellungen immer größeren Raum in der Produktion der Cranach-Werkstatt einnahmen. Angesichts der rückläufigen Nachfrage nach Altargemälden und Tafelbildern religiöser Thematik bot die Werkstatt offenbar vermehrt mythologische Themen an, um die Produktion auf dem bisherigen Niveau zu halten – und niemanden entlassen zu müssen.

Motive waren unter anderem Adam und Eva, Variationen von Venus und Cupido als Honigdieb, Lucretia mit dem Dolch in der Hand, das Urteil des Paris, das goldene Zeitalter und – immer wieder mit leichten Veränderungen – die drei Grazien.

Als Begleiterinnen der Venus waren Aglaia (Glanz), Euphrosyne (Frohsinn) und Thalia (Blüte) bereits im Mittelalter als Motiv bekannt, das jedoch in der Renaissance eine neue Blüte erlebte. Ihre Nacktheit ist nicht nur das Kleid der Allegorie, sondern auch der Beweis, dass sie frei von Täuschung sind. Sie stehen für die Freigiebigkeit, die sich im Dreischritt aus Geben, Empfangen und Erwidern realisiert. Damit ließ sich auf ideale Weise der Vorwand eines gelehrten Inhalts mit der Möglichkeit kombinieren, weibliche Nacktheit im Wortsinn »von allen Seiten« zu zeigen.

Eines der reizvollsten Cranach-Bilder zu diesem Thema war seit seiner Entstehung bis zum Jahr 2010 immer in Privatbesitz. Auf Holz gemalt, ein kleines Format von 27 x 34 cm, zeigt es drei nackte junge Frauen, mit Ketten geschmückt, von denen die mittlere einen großen, federverzierten Hut trägt. Ein zarter Schleier betont die selbstbewusste Fleischlichkeit eher, als sie zu verbergen. Die linke Frau dreht dem Betrachter den Rücken zu, die rechte hat das linke Bein angewinkelt und berührt mit der rechten Hand die Schulter der mittleren, als ob sie Halt suche.

Das Bild ist nun im Pariser Louvre zu bewundern, der für den Ankauf dieses Kunstwerks zur ungewöhnlichen Maßnahme einer Spendenaktion im Internet griff: Von den geforderten 4 Millionen Euro kam auf diese Weise die letzte fehlende Million zusammen. Spender hatten die Gelegenheit zu »Einzelbesuchen« des von ihnen unterstützten Kunstwerks.

Wer mag im 16. Jahrhundert der Käufer solch eines Bildes gewesen sein, der die Intimität dieser Darstellung im stillen Kämmerchen bewundern konnte?

Mich hat das Bild zur Idee dieses Romans angeregt, der viele historische Fakten mit fiktiven Weiterentwicklungen verbindet: *Er begehrte sie – er sammelte sie – er tötete sie …*

Dichtung und Wahrheit

Viele der in diesem Roman auftretenden Personen haben tatsächlich gelebt. Das gilt für den Kurprinzen Johann Friedrich ebenso wie für seine blutjunge Frau Sibylle von Sachsen.

Historische Persönlichkeiten sind natürlich auch Martin Luther und seine Frau Katharina von Bora. Die Kinder Johannes und die kleine Elisabeth gehören ebenfalls dazu. Wie in meinem Roman stirbt Elisabeth 1528, und zu diesem Zeitpunkt ist Katharina abermals schwanger (mit der Tochter Magdalena, die allerdings als junges Mädchen ebenfalls stirbt). Auch die Muhme Lene hat wirklich im Luther-Haus gelebt, desgleichen ein Hund namens Tölpel, zu dem Luther im Lauf der Jahre eine innige Zuneigung entwickelte.

Es ging mir bei der Darstellung dieser Personen darum, nicht vielmals Erzähltes in kaum veränderter Form wiederzugeben, sondern darum, einen neuen, bislang noch nicht üblichen Blick auf diese Familie zu werfen. Katharina ist eine junge Mutter mit zwei Kindern, die das Leben an der Seite des berühmten Gatten erst lernen muss, an der aber die ganze Last des wachsenden Haushaltes hängt. Diese junge Katharina, noch ganz anders als die bärbeißige »Käthe«, die man aus anderen Texten kennt, ist mir während des Schreibens sehr ans Herz gewachsen.

Historisch sind auch Melanchthon, seine Frau Kathi sowie Lucas Cranach und dessen ganze Familie. Den jüngeren Sohn, der ebenfalls Lucas hieß, habe ich im Roman Luc genannt, um Verwechslungen mit dem Vater auszuschließen. Mit den Namen der Gesellen im Roman habe ich gespielt; es gab in der Wittenberger Werkstatt einen Ambrosius, einen Simon und einen Moritz, wenngleich zu geringfügig anderen Zeiten.

Die Hofdame Dilgin sowie Margaretha Relin und ihr Mann entspringen meiner Fantasie. Cranach war aber tatsächlich im Besitz eines Apothekenpatentes, das sich als äußerst gewinnträchtig erwies.

Susanna und Binea sind ebenfalls fiktiv, nicht aber die Not, die viele Nonnen im 16. Jahrhundert traf, als im Zeichen der

Reformation zahlreiche Klöster aufgelöst wurden und sie buchstäblich auf der Straße standen.

Erfunden sind auch die Schwarze Griet und Marlein. Ein Frauenhaus ist für Wittenberg zu Luthers Zeiten belegt.

Und dann natürlich Pistor alias Müllerer, von dem zu erzählen mir besonders viel Spaß gemacht hat – aber geht es einem nicht immer so mit den Bösewichtern?

AUSGEWÄHLTE LITERATUR

Bei diesem Thema ist das Angebot schier endlos. Deshalb an dieser Stelle nur einige wichtige Grundlagenwerke zum Weiterschmökern.

Julius Boehmer: *Luthers Ehebuch. Ein Buch zur Geschlechts- und Geschlechterfrage.* Verlag Johannes Herrmann, Zwickau o. J.

Grimm/Erichsen/Brockhoff (Hg.): *Lucas Cranach. Ein Maler-Unternehmer aus Franken.* Verlag Friedrich Pustet, Augsburg 1994

Volker Leppin: *Martin Luther.* Wissenschaftliche Buchgesellschaft, Darmstadt 2006

Gerhard Markert: *Menschen um Luther. Eine Geschichte der Reformation in Lebensbildern.* Jan Thorbecke Verlag, Ostfildern 2008

Peter Moser: *Lucas Cranach. Sein Leben, seine Welt und seine Bilder.* Babenberg Verlag, Bamberg 2004

Reclams Handbuch der künstlerischen Techniken in 5 Bänden. Verlag Philipp Reclam jun., Stuttgart 1996

Werner Schade: *Lucas Cranach, Glaube, Mythologie und Moderne.* Ausstellungskatalog. Hatje Cantz Verlag, Stuttgart 2002

Beate Schuster: *Die freien Frauen. Dirnen und Frauenhäuser im 15. und 16. Jahrhundert.* Campus Verlag, Frankfurt/M. 1995

Peter Schuster: *Das Frauenhaus. Städtische Bordelle in Deutschland 1350–1600.* Verlag Ferdinand Schöningh, Paderborn/München/Wien/Zürich 1992

Sylvia Weigelt: *Sibylle von Kleve. Cranachs schönes Modell.* Wartburg Verlag, Eisenach 2012

Heide Wunder: *»Er ist die Sonn', sie ist der Mond.« Frauen in der frühen Neuzeit.* C.H. Beck Verlag, München 1992

DANKSAGUNG

Tausend Dank an meine wunderbare Freundin Sabine für inspirierende Gespräche, aufregende Ideen – und sonstige Unterstützung.

Für die Gestalt der Binea (Bini) hat mich eine reale Person mehr als inspiriert: die zauberhafte Bini (Bianca Raum) von Literatwo – und dafür bedanke ich mich sehr!

Ich bedanke mich herzlich bei dem Stadtführer Dieter Meinecke für spannende und informative Tage in der tief verschneiten Lutherstadt Wittenberg – und die Erleuchtung vor dem nächtlichen Schwarzen Kloster.

Mein Dank für alles Forensische geht an Privatdozent Dr. habil. Oliver Peschl, Institut für Rechtsmedizin, LMU München.

Bei den umfangreichen Recherchearbeiten war mir die junge Religionswissenschaftlerin Elena Wulff eine große, stets liebenswürdige Hilfe. Danke, Elena!

Danke an den jungen Veterinär Lukas Adam zum Thema »Wütender Eber«.

Und natürlich an meine tollen Erstleserinnen und Erstleser Babsi, Hannelore, Bernie, Stephan und Michael.

Liebe und Verrat in Zeiten der Pest

Brigitte Riebe, *Die Pestmagd*
ISBN 978-3-453-35544-6 · Auch als E-Book

Köln 1540: Die junge Witwe Johanna Arnheim wird von ihrem eifer-
süchtigen Schwager verleumdet und landet wegen Gattenmordes im
Frankenturm. Der Tod scheint ihr gewiss – doch der Arzt Vincent er-
wirkt einen Freispruch unter der Bedingung, dass sie sich als Magd im
Pesthaus verdingt. Erfolgreich kämpft sie gegen den »Schwarzen Tod«,
der unerbittlich in der Stadt wütet. Bis ein düsteres Geheimnis ihrer
Vergangenheit sie einholt und alles zu zerstören droht – auch ihre zarte
Liebe zu Vincent.

Leseprobe unter diana-verlag.de
Besuchen Sie uns auch auf www.herzenszeilen.de

Der Tod kommt in 48 Stunden

Brigitte Riebe, *Die Versuchung der Pestmagd*
ISBN 978-3-453-35901-7 · Auch als E-Book

Mainz 1542: Nach der Flucht aus dem pestverseuchten Köln finden der unkonventionelle Arzt Vincent de Vries und seine Pestmagd Johanna in Mainz eine neue Heimat. Doch Johanna hat dunkle Vorahnungen. Und tatsächlich: Eines Tages ist ihre kleine Tochter spurlos verschwunden. Halb wahnsinnig vor Angst irren sie und Vincent durch die Stadt, in der erste Fälle von Schwarzen Blattern aufgetreten sind – die Pockenform, die innerhalb von 48 Stunden den Tod bringt ...